문 학 의
거 장 들

문학의 거장들

세계의 작가 9인을 만나다 | **왕은철** 지음

현대문학

사랑하는 어머니(李鳳珠), 아버지(王耕秋)께

1998년, 남아프리카공화국(이하 남아공)의 케이프타운 대학에 객원교수로 가 있을 때였다. 나는 처음으로 작가와의 인터뷰를 시도했다(하기야 더 정확하게 말하면 내가 처음 시도했던 인터뷰는 1991년, 『혼불』의 작가 최명희 선생과의 것이었으니 외국 작가와의 인터뷰라고 해야 맞는 말이겠다). 공교롭게도 첫 대상이 그 몇 년 후에 노벨문학상을 수상한 J. M. 쿳시었다. 그가 케이프타운 대학 영문과에 있었으니 그곳에 가 있던 나로서는 자연스러운 일이긴 했다. 그런데 인터뷰 당시에는 몰랐다가 나중에 알게 된 사실이지만, 쿳시는 좀처럼 인터뷰를 허락하지 않는 것으로 유명한 사람이었다. 그것은 그때도 그랬고 노벨문학상을 수상한 후에도 마찬가지였다. 하여간 둘이서 점심을 먹으며 나눈 대화 때문이었는지, 아니면 다른 이유가 있었는지, 놀랍게도 그는 너무나 선선히 인터뷰를 허락했다.(그가 선선하게 허락했던 건 그것만이 아니었다. 내가 이듬해에 나온 그의 두 번째 부커상 수상작 『추락』을 번역해보고 싶다고 하자 그는 에이전트에게 연락해 그렇게 하도록 해줬다.)

쿳시와의 인터뷰를 시작으로 이후 10여 년 동안 여러 작가들을 만나 대화를 나눌 수 있었다. 나는 케이프타운 대학에 2년 (1998~1999)을 머무는 동안, 안드레 브링크와 나딘 고디머의 작품을 읽고 그들을 연달아 인터뷰했다. 아파르트헤이트 정권 치하에서 다른 동료 문인들과 함께 '흑인 자의식 운동'을 활발하게 펼쳤던 제임스 매슈스James Matthews라는 흑인 시인도 장시간에 걸쳐 인터뷰를 했는데, 한국으로 돌아오는 과정에서 녹음 테이프가 없어지는 바람에 어디에 발표도 하지 못하고 날아가버렸다. 그 인터뷰의 빈 자리가 새삼스레 아쉽게 느껴진다. 이 자리를 빌려 미안한 마음을 전한다.

남아공에서 돌아오고 몇 년이 흐른 후인 2005년, 풀브라이트 재단의 펠로가 되어 시애틀에 있는 워싱턴 대학에 갔을 때, 나는 작가들을 다시 만나 인터뷰를 시도했다. 그때 만난 작가들이 하 진, 찰스 존슨, 세나 지터 내스런드, 낸시 롤스였다. 아메리카 인디언 작가도 있었지만 여기에 밝히기 어려운 이유로 인터뷰 직전 하지 않기로 결정했다. 할레드 호세이니와의 인터뷰는 내가 그의 베스트셀러 『천 개의 찬란한 태양』을 번역하고 난 직후인 2007년 11월 말에 전화로 이뤄졌고, 나타샤 트레서웨이와의 인터뷰는 그가 2009년 4월, 한국에 왔을 때 이뤄졌다.

내가 인터뷰를 시도한 작가들은 다소간 아웃사이더라는 점에서 공통점을 갖고 있다. 고디머와 쿳시와 브링크는 흑인의 땅에 사는 백인 작가들이라는 점에서, 존슨과 롤스와 트레서웨이는 미국에 사는 흑인(혼혈) 작가들이라는 점에서, 그리고 진은 미국에 사는 동양인 작가라는 점에서 아웃사이더 작가들이다. 예외가 있다면 내스런드인데, 그녀도 역사 속에 묻혀 있는 여성 인물들을 전면에 내세우며 멜빌의 남성 중심적 소설을 여성의 시각에서 '다시 쓴' 작가라는 점에서 아웃사이더라고 해도 큰 무리는 없지 않을까 싶다.

인터뷰의 대상이 아웃사이더인 것은 내가 한동안 쿳시, 고디머를 비롯한 제3세계 작가들한테 관심을 갖고 있었기에 그에 조금이나마 부합되는 작가들을 의도적으로 택한 결과였다. 다소간에 주변부에 해당하는 작가들을 인터뷰하는 일은 내게는 배움의 과정이었다. 나는 작가들이 하는 얘기를 들으면서 그들의 작품세계를 더 잘 이해할 수 있게 되었다.

인터뷰 중 일부는 길게는 10년 이상 된 것이 있고, 또한 모두가 생존해 있는 작가들의 것이기에, 인터뷰와 작가론이 게재되었을 당시와 비교해보면 사실관계가 달라진 경우도 있다. 가장 최근에 인터뷰를 한 트레서웨이와 호세이니, 그리고 존슨을 제외하면, 모든 작가들이 그 사이에 신작(들)을 발표했고 그들을 둘러싼 상황도 조금씩 변했다. 따라서 인터뷰와 작가론에 나타난 사실이 현 시점의 것과 부합되지 않을 경우, 인터뷰와 작가론이 게재되었던 시점과 현재의 시간차를 감안하면 될 것 같다. 생존해 있는 작가이기에, 그리고 현실이라는 것이 늘 가변적인 것이기에, 앞으로도 사실관계는 얼마든지 달라질 수 있을 것이다. 그래서 인터뷰라는 것은 그것이 행해진 역사적 시점이 중요할 듯싶다. 그레이엄 그린이 어딘가에서 말했듯, 작가는 "변화하는 존재(someone who changes)이기에" 그 시점에서 말한 것이 이후로 변화할 가능성은 얼마든지 존재한다.

행여나 누군가가 인터뷰를 읽고 작가에 관심을 갖게 될 경우를 대비해, 몇몇 작가들을 제외하고 인터뷰 다음에 작가론을 덧붙였다(내스런드와 존슨의 경우는 불확실하지만, 트레서웨이에 관해서는 조만간 어떤 형식으로든 글을 쓸 생각이다). 《영어영문학》에 게재된 롤스 논문(학술진흥재단의 지원을 받은 논문이다)을 제외하면 작가론은 모두 《현대문학》에 게재된 일반적인 성격의 글이다. 또한 쿳시를 제외한 나머지 작가들과의 인터뷰는 모두 《현대문학》에 게재되었던 것들이다. 쿳시와의 인터뷰는 《21세기문학》과 《파라21》에 각각 실렸다가 나의 저서 『J. M. 쿳시의 대화적 소설』(태학사, 2004년)에 다시 실린 걸 그대로 옮겨온 것이다. 해당되는 잡지 및 학술지, 출판사에 감사드린다. 작가들 중 유일하게 시인인 트레서웨이의 경우, 작가의 허락을 받아 다섯 편의 시를 번역하여 실었다.

처음에 생각했던 것보다 책이 두툼해졌다. 작가들과의 인터뷰를 월간지에 게재해주고 또 그것들을 한 자리에 두툼하게 모아주는 현대문학에 감사드린다. 그리고 그들의 정신세계와 인간적인 면모를 잠깐이나마 엿볼 수 있도록 나를 환대해준 작가들에게도 감사드린다. 인터뷰 도중에 고디머 여사가 내놓던 차와 쿠키(그녀의 열정과 기백이 아니라 왜 이게 떠오르는 걸까), 트레서웨이 교수의 눈에 고이던 눈물(그게 눈물이 아니라면 무엇이었을까), 쿳시의 침묵(그가 침묵의 작가가 아니라면 뭘까)이 문득 떠오른다.

내 딴에는 '나-그것'이 아니라 '나-너'의 마음으로 작가들에게 다가서려고 노력했다. 그들은 신비로운 님이었다. 그들에게 존경과 감사의 마음을 전한다.

2010년 새해를 맞으며

왕은철

차례

나딘 고디머
Nadine Gordimer

● **나딘 고디머** *Nadine Gordimer*

1923년 남아프리카공화국 스프링즈 출생. 1991년 노벨문학상을 받았으며, 시인이자 극작가
였던 넬리 자스가 1966년 노벨상을 수상한 후 25년 만에 노벨문학상을 수상한 여성 작가가
되었다. 부커상, 스미스 문학상, 토마스 프링글상, 프랑스 문학상, 레지옹 도뇌르 훈장 외에
다수의 상을 수상했고, 1999년 만델라 대통령으로부터 남아프리카 국민훈장을 받았다.

주요 작품목록

장편소설 『거짓의 날들The Lying Days』『이방인들의 세계A World of Strangers』『사랑의 계
기Occasion for Loving』『가버린 부르주아 세계The Late Bourgeois World』『주빈Guest of
Honour』『보존주의자The Conservationist』『버거의 딸Burgher's Daughter』『줄라이의 사람들
July's People』『자연의 변종A Sport of Nature』『내 아들의 이야기My Son's Story』『아무도 나
와 동반할 자 없네None to Accompany Me』『집안의 총The House Gun』『픽업The Pickup』
등과 단편소설 『뱀의 부드러운 목소리The Soft Voice of Serpent and Other Stories』외 다수
가 있다.

아파르트헤이트와 작가의 윤리적 책무

• • •

1991년 노벨문학상 수상 작가 **나딘 고디머**

나딘 고디머는 1923년, 남아프리카공화국의 요하네스버그 근교인 스프링즈에서 시계 제작상이며 보석상인 리투아니아게 유대인 아버지와 영국인 어머니 사이에서 태어났다. 30대 이전에는 단편소설을 주로 썼고, 서른 살에 발표한 장편 『거짓의 날들』 이후 단편과 장편을 넘나들며 창작을 해왔다. 너무나 화려한 수상 경력을 갖고 있어서 다 언급할 수는 없고 몇 가지 것만 밝히면, 그녀는 1974년에는 『보존주의자』로 남아공의 CNA상과 영연방 최고의 상인 부커상을 수상하고, 1991년에는 노벨문학상을, 1999년에는 넬슨 만델라 대통령이 주는 국민훈장을, 2007년에는 레지옹 도뇌르 훈장을 받았다. 『가버린 부르주아 세계』, 『버거의 딸』, 『줄라이의 사람들』, 『주빈』, 『자연의 변종』, 『내 아들의 이야기』, 『픽업』 등과 같은 수많은 걸작들이 있다.

그녀의 절친한 친구이자 동료작가인 안드레 브링크를 통해 연락을 했을 때, 그녀는 인터뷰를 한 시간으로 제한한다고 팩스로 통보했었다. 그런데 처음 의도와는 다르게, 얘기가 계속되면서 인터뷰는 세 시간 가까이 이어졌다. 나는 그녀가 얘기를 계속할 수 있도록 추임새를 넣는 역할만 했다. 기다랗게 이어지는 그녀의 말에서 내 말은 일종의 접속사였던 셈이다. 당일 비행기를 타고 케이프타운으로 돌아가야 하는 일정이 아니었다면 한두 시간쯤 인터뷰를 더 할 수 있었을지도 모른다. 시종일관, 문학의 사회적 책무와 윤리성을 강조하며 열변을 토하던 작가를 잊을 수 없다. 그녀의 소설을 연구하러 갔다가 쿳시의 소설에 더 깊이 빠지게 되었지만, 그녀는 내게 여전히 존경스러운 작가로 남아 있다. 인터뷰는 1999년 5월 5일 오후, 요하네스버그의 파크타운 웨스트에 위치한 고디머 여사의 자택에서 행해졌다. 인터뷰를 할 당시, 일흔다섯 살이었던 작가는 10년이 넘게 흘러 여든일곱 살이 된 지금도 활발하게 활동하고 있다.

왕은철 지난 몇 년 동안, 남아프리카공화국에는 급격한 변화가 있었습니다. 우선 그것에 대한 얘기부터 시작해볼까요?

고디머 우리는 80년대에 아주 어려운 상황에 직면해 있었습니다. 아파르트헤이트 정권은 그들의 정권이 무너지고 있다는 것을 인정하지 않았고, 사람들을 귀양 보내고 감옥에 가뒀습니다. 그래서 국내외에 훌륭한 해방운동 조직이 있었지만 실제 지도자들은 감옥에 갇히거나 해외에 있었습니다. 비관적인 상황이었습니다. 그러나 아파르트헤이트 정권은 드디어 무너졌습니다. 지금도 많은 난관이 우리 앞에 있지만, 저는 아파르트헤이트 정권이 끝났다는 사실이 그렇게 기쁠 수가 없습니다.

왕은철 당신에게는 아파르트헤이트 정권이 끝날 것이라는 믿음이 있었습니까?

고디머 그렇습니다. 저는 "우리들은 언제까지나 이런 상황에서 살 것"이라며 암담하게 생각하는 사람들과 달랐습니다. 저는 역사의 변화에 대한 신념을 갖고 있었습니다. 정권이 아무리 끔찍하고 비인간적이고 가학적인 것이어도, 그것이 스스로 물러나지 않으면 우리가 그것을 종식시킬 수 있다고 믿었습니다. 저는 해방운동을 신뢰했던 사람입니다.

왕은철 남아프리카공화국은 만델라 정부가 들어선 후 과거를 청산하자는 취지에서, 진실과 화해 위원회Truth and Reconciliation Committee를 설치, 운영해오고 있는데, 당신이 그 기구에 대해서 어떤 입장이신지 궁금합니다. 인간이 하는 모든 일이 그렇듯이, 고귀한 이상을 갖고 운영되는 위원회에도 문제점은 있을 듯한

데 어떻습니까.

고디머 저는 TRC가 하는 일들을 아주 좋아하고 지지하는 입장입니다. 과거의 문제를 푸는 최상의 방법이라고 생각하니까요.—우리한테는 뉘른베르크 재판소(나치 전범의 재판소)와 같은 게 있어서는 안 됩니다. 저는 최근에 독일에 간 적이 있는데, 제 독일인 친구들은 살인자들이 자기들 안에 있다고 생각하고 있었습니다. 그러니까 고위층 진범들은 저형되었지만, 그런 행위에 책임이 있는 사람들은 평범한 일상생활을 하며 지금도 잘 살고 있다는 논리였습니다.—TRC는 아마 데스몬드 투투 주교가 생각한 것이었을 겁니다. 그것은 심오하게 기독교적인 생각입니다. 물론 투투 주교는 가톨릭 쪽은 아니지만 '진실과 화해 위원회'의 기본 개념은 가톨릭의 고해성사와 같은 것입니다. 뉘우칠 것이 있으면 고해소에 들어가 참회를 하고 용서를 구하는 것이지요. 저는 유대인이지만 어렸을 때 수녀원 학교에 다닌 적이 있어서 고해성사에 대해서 잘 알고 있습니다. 고해소의 모습이 지금도 생생하게 기억납니다.

그러나 이렇게 고상하고 고귀한 이상을 갖고 출발한 위원회는 이런저런 난관에 부딪치게 되었습니다. 이미 형을 받고 수감 생활을 하는 사람들까지 위원회에 신청을 한다는 사실을 미리 생각하지 못했던 것입니다. 원래의 취지는 사람들이 자발적으로 나와서 이런저런 못된 짓을 했다고 고백하고 피해자 가족한테 용서를 구하는 것이었습니다. 그런데 이미 형을 받은 사람들이 그걸 신청한다는 것은 그 동기가 순수한 것일 수 없습니다. 감옥에서 빠져나가자는 것이 목적이기 때문입니다. 그러니까 그들은 전략적으로 TRC를 이용하는 것입니다.

여하튼 저도 '진실과 화해 위원회'에 나가서 사면 과정에 참여한 적이 있습니다. 그것은 피해자들한테는 좋은 것이었습니다. 피해자들은 자기들에게 행해진 범죄를 용서함으로써 비참한 마음에서 풀려날 수 있었습니다. 이들은 아들이나 딸이나 남편이 행방불명되어 생사를 모르다가 정치 투쟁의 과정에서 죽었다는 소식을 어렴풋이 듣기만 하고 아무런 정황도 모른 채, 수많은 세월을 가슴에 한을 품고 무허가 판잣집에서 살아온 사람들입니다. 그런 그들이 판사와 변호사와 고위 성직자들이 근엄하게 버티고 있는 데서 자기들한테 무슨 일이 있었는지를 증언하게 됩니다. 그렇게 함으로써 피해자는 마음을 정화하게 됩니다. 그것은 굉장한 것입니다. 피해자는 처음으로 권리를 가진 인간으로서 인정을 받게 되는 것입니다. 그리고 행방불명된 남편과 아들, 딸도 그렇게 해서 존재를 인정받게 되는 것입니다.

반면에, 남편, 부인, 아들, 딸, 형제를 누가 죽였는지 보고 싶지 않다고 말하는 사람들도 있습니다. 그런 사람들에게는 이 위원회가 의미가 없을 것입니다. 솔직히 말해서 제 마음은 두 갈래입니다. 그것이 효과가 있는 경우도 있지만, 어떤 사람에게는 전혀 그렇지 않습니다. 그러나 완벽한 것은 없는 것 아닙니까.

'진실과 화해 위원회'의 또 다른 긍정적 기능의 하나는 사람들의 증언을 통해 명령이 수행되는 과정을 추적함으로써 궁극적으로 아파르트헤이트 정권의 실체를 낱낱이 폭로하는 것입니다. 그렇게 함으로써 우리는 과거에 있었던 일을 알게 되고 과거 청산의 실마리를 찾는 것입니다. 우리는 그들의 증언을 통해서 우리가 주변에서 벌어지고 있던 일에 대해서 얼마나 모르고 있었는지를 확인하게 됩니다.

제 경우를 예로 들어보겠습니다. 저도 저 나름의 방식으로 자유를 위한 투쟁에 한 몫을 하려고 했던 사람입니다. 저는 스스로를 무슨 일이 벌어지는가를 알고 있는 몇 사람 중의 하나라고 생각했었습니다. 그런데 그게 아니었습니다. 사면 신청자들이 작년에 TRC에서 증언한 바에 따르면, 비밀경찰은 프레토리아 외곽에서 훈련을 하고 있었습니다. 그곳은 제가 살고 있는 요하네스버그에서 얼마 떨어지지 않은 곳입니다. 저는 그런 일에 대해서 아무것도 모르고 있었습니다. 저는 사람들이 불법적으로 구금되고 고문당하고 감옥에 간다는 사실은 알고 있었지만, 사람들을 고문하는 방법을 훈련시키고 사람들을 짐승으로 훈련시키는 곳이 그렇게 가까이 있다는 사실은 알지 못했습니다. 전에 독일인들이 제2차 세계대전 중 주변에서 무슨 일이 일어나는 줄 알면서도 방관만 하고 있었다고 비난한 적이 있었습니다. 그러나 작년에 있었던 일을 통해 그동안의 제 입장을 다시 생각해보기 시작했습니다. 독일인들이 수용소에서 일어나는 비극적인 일에 대해서 몰랐던 것처럼, 저도 바로 이웃에서 무슨 일이 일어지는지 몰랐던 것입니다. 흑인들도 나름 죄가 있다고 말하는 사람들도 있지만, 저는 그렇게 생각하지 않습니다. 흑인들은 굉장히 많은 고통을 당했습니다. 직접적인 관련이 없었다고 해도, 그들은 여전히 고통을 당한 사람들이었습니다.

왕은철   제가 위원회의 증언들을 보도하는 언론매체를 통해서 받은 인상은 아프리카너들이 대체적으로 인종차별적이며 과거에 일어났던 일에 책임이 있다는 것입니다. 영국계 백인들은 그렇지 않습니까?

고디머   글쎄요. 그것이 아프리카너 정부였고 아프리카너들이 공무원이었으니 그들에게 책임을 묻는 것은 당연합니다. 그러나 영국계 백인들은 죄가 없었겠습니까? 제 친구들 중 아프리카너 친구들 몇몇은 "우리는 백인 모두를 위해 더러운 일을 도맡아 했다"라고 말하고 있습니다. 그 말에 동정이 갑니다. 아프리카너든 아니든, 백인들은 그것과 상관없이 과거에 책임이 있습니다. 물론 아주 소수의 백인들은 이 정권에 도전했습니다. 아프리카너 백인들도 여기에 포함되는 것은 물론입니다. 안드레 브링크, 얀 라비^{Jan Rabie}, 브레이텐 브레이텐바흐^{Breyten Breytenbach} 등과 같은 작가들을 예로 들 수 있겠습니다.

왕은철　여하간 아파르트헤이트 정권은 과거사가 되어버렸습니다. 그러나 지금도 문제가 심각하다는 인상을 받습니다. 미안한 얘기지만 외국인 입장에서 보면 이 나라의 정치, 경제, 사회, 문화 등 모든 것이 혼란스럽다는 느낌입니다. 범죄율은 왜 이렇게 높은 것입니까?

고디머　범죄율이 높은 것은 실업률이 높기 때문입니다. 범죄율이 낮아지는 나라들이 있는데, 그것은 실업률이 낮아지는 것과 깊은 관련이 있습니다. 이런 현상을 자유의 대가라고 말하는 사람들도 있습니다. 그러나 그것은 사실이 아닙니다. 높은 범죄율은 과거 정권의 유산입니다. 지난번에 거리에서 제 핸드백을 낚아채 갔던 사람들이 전에는 어떻게 살았겠습니까? 그들은 전에는 흑인 거주 지역에 완전히 고립된 채 살았습니다. 백인들은 그들을 데려와 일을 시키면서도 가족은 데려오지도 못하게 차단했습니다. 그들은 다른 곳으로 옮겨 다니며 일자리를 찾을 수도 없었습니다. 요하네스버그에서 일하는 것이 마음에 안 든다고 더번으로 갈 수 있는 이동의 자유가 없었던 것입니다. 하지만 이제는 상황이 달라졌습니다. 누구나 마음만 먹으면 어느 곳이든 갈 수 있습니다. 가족을 데리고 올 수도 있고 원하는 것을 구할 수도 있습니다.

흑인들의 비참한 현실이 아파르트헤이트 정권 때만 그런 것은 아니었습니다. 1948년 이전에도 상황은 마찬가지였습니다.

하지만 이제 상황이 달라졌습니다. 농촌 지역에서 비참하게 살던 사람들이 도시로 몰려옵니다. 그러나 그들이 살 곳은 어디에도 없습니다. 그들은 도시에 판잣집을 짓고 삽니다. 당신도 도시마다 있는 판잣집에 대해서는 알지요? 제2차 세계대전 이후부터 사람들이 그런 곳에 살았으니까 이제 50년 이상이 됐습니다. 전에는 통제를 했지만 지금은 모든 사람이 케이프타운, 요하네스버그, 더번 등 대도시로 몰려옵니다. 그런데 문제는 그들에게 먹고살 아무런 대책이 없다는 것입니다. 교육 문제는 언급하고 싶지도 않습니다. 그들에게는 아주 기본적인 기술도 없습니다. 배관공, 전기 수리공 등 사람들의 일상생활을 돌아가게 하는 그런 것에 대한 기본적인 훈련이나 기술이 없는 겁니다. 그런 사람들이 어떻게 하겠습니까? 가족과 아이들은 먹을 것을 기다리고 있지, 일자리를 구하려고 해도 안 되지, 결국 이판사판으로 총을 들고 강도질을 하거나 범죄단체에 가담하여 조직적인 범죄를 저지르며 돈을 법니다. 다시 말하지만, 범죄의 본질과 뿌리는 아파르트헤이트의 유산인 실업에 있습니다. 음베키 대통령을 기다리고 있는 것은 바로 이러한 커다란 문제들입니다.

왕은철 당신은 아프리카 민족회의^{ANC}가 공식단체가 되자 공식적인 당원이 되었습니다. 전에는 불법단체였던 당이 이제는 집권당이 됐습니다. 그런데 당원으로서 당을 비판하기가 쉽지 않을 텐데 어떻습니까? 언론에 보도되는 것을 보면 공무원들의 타락이 대단히 심각한 모양이던데 결국 그것은 집권당의 책임이 아니겠습니까?

고디머 옛말대로 권력은 타락하기 마련입니다. 그렇게 될 경우, 물론 비판해야 합니다. 저는 당을 비판해왔고 앞으로도 그러할 것입니다. 저에게 충성심이라는 것은 권리뿐만 아니라 책임감도 포함하는 것입니다. 운동이나 조직의 원리를 지키는 조직원이 된다는 것은 사회에 대한 도덕적 원칙에 근거한 것입니다. 그래서 그것이 잘못되어갈 때는 왜 그렇게 됐는지 발언을 해야 할 의무가 있습니다. 『아무도 나와 동반할 자 없네』라는 소설을 예로 들어서 얘기해보겠습니다. 저는 이 소설에서 권력 갈등을 중심에 놓았습니다. 국외에서 운동을 했던 사람들과 국내에서 운동을 했던 사람들^{UDM} 사이에 생기는 갈등, 그리고 밖에서는 지도자였던 사람이 돌아와서는 아무런 역할도 맡지 못하고 오히려 그의 부인이 권력의 중심에 서게 되면서 생기는 가정 내의 갈등이 소설에서 다뤄집니다. 그러나 ANC 동지들 중 아무도 저에게 조직 내의 권력 갈등을 다룬 소설을 써서는 안 된다는 말을 한 사람은 없었습니다. 아무도 없었습니다. 그것은 우리가 그만큼 성숙해졌다는 증거죠.

왕은철 정치관에 대해서 물어보고 싶은데, 특별히 관심을 두는 이데올로기가 있는지요. 가령 포스트식민주의 같은…….

고디머 포스트식민주의는 당연하지요. 저는 포스트식민주의나 반식민주의, 어느 쪽이든 모두 지지하는 입장입니다. 그것은 이 나라만이 아니라 다른 나라들과도 상관이 있는 것이니까요. 최근에 남아메리카 3개국을 방문한 적이 있었는데, 우리가 얼마나 많은 식민지 경험을 공유하고 있는지 다시 한 번 확인하게 됐습니다. 그것을 제외하면, 저는 언제나 좌파였다고 할 수 있습니다. 지금도 물론 그렇습니다. 그러나 공산주의 당원인 적은 없었습니다. 저는 공산주의자는 아니지만, 정치철학으로서 공산주의를 가깝게 느꼈던 적은 있었습니다. 공산주의가 워낙 잘못된 쪽으로 흘러가버리고 말았다는 것은 역사의 비극입니다. 고귀한 관념과 이상이 잘못돼간 겁니다. 어떤 면에서 보면 그것은 지도자들한테 배반당한 것입니다. 존중되어야 하는 인간적 원리들이 배반당한 것입니다. 그러나 진보주의나 자본주의의 좋은 측면들을 배제하지 않은 새로운 사회주의가 거기에서 출현할 수도 있을 것입니다. 자본주의가 문제를 해결할 수 있을 것 같지는 않으니까요. 소비에트 연방에 자유가 온 후 어떻게 됐는지 생각해보세요. 허황된 꿈일지 모르지만, 독재주의가 되어버린 사회주의와 탐욕스러운 자유시장 체제 사이 어딘가에 무엇인가가 있을지 모릅니다. 여하간 자본주의는 무엇이 잘못된 건지 점검해볼 필요가 있습니다.

서구의 위선적인 사고방식은 보통 문제가 아닙니다. 우리가 얘기를 하고 있는 이 순간에 열리고 있는 지뢰 협상에서 무슨 일이 벌어지고 있는지 생각해보세요. 인권 운운하면서도 지뢰 문제에는 아랑곳하지 않는 미국인들을 보세요. 그들은 지뢰로 다친 사람들을 치료하라고 돈을 건네는 한편, 아직도 지뢰를 파기하자는 조약에 가입할 생각은 하지 않고 지뢰를 더 생산해서 팔고 있지 않습니까. 그런 이중적인 행위를 어떻게 표현해야 할지 모르겠습니다. 한반도도 피해 지역 중 하나입니다.

왕은철 좋습니다. 이제는 화제를 돌려서 당신의 소설에 관한 질문을 해보려 합니다. 당신은 지금까지 굉장히 많은 소설을 발표했습니다. 그 소설들을 잘 살펴보면 일련의 변화가 감지됩니다. 그 변화가 의도적이고 의식적인 것이었는지 궁금합니다. 초기 단편소설부터 최근의 소설 『집안의 총』까지 폭넓게 얘기해주시면 좋겠습니다.

고디머 변화가 있었다면 그것은 의식적인 변화는 아니었습니다. 물론 정치적인 변화는 불가피한 것이었지요. 그러나 소설이란 정치적인 변화나 자기 안에서 일어나는 변화와도 상관없는 것입니다. 가령 제 스타일에 대해서 얘기해보자면, 그것은 발전이라고 보기는 어려울 것입니다. 어떤 주제에 대해 소설을 쓸 때, 가장 중요한 것은 그것을 가장 효과적으로 전달할 수 있는 내러티브를 찾아내는 것입니다. 1인칭으로 할 것인가, 3인칭으로 할 것인가, 아니면 1인칭과 3인칭을 혼합할 것인가, 작가가 개입할 것인가 말 것인가, 결정을 해야 합니다―제 경우에는 개입하지 않는 것이 원칙입니다―달리 말해 주제가 다르면 스타일도 달라지는 것이지요. 그래서 저는 작가의 스타일이라는 것을 믿지 않는 사람입니다. 적어도 제 경우에는 그렇습니다. 저는 "이번에는 포스트모던 소설을 써야겠다, 다음 번에는 이런저런 글을 써야겠다"라고 생각해본 적이 결코 없습니다. 제게는 이런 꼬리표가 전혀 의미가 없습니다. 구조주의, 전기 구조주의, 후기 구조주의, 전기 모더니즘, 모더니즘, 포스트모더니즘 등은 비평가들이 우리 작가들에게 붙인 꼬리표일 뿐입니다.

왕은철 그래도 당신의 소설을 돌아보면 어느 지점에선가 발전은 있었겠지요.

고디머 그럼요. 글을 쓰는 동안 그런 것을 의식했던 것은 아니었지만, 50년 전부터 글을 쓰기 시작했으니까 그동안 제가 글을 써오면서 아무런 깃도 배우지 않고, 글을 쓰는 기술도 발전시키지 않았다면 끔찍했겠지요. 어느 지점에선가 발전은 있었을 것입니다. 발전하지 않았다면 저는 진정한 작가가 아닐 것입니다. 제가 갖고 있는 기술로 언제나 똑같은 식으로 쓴다는 것은 말이 안 됩니다.

왕은철 그렇다면 그것은 완만한 변화였나요?

고디머 아니, 그것은 완만한 변화는 아니었습니다. 저는 열 아홉 살 때부터 글을 쓰기 시작했습니다—성인 소설을 처음 쓴 것은 열다섯 살 때였습니다—그런 초기 소설들을 쓰면서 저는 글을 쓰는 법을 스스로 터득했습니다. 물론 글을 쓰기 위해서는 무엇보다 타고난 재능이 있어야 합니다. 평생 동안 글을 써보려 노력해도 타고난 재능이 없으면 불가능한 법입니다. 그것은 좋은 성악가가 되려면 좋은 목소리를 지니고 태어나야 하는 이치와 같습니다. 그런데 그 재능은 개발시켜야 합니다. 저는 사람들에게 글을 쓰는 법을 가르칠 수 있다고는 생각하지 않습니다. 글쓰기를 배우는 유일한 길—제가 택한 방식이지요—은 다른 사람의 글을 음미하며 읽는 것입니다. 그렇게 함으로써 작가는 자신의 글에 대해서 비판적일 수 있게 됩니다. 그런 다음, 가지고 있는 재능을 활용하는 방법을 알아야 합니다. 그것이 제 글쓰기의 시작이었습니다. 단편소설을 갖고 시작했던 것이지요.

지금도 제가 초기에 쓴 단편소설들을 읽으면 부러울 때가 있어요. 그때는 젊었을 때라 참신한 시각을 갖고 있었거든요. 아주 좋아요. 모든 것을 처음으로 바라보거든요. 단편소설을 쓴 후, 장편소설을 붙잡고 늘어졌습니다. 제 첫 장편소설—『거짓의 날들』—은 약간 엉성하다고 생각합니다. 그때까지 단편소설만을 써왔기 때문인지, 그 소설은 제가 단편소설을 쓸 때와 마찬가지로 토막을 내어 어떤 것을 생각하는 경향을 보여주고 있습니다. 그러니까 저는 장편소설을 써가면서 발전해간 것이지요. 그렇다고 그것을 싸잡아 얘기하는 것은 곤란합니다. 앞에서 얘기한 것처럼, 소설은 저마다 다른 접근 방식을 필요로 합니다.

상이한 접근 방식을 택하고 있는 두 소설을 예로 들어보겠습니다.『보존주의자』는 제 소설 중 가장 서정적인 소설입니다. 정치적인 설명을 할 필요가 없었던 소설이었지요. 그런데 다음에 발표한『버거의 딸』에서는 전적으로 다른 방식을 채택했습니다. 『보존주의자』에서 했던 것과는 판이하게,『버거의 딸』에서는 정치적인 설명을 도입하는 방식을 찾아내야 했습니다. 저는 상당히 고심한 끝에 이렇게 하기로 했습니다. 라이오넬 버거가 죽은 다음, 그의 딸인 로자 버거에게 저널리스트인 작가가 그녀의 아버지의 삶, 즉 그녀가 모르는 부분을 포함한 아버지의 전반적인 삶에 대해 글을 쓰고 싶다고 접근해오자, 로자 자신이 아버지의 삶을 추적하게 됩니다. 그것이 제기 택한 자연스러운 방법이었습니다. 저는 혁명가로서의 라이오넬 버거의 삶과 역정을 소개할 수 있는 자연스러운 방식을 찾아냈던 것입니다.

왕은철 아프리카는 식민지 역사로 얼룩져 있는 곳입니다. 그런 곳에서 예술가의 역할은 안정된 지리적 공간에 있는 예술가의 역할과는 다를 것 같습니다. 가령, 아프리카 작가들 중 상당수는 그들의 역할을 가르치는 선생이라고 믿고 있는 듯합니다.

가령 아체베Chinua Achebe, 소잉카, 음파흘렐레, 응구기 등 대표적인 아프리카 작가들을 보면 거의 대부분이 그렇게 생각하는 것 같습니다. 당신은 자신을 독자들의 의식을 일깨우는 선생이라고 생각한 적이 있습니까? 가령 남아프리카공화국의 인종차별이나 정치에 대해서 사람들에게 깨우쳐줌으로써…….

고디머 그렇지 않습니다. 소설가는 그렇게 생각해서는 안 됩니다. 제가 누군가를 가르치고 설득하고 싶다면 논문을 쓰겠지요. 아체베도 자신이 누군가를 가르친다고 생각하지는 않을 것입니다. 그는 결코 소설을 정치적인 선전으로 이용하지 않습니다. 그러나 인물들이 정치적인 쪽으로 해석되는 것은 막을 수 없습니다. 물론 어떤 인물들은 작가의 정치적 견해에 합치되기도 하고 배치되기도 합니다. 아체베, 소잉카, 음파흘렐레, 그리고 저처럼 작가가 어떤 특정한 정치적 입장을 지지하는 경우가 있는데, 그것은 불가피한 것입니다. 두 가지를 분리한다는 것은 어려우니까요. 작가는 등장인물의 입을 통해 자신이 하고자 하는 말을 하고 싶은 유혹을 느낍니다. 그러나 그러한 유혹에 넘어가서는 결코 안 됩니다. 그것은 자신이 갖고 있는 재능을 남용하는 것이기 때문입니다. 그러나 본질적인 의미에서 말하면, 작가는 특정한 시기에 특정한 장소에서 살고 있는 존재이기 때문에, 사람들의 삶을 형성하는 것이 무엇인지 체득하고 체감하게 됩니다.

우리들의 삶의 형체를 이루는 것이 무엇이겠습니까? 그것은 정치와 정치적인 책략입니다. 우리는 모두 이것이 만들어낸 산물입니다. 그러니까 광범위한 의미에서 저도 다른 작가들과 마찬가지로 좋든 싫든 가르치고 있는 셈일 것입니다. 작가가 무엇을 쓰든지 그것은 정치적인 의미를 띠게 되고, 결국 작가는 사회적 상황의 형상화를 통해서 무엇인가를 가르치게 되는 것입니다. 그러나 작가는 사회를 심오하고 깊숙하게 천착함으로써, 샐먼 루시디Salman Rushdie가 말한 것처럼, 말할 수 없는 것을 말하고 발언할 수 없는 것을 발언하는 자입니다. 이것이 바로 소설가나 시인이 하는 일입니다. 그리고 그것이 작가의 진정한 효용성일 것입니다. 그러니까 사람들이 말하는 것과 행동 속에 숨어 있는 의미를 포착하는 것이 중요하다는 말입니다. 그렇다면 가르치는 것은 불가피할지 모릅니다.

왕은철 남아프리카공화국 비평가들은 일반적으로 당신의 작품을 존 쿳시의 작품과 대조적인 입장에서 바라보는 것 같습니다. 당신의 소설들이 남아프리카공화국의 정치적 상황을 직접적으로 다뤄온 것과 달리, 쿳시의 작품은 다소 심미적인 쪽으로 기울고 있는 것도 사실이니까요. 그렇다고 정치와 미학을 따로 분리해야 한다는 말은 아닙니다. 여하간 그런 비평가들의 지적이 적절하다고 생각하십니까?

고디머   그렇다면 비평가들은 쿳시와 저를 제대로 읽지 못하고 있는 것입니다. 쿳시의 『마이클 K』Life & Times of Michael K를 보세요. 그것은 땅을 뺏기고 집도 없이 방황하고 배회하는 내용 아닙니까? 그것이 정치적인 것이 아니라면 무엇입니까? 제 소설 속 인물들이 정치적인 쪽으로 해석되는 것은 저도 어쩔 수 없습니다. 그러나 저는 인간적인 측면이나 삶의 신비 역시 다루고 있는데 그런 쪽은 뭔가요? 저는 일부 비평가들이 무슨 말을 하든 그다지 신경 쓰지 않습니다.

가령 『집안의 총』을 예로 들어보죠. 그것이 어떤 의미에서 정치적인 것입니까? 이 소설의 주제는 정치적인 것이 아니라 사랑입니다. 사랑이란 무엇이며, 책임은 어디까지 져야 하는가. 연인에 대한 사랑, 남편에 대한 사랑, 부인에 대한 사랑, 아이들에 대한 사랑의 의미는 무엇이고 어디서 시작되는가. 당신이 사랑하는 사람의 행동은 그 사람에 대한 관용심과 어떤 관계에 있는가. 이 소설에 나오는 중산층 부부는 자식이 도덕적 가치관을 갖고 성장할 수 있도록 가르칩니다. 아버지는 신앙심이 돈독한 기독교도이고, 어머니는 불가지론자이기는 하지만 책임 있는 의사입니다. 한 사람이 정신의 치료를 믿는 신앙가라면, 다른 사람은 몸의 치료를 믿는 의사입니다. 그런데 어떻게 해서 그들의 자식이 다른 사람을 죽일 수 있습니까. 그런 상황이 발생한 경우, 아직도 그런 아들을 사랑할 수 있는가, 아니면 그들의 삶에서 제외시켜버려야 하는가. 그가 저지른 행위와 상관없이 아들을 사랑해야 하는 것인가. 바로 그것이 이 소설의 내용이며, 제가 생각했던 것은 그것과 결부된 책임의 문제입니다.

그런데 제가 계속 생각하다보니까 하필 총이 거기에 있었느냐는 문제가 제기되었습니다. 상황과 맥락이 그때 작품 속으로 들어오게 된 거지요. 사람들은 총을 소지하고 살고 있습니다―물론 전 총 같은 건 없습니다. 지난번에 냉장고가 고장나서 기사를 불렀더니 그 사람이 총을 차고 냉장고를 고치더군요―문제는 총이 거기 있지 않았다면 덩컨이 사람을 죽였겠느냐 하는 문제입니다. 싸울 수는 있었겠지만 그렇게까지 일이 번지지는 않았을 겁니다. 그래서 문제가 생기는 것이지요.

그레이엄 그린Graham Greene이 어딘가에서 한 말을 빌리자면, 사람은 어떤 종류의 사회에 살건 그 사회의 폭력에 익숙해지게 되는 법입니다. 우리는 그런 형식의 폭력에 익숙해졌습니다. 그것은 단순히 차를 납치하는 문제만이 아니고, 남편과 부인이 서로를 죽이는 양상으로 번지는 그런 폭력의 형식입니다. 문제를 해결할 다른 방식을 찾는 게 아니라 그 갈등을 총을 갖고 즉각 해결하려고 하는 것이지요. 이 소설이 출판되고 미국 여행을 갔을 때 한 학생이 두 급우와 선생을 죽인 살인사건이 보도된 적이 있었어요. 그런데 프랑스에서도 비슷한 살인사건이 났었더군요. 물론 이 소설은 요하네스버그를 중심으로 벌어지는 살인사건을 중심으로 하고 있지만, 이것은 요하네스버그에 국한된 폭력의 형식이 아니라 세계에 번지고 있는 폭력의 물결인 것입니다.

왕은철 당신의 작품을 너무 정치적인 쪽으로 해석하는 것은 부당할 뿐만 아니라 작품의 진면목을 왜곡하는 것이라는 말씀으로 알아듣겠습니다. 그러나 당신의 정치적 입장과 당신의 소설을 분리한다는 것은 쉬운 일이 아닌 것 같습니다. 방금 말씀하신 『집안의 총』을 예외로 한다면, 모든 소설이 남아프리카공화국의 정치상황과 긴밀한 연관이 있으니까요. 그런데 방금 말씀하신 것에서도 그렇지만, 당신이 전에 쓴 글도 보면 당신은 문학 비평가들을 상당히 불신하고 있다는 인상을 주는데 특별한 이유라도 있습니까?

고디머 그것은 경우에 따라 다릅니다. 우선 남아프리카공화국은 제외시키고 얘기하는 게 좋겠습니다. 왜냐하면 세계에는 훌륭한 글을 쓰는 좋은 비평가들이 많이 있기 때문입니다. 여하튼 비평가란 비평을 하기 전에 해당되는 텍스트를 제대로 이해해야 합니다. 저도 때때로 다른 사람의 작품에 대해서 비평문을 쓴 적이 있습니다. 당신이 알고 있는지 모르겠지만, 저는 하버드 대학에서 개최했던 찰스 엘리엇 노튼 강연에서 아체베, 마푸즈Naguib Mahfouz, 오즈Amos Oz 등 세 작가에 대해 강의한 것을 『글쓰기와 삶』Writing and Being이라는 책으로 묶어 낸 적이 있습니다. 그것은 문학비평서였습니다. 저는 정말로 그들의 모든 작품을 안다고 느끼고 강연하고 글을 썼습니다. 한 작품만이 아니라 그들의 모든 작품 말입니다. 어떤 면에서 보면, 우리는 어떤 작품에 대해서 읽고 쓰면서 자신의 존재를 그 속에 투영하게 됩니다. 모든 것이 다 그렇습니다. 그런데 문학비평에서 피해야 할 것은 그것을 자기가 쓰면 이렇게 썼을 것이라며 다시 쓰는 식의 사고방식입니다. 많은 비평가들이 그렇게 하고 있습니다. 여하간 그런 것은 제가 관여할 바가 아니라는 생각이 듭니다. 작가가 작품을 발표하면, 누구나 그것에 대해 자신의 의견을 말할 권리가 있으니까요.

왕은철 한 가지만 더 짚고 넘어가겠습니다. 앞서 쿳시에 대해서 잠깐 질문했는데 다소 미진한 듯해서 그렇습니다. 당신은 1984년 쿳시의 『마이클 K』에 대해 쓴 리뷰에서, 쿳시를 "종달새처럼 날아올라 매처럼 내려다보는 작가"라고 했습니다. 그것은 80년대같이 복잡다단한 상황을 감안하면 불가피한 측면이 없지 않은, 긍정과 부정이 엇갈리는 평가였던 것 같습니다. 쿳시의 알레고리적인 소설을 그대로 용납하기에는 남아프리카공화국의 현실이 너무 고통스럽고 심각했겠지요. 당신은 지금도 15년 전과 똑같이 쿳시의 작품에 대해서 상반된 감정을 동시에 느낍니까?

고디머 아니, 당신이 인용한 그 말 자체는 순수한 칭찬이었습니다. 많은 리뷰를 썼기 때문에, 제가 어떤 것을 정확하게 기억한다는 것은 불가능합니다. 당신은 그 글을 읽었으니 제가 어떤 입장에 있었는지 아시겠지요. 여하간 동료 작가에 대해서 말한다는 것은 거북한 일입니다. 저는 쿳시의 작품에 찬사를 보내는 사람입니다.

왕은철 당신에게 중요한 영향을 미친 남아프리카공화국 작가가 있었습니까?

고디머 불행하게도 없었습니다. 우리는 서로한테 영향을 주고받는 것 같지는 않습니다. 그러기에는 작가의 수가 너무 적습니다. 슬픈 현실입니다. 제게 영향을 미쳤을 수도 있는 작가가 있긴 합니다. 시인이자 소설가인 윌리엄 플로머William Plomer가 그 사람입니다. 『터벗 울프』Turbott Wolfe는 굉장한 소설입니다. 대단히 예리한 통찰력이 담겨 있는 소설입니다. 플로머는 영국인 부모 사이에서 태어났는데, 출생지가 짐바브웨 국경쯤 됩니다. 그는 영국으로 돌아가서 학교를 다니다가 폐결핵에 걸려 따뜻한 날씨를 찾아 이곳으로 왔습니다. 그리고 줄루랜드의 가게에서 일을 했습니다. 그는 백인이 거의 없던 시절에 줄루랜드에서 줄루족들에 둘러싸여 일하면서 겪었던 경험을 기초로 소설을 썼지요. 정말로 좋은 소설입니다. 그런데 그는 이 소설을 쓰고 난 후, 지독하게 욕을 먹고 이 나라에서 쫓겨났습니다. 그리고 일본으로 가서 일본에 관한 소설을 썼습니다. 그러나 그러한 그도 '영향을 미쳤을 수도 있는 작가'일 뿐 제가 작가로 성장하는 데 실제로 영향을 미친 남아프리카공화국 작가는 없습니다.

왕은철 남아프리카공화국에서는 작가를 백인 작가, 혼혈 coloured 작가, 흑인 작가 등 피부색에 따라 분류하는 것 같습니다. 이것에 대해서 어떻게 생각하십니까?

고디머 그것은 작가한테 달려 있겠지요. 그러나 우리는 피부색에 관계없이 작가입니다. 우리는 아파르트헤이트 정권 때문에 서로 다른 경험을 했기 때문에 서로 다른 방식으로 사물을 인식할 수도 있습니다. 그래서 자기와 동류인 사람들에 대해 쓰는 것은 자연스러운 것입니다. 흑인이 겪었던 것은 무엇인가, 백인이 겪었던 것은 무엇인가, 그 중간에 있는 혼혈인이 겪었던 것은 무엇인가, 백인 중에서도 아프리카너와 비아프리카너 사이의 차이는 무엇인가. 이런 문제들에 대해 쓰는 것은 당연한 것입니다. 그러나 그것이 작가에게 꼬리표가 되어서는 안 됩니다. 남아프리카공화국에서의 글쓰기는 하나의 조각그림 맞추기 놀이나 마찬가지입니다. 우리는 모두 한 조각만을 갖고 있습니다. 그것들을 모두 합해야 비로소 하나의 그림이 되는 것입니다. 그러나 동시에, 자기가 아는 것만을 쓸 수 있다고 생각하는 것은 옳지 않다고 생각합니다. 흑인 작가들의 경우, 백인을 작품 속에 형상화할 수 없다고 생각하는 것은 잘못된 것입니다. 아파르트헤이트 시절에도 우리는 여러 가지 측면에서 같이 살았고, 지금은 더욱 '완전히' 같이 살고 있습니다. 그래서 저는 인종을 나누는 것에 대해 반대하는 입장입니다. 어떤 작가를 흑인 작가, 혼혈인 작가, 백인 작가 등으로 분류하는 것은 옳지 않습니다. 물론 흑인의 경험은 그 어느 것보다 압도적입니다. 어떤 경험은 전적으로 흑인적인 것도 있습니다. 그것에 관해서는 오랫동안 쓰여지게 될 것입니다.

왕은철 백인이 흑인 인물을 형상화할 수 없다는 응코시Lewis Nkosi와 같은 일부 흑인 작가들의 견해에는 물론 동의하지 않으시겠군요.

고디머 그렇습니다. 저는 흑인 동료작가들에게 종종 그 점에 대해서 얘기를 한 적이 있었습니다. 우스운 일이지만 언젠가 한 번, 흑인 작가에게 이런 말을 한 적이 있었습니다. "당신은 흑인이자 희곡 작가인데, 왜 백인은 당신 희곡에 등장하지 않는 겁니까? 당신은 백인들 속에서 살며, 그들에 대해 알고 있지 않습니까?" 그랬더니 그는 결국 제 말을 받아들이고, 백인을 자신의 희곡 속에 형상화했습니다. 음파흘렐레는 제가 최초로 사귄 흑인 작가 중 한 사람이었는데, 저는 그가 흑인 작가라고 불리는 게 못마땅합니다. 그는 아프리카 작가입니다. 아마 안드레 브링크나 존 쿳시도 그들을 백인 작가라고 부르면 좋아하지 않을 것입니다. 그들도 아프리카 작가인 것입니다.

왕은철 이번에는 인종의 문제를 떠나서 페미니즘 문제에 대해서 물어보고 싶습니다. 당신은 지금까지 창작 활동을 하면서 일관되게, 인종차별의 문제가 페미니즘을 비롯한 여타의 문제보다 우선한다는 이유로 페미니즘 논의에 합류하는 것을 완강히 거부해왔습니다. 남아프리카공화국의 정치 상황에서는 충분히 이해가 가는 입장이기도 합니다. 그런데 제가 생각하기에는 당신은 성의 문제를 중심에 놓지 않으면서도 철저하게 페미니스트였던 것 같습니다. 당신의 소설을 보면 거의 모두가 그렇습니다. 페미니즘에 대한 당신의 견해는 당신의 정치적인 견해와 상관이 있는 것이지, 실제로 여성 인물을 긍정적으로 그리는 것과 반대되는 입장에 있는 것은 아닌 것 같습니다. 어떻게 생각하십니까?

고디머 당신의 발언 중 마지막 부분에 동의합니다. 페미니스트적인 시각은 제 정치적인 시각에서 나옵니다. 저는 늘 인간의 절대적 평등권을 지지해왔습니다. 그들의 피부색이 검은색이든 백색이든, 황색이든 갈색이든 상관하지 않으며, 이성애자이든 동성애자이든 상관하지 않습니다. 그것이 페미니즘에 대한 제 입장이었습니다. 저는 페미니즘의 명분을 지지하지 않는다는 이유로 비난을 받아왔습니다. 그러나 저는 제 정열을 인권과 반인종차별 쪽에 쏟아왔습니다. 저는 페미니즘이 그런 인권 문제와 반차별의 문제나 분리된 게 아니라 그것의 일부라고 생각했습니다.

당신도 이 얘기를 들었는지 모르지만, 작년에 영국의 페미니스트 단체에서 저에게 무슨 큰 상을 주려고 했는데, 거절했습니다. 많은 사람들이 왜 그랬는지 궁금해했습니다. 이유는 간단합니다. 제가 소설을 쓰고 그것이 좋은 작품이라면, 혹은 당신이 소설을 쓰고 그것이 좋은 작품이라면, 제가 여자라는 이유 때문에 혹은 당신이 남자라는 이유 때문에 상을 받거나 상에서 제외된다는 것만큼 부당한 것이 있을까요? 말이 안 되는 것이지요. 소설의 완성도보다는 작가의 성을 우선한다는 게 어디 말이 됩니까? 페미니스트 쪽에서는 그것을 합리화하겠지만, 저는 말이 안 된다고 생각합니다. (출판사도 성 때문에 여성의 작품을 차별한 적은 없습니다. 물론 많은 나라들에서는 여성이 집안일을 하느라고 글쓰기에 전념할 수 없는 상황에 있으며, 교육을 받지 못하는 열악한 상황에 처해 있기도 합니다. 그러나 그건 다른 차원의 얘기입니다. 일단 재능이 있고 그것을 개발하면 남성이건 여성이건 차별은 없습니다.)

왕은철 당신의 기본 입장은 남아프리카공화국의 정치상황이 변했다는 것과도 상관이 없는 것 같군요.

고디머 그렇습니다. 여성의 인권 문제는 여전히 광범위한 인권 문제의 일부일 뿐입니다. 인권 문제가 모두 해결되었다고는 생각하지 않습니다. 우리들이 전에는 몰랐던 수많은 문제들이 불거져 나오고 있습니다. 어린이들의 권리, 농장이나 다른 곳에서의 어린이 노동과 같은 것이 대표적인 예일 것입니다. 아이들은 성에 상관없이 보호받아야 합니다. 한 인간으로서, 책임감이 있는 한 인간으로서 제가 중점을 두고자 하는 것은 여전히 인종 차별입니다. 그것은 성의 문제와 상관이 없는 문제입니다.

왕은철 그러니까 성의 문제보다 더 중요하고 시급한 문제가 있다는 말이겠네요.

고디머 그럼요. 성은 아주 중요한 문제입니다. 그러나 이제 사람들은 제3의 성에 대해서 언급하고 있습니다. 다음은 무슨 얘기가 나올지 모르겠어요. 성에 국한된다는 것은 여하튼 말이 안 됩니다. 동성애자 작가상이 따로 있고, 이성애자 작가상이 따로 있으면 되겠습니까. 더 큰 문제에 대해서 생각해야 합니다. 얼마든지 있습니다. 비근한 예로 지뢰의 문제를 들 수 있습니다. 그것 때문에 얼마나 많은 사람들이 다치고 목숨을 잃고 있습니까. 바로 그런 문제가 중요한 것입니다. 페미니즘은 지엽적인 문제에 불과합니다.

왕은철 저는 최근에 당신의 초기 작품들을 읽으면서 남아프리카공화국의 정치적, 사회적 현실이 일찍부터 암시되고 예언된 듯한 인상을 받았습니다. 소설에 나오는 것과 너무나 똑같은 상황이 현실화되고 있다고 할까요. 가령 『줄라이의 사람들』은 예언적인 소설인 것 같습니다. 당신은 글을 쓸 때 미래에 있을 일을 의식하고 쓰는 것입니까? 아니면 현재의 상황 중 의미심장한 것들에 집중을 함으로써 현재를 기록하는 것에 충실하고, 그것이 예언적인 것인지 아닌지는 시간이 해결해주도록 하는 겁니까?

고디머 그런 경우는 한 번 있었던 것 같습니다. 제가 쓴 소설 중에서 『줄라이의 사람들』만이 유일하게 미래적인 소설입니다. 그것은 남아프리카공화국이 내란으로 접어들지 모른다는 커다란 두려움과 공포와 끔찍한 전망에서 나온 것입니다. 저는 미래에 벌어질 일을 상상해봤던 것입니다. 그런 일이 일어나지 않았다는 게 얼마나 다행인지 모릅니다. 우리는 그런 상황에 아주 가까워 있었습니다. 당시 백인들은 낭떠러지 끝으로 달려가는 쥐 신세였습니다.

왕은철 『줄라이의 사람들』에서 전개되는 상황을 현재 백인과 흑인이 처한 상황으로 해석해도 될까요?

고디머 아닙니다. 왜냐면 그것은 끔찍하고 극단적인 상황을 예상하고 그 두려움을 표현한 것이며, 백인을 중심으로 초점이 협소하게 맞춰져 있기 때문입니다. 모든 백인들이 모린이나 밤과 같지는 않지만 대부분은 그랬습니다. 그러나 소수의 백인들은 아주 달랐습니다. 소수의 백인들은 『버거의 딸』에 등장합니다. 다시 말씀드리지만, 『줄라이의 사람들』은 다소 협소한 시각으로 현실을 응시한 소설이었습니다.

왕은철 당신은 『주빈』에서 독립을 쟁취한 신생 아프리카 국가에서 벌어지는 가상적인 현실을 다루고 있습니다. 백인인 브레이가 살해당하는 결론 부분은 특히 그렇다는 생각이 듭니다. 이것을 남아프리카공화국에서 벌어질지도 모르는 상황이라고 해석해도 될까요?

고디머 당신도 아시겠지만, 『주빈』은 남아프리카공화국을 배경으로 하고 있지 않습니다.

왕은철 네, 그것은 알고 있습니다. 그러나 『주빈』에서 벌어지는 상황은 남아프리카공화국의 상황과 크게 다르지 않을 수도 있다는 생각이 들어서 묻는 겁니다.

고디머 당신은 다시 작가의 예언적 기능에 대해서 얘기하는 군요. 저는 작가가 예언자라고 생각하지는 않지만, 작가가 예언을 하기는 하지요. 그것이 작가가 다른 글을 쓰는 사람들과 다른 점입니다. 작가는 어렸을 때부터 모든 것을 관찰하고 듣고

받아들이고 처다보면서, 말과 말해지지 않는 것과 표정과 몸짓에서 무엇인가를 포착해냅니다. 저는 작가는 엿듣는 사람이 되어야 한다고 늘 생각해왔습니다. 저는 어렸을 때부터 엿듣는 것을 좋아했습니다. "이 사람은 지금 자신의 이런 견해를 주장하고 있지만, 속으로는 아마 다른 생각을 하고 있을지 모른다"라는 생각을 하며 다른 사람의 말을 엿듣곤 했습니다. 비행기를 타고 여행을 할 때도 다른 사람들이 하는 말을 엿듣기를 좋아합니다. 거기에서 많은 것들을 포착할 수 있기 때문입니다.

『주빈』에서 벌어지는 것과 비슷한 상황이 짐바브웨나 잠비아와 같은 나라에서 벌어졌습니다. 그런 면에서 예언적인 소설이라고 할 수도 있겠죠. 소설 속에서 벌어지는 상황과 현재 남아프리카공화국에서 벌어지고 있는 상황 사이에서 유사점을 찾을 수도 있을 것입니다. 남아프리카공화국 노조와 해방운동은 원래 하나였습니다. 독립이 된 후, 정부는 보스가 되어 사사건건 통제를 하려 합니다. 그렇게 되면 둘은 분리되는 것입니다. 지금은 정리가 되었지만, 작년에는 남아프리카공화국 노조가 독자적인 대통령 후보를 내려고 했었습니다. 여하튼 언제든지 긴장이 조성될 여지가 있습니다. 순수 노조 출신이 장관이 되면, 노조를 달랠 수 있을지도 모르겠습니다.

왕은철 앞서 잠깐 포스트식민주의에 대해서 얘기한 적이 있는데, 내러티브 전략으로서의 포스트식민주의의 한 측면에 대해서 묻고 싶습니다. 당신은 의식적으로 "되받아 쓰기"Write back를 한 적이 있습니까?

고디머 물론입니다. 아프리카, 남아메리카, 멕시코, 한국, 일본에 대해서 글을 쓰는 유럽 작가들은 결코 그 속을 제대로 파악하지도 못하고 외부적인 시각에서만 접근합니다. 유럽 작가들이 남아프리카공화국에 대해서 쓴 책은 별로 없는 것 같습니다. 물론 보고 즐기는 책이나 야생 동물에 관한 책들을 제외하고 하는 말입니다. 그러나 아프리카 대륙 전체를 기준으로 해서 보면, 많은 책들이 쓰여졌습니다. 가령 헤밍웨이의 소설을 보세요. 얼마나 아프리카가 왜곡되어 있습니까. 아프리카 사람들은 거의 나오지도 않고, 아프리카라는 곳은 사자들만 사는 나라가 되어 있지 않습니까. 남아프리카공화국에서 남아프리카공화국을 중심으로 글을 쓴다는 것은 이런 왜곡된 시각을 뒤집으며 우리 자신의 정체성을 찾아가는 여정입니다.

왕은철 당신은 루카치에 대해서 여러 차례 언급을 한 것으로 알고 있습니다. 루카치의 이론으로부터 받은 영향이 있다면 어떤 것입니까.

고디머 저는 루카치를 아주 늦게 접했습니다. 루카치의 문학 이론을 읽었던 것은 70년대였습니다. 등장인물이 어떤 역사적 순간의 중심에 있다는 그의 이론에 호감이 갔습니다. 그의 이론은 역사소설을 중심으로 전개되고 있는데, 저는 개인적으로 역사소설에 특별한 관심이 없었으며, 그런 것을 쓴다는 것은 상상조차 할 수도 없었습니다. 그러나 저는 그가 역사소설에 대해서 말했던 것들이 제 책에도 적용될 수 있다고 생각합니다. 현재 일어나고 있는 일들을 대상으로 썼던 것이 세월이 흐르면 역사가 됩니다. 가령 당신이 앞서 언급했던 『주빈』을 예로 들자면, 그 소설은 발표 당시는 그렇지 않았지만 지금은 역사소설이 되어 있지요. 또한 "총체성"에 대한 루카치의 이론은 심오한 것입니다. 소설에서 총체성을 획득한다는 것이 극히 어려운 일이지만, 아니 불가능한 일일지도 모르지만, 작가는 언제나 그 방향을 향해서 가려고 노력해야 합니다. 적어도 제 경우에는 그렇습니다.

왕은철 당신은 루카치의 비판적 리얼리즘을 염두에 두고 얘기를 하고 있는 것 같은데 그것이 당신이 소설에서 지향하고자 하는 바입니까?

고디머 그것은 당신과 같은 학자나 비평가가 결정할 일입니다. 저도 비평가로서 다른 사람의 작품을 언급할 때는 그런 용어를 동원합니다. 그런데 우리는 리얼리즘이 무엇인지 의문을 제기할 필요가 있습니다. 역설적인 의미에서 리얼리즘보다 덜

리얼한 것은 아무것도 없습니다. 그래서 진정한 리얼리즘은 혼란스러운 인상들을 배열하는 것입니다. 가령 당신과 제가 이 방에서 대화를 나누고 있는데, 당신은 얘기를 하는 중에 당신 나라의 언어로 다른 것을 생각할 수도 있고, 당신 말에 답변을 하면서 다른 것을 다른 언어로 생각하며 지금 제 무릎에 앉아 있는 고양이를 의식하고 있을지도 모릅니다. 그렇다면 무엇이 사실입니까. 가령 당신과 제가 오늘 오후에 만났던 것을 나중에 글로 쓴다고 하면 무슨 요소인가가 빠지게 될 것입니다. 그래서 리얼리즘이란 특별한 혼돈을 다루는 방식 중의 하나라고 하지 않습니까. 가령 신문에 난 글은 무엇입니까. 보통 그것을 리얼리즘이라고 하지요. 그러나 사실 뒤에 있는 것은 무엇입니까. 리얼리즘이란 말에는 이렇게 복잡한 층이 있는 것입니다. 리얼리즘은 리얼하지 않은 것에 관한 것일지도 모릅니다. 그리고 작품마다 서로 다른 접근 방식이 필요하니까 그것도 감안해야 할 것입니다. 『버거의 딸』이나 『집안의 총』을 『보존주의자』와 비교하면 그 점은 명확해질 것입니다.

왕은철 당신이 리얼리즘에 대한 정의를 어떻게 내리든, 당신 작품에는 우리가 19세기 유럽소설에서 찾아볼 수 있는 리얼리즘과 20세기 소설에서 찾아볼 수 있는 모더니즘이 혼재하고 있습니다. 가령 당신의 소설이 콘래드, 울프, 포스터 등으로부터 영향을 받았다는 견해에는 어떻게 반응하시겠습니까?

고디머　영향을 받았다는 건 당연한 것입니다. 앞서 말했던 것처럼, 저는 다른 사람의 글을 읽으면서 글을 쓰는 법을 익혔습니다. 그 사람들의 작품을 읽으며 제 자신의 목소리를 찾으려고 했던 것입니다. 다른 작가들의 영향을 받는 것은 의심의 여지가 없습니다. 그러나 때때로 뒤를 돌아다보면 제가 한때 찬미하고 동경했던 작가들이 더 이상 그런 대상이 아니라고 느껴지는 경우가 더러 있습니다. "아, 내가 정말로 저렇게 쓰기를 원했던가?" 하는 생각이 드는 것이지요. 저는 살아가면서 끝없이 다른 작가들의 작품을 읽고 거기에 빠져듭니다. 하나의 대상이 영원한 찬미의 대상으로 머물러 있는 경우는 드뭅니다. 한 권도 빼놓지 않고 읽었던 버지니아 울프의 소설은 이제는 더 이상 찬미의 대상이 아닙니다. 그런데 콘래드한테는 늘 관심이 갑니다. 사람들은 『어둠의 속』Heart of Darkness에 대해서만 얘기를 하는데 『서구인의 눈으로』Under Western Eyes는 정말로 대단한 소설입니다. 다시 읽어봐야겠습니다. 저는 그의 생각을 부분적으로 공유하고 있습니다. 그러나 콘래드도 끊임없이 자신을 타자 속으로 투영시킨다는 점에서 상투적이 되어갑니다. 타자는 언제나 다른 피부 색깔의 사람입니다. 『어둠의 속』에서 보면, 콘래드는 아프리카를 자아의 어두운 쪽으로의 귀환 정도로 파악했습니다.

왕은철　저는 당신의 소설을 읽으면서 콘래드적인 요소를 발견했습니다. 가령 『버거의 딸』의 서술 전략을 보면서 상당히 흡사하다고 느꼈습니다. 다시 루카치의 문제로 돌아가서 말하자면 '비판적 리얼리즘'이라는 용어는 루카치가 19세기 리얼리즘 소설을 논하면서 썼던 말입니다. 그러니까 제 말은 19세기 리얼리즘과 당신의 모더니즘적 충동 사이에는 간격이 있다는 말입니다. 어떻게 생각하십니까?

고디머 바로 그것이 제가 전에 하고자 했던 말입니다. 가령 A라는 책은 비판적 리얼리즘으로 접근할 수 있고, B라는 책은 전혀 그렇지 않을 수도 있습니다. 『줄라이의 사람들』은 그런 것이 이상하게 혼합되어 있는 소설입니다. 그 소설이 미래적인 환상이기 때문입니다. 그런데 그 소설은 비판적 리얼리즘의 방식으로 기술되어 있습니다. 리얼하지 않은 어떤 것에 리얼리즘을 부여한 것입니다.

왕은철 어쩌면 그것이 『줄라이의 사람들』을 당신의 나튼 소설들보다 더 어렵게 만드는 요인일지도 모르겠습니다. 학생들에게 이 소설을 가르쳐본 적이 있는데 몹시 어려워하더군요.

고디머 무엇이 그렇게 어렵다고 하던가요? 결론 때문인가요?

왕은철 결론도 그렇지만 전반적으로 당신이 말한 미래적인 요소 때문이 아니었나 싶습니다. 그리고 다중적인 의미를 포함하고 있는 당신의 산문 스타일도 한 몫을 했던 것 같습니다.

고디머 물론 저는 의미의 다층성을 좋아합니다. 작가에게는 많은 층이 있습니다. 주제, 부주제 등등 다양한 층이 있는 것입니다. 그런데 어떤 사람들은 다른 작가들의 소설을 읽듯이 제 소설들을 읽는 경우가 있습니다. 그래서 어떤 하나의 실마리는 찾아내고, 다른 것은 전혀 잡아내지 못합니다. 어쩌면 우리는 소설을 읽을 때 누구나 그렇게 하고 있는지도 모릅니다. 어쩌면 하나에 몰두해 있거나, 감정이입을 하기 때문에 그런지도 모르죠. 그러나 그럴 경우 소설을 총체적으로 파악하는 것은 어렵습니다. 그들은 그들 자신의 주관적인 시각에서 작품을 해석하기 마련입니다.

왕은철 당신의 정치사상과 당신의 작품 사이에는 어떤 간격이 있는 것으로 보이는데, 어떻게 생각하십니까?

고디머 그렇기를 바랍니다. 제가 ANC의 당원으로서 글을 쓴다면, 그것이 불법단체였을 때부터 그 명분을 지지했으니 선전문이 될 수도 있었을 것입니다. 그러나 작가는 자신이 속한 당과 무관하게 자유롭게 글을 쓸 수 있어야 합니다. 우리가 앞서 얘기했던 브링크나 쿳시도 그런 점에서는 저에게 동의할 것입니다. 우리는 아파르트헤이트 정권 때문에 정치적인 쪽으로 휘말리는 고통을 당했습니다. 그러나 저는 개인으로서, 그리고 한 시민으로서, 제가 서 있는 곳을 공개적으로 밝힙니다. 저는 ANC의 당원이며, 그 중에서도 강경 노선을 선호합니다.

왕은철 당신은 블룸스베리 작가들을 광범위하게 읽은 것으로 알고 있습니다. 그 중 버지니아 울프와 포스터는 당신이 자주 언급한 작가들입니다. 그 작가들을 얘기하면 당신의 이데올로기적인 입장과 미학적인 입장도 자연히 드러날 것 같은데…….

고디머 저는 포스터의 『인도로 가는 길』A Passage to India을 대단히 좋아합니다. 그것은 제기 열여덟 살이었을 때, 저에게 대단한 영향을 미쳤던 소설입니다. 얼마 전에 다시 그 소설을 다시 읽었는데 아직도 좋더군요. 여전히 그 책에는 굉장한 메타포가 있었습니다. 소설의 마지막 부분에서 필딩과 아지즈가 빙글빙글 돌면서 끝내 서로를 만나지 못하는 장면은 전 세계가 직면하고 있는 종교적, 종족적 문제에 대한 놀라운 메타포라는 생각이 듭니다. 포스터는 블룸스베리 작가지만, 저는 그런 작가들을 얘기할 때 포스터를 예외로 합니다. 버지니아 울프와 같은 블룸스베리 작가들은 믿을 수 없을 정도로 젠체하고 엘리트주의적인 작가들이었습니다. 그러나 포스터는 그들과 근본적으로 다른 작가입니다. 그가 쓴 소설이나 산문을 보세요. 얼마나 훌륭합니까. 그런데 제 어렸을 때 푹 빠져 있었던 작가는 버지니아 울프였습니다. 물론 울프를 벗어난 지 오래됐습니다. 삶이 투명한 봉투 속에 든 어떤 것이라는 발상은 받아들이기 힘듭니다. 어쩌면 그녀가 살던 좁은 집단 내에서는 가능한 발상이었을지 모릅니다. 그런 자기탐닉적인 소설보다는 19세기의 위대한 리얼리즘 소설들이 훨씬 좋습니다. 엘리엇^{George Eliot}의 『미들마치』^{Middlemarch}를 보세요. 얼마나 위대한 소설입니까?

왕은철 포스터와 울프에 관한 얘기가 나왔으니, 진보주의(자유주의)에 대한 당신의 입장을 다시 한 번 확인하고 싶습니다. 당신은 초기에는 포스터와 같은 진보주의자였다가 후에 진보주의에 회의를 느끼게 되면서 과격주의자가 된 것으로 알고 있습니다.

고디머 포스터는 당시의 상황을 감안하면 대단히 진보적인 사고를 한 작가였습니다. 그러나 가난한 사람들에게 친절하게 대하고 시간을 내어 그들에게 시를 읽어주는 것과 같은 진보주의적 사고방식은 남아프리카공화국에서는 전혀 소용이 없었습니다. 상황이 달랐던 것입니다. 진보주의가 현실을 처리하는 방식이 이곳에서는 적절하지 못했던 것입니다. 그렇게 해서 저는 진보주의를 버리고 과격주의 쪽으로 돌아섰던 것입니다.

왕은철 그렇다면 진보주의는 다른 문화, 다른 시간, 다른 맥락에서는 효율적일 수도 있다는 얘기가 되겠군요.

고디머 흥미로운 생각입니다. 진보주의가 직면하는 것이 어떤 리얼리티이며, 그것이 제기하는 것이 무엇인지가 다시 문제가 되겠지요.

왕은철 그러니까 남아프리카공화국과는 달리, 물질적으로 풍요롭고 사회가 안정돼 있는 공간에서는 진보주의가 제 역할을 담당할 수 있느냐 하는 질문입니다.

고디머 글쎄요. 당신의 질문을 들으니 최근에 읽은 글이 생각납니다. 그것은 한 미국인 삭가가 뉴욕의 옷가게(스웨트샵)—여기는 20세기 초에 가난한 아일랜드인들과 유대인들이 주로 고용되어 아주 열악한 상황에서 하루에 14시간 정도를 일했던 곳이지요—에 대해서 쓴 글이었습니다. 사람들은 자칫 이 글을 과거의 일로 생각할지 모릅니다. 그러나 이 글은 현재, 최저의 실업률을 기록하며 승승장구하는 미국에서 벌어지고 있는 일입니다. 그러한 가게에서 일을 한 적이 있던 작가는 과거를 돌아보며 그 상황을 묘사하고 싶었던 모양입니다. 그런데 그가 묘사한 것은 너무나 끔찍한 것이었습니다. 몇 십 년 전에 있었던 일이 지금도 똑같이 벌어지고 있으니까요. 이것이 부유한 나라라고 자타가

공인하는 미국에서 일어나는 현상입니다. 안정적인 사회와 최저의 실업률이라는 것은 빈말에 지나지 않습니다.

그런데 자기 나라에서 가난에 허덕이는 사람들에게는 미국이 메카로 보입니다. 그래서 자꾸 미국으로 몰려가게 되고, 형편없는 급료를 받으며 형편없는 조건과 안전 사각지대에서 일을 하게 됩니다. 그들은 '우리'가 아닌 겁니다. 이런 사람들은 '우리 백인'도 아니고 '우리 흑인'도 아니고, '그들 황인종'입니다. 안전 검사를 나오면 그날만 얼렁뚱땅 넘어가고 맙니다. 만약 이것이 가장 강력하고 가장 부유한 나라인 미국에서 일어나는 일이라면, 가난은 지구적인 문제인 것이죠. 한 나라가 그들 스스로 가난을 해결할 수는 없는 겁니다. 가난은 외부에서 들어오는 것입니다. 남아프리카공화국도 마찬가지입니다.

왕은철 남아프리카공화국 문학의 미래에 대해서는 어떻게 생각하십니까?

고디머 굉장한 가능성을 갖고 있지요. 그러나 너무 서둘러서는 안 됩니다. 자유에는 문화 충격이라는 것이 수반되기 마련입니다. 기자들은 저에게, "아파르트헤이트가 끝났으니, 이제 무엇에 대해 쓸 것이냐?"라고 물어옵니다. 아파르트헤이트가 끝났다는 것이 삶이 끝난 것이라도 되는 양 말입니다. 그러나 쓸 소재는 너무너무 많습니다. 이미 작가들이 그것에 반응하고 있습니다. 그러나 새로운 소재를 대상으로 새로운 의식을 갖고 글을 쓰는 것은 시간이 소요되는 일입니다. 그래서 너무 서두르지 말아야 한다는 것입니다.

그런데 애석하게도 유능한 작가들 중 특히 흑인 작가들이 흑인 정부에 들어가서 일을 할 수밖에 없는 상황입니다. 정국을 운영하는 입장에서 보면, 교육받고 아주 지적이며 상상력이 풍부한 사람들이 필요할 것입니다. 그런데 문제는 그러한 일을 하면서 작가들이 생명력을 잃게 된다는 데 있습니다. 시간이 없어서 글을 쓸 수 없게 되는 것입니다. 시인이자 소설가인 몬가네 세로티Mongane Serote를 보세요. 그는 국회의원이 되어 무슨 위원회의 의장을 맡고 있는데 생각하고 읽고 쓸 겨를이 없다고 저에게 말했습니다. 그래서 결국 새벽 한 시에서 세 시까지 소설을 쓰기로 작정했다더군요. 그리고 또 다른 문제도 있습니다. 유능한 작가들에게 직장이 없다는 것입니다. 가령 응자불로 응데벨레 Njabulo Ndebele와 같은 작가가 대표적인 경우입니다. 그는 지금 미국에 가 있습니다. 이런 어려운 점이 부분적으로 있기는 하지만 제이크스 음디Zakes Mda와 같은 작가들이 아파르트헤이트 이후의 시대 정서를 제대로 포착하며 글을 쓰고 있으며, 앞으로도 다른 작가들의 좋은 작품들이 더 많이 나올 것입니다.

왕은철 당신의 경우는 어떻습니까? 당신은 벌써 아파르트헤이트 이후의 시대를 배경으로 두 편의 소설 즉, 『집안의 총』과

『아무도 나와 동반할 자 없네』를 발표했습니다. 지금 집필하고 있는 소설이 있다면……

고디머   저는 제가 집필하고 있는 책에 대해서는 일절 얘기하지 않습니다. 곧 '작은 책' 한 권을 출판하려고 합니다—저는 소설을 제외한 책들을 '작은 책'이라고 부릅니다—이런저런 잡지에 발표하고 연설을 한 것들을 모아서 10월이니 11월쯤 발표하러고 합니다. 『희망과 역사 속의 삶』Living in Hope and History이라는 책인데, 제목은 세이머스 히니Seamus Heany에게서 빌려온 것입니다. 이 제목은 제가 여건이 호전될 것이라는 희망을 갖고 살면서, 언제나 역사를 밀어붙이면서 충돌하던 상황을 잘 반영하고 있는 것 같아 히니에게서 빌려온 것입니다.

왕은철   나이를 언급해서 실례인 줄 알지만, 당신은 일흔다섯 살인 것으로 알고 있습니다. 지금도 소설을 쓰고 있다는 사실이 놀라울 따름입니다.

고디머   나이는 별 문제가 되지 않는다고 생각합니다. 사람들은 저에게 다작이라고 얘기하는데, 저는 제가 글을 더디게 쓰는 사람이라고 생각합니다. 우리가 앞서 얘기했던 어떤 소설은 완성하는 데 3년이 걸린 적도 있습니다. 지금은 이런저런 연설 요청 때문에 정신이 없습니다. 보고 싶은 나라들도 많은데 시간이 너무 없습니다. 글은 써야겠는데…….

왕은철 당신이 요즘 특별히 관심을 가지는 작가가 있으면 말씀해주시겠습니까?

고디머 작년¹⁹⁹⁸에 노벨문학상을 수상한 포르투갈 작가 주제 사라마구^{Jose Saramago}의 소설 다섯 권을 최근에 읽었습니다. 정말로 놀라운 작가입니다. 로버트 무질^{Robert Musil}, 토마스 만^{Thomas Mann}, 프란츠 카프카^{Franz Kafka} 등과 같은 작가들이 모두 집약되어 있는 듯한 깊이를 갖고 있습니다. 그 작가가 포르투갈어로 썼기 때문에 그간 번역이 제대로 되어 있지 않아 전에는 읽을 기회가 없었습니다. 그런데 읽어보니 다의적이고 다층적인 의미망을 갖고 있는 소설들이었습니다. 사람들은 이후로 그의 소설의 의미가 무엇인지 논의하게 될 것입니다.

왕은철 한 시간 예정으로 시작한 인터뷰가 세 시간 넘게 이어졌습니다. 이제 제 비행기 시간도 있고 해서 아쉽지만 여기서 인터뷰를 마쳐야 할 것 같습니다. 처음에 허락하셨던 한 시간을 훌쩍 넘어 이렇게 긴 시간 동안 인터뷰에 응해주셔서 감사합니다. 당신이 다음에 발표하는 작품이 소설이든, 비평이든 기대가 됩니다. 거듭 감사드립니다.

고디머　천만에요. 즐거운 시간이었습니다. 제가 말을 너무 많이 했는지 모르겠습니다.

● ● ●

나딘 고디머의 소설세계

백인 아프리카 작가와 자기정체성의 문제[1]

1

나딘 고디머는 "아프리카 작가"를 피부 색깔이 어떻든 "아프리카 중심 의식"을 갖고 "바깥 세계가 아니라 아프리카공화국에 의해 형성된 정신적이고 영적인 경험"을 형상화하는 작가라고 정의한다. 1923년, 남아프리카공화국의 요하네스버그 근교에서 태어나 남아프리카공화국을 주된 소설 공간으로 설정하고 창작 활동을 해온 고디머가 아프리카 작가라는 데 이의를 제기하는 사람은 물론 없겠지만, 소수의 백인이 다수의 흑인을 지배해온 남아프리카공화국의 식민지 역사를 돌아보면, 너무나 당연하게

1) 이 글은 인터뷰와 함께 1999년 《현대문학》에 실린 글이다.

들리는 고디머의 이 발언은 매우 의미심장한 문제들을 제기한다. 고디머가 그런 발언을 했다는 것, 아니 그런 발언을 해야 했다는 것 자체가 이미 문제의 심각성을 드러내주고 있다. 그것은 고디머가 백인 작가로서 수없이 자문할 수밖에 없었던 심각한 자기정체성의 문제였고, 그런 의미에서 괴롭고도 서글픈 질문이었다. 그것은 안드레 브링크, 브레이텐 브레이텐바흐, 존 쿳시, 애솔 퓨가드^{Athol Fugard} 등과 같은 내로라하는 백인 작가들이 스스로에게 수없이 묻고 되물었으며, 어떤 의미에서는 강요당했다고까지 할 수 있는 질문이었다. 그들은 저마다 다른 방식으로 아파르트헤이트 이데올로기에 저항하고 정의와 진실의 길을 가고자 했던 작가들이었지만 결국 백인이라는 사실을 의식하지 않을 수 없었던 것이다. 앨버트 메미^{Albert Memmy}의 말을 빌려서 얘기하자면, 그들은 식민주의 정책이나 이데올로기에 종속되기를 "거부하는" 식민주의자들이었던 것이다. 그것은 남아프리카공화국의 백인들이 숙명적으로 안고 있는 원죄의 문제였다. 억압과 착취의 역사는 그들과 같은 소수의 '반골'들마저 백인 식민주의자라는 테두리에 가두고 말았던 것이다.

단적인 예로, 1980년 인종개념을 초월하여 요하네스버그의 펜^{PEN} 지부에서 결성되었던 작가연맹이 내적, 외적인 이견과 불화로 와해되고, 흑인 작가들이 백인 작가들과의 대화를 전면적으로 거부하며 독자적인 모임을 만들었던 사건을 들 수 있다. 다른 백인 작가들도 마찬가지였겠지만 누구보다도 큰 상처를 받았던 작가는 인종과는 구분없이 아파르트헤이트 이데올로기에 맞서야 한다고 주장하며 작가연맹을 주도하고 있던 고디머였다. 흑인 작가들의 눈에는 고디머를 비롯한 백인 작가들이 백인 식민주의자들의 후손일 뿐만 아니라, 그들이 저항하는 아파르트헤이트 이데올로기로부터 혜택을 받으며 살아가는 것으로 비쳤다.

그런데 그것은 흑인들만의 시각이 아니었다. 모든 백인 작가들의 작품에 끊임없이 나타나는 죄의식의 문제는 그들이 백인으로서 식민주의 역사와 아파르트헤이트 이데올로기에 연루되어 있다는 자의식에서 기인한다. 이런 의미에서, 아프리칸스어로 글을 쓰는 작가를 "문화적인 정신분열증 환자"라고 칭한 브링크의 말은 아프리칸스어 작가만이 아니라 모든 백인 작가들에게 공통적으로 적용할 수 있는 말일 것이다. 백인 작가들은 정신분열석이라고 표현할 수 있을 만큼 심각한 자기정체성의 문제에 시달려왔고, 이러한 현상은 어쩌면 앞으로도 계속될 것이다. 이것은 식민주의 역사가 아프리카에 드리운 어두운 그림자이며, 역사적 현실은 그것을 하루 아침에 훌훌 털어버리고 과거사로 돌릴 만큼 관대하지도 않다. 게다가 남아프리카공화국은 식민주의를 경험한 아프리카의 다른 나라들과 달리, 식민주의자인 백인이 본국으로 물러나면서 식민주의가 청산된 상황이 아니라 그대로 눌러 남으면서 "무지개의 나라"—투투 주교가 다양한 인종이 얽혀서 산다는 의미에서 한 말이다—를 이루고 있는 상황이어서 문제가 더욱 복잡하다.

여기서 한 가지 더 짚고 넘어가야 할 것은 고디머가 "아프리카 중심 의식"을 갖고 글을 쓰는 작가를 "아프리카 작가"라고 정의한 시점과 그 경위이다. 그녀가 이 발언을 한 1970년대 초에는 흑인들—여기에서 흑인이라 함은 인종차별을 받았던 흑인들을 포함한 혼혈인, 인디언 등 다른 유색인종들을 포함하는 광범위한 성격의 것이다—이 아파르트헤이트 이데올로기의 인종차별주의 및 백인들의 온정적 진보주의에 반발하여, 흑인들의 자의식을 일깨우고자 60년대 말에 시작됐던 흑인 자의식Black Consciousness 운동이 한창 진행되고 있던 때였다. 스티브 비코Steve Biko, 1946-1977라는 나탈 대학의 의대생이 주도한 이 운동은 미국의 흑인자의식 운동으로부터 상당한 영향을 받아 진행되었는데, 억압받는 흑인들이 물질적인 억압뿐만 아니라 심리적인 억압으로부터 해방되어야 한다는 '차별적' 논리로 무장하고 아파르트헤이트 정권에 맞섰다. 흑인 자의식 운동은 궁극적으로 1976년의 소웨토Soweto 봉기가 일어나는 데 크게 기여했다. 이런 점에서 앞서 언급한 작가연맹의 붕괴는 흑인 자의식 운동의 연장선상에서 볼 수 있는 사건이었다.

흑인 자의식 운동은 저항을 피부 색깔의 차원에서 보았다. 아파르트헤이트 정권의 반인류적인 인종차별이 저항적 차원의 인종차별에 맞서게 된 것이다. 이런 의식화 운동이 진행되는 과정에서 가장 소외된 계층은 진보적 성향의 백인들이었다. 그들은 심정적으로 억압당하고 소외받는 흑인들의 편이었음에도 불구하고 흑인들로부터 따돌림을 당했다. 그것은 불가피한 일이었다. 흑인 자의식 운동이 맞서고자 했던 것 중의 하나가 백인들의 안일한 진보주의 정신이었기 때문이다. 그들의 눈에는 아파르트헤이트 정권에 소극적으로 저항하는 백인들의 온정적 진보주의가 어떤 변화를 가져다주기는커녕 오히려 그 이데올로기를 공고히 하는 역할을 하는 것으로 보였다. 진보적인 사고를 갖고 창작활동을 하던 고디머도 거기에서 예외일 수는 없었다. 그러한 역사적 상황은 그렇지 않아도 자기정체성의 문제로 몸부림치던 고디머에게 더욱 심각한 형태의 자기성찰을 요구했다. 그녀가 "아프리카 중심의 의식"을 갖고 창작을 하는 직가를 "아프리카 작가"라고 정의한 것은 바로 이러한 맥락에서였다.

고디머는 흑인 자의식 운동의 인송자별적인 논리를 수용할 수가 없었다. 그녀에게는 작가가 어떤 언어로 어떤 대상, 혹은 국가에 대해서 쓰느냐 하는 것은 "아프리카 중심 의식"을 갖고 있는 한 문제가 되지 않았다. 그녀는 아프리카에 살면서 아프리카를 중심으로 한 의식을 갖고 글을 쓰는 백인 작가인 자신을 "아프리카 작가"라고 정의함으로써, 흑인 자의식 운동이 갖고 있는 편협하고 인종차별적이며 배타적 논리에 대응하고자 했다. 그렇다고 그녀가 흑인 자의식 운동을 전면적으로 거부할 수만은 없었다. 고디머도 다수 흑인의 정치적, 사회적, 문화적 경험의 입장에서 볼 때는 성장배경이나 사고방식 자체가 아웃사이더라는 것은 어느 정도 사실이었고, 그녀의 진보주의적 사고가 포스터^{E. M. Forster}식의 유럽적인 인본주의 및 진보주의를 바탕으로 하고 있다는 것 또한 사실이었다. 이런 의미에서 본다면, 흑인 자의식 운동은 고디머로 하여금 더욱더 "아프리카 중심의 의식"을 갖고 아프리카를 바라보도록 각성을 촉구한 셈이었다. 고디머는 이 도전을 겸허하고 성실하게 받아들일 줄 알았던 몇 안 되는 백인 작가들 중 한 사람이었다. 그녀의 이후 소설들이 더 과격한 양상을 띠게 된 것은 결코 우연이 아니었다.

2

아파르트헤이트 정권이 종식된 후에 발표된 두 소설 즉 『아무도 나와 동반할 자 없네』¹⁹⁹⁴와 『집안의 총』¹⁹⁹⁸을 제외하면, 『거짓의 날들』¹⁹⁵³로부터 시작되는 고디머의 소설들은 한결같이 백인 식민주의자들이 식민지 공간에서 겪는 자기정체성의 문제를 이런저런 형식으로 변주하고 있다. 남아프리카공화국 작가들을 통틀어서 고디머만큼 집요하게 이 문제를 파고든 작가도 없을 것이다. 이 말을 조금만 달리해보면, 고디머만큼 백인들의 현상 옹호적인 사고방식을 질타함으로써 그들을 불편하게 만든 작가도 없다는 말이 된다. 노벨문학상을 수상할 정도로 예술적 업적을 세계적으로 인정받은 고디머가 남아프리카공화국에서 그다지 큰 환영을 받지 못했고, 현재도 그러한 것은 그녀가 소설 속에서 백인의 보수주의뿐만 아니라 안일무사한 진보주의를 '무자비할' 정도로 해부하고 비판했다는 데 부분적인 이유가 있다. 브링크의 말을 빌리자면, "의견을 달리하는 것은 외로운 일"이며 "작가는 언제나 팽팽한 줄을 타는 자"인지도 모른다. 고디머는 대다수의 백인들과 의견을 달리하면서 "팽팽한 줄"을 타는 것을 마다하지 않았던 용기 있는 작가였다.

그러나 고디머의 소설이 처음부터 그렇게 '무자비한' 것은 아니었다. 그것은 앞서 언급한 것처럼, 점진적인 각성의 과정을 거치면서 이뤄진 것이었다. 흑인 자의식 운동으로 표방되는 남아프리카공화국 역사의 큰 줄기가 고디머 소설의 향방에 중요한 변수가 되었음은 물론이다. 그렇다면 고디머의 초기 소설이 어떤 형식으로 자기정체성의 문제를 형상화하고 있는가를 점검하는 것이 우선의 문제일 것 같다.

우리는 고디머기 아프리카 작가의 개념을 정의하고 있는 시점이 『거짓의 날들』로부터 시작하여 『이방인들의 세계』[1958], 『사랑의 계기』[1963], 『가버린 부르주아 세계』[1966], 『주빈』[1970] 등의 장편소설과 『뱀의 부드러운 목소리』[1952]를 비롯한 다섯 권의 단편소설집을 발표하여 작가로서의 명성을 굳힌 후인 1970년대 초반이라는 사실에 주목할 필요가 있다. 그것은 그 시점이 첫 소설인 『거짓의 날들』에서부터 『보존주의자』[1974]에 이르는 소설들까지가 그 이후의 소설들과 대략적으로 가르는 분기점이 되기 때문이다. 이전 소설들이 대체적으로 유럽적 진보주의를 기조로 남아프리카공화국의 현실을 형상화하고 있다면, 『버거의 딸』¹⁹⁷⁹을 비롯한 이후의 소설들은 더 적극적이고 행동적인 방향으로 급격하게 선회하기 시작한다. 물론 압둘 잔모하메드Abdul JanMohamed가 지적한 바와 같이 이전에 발표한 소설들도 상호간에 약간씩 차이가 있긴 하다. 가령 『거짓의 날들』, 『이방인들의 세계』, 『사랑의 계기』 등이 "등장인물들이 물려받은 부르주아 가치관과 아파르트헤이트의 잔혹성 사이에 생기는 길등의 상이한 면들을 점검"하고 있다면, 『가버린 부르주아 세계』, 『주빈』, 『보존주의자』 등은 등장인물들이 "좀 더 구체적으로 부르주아 가치관들을 거부하고, 아파르트헤이트에 반대되는 세력에 더 공개적으로 참여"하는 양상을 보여주고 있다.

고디머에 따르면 『거짓의 날들』은 그녀의 "유일한 자서전적인 소설"이다. 그녀가 이렇게 말하는 데는 나름대로 이유가 있다. 화자이며 주인공인 헬렌 쇼는 여러 가지 점에서 고디머와 흡사한 바가 있다. 헬렌의 어머니의 부르주아적이고 이기적인 속성은 고디머의 어머니의 그것과 흡사한 바가 있으며, 헬렌이 직면하는 문제들은 고디머가 10대에서 20대로 넘어가는 과정에서 겪어야 했던 문제들이기도 했다. 또한 헬렌이 마음의 눈을 떠가는 과정은 고디머 자신이 겪어야 했던 변화와 개안開眼의 과정이었다. 이런 점에서 잔모하메드와 쿡Cooke이 이 소설을 "성장소설"bildungsroman이라고 한 것은 지극히 타당한 해석이다. 그런데 여기서 주목해야 할 것은 헬렌의 '발전'이 단순히 그녀의 가정적인 배경이나 내적 심리변화에만 국한된 것이 아니라 남아프리카공화국의 정치적, 사회적 상황과 깊은 관련을 맺고 있다는 것이다. 헬렌의 부모가 갖고 있는 부르주아적이고 이기적이며 인종차별적인 의식은 남아프리카공화국 백인들의 정신상태를 반영하며, 헬렌이 이러한 중산층 가정에 머물러 있는 한 어떠한 정신적, 도덕적 성장도 이룰 수 없다는 것은 자명하다. 잔모하메드에 따르면 "식민지적 정신상태는 흑과 백, 선과 악, 구원과 저주, 문명과 야만, 우월과 열등, 지성과 감정, 자아와 타자, 주체와 객체 등의 마니교적 알레고리에 지배된다". 오갈 곳이 없는 흑인 여대생 메리 세스와요를 시험 기간 동안만 집에 머물 수 있게 해달라는 헬렌의 요청에 노발대발하는 그녀의 부모와 같은 백인들의 이분법적 사고방식 속에서는 어떠한 도덕적 성장도 기대할 수 없는 것이다.

헬렌은 점치적으로 그러한 이분법적인 사고방식을 탈피해 자아와 사회에 대한 올바른 의식을 갖게 되고 도덕적 성장을 하게 되는데, 그러한 과정에서 부모뿐만 아니라 백인 공동체로부터 소외된다. 자기정체성을 찾아가는 과정이 소외의 과정과 맞물리는 것이다. 결국 헬렌은 자신이 설 곳을 찾지 못하고 남아프리카공화국을 떠난다. 물론 그것은 영원한 작별이 아니라 돌아올 것을 전제로 한 떠남이다. 어쩌면 고디머도 헬렌처럼 아파르트헤이트 이데올로기를 피해 유럽으로 피하고 싶은 생각과 남아프리카공화국에 남고 싶은 욕망 사이에서 갈등을 겪었는지 모른다.

『이방인들의 세계』는 여러 가지 면에서 『거짓의 날들』과 흡사하다. 종족적 편견이 없는 토비 후드가 남아프리카공화국의 현실을 깨닫고 도덕적으로 성장을 하는 것도 그렇고, 진보주의의 한계를 조명하고 있는 것도 그렇다. 고디머는 종족적인 편견이 없는 젊은 영국인 "이방인"을 남아프리카공화국이라는 공간에 배치시킴으로써 영국적 진보주의의 한계를 시험하고 있다. 토비는 억압받는 사람들을 이해하고 그들과 자신을 일치시키기도 한다. 남아프리카공화국의 백인 진보주의자들이 그러한 것처럼, 토비는 개인적인 행복을 추구하고 욕망을 만족시키며 자기의 잠재력을 실현하는 개인의 권리를 중시한다. 그런데 문제는 그러한 진보적 사고가 그가 속한 영국에서는 가능한 일일지 모르지만 남아프리카공화국에서는 적용될 수 없다는 데 있다. 아파르트헤이트 이데올로기는 그러한 진보적 사고를 용납하지 않는 것이다. 토비는 종족의 테두리를 넘어서서 백인뿐만 아니라 흑인 친구들을 사귀면서 그 거리를 좁히려 하지만 현실 앞에서는 역부족이다. 그는 백인 여성 세실의 인종적 우월감을 불식시키지도 못하고, 흑인 남성 스티븐이 경찰에게 죽음을 당하는 걸 차단하지도 못한다. 그는 아파르트헤이트가 자행하는 폭력과 공포를 실감하지만, 그렇다고 어떠한 도덕적 행위도 하지 못한다. 『거짓의 날들』의 헬렌이 그렇듯이 그도 모국으로 돌아갈 수밖에 없게 되는 것이다.

『사랑의 계기』도 앞서 논의한 두 소설과 거의 같은 형태의 소설이다. 고디머는 이 소설에서 아파르트헤이트 정권이 흑백 간의 결혼이나 남녀 교제를 불법으로 명시한 "부도덕 법령"Immorality Act, 1950을 중심에 놓고 있다. 그렇다고 고디머가 흑백 간의 사랑을 이상화하고 있다는 말은 아니다. 오히려 작가는 흑백 간의 사랑이 아파르트헤이트 이데올로기 밑에서 얼마나 비정하고 공허한 것이 될 수 있는지를 보여준다. 남아프리카공화국을 방문한 앤 데이비스라는 백인 여성은 흑인 예술가인 기데온 쉬발로와 '불법적인' 사랑을 하는데, 흑백 간의 사랑을 용납하지 않는 남아프리카공화국의 현실을 감당할 수 없게 되자 기데온을 버리고 남편과 함께 남아프리카공화국을 떠난다. 그것이 백인 여성 앤에게는 편리한 방식일지 모르지만, 그녀에게 배반당한 기데온은 알콜 중독에 빠지는 계기가 된다.

여기에서 세 소설에 등장하는 인물들이 한결같이 남아프리카공화국의 현실을 감당하지 못하고 유럽으로 떠난다는 사실은 결코 우연이 아닌 것처럼 보인다. 그것은 남아프리카공화국 백인들의 정신상태를 반영하고 있을 뿐만 아니라, 백인 작가인 고디머의 인식 자체가 적어도 그 당시에는 식민지적인 것이었음을 시사해준다. 백인 식민지 작가들은 대부분 그들의 식민지적 소설 공간을 모국과의 관계에서 설정한다. 결국 모국의 문화와 언어와 가치가 중심이 되는 것이다. 남아프리카공화국에서 태어나 남아프리카공화국 작가임을 자부하고 있는 고디머를 식민지 작가라고 하는 것은 얼토당토않은 말로 들릴지 모른다. 그러나 『거짓의 날들』을 비롯한 초기 소설들을 유심히 살펴보면 다른 식민지 작가들과 고디머 사이에 상당한 유사점이 발견된다. 가령 헬렌이 집에서 읽는 책들은 남아프리카공화국과는 전혀 상관이 없는 유럽 책들인데, 이것은 버지니아 울프를 비롯한 유럽의 작가들을 읽으면서 성장한 고디머의 성장배경과 정확히 일치하는 부분이다. 또한 인종적 편견이 없는 토비의 영국식 진보주의는 고디머의 그것과 일치하는 바가 많다. 결국 고디머는 유럽적인 진보주의 시각에서 남아프리카공화국의 현실을 바라보며, 아파르트헤이트 이데올로기와 충돌하는 진보주의의 딜레마를 그녀의 초기 소설에 형상화한 것이다. 이러한 점을 감안하면, 잔모하메드가 그의 『마니교적 미학』Manichean Aesthetics에서 고디머를 조이스 케리Joyce Cary, 아이작 딘센Isak Dinesen과 더불어 "식민지 작가"로 규정하고, 치누아 아체베, 응구기 와 시옹오Ngugi wa Thiong'o 같은 "아프리카 작가"와 대치되는 지점에 놓은 것은 어느 정도 타당성이 없지는 않다. 그것은 정신분열적인 아파르트헤이트 이데올로기에 대한 고디머의 비판 작업이 식민주의적이고 인본주의적인 유럽식 사고에 근거하고 있다는 논리다. 또한 그것은 아프리카에서 태어나서 아프리카라는 토양을 배경으로 창작활동을 한다고 해서 아프리카 작가가 될 수 있는 것은 아니라는 논리이기도 하다.

3

고디머를 식민지 작가로 분류한 잔모하메드의 논리에는 나름
대로 충분한 이유와 설득력이 있으며, 그것은 고디머를 바라보
는 상당수 흑인들의 시각과 거의 일치하는 것이기도 하다. 그러
나 그것은 다소간에 폐쇄적이고 배타적인 논리를 포함하는 것
이기도 하다. 이러한 이분법적인 논리는 고디머의 초기 소설에
적용하는 데는 무리가 없을지 모르지만 그녀의 소설 전체에 적
용하기에는 다소 무리가 있는 것처럼 보인다. 단순논리로 설명
하기에는 고디머의 소설세계가 너무 다층적이고 변화가 심하기
때문이다.

앞서 논의한 소설들이 식민지 작가들과 공유점이 많은 고디
머의 면모를 보여주고 있다면, 이후의 소설들은 그것을 토대로
크게 변화하는 양상을 보여준다. 기령 『주빈』은 아프리카를 중
심으로 삼으며 유럽중심적인 이데올로기를 해체한다는 점에서
앞서 나온 소설들과 크게 다르다. 이 소설은 그때까지 고니머가
발표한 장편소설 중 남아프리카공화국을 배경으로 하고 있지
않은 유일한 것인데—물론 지금은 상황이 다르다—, 작가는 영
국의 식민통치를 벗어나 독립을 쟁취한 아프리카 국가에서 백
인이 담당할 수 있는 역할이 무엇인지 모색한다. 앞서의 소설들
이 백인 식민주의자들을 중심으로 하고 흑인들을 타자로 설정
한 반면, 『주빈』 이후의 소설들은 흑인을 중심으로 하고 백인을
주변으로 재배치하기 시작한다. 이것은 고디머의 자기정체성에

대한 인식이 변하고 있다는 것을 보여주는 대목이다.

『주빈』의 중심인물인 백인 이블린 브레이는 아담슨 음웨타와 에드워드 쉰자가 이끄는 민중독립당을 도와 식민지 정권을 붕괴시키고 독립을 하는 데 큰 역할을 한 후 영국으로 돌아간다. 그는 대통령에 취임한 음웨타로부터 초대를 받아 신생국으로 돌아온 후, 교육에 관계된 일을 맡게 된다. 그러나 음웨타는 쉰자를 정권에서 소외시키면서 정국을 운영해가고, 이 과정에서 브레이는 광산과 수산업에 종사하는 노동자들의 편에 선 쉰자의 진영에 가담함으로써 당파 싸움에 휘말린다. 그런데 쉰자에게 무기를 조달해주기 위해서 그 나라를 떠나던 브레이는 아이러니컬하게도 쉰자를 따르는 사람들한테 살해당한다. 브레이가 담당한 역할이 처음에는 흑인들을 도와 식민지 정권을 전복하는 것이었다면, 초대받은 그가 담당한 역할은 자기에게 부여된 작은 일을 성실하게 수행하는 것이었다. 그가 정권의 탄생과 독립 후의 국정 운영 과정에서 불가피한 당파 싸움의 희생자가 되긴 했지만, 백인이 신생 아프리카 국가에서 담당할 수 있는 역할은 이렇게 주변적이고 보조적인 것일 수밖에 없다. 그것은 과거 식민지 정권에서처럼 백인이 나라를 이끌고 지도하는 위치에 설 수가 없기 때문이다. 고디머가 1984년 「본질적인 제스처」 Essential Gesture라는 글에서, 아프리카인들보다 자기를 앞세우는 백인들은 아프리카에 존재할 이유가 없다고 발언한 것은 바로 이러한 이유에서였다.

고디머가 다음에 발표한 『버거의 딸』은 전에 발표한 소설들보다 더 과격하고, 더 아프리카 중심적인 소설이라고 할 수 있다. 여주인공 로자 버거는 정치 투사인 라이오넬 버거의 딸인데, 아버지의 투옥 때문에 생기는 여러 가지 상황들을 경험하면서 정신적으로 성장해간다. 라이오넬 버거는 브람 피셔^{Bram Fischer}라는 역사적 실제인물을 토대로 한 것인데, 피셔는 아프리카너 변호사임에도 불구하고 아파르트헤이트 체제에 용감하게 맞서면서 투옥을 마다하지 않고 결국 감옥에서 생을 마감했던 사람이다. 고디머는 피셔의 용기를 높이 샀고 1961년에는 「브람 피셔는 왜 감옥에 가는 것을 선택했는가?」라는 에세이를 발표하기까지 했다.

로자는 그녀의 집에서 "형제"처럼 자란 흑인 바시와의 충돌을 통해서 남아프리카공화국의 비참한 현실을 직시하게 된다. 원래 이름이 "고통받는 땅"이라는 의미의 '즈웰린지마'인 바시는 로자가 바라는 개인적인 친분과 형제애를 거부하는데, 그것은 로자의 아버지가 "영웅"으로 숭배받는 것과 달리 똑같은 영웅적 행위를 한 수많은 흑인들—바시의 아버지도 여기에 포함된다—은 소홀히 취급당하고 있다는 인종적 자의식에서 기인한다. 로자가 개인적이고 주관적인 연대감을 원하는 데 반해, 바시는 객관적이고 인종적인 차이를 들어 그들 사이의 연대감을 거부한다.

흑인정권이 들어선 현재의 상황에서 보면, 바시의 사고방식은 지극히 국수주의적이고 편협한 것으로 비칠 수 있겠지만, 이 소설의 시간적 배경이 되는 50년대와 60년대 남아프리카공화국의 정치상황은 그렇게 한가로운 것이 아니었다. 그 시기는 소웨토 봉기가 일어난 때였으며, 그것을 계기로 흑인 자의식 운동이 지식층 흑인들 사이에 한창 번지고 있던 때였다. 달리 말하면, 당시에는 로자가 바라는 개인적인 유대감이나 친분은 오히려 사치에 불과했다. 흑인과 백인 사이의 관계는 정치적인 차원을 벗어날 수 없었다. 바로 이것이 바시가 로자한테 던지는 언어의 '폭력' 밑에 깔려 있는 논리이다. 로자는 바시와의 고통스러운 경험을 통해서, 대다수 백인들이 다수 흑인들의 권리를 인정하지 않고 반아파르트헤이트 투쟁에 참여하지 않는다면 흑인들은 그것에 대한 반작용으로 자신들의 정치적 주장을 넘어서서 역으로 인종차별을 하지 않을 수 없는 상황에 이르게 된다는 사실을 깨닫는다. 아버지가 죽은 후 유럽으로 가 있던 로자는 결국 남아프리카공화국으로 돌아와서 그의 아버지가 걷던 길을 되밟으며 감옥에 가게 된다.

『자연의 변종』1987은 지금까지 발표한 모든 소설들이 제기한 정체성의 문제를 집약하면서도 그것을 더 긍정적이고 행동적인 쪽으로 밀고 나간 소설이다. 『버거의 딸』이 이데올로기를 통한 투쟁의 필요성을 인정한 소설이라면, 『자연의 변종』은 폭력정권에 대한 폭력적인 저항을 정당화하고 있는 소설이다.

우선 『자연의 변종』은 보수적인 백인 집단과 진보적인 백인 집단에 대한 고디머의 지속적인 관심사를 반영하고 있다. 이 소설에 등장하는 백인들의 상이한 입장은 힐렐라의 어머니인 루시와 두 이모인 올가와 폴린에 의해 반영된다. 올가는 현재의 상황에 만족하는 현상옹호주의자이고 루시는 남아프리카공화국 현실을 외면하고 다른 나라로 달아나는 쾌락주의적 현실도피주의자이며, 폴린은 앞서 논의한 고디머의 작품들에 단골손님처럼 등장하는 진보주의자이다.

이 소설의 주인공 힐렐라는 여러 가지 면에서 기존의 제도와 틀과 관습에서 벗어나 있으며, 바로 그런 의미에서 그것들에 대해 문제를 제기할 수 있는 위치에 있다. 즉, 힐렐라의 사고방식이나 행동을 통해서 보수주의나 진보주의의 문제점이 고스란히 드러날 수 있다는 말이다. 그녀는 부모의 통제를 받지도 않으며, 그렇다고 다른 친척들의 영향권 내에 있지도 않다. 힐렐라가 부모를 비롯한 어른들의 세계와 단절되어 있다는 것은 의미심장하다. 그것은 그녀가 기성세대가 갖고 있는 일체의 허위적인 틀과 행동양식에서 벗어나 있다는 것을 의미한다. 그런 의미에서 그녀는 "변종"이다.

힐렐라는 정치적 신념 때문이 아니라 그녀가 사랑하는 남자가 위험에 처해 있기 때문에 남아프리카공화국을 빠져나간다. (물론 그 남자가 그녀를 버릴 뿐만 아니라, 첩자로 드러나는 것은 이 소설이 겨냥하는 아이러니 중 하나다.) 또한 그녀는 아프리카 민족회의의 흑인 지도자와 결혼하여 아이를 낳아 위니 만델라—이것은 넬슨 만델라 대통령의 전처이며 현재 ANC의 여성 부서 책임자 이름과 동일하다—라고 이름 짓는데, 그것도 남자에 대한 사랑 때문이다. 그녀는 틀에 박힌 이데올로기를 통해서가 아니라 한 인간에 대한 사랑을 통해서 민중을 사랑하게 되는 것이다. 어떻게 보면 쾌락주의적인 측면이 다분한 힐렐라의 특성은 자기탐닉적인 것이라기보다는 고인 물과 같은 보수주의나 진보주의를 타파하기 위한 장치인 것처럼 보인다. 그녀는 한 인간을 사랑하는 과정에서 정치적 행위의 필요성을 이해하게 되며, 혁명활동을 하는 과정에서 무고한 사람들이 희생당할 가능성도 인정하게 되는 것이다. 그녀는 그렇게 함으로써 "백인임을 단념"하고 시대가 필요로 하는 "무지개 가족"을 이루는 것이다. 그녀는 자신의 아이가 검은 피부를 갖고 태어났다는 사실에 즐거움을 느끼는데, 이는 그 아이에게 백인이라는 인종적 특성이 내포하는 모든 특권과 "죄의식"이 없기 때문이다. 그녀는 "그녀(백인)를 재생산하지 않았다"는 데 기쁨을 느낀다. 백인이 백인 아이를 낳는 것은 아파르트헤이트를 재생산하는 것과 다름 없다는 다소 극단적인 논리다.

그런데 "무지개 가족"에 대한 그녀의 꿈은 남편이 암살당함으로써 산산히 부서지고, 그 경험은 그녀를 급진주의자로 만든다. 그녀는 자신의 이상주의가 숨 막히는 현실 앞에서 불가능한 것이었다는 사실을 깨닫게 된다. 그것은 너무나 순진한 소망이었던 것이다. 그녀는 "무지개 가족은 없으며, 그것은 9밀리 권총의 실탄 두 발로 쉽게 끝나버린다"라는 사실을 너무나 뼈저리게 깨닫는다. 그녀가 꿈꿨던 것이 가정적인 유토피아였다면, 그것은 아파르트헤이트 정권 밑에서는 불가능한 일이었다. 이러한 깨달음을 통해서 그녀는 적극적인 행동에 뛰어들게 된다. 그녀는 동유럽에서 무기를 조달하는 일을 하며, 미국에서는 해방전쟁에서 다친 사람들을 위한 인권적 차원의 원조를 요청한다. 나중에 그녀는 영향력이 있는 루엘 장군과 결혼을 하게 되고, 그가 다른 아프리카 신생국의 대통령 및 "아프리카 공동체"의 의장이 되자 그를 통해 이웃 나라인 남아프리카공화국의 해방전쟁을 돕는다.

이 소설은 이렇게 간단하게 요약하여 설명하기에는 내러티브가 매우 복잡한 형태로 전개되고, 때로는 힐렐라의 시점과 화자의 시점 중 어느 것을 택해야 할지 모를 정도로 복잡한 경우도 많다. 그러나 이 소설이 아주 긍정적인 유토피아적 비전을 제시하고 있는 것만은 분명해 보인다. 그것은 유토피아가 현재의 상황에서는 도달할 수 없는 것일지라도, 그것을 향해 나아갈 필요가 있다는 작가의 인식에 다름 아니다.

4

남아프리카공화국은 1994년 4월, 최초의 민주선거를 실시함으로써 자크 데리다가 언급한 이른바 "폭력적인 위계질서" 즉, 소수 백인의 식민통치를 공식적으로 마감했으며, 지금은 초대 대통령인 넬슨 만델라의 집권이 끝나고 타보 음베키가 대통령으로 취임한 상태이다.(2010년 현재, 음베키에 이어 제이콥 주마가 대통령으로 취임하였다.)『거짓의 날들』로부터 시작하여『버거의 딸』을 거쳐『자연의 변종』에 이르기까지 고디머의 모든 소설들은 아파르트헤이트 체제와의 힘겹고도 고독한 싸움의 연장이었다. 그것은 단지 체제와의 싸움만이 아니라 남아프리카공화국 작가로서의 자기정체성을 확립하기 위한 몸부림이었다. 그 싸움과 몸부림은 결과적으로 보면 성공적인 것이었다. 그런데 그것은 당찬 기백 없이는 불가능한 싸움이었다. 그녀의 소설들은 한결같이 보수주의는 물론이고 안일한 진보주의를 냉정하고 혹독하게 비판하고 있는데, 그것은 그러한 비판을 함으로써 자기에게 되돌아오는 비난과 불편함을 감수하겠다는 용기가 없이는 불가능한 일이었다. 그녀의 소설이 어딘지 차갑고 비정하며 임상적인 듯한 느낌을 주는 것은 그러한 비판의식과 예리한 현실감각에서 기인하는 현상일 것이다.

1990년 만델라 대통령은 수십 년에 걸친 감옥생활을 마치면서, "나는 나딘을 만나야 합니다"라는 말을 했다. 그만큼 고디머는 체제와의 투쟁에 앞장서면서 다수 흑인들이 집권하는 데 그녀 나름의 공헌을 한 것이었다. 고디머는, "시(문학 혹은 예술)가 아무것도 변화시킬 수 없다"라는 오든W. H. Auden류의 회의적 시각이 팽배한 이 시대에 예술가의 책임을 강조하고 펜의 힘이 얼마나 막강한 것임을 보여준 셈이었다. 또한 그녀는『버거의 딸』과

『자연의 변종』에서, 혁명과 투쟁의 필요성을 인정하면서 불법단체인 ANC를 정당화했다. (ANC가 불법단체에서 공식단체로 인정되면서 그녀가 ANC에 입당한 것은 너무나 당연한 것처럼 보인다.)

고디머는 1991년 노벨문학상을 수상함으로써 명실공히 세계적인 남아프리카공화국 작가가 되었다. 또한 만델라 대통령은 1999년 5월, 공직에서 물러나기 직전 고디머에게 국민훈장을 수여했다. 이는 남아프리카공화국 사람들 모두가 고디머에게 지고 있는 빚을 상징적으로 인정하고, 그녀가 피부 색깔에 관련 없이 아프리카에 의해 "정신적이고 영적으로 형성된 경험"을 갖고 창작활동을 해온 진정한 "아프리카 작가"임을 천명한 것이나 다름없었다. 남아프리카공화국의 파란만장한 역사와 행보를 같이 하며 자기정체성의 문제를 추구해온 고디머에게는 남아프리카공화국 역사의 상징이라고 할 수 있는 만델라 대통령이 주는 훈장만큼 소중한 것도 없었을 것이다.

그러나 불행하게도 인간의 인식은 개인의 노력이나 의시만으로 쉽게 바뀔 수 있는 게 아닌 것처럼 보인다. 고디머의 찬란한 문학적 행적과 현실참여에도 불구하고, 그리고 만델라 대통령이 협동과 화합을 누누이 강조해왔음에도 불구하고, 남아프리카공화국에서 백인의 존재는 여전히 불편한 것일 수밖에 없다. 아파르트헤이트 체제에 순응하면서 살아온 백인들은 물론이고, 그 체제에 저항해온 백인들을 포함한 모든 백인들이 아파르트헤이트 정권의 수혜자라는 논리는 아직도 설득력을 발휘한다.

흑인 작가인 응자불로 응데벨레가 말한 바와 같이, 백인 작가들은 체제에 대한 저항을 통해서 오히려 국제적인 명성을 얻게 되었던 데 반해, 흑인 작가들에게는 그러한 기회가 원천적으로 박탈되었다는 것도 분명한 사실이었다. 또한 루이스 응코시가 냉소적으로 말한 바와 같이, 고디머가 백인 작가이기 때문에 흑인들의 비참한 경험을 제대로 형상화할 수 없었다고 하는 것도 어느 정도는 사실일지 모른다. 응데벨레나 응코시와 같이 존경받는 흑인 작가들이 아직도 이런 문제를 제기하고 있다는 것은 남아프리카공화국에서의 백인의 존재가 정권이 바뀐 지금도 문제가 된다는 증거이다.

따라서 고디머가 찾고자 했던 자기정체성 문제는 한 번 지나치면 끝나는 문제가 아니라 앞으로도 두고두고 백인들을 괴롭게 만들 문제인 것처럼 보인다. 그것은 자기 스스로 묻지 않으면 외부에서 강요할 성격의 질문인 것이다.

가령 많은 흑인들은 현재, "아프리카인"이란 말을 백인을 제외한 인종을 지칭하는 의미로 사용하며, "그들"과 "우리"를 분리한다. 때로는 백인만이 아니라 '충분히 검지 않은' 인종인 인디언과 혼혈인—이들은 아파르트헤이트 시절에는 '충분히 희지 않아' 수난을 당했고, 지금은 '충분히 검지 않아' 소외를 당하고 있는 현실이다—까지 제외한 채 흑인만을 가리키는 용어로 사용한다. 만델라의 후임으로 대통령이 된 타보 음베키 대통령도 한때 "나는 아프리카인입니다"라고 말하면서 백인을 아프리카인에서 제외시켰던 적이 있을 정도다. 음베키 대통령이 자신의 취임일자를, 소웨토 봉기가 일어났던 6월 16일로 잡았다는 것도 예사로 넘길 일은 아닌 것처럼 보인다. 소웨토 봉기는 1976년 6월 16일, 아파르트헤이트 백인 정권의 강압적인 교육정책에 반발하여 소웨토 지역의 흑인 학생들이 들고 일어난 봉기로서, 적어도 600명이 죽고 수천 명이 해외로 도피했던 역사적 대사건이었다. 이것은 결국 1990년대에 아파르트헤이트 정권이 붕괴되는 결정적 계기를 제공한 역사적 사건이었는데, 음베키는 이날 자신의 대통령 취임식을 거행함으로써 남아프리카공화국 사람들에게 "식민주의와 아파르트헤이트의 긴 어둠"—음베키 대통령이 취임사에서 한 말이다—을 환기시키고자 했던 것이다.

고디머는 혼혈인의 자기정체성의 문제를 다룬 『내 아들의 이야기』1990 이후 발표한 두 소설 중, 『아무도 나와 동반할 자 없네』와 『집안의 총』에서는 자기정체성의 문제를 벗어나, 아파르트헤이트 정권이 종식된 후 국내의 저항파들과 해외의 서항파들 간의 권력 갈등이나 가정에서의 사랑과 폭력의 문제를 다루고 있다. 어떻게 보면 그것은 충분히 이해할 수 있다. 아파르트헤이트 이데올로기가 종식된 시점에서, 백인의 자기정체성 문제를 다시 들고 나온 것은 시대착오적인 것일 수도 있기 때문이다. 그러나 응코시와 응데벨레가 지적한 바처럼, 백인의 자기정체성의 문제는 정권이 이양됐다고 해서 쉽게 해결될 수 있는 것은 아닐지 모른다. 남아프리카공화국의 백인들은 당분간은, 아

니 어쩌면 상당한 기간 동안, 역사의 후유증이라는 덫에 갇혀
자기정체성의 위기를 겪어야 할지 모른다. 불행하고도 서글픈
일이지만, 놀라운 용기로 아파르트헤이트 체제에 저항해오면서
뛰어난 예술적 업적을 성취한 고디머도 그녀의 희망과는 달리
거기에서 예외일 수는 없을 것이다. "무지개 가족"이나 "무지개
나라"를 허락하기에는 남아프리카공화국이 등에 지고 있는 식
민지 역사의 짐이 너무 무거운 것이다. 고디머가 남아프리카공
화국 작가라는 데 아무도 쉽게 이의를 제기할 수는 없겠지만,
자기정체성 문제를 과거의 것으로 돌리는 듯한 그녀의 입장이
어딘지 석연치만은 않은 느낌을 주는 것도 이러한 식민지 역사
의 짐 때문일 것이다. 어쩌면 이 문제는 오랜 세월이 흘러, 어떤
방향으로 나아갈지 갈피를 잡지 못하는 남아프리카공화국의 현
실이 가닥이 잡히고, 어디서 어떻게 뿌리를 찾고 갈래를 타야
할지 모르는 남아프리카공화국 문학의 정체성이 확립되는 때가
되어야 해결될 문제인지도 모른다.

J. M. 쿳시
John Maxwell Coetzee

● **J. M. 쿳시**_John Maxwell Coetzee_

1940년 남아프리카공화국 케이프타운 출생. 케이프타운 대학에서 수학과 영문학을 공부했으며, 영국에서 컴퓨터 프로그래머로 일하기도 했다. 1984년부터 2002년까지 케이프타운 대학 영문과 교수로 재직했다. 정년퇴임 후에는 오스트레일리아로 이주해 애들레이드 대학과 미국 시카고 대학에서 문학을 강의하고 있다. 『마이클K』와 『추락』으로 한 작가에게 상을 두 번 주지 않는다는 전례와 불문율을 깨고 부커상을 두 번 받았으며, 2003년 노벨문학상을 수상했다. 그 외에도 테이트 블랙상, 토마스 프링글상, 페미나 에트랑제상, 예루살렘상 등 많은 상을 수상하였다.

· **주요 작품목록**

소설 『어둠의 땅Dusklands』『나라의 중심에서In the Heart of the Country』『야만인을 기다리며Waiting for the Barbarians』『마이클 K Life & Times of Michael K』『포Foe』『철의 시대Age of Iron』『페테르부르크의 대가The Master of Petersburg』『추락Disgrace』『동물들의 삶The Lives of Animals』『엘리자베스 코스텔로Elizabeth Costello』『슬로우 맨Slow Man』『어느 운 나쁜 해의 일기Diary of a Bad Year』등과 소설 형식으로 된 자서전 『소년시절Boyhood』『청년기Youth』『서머타임Summertime』등의 작품이 있다.

남아프리카공화국과 작가의 상상력

● ● ●

2003년도 노벨문학상 수상 작가 **J. M. 쿳시**

J. M. 쿳시^{John Maxwell Coetzee}는 1940년, 남아프리카공화국의 케이프타운에서 네덜란드계 백인의 후손으로 태어났다. 그는 뉴욕 주립대학(버펄로), 케이프타운 대학, 시카고 대학 교수를 역임하고 현재 애들레이드 대학의 교수로 있다. 그는 『어둠의 땅』, 『나라의 중심에서』, 『야만인을 기다리며』, 『마이클 K』, 『포』, 『철의 시대』, 『페테르부르크의 대가』, 『추락』, 『엘리자베스 코스텔로』, 『슬로우 맨』, 『어느 운 나쁜 해의 일기』, 소설 형식으로 된 자서전 『소년 시절』, 『청년기』, 『서머타임』 등을 썼다. 그리고 『백인의 글』^{White Writing}, 『낯선 기슭』^{Stranger Shores}, 『에세이와 인터뷰』^{Doubling the Point: Essays and Interviews}, 『검열에 관련된 에세이들』^{Giving Offense: Essays on Censorship} 등의 저서를 집필하였다. 십여 편의 소설과 더불어 그는 백여 편이 넘는 문학비평 및 서평을 쓴

비평가이기도 하다. 쿳시는, 테이트 블랙상, 토마스 프링글상, 페미나 에트랑제상, 예루살렘상, 프레미오 몬델로상, 래난 문학상, 선데이 익스프레스상, 영연방 작가상, 아이리시 타임스 국제소설상, 2회에 걸친 부커상 등을 수상하고 2003년에는 노벨문학상을 수상했다. 노벨문학상을 수상하고도 언론과 인터뷰를 하지 않을 정도로 대중매체로부터 철저하게 거리를 두는 그가 내게 1998년, 인터뷰를 허락한 것은 하나의 사건이었다. 돌아보건대, 기회가 있었을 때 더 많은 것들을 물어보지 않았던 것이 못내 아쉽다. 인터뷰 1은 1998년에 케이프타운 대학에 있을 때 《21세기문학》에 발표한 것이고(아쉬운 것은 당시에는 중요하지 않다고 생각되어 임의로 삭제한 답변들을 다시 수록하려고 내가 가진 자료들을 아무리 들춰보아도 찾을 수 없었다는 사실이다), 인터뷰 2는 2003년에 《파라21》의 부탁으로 인터뷰 요청을 하자 작가 스스로 묻고 답하는 형식으로 보내온 것이다. 인터뷰는 필자의 저서 『J.M. 쿳시의 대화적 소설―상호텍스트성과 탈식민주의』에 있는 것을 그대로 가져왔다. 고디머, 브링크의 인터뷰에서 쿳시의 소설이 자주 언급되어 중복적이지만 불가피한 조처였다.

왕은철 우선 당신의 성을 어떻게 발음해야 옳은지 말씀해주세요. 당신의 성은 남아프리카공화국에서는 아주 흔한 이름인 것 같습니다. 당신이 속한 케이프타운 대학 영문과에도 같은 성이 둘이나 있을 정도니까요.

쿳시 정확한 발음은 쿳시kut-SEE입니다. 두 번째 음절에 강세를 주면서 '시'라고 길게 발음하고, 첫 음절은 풋put과 운이 맞는 쿳kut으로 발음하면 됩니다.

왕은철 인종적 정체성의 문제를 당신 작품에 적용할 수 있을까요? 예를 들자면 『어둠의 땅』의 두 번째 이야기 「야코부스 쿳시의 내러티브」The Narrative of Jacobus Coetzee에 등장하는 주인공은 당신과 같은 성을 갖고 있습니다. 쿳시라는 성을 택한 특별한 이유라도 있습니까?

쿳시 야코부스 쿳시는 역사적인 인물입니다. 1760년경, 가리엡 강─지금은 오렌지 강이라고 불립니다─북쪽으로 여행한 야코부스 쿳시라는 사람이 있었습니다. 그러나 그가 『어둠의 땅』에서 하는 대부분의 모험들은 제가 꾸며낸 것입니다.

왕은철 야코부스 쿳시가 역사적인 인물이기 때문에 독자가 그 인물의 성과 당신의 성이 같다는 것에 어떠한 의미도 부여해서는 안 된다는 말입니까?

쿳시 아니, 그 반대입니다. 1760년대까지의 가계家系를 추적할 수는 없었지만, 제가 야코부스 쿳시의 후손이라는 것이 충분히 가능하다는 사실을 말씀드리는 것입니다.

왕은철 이제는 당신의 종교적인 배경에 대해서 설명해주시겠습니까? 당신의 자전적 작품인 『소년 시절』의 어디를 보아도 당신이 종교적인 환경에서 성장했다는 사실이 나타나 있지 않습니다. 당신의 종교적인, 혹은 비종교적인 배경이 당신의 비전과 어떤 관계가 있습니까?

쿳시 저에게는 형식적인 종교적 배경이 없습니다. 교회의 가르침 속에서 성장했던 것도 아닙니다. 그렇다고 기독교적인 요소들이나 일반적인 종교적인 사상이 저에게 아무런 영향을 미치지 않았다는 말은 아닙니다.

왕은철 당신의 소설은 거의 언제나 콘래드, 베케트, 도스토옙스키, 디포, 카프카, 포크너 등 다른 작가들의 작품과 상호텍스트적 관계에 있는 것 같습니다. 당신의 소설에 다른 작가들의 텍스트를 반영하는 특별한 이유라도 있습니까? 그것을 포스트모던 전략이라고 간주해도 무방합니까? 왜 하필 포스트모던입니까?

쿳시 저는 대부분의 삶을 학생과 선생으로서 학문적인 환경에서 살아왔습니다. 제 일상은 서구문학의 고전들과 깊숙히 관련되어 있습니다. "포스트모던"이란 말이 생겨나기 훨씬 이전의 일입니다.

왕은철 포스트모던이라는 용어가 당신 작품에 적용될 필요가 없다는 말씀이십니까? 당신은 포스트모던 혹은 포스트모더니즘이라는 용어가 거북하십니까?

쿳시 포스트모던이라는 말이 제 작품에 적용되는지 어쩐지는 제가 관여할 일은 아닙니다. 다만 저는 학자로서 그 용어 자체에 대해 약간 거북함을 느낍니다. 왜냐하면 그 용어가 역사학자들에 의해 회고적으로 만들어진 용어가 아니라 그 자체로서 역사편찬적인historiographical 위치를 점유한다고 주장하는 예술과 유행에 있어서의 특정한 운동을 가리키는 용어이기 때문입니다.

왕은철 이번 학기에 대학원 학생들에게 베케트와 나보코프 Vladimir Nabokov를 강의하는 특별한 이유라도 있습니까? 당신은 베케트에 대한 연구를 한 것으로 알고 있습니다. 이런 것들이 당신 작품들과 관련이 있습니까?

쿳시 저는 후기 모더니즘 혹은, 과목 설명에 나와 있듯이 "포스트모더니즘의 선구자들"의 일부분으로서 나보코프와 베케트에 대한 강의를 맡아 하고 있습니다. 저는 베케트에 대한 연구논문을 발표한 적이 있습니다. 베케트의 소설, 특히 그가 1940년대와 1950년대에 쓴 소설들을 아주 좋아합니다. 베케트로부터 받은 영향이 제 작품들, 특히 초기 작품들에 반영되어 있다는 것은 확실합니다.

왕은철 베케트 소설의 어떤 점이 당신을 매혹시켰습니까? 구체적인 예를 들어주실 수 있습니까? 그리고 조이스의 소설은 어떻습니까? 조이스에 대한 당신의 견해는 어떻습니까? 당신은 조이스에게도 똑같은 생각을 갖고 있습니까?

쿳시 (젊었을 때 그랬던 것보다는 정도가 덜하긴 하지만) 저는 저보다 영어를 더 위대하게 정복하는 산문 작가들한테 매혹을 당하곤 합니다. 어쩌면 이것은 외국인처럼 영어라는 언어에 접근하는 사람에게는 예상할 수 있는 반응입니다. 베케트와 조이스는 영어에 대해서 사전편집자(lexicographer)의 태도를 취했습니다. 조이스는 이 점에 있어서 베케트보다 더 전문가다웠을 수 있습니다. 그러나 저는 베케트가 조이스보다 정확하지 못하다거나 충분치 못하게 언어를 알았다는 증거를 알고 있지 못합니다. 물론 조이스와 베케트는 모두 아일랜드인이었습니다. 또한 영어에 대한 그들의 접근 방식은 어떤 점에 있어서 외국인과 같았습니다.

왕은철 앞서의 질문을 약간 확대하고 싶습니다. 당신이 교수로서, 그리고 작가로서 하는 일과 당신의 비전 사이에는 어떤 유사점이 있습니까? 당신의 비전 혹은 '프로젝트'는 당신의 작품과 어떤 관련이 있습니까?

쿳시 저는 한때는 작가이면서 동시에 학자이고자 했습니다. 그렇게 함으로써 학문의 발전에도 기여하고, 동시에 창작의 발전도 기하고 싶었습니다 그러나 그것은 제게 너무 벅찬 일이라는 게 드러났습니다. 그래서 저는 지난 10년 동안 창작에 더욱더 집중을 했습니다. 따라서 저는 강의 혹은 학문적인 연구에 관련된 비전을 갖고 있다고 말할 수 없게 됐습니다. 창작에 관해서 제가 하고자 하는 바는 늘 그랬던 것처럼 잘 쓰는 것입니다.

왕은철 학자로서는 『백인의 글』이라는 저서로 가장 잘 알려져 있습니다. 케네스 파커Kenneth Parker는 당신의 저서에 대해서 이렇게 말한 바 있습니다. "『백인의 글』은 새로운 세대의 백인 비평가들을 인종편견적이고 문화적으로 우월하다고 생각하는 그들의 시험관으로부터 해방시키는 데 도움을 줬던 해방적 텍스트로서 찬양받을 가치가 있다." 당신은 이 저서에서 백인의 문학 전통을 와해시키려고 했던 것입니까?

쿳시 저는 제가 『백인의 글』에서 문학적인 전통을 와해시켰다고 생각하지는 않습니다. 저는 단지 창작 혹은 비창작적인 남아프리카공화국의 텍스트를 읽고 남아프리카공화국의 풍경화를 보는 데 있어서, (수천의 다른 독자들과 같이) 현대 프랑스 사상에서 얻은 어떤 통찰력을 적용해보았을 뿐입니다.

왕은철 문학이란 무엇입니까? 어떤 사람은 그것을 "식민화 행위"colonizing act라고 합니다. 동의하십니까?

쿳시 저는 작가들과 비평가들 사이에서 일어나는 문학적, 이론적 논쟁에 휘말리고 싶지 않습니다. 제가 비평가들이 한 말 때문에 화가 난 적이 있다는 것은 분명한 사실이지만, 그 문제는 더 밀고 나갈 가치가 있는 것 같아 보이지는 않습니다.

왕은철 당신에게 영향을 준 작가들에 대해서 물어봐도 될까요? 작가들의 이름을 열거하며 당신의 작가 생활을 여러 시기로 나눠도 좋습니다.

쿳시　제가 영향을 받은 작가들을 스스로 밝히는 것은 적절하지 않다고 생각합니다. 저한테 영향을 준 작가들은 별로 숨겨져 있지 않습니다. 디포, 도스토옙스키, 베케트, 포크너, 그리고 다른 많은 작가들이 그들이지요.

왕은철　당신에게 중요한 영향을 미친 남아프리카공화국 작가가 있습니까?

쿳시　올리브 슈라이너Olive Schreiner만이 제게는 아주 커다란 의미를 지니고 있습니다.

왕은철　올리브 슈라이너의 어떤 점이 당신에게 중요했습니까? 당신은 슈라이너에게서 영감을 받았다고 말할 수 있습니까?

쿳시　저는 "영감받았다"inspired라는 말을 좋아하지 않습니다. 슈라이너는 종교적인 시대가 지난 후에 살았던 작가이지만, 남아프리카공화국 풍경에 대한 그녀의 반응은 종교적 정서로부터 깊은 영향을 받고 있습니다. 저는 바로 이 점 때문에 그녀를 좋아합니다. 물론 저 자신은 그녀를 따라갈 수 없지만 말입니다.

왕은철　어떤 점이 당신을 남아프리카공화국 작가로 만든다고 생각하십니까? 당신은 자신을 남아프리카공화국 작가라고 생각하십니까? 남아프리카공화국은 당신 상상력의 중심이 되는 곳입니까? 예를 들어, 왜 『야만인을 기다리며』는 남아프리카공화국을 배경으로 하고 있지 않습니까? 남아프리카공화국으로부터 거리를 두고 당신의 작품에 보편적인 특성을 부여하고 싶은 것입니까?

쿳시　제가 작가인 것은 제가 그것으로 생계를 유지하고 날마다 몰두하는 일이기 때문입니다. 제가 남아프리카공화국 시민인 것은 제 여권에 그렇게 되어 있기 때문입니다. 그것이 저를 남아프리카공화국 작가 혹은 남아프리카공화국 시민이며 작가로 만드는 것인지는 다른 사람들이 결정할 문제입니다. 『야만인을 기다리며』만이 지리적으로 남아프리카공화국을 배경으로 두지 않은 소설은 아닙니다. 『포』와 『페테르부르크의 대가』도 그렇습니다.

왕은철　당신의 소설에는 폭력적인 장면이 자주 등장합니다. 당신은 폭력을 혐오하면서도 그것에 끌리는 듯합니다. 당신의 최근 작품 『소년 시절』조차도 폭력 문제를 부분적이지만 다루고 있습니다. 왜 그렇습니까? 당신의 작품에 나타나 있는 폭력은 아파르트헤이트와 관련 있습니까? 당신은 남아프리카공화국의 폭력적 상황을 비유적으로 표현하려 했습니까?

쿳시 제 책이 특별히 폭력과 관련이 있다고 생각하지는 않습니다. 그러나 저는 권력을 갖고 있는 사람들에게 종종 나타나는 양심의 둔화 혹은 자기둔화에 관심이 있습니다.

왕은철 당신의 소설 속에 등장하는 인물들은 때때로 말을 하지 않습니다. 프라이데이^{Friday}, 마이클 K, 퍼케일^{Vercueil}, 그리고 『야만인을 기다리며』에 나오는 여인 등은 거의 말을 하지 않습니다. 그들의 침묵의 의미는 무엇입니까? 당신은 그들의 완강한 침묵을 통해서 무슨 말을 하려고 하는 것입니까?

쿳시 저는 제 작품을 해석하는 입장에 서는 것을 원치 않았습니다. 그것은 비평가의 몫이지 작가의 몫은 아닌 것 같습니다. 제가 제 작품의 더 깊은 주제들과 근원들에 대해서 분석하는 것은 좋은 방법이 아니라고 생각합니다.

왕은철 당신의 소설은 리얼리즘적이라기보다는 알레고리적입니다. 나딘 고디머는 당신 소설의 이런 점을 다소 못마땅하게 생각하는 듯합니다. 물론 고디머는 당신 작품에 대해서 여러 차례 칭찬을 하긴 했지만 말입니다. 당신 작품이 마르크시스트 비평가들로부터 너무 "심미적"이라는 이유로 비판을 받은 것으로 알고 있습니다. 고디머적 혹은 루카치적 리얼리즘의 토대를 침식하는, 누보로망과 더 밀접하게 관련을 맺어온 것 아닙니까? 고디머의 불만에 그럴 만한 이유가 있다고 생각하십니까?

쿳시 제가 제 작품을 해석하는 것을 원치 않는 것처럼, 저는 다른 작가들이나 비평가들과의 논쟁에 휘말리고 싶지 않습니다. 사람들은 자신들이 원하는 대로 제 책을 읽을 자유가 있습니다. 만약 책들이 좋고 책 읽기가 나쁘다면 책이 책 읽기를 능가하겠고, 또 그 반대라면 좋지 않은 책들은 결국 사라져야 마땅하겠지요.[2]

왕은철 어떤 비평가는 당신을 "텍스트들을 전의 텍스트들과 심리적, 분석적 관계에서 설정하는 라캉과 같은 타입의 분석가"라고 묘사했습니다. 그 말에 동의하십니까?

쿳시 한 비평가만이 제 작품을 라캉 이론에 입각해서 체계적으로 읽으려고 했습니다.[3] 저는 늘 라캉이 다소 어렵다고 생각했습니다. 그러나 라캉 자신도 이해라는 것이 우리가 궁극적으로 바라는 목표인지, 의문을 제기하고 있습니다.

---

2) 여기에서 우리는 쿳시가 미국의 미시간 주립 대학에서 열린 심포지엄에서 발표한 "고전이란 무엇인가?"라는 내용의 글을 참조할 필요가 있을 것 같다. "What is a Classic", *Current Writing: Text and Reception in Southern Africa*, vol 5, no 3 (1993), 7-24.

왕은철 당신의 소설과 모더니즘 작가들의 소설은 서로 비슷한 점이 있습니다. 콘래드는 특히 그렇습니다. 뭐랄까요, 감정적인 기질이랄까요. 아니면 뭔가 포착할 수 없는 속성이랄까요. 당신은 20세기 모더니즘 전통을 계승, 확대하고 있다고 생각하십니까?

쿳시 물론 저는 학생이었을 때, 그리고 다른 것에 감응을 받기 쉬운 나이였을 때, 위대한 모더니즘 작가들의 작품을 읽었습니다. 따라서 그들이 저에게 영향을 미쳤다고 누가 얘기해도 놀라지 않을 것입니다. 제가 위대한 모더니즘 계열의 시인들인 릴케, 엘리엇, 파운드, 스티븐스 등을 아주 열심히 읽었던 것은 분명합니다.

왕은철 일부의 남아프리카공화국 비평가들이나 작가들은 마르크시즘에 경도되어 있는 것 같습니다. 당신은 어떤 이데올로기에 대해 특별한 애정을 갖고 있습니까?

쿳시 당신 질문에 대한 앞서의 답변에서처럼, 저는 어떤 사상 체계에 갇히는 것을 경계하는 입장입니다.

---

3) 여기에서 쿳시가 지칭하고 있는 비평가는 테레사 도비Teresa Dovey로서 비평서의 제목은 다음과 같다. *The Novels of J. M. Coetzee: Lacanian Allegories.* Craighall, South Africa: A D Donker, 1988.

왕은철 영국 문학에 대한 당신의 입장은 무엇입니까? 예를 들면, 『록새나』^{Roxanna}와 『로빈슨 크루소』^{Robinson Crusoe}가 왜 그렇게 중요합니까? 당신은 영국 문학에 대해서 무슨 말을 하고 싶습니까? 당신은 "되받아 쓰기"를 하고 있습니까?

쿳시 저는 작가로서 대니얼 디포에게 아주 깊은 관심이 있습니다. 디포의 작품을 읽으면 눈앞에, 소설이 발견되는 상황이 펼쳐지는 것 같은 느낌을 받습니다. 적어도 영국 소설에서는 말입니다. 바로 그러한 점이 제게 있어서 디포가 중요한 이유입니다. 또한 저는 디포의 산문도 아주 좋아합니다. 그의 산문은 침착하고 기능적이면서도 놀라운 감정 표현이 가능한 산문입니다. 저는 제 소설에 나타나는 디포나 도스토옙스키와 같은 작가들에 대해서 적대적인 태도를 취하고 있지 않습니다. 오히려 저는 그들을 깊이 연구하면서 그들에 대한 존경심이 더 깊어졌습니다.

왕은철 그렇다면 당신 작품들은 제가 언급한 작가들에 대한 일종의 "되받아 쓰기"가 아니라는 말씀이신가요?

쿳시 저는 "되받아 쓰기"라는 말을 좋아하지 않습니다. 거기에는 "fight back, answer back" 등의 말에 내포되어 있는 무례하고 공격적인 의미가 있으니까요. 제가 디포를 되받아 쓴다는 것은 상상도 할 수 없는 일입니다.

왕은철 도스토옙스키의 소설에서 어떤 점을 배웠습니까?

쿳시 저는 성실성sincerity에 대한 도스토옙스키의 비판으로부터 많은 것을 배웠습니다.

왕은철 디포의 문장에 대해서 당신이 앞서 설명한 바를 성취하려고 하십니까?

쿳시 만약 제가 디포처럼 좋은 산문을 쓸 수 있다면 행복할 것입니다.

왕은철 당신 소설에 나타나는 여성 인물들은 남성 인물들보다 훨씬 더 생동감이 있는 것 같습니다. 적어도 저는 그것이 놀랍습니다. 가령 『포』, 『철의 시대』, 『나라의 중심에서』에 나오는 여성 인물들은 그들과 상대되는 남성 인물들보다 훨씬 더 살아 있는 듯합니다. 특별한 이유라도 있습니까? 당신은 역사적으로 소외된 계층인 여성들에게 더 비중 있는 목소리를 부여하고자 했나요? 당신은 페미니즘에 대해서 동정적인 입장입니까?

쿳시 대부분의 남자들처럼—이것은 명백한 사실임에도 불구하고, 놀랍게도 이런 발언을 누가 하는 것을 별로 들은 적이 없습니다―저는 남자들보다 여자들과 더 친밀한 관계를 가지며 삶의 더 많은 부분을 보냈습니다. 따라서 어떤 의미에서 보면 여자들의 삶을 탐색하는 데 있어서는 남자들이 여자들보다 더 유리한 위치에 있습니다. 그것을 역으로 말하자면 남자들의 세계를 탐색하는 데 있어서는 여자들이 더 유리한 위치에 있다는 말도 됩니다.

왕은철 당신 소설을 읽으면서 저는 광범위하게 퍼져 있는 죄의식을 느낄 수 있었습니다. 제가 잘못 알고 있다면 지적해주십시오. 당신은 독자들에게 윤리적인 입장 즉 이 나라 백인들의 집단적 죄의식 문제를 제기하고자 했습니까? 제가 이 질문을 드리는 것은 당신 소설들이 일반적으로 포스트모던 메타픽션으로 여겨지는 데 반해, 당신이 어디선가 한 말을 인용해 말할 것 같으면 당신의 소설은 "자유에 대한 암시"intimation of freedom 즉 윤리적인 문제를 제기하고 있기 때문입니다.

쿳시 저는 제 작품의 윤리적인 차원이 중요하게 여겨지기를 바라고 있습니다. 그러나 다시 말씀드리지만, 제가 제 작품에 대해서 너무 분석적이 되는 것은 현재 작품을 쓰고 있는 작가로서 제게 득이 될 것 같지는 않습니다.

왕은철 당신은 작가로서 자신의 의무가 무엇이라고 생각하십니까?

쿳시 이 질문은 일반적인 답변을 할 성질의 질문이 아닌 것 같습니다. 특정한 작가가 특정한 주제 혹은 특정한 독자와의 관계에서, 역사의 특정한 시기와 자신의 삶의 특정한 시기에 느끼는 책임감이 있을 뿐입니다.

왕은철 당신의 소설은 사람을 현혹시킬 정도로 단순하고 짧습니다. 당신은 디킨스, 고디머, 안드레 브링크 등의 소설에서 흔히 볼 수 있는 강한 내러티브 충동보다는 상황의 내면화 내지 심리화에 더 많은 관심이 있는 것 같습니다. 이 부분은 어떻게 설명하시겠습니까?

쿳시 만약 제 소설들이 강한 내러티브 충동을 깃고 있지 못하다면, 그것은 제 결점이겠지요.

왕은철 한국의 독자들은 당신 소설에 대해 많이 알고 있지 못합니다. 한국 독자들을 위해 『어둠의 땅』을 발표했던 1974년부터 『소년 시절』을 발표한 1997년까지의 당신의 변천과정을 설명해주실 수 있겠습니까?

쿳시 작가로서 어떻게 변화했는지 저는 알 길이 없습니다. 그것은 삶의 굽이굽이가 우리에게 보이지 않는 것과 마찬가지입니다. 그래도 한 가지는 말씀드릴 수 있습니다. 그것은 지금, 제가 1974년보다 더 간단한 산문을 구사하고 있다는 사실입니다.

왕은철 당신의 자전적 소설 『소년 시절』을 염두에 두고 드리는 질문입니다. 예술적인 소설 외에 정치적이고 개인적인 회고록을 쓰게 된 특별한 동기라도 있습니까?

쿳시 대부분의 사람들처럼, 저도 다양성을 좋아합니다.

왕은철 『소년 시절』을 자서전이자 동시에 소설이라고 분류해도 되겠습니까?

쿳시   소설과 자서전 사이에 분명한 선이 있다고 생각하지 않습니다. 『소년 시절』의 10분의 9에 해당하는 부분의 진실을 증언할 수 있는 사람 중 살아 있는 사람은 오직 저뿐입니다.

왕은철 당신은 당신의 동료 교수이자 유명 작가인 안드레 브링크와 함께 책—『갈라진 땅』A Land Apart: A South African Reader—을 편집한 적이 있습니다. 그 책을 편집하게 된 동기는 무엇입니까?

쿳시 그 책은 한 영국 출판사로부터 위촉을 받은 것이었습니다. 저는 영어로 작품을 쓰는 작가들을, 안드레 브링크는 아프리칸스어로 작품을 쓰는 작가들을 각각 선별했지요. 브링크는 같이 일하기에 아주 편한 사람이었습니다. 그 책은 1980년대 남아프리카공화국에 관한 것이어서, 지금은 다소 시대에 뒤처진 책이 되고 말았습니다.

왕은철 프린스턴 대학 출판사에서 곧 출판될 『동물들의 삶』에 대해서 말씀해주시겠습니까?

쿳시 『동물들의 삶』은 약간의 교훈적인 의도가 있는 책입니다.

왕은철 현재 집필 중인 작품이 있습니까? 미래에 대한 계획이 있다면 말씀해주십시오.

쿳시 저는 『소년 시절』의 후속 편이라고 할 수 있는 『청년기』라고 불릴 만한 책을 쓰고 싶습니다.

왕은철 남아프리카공화국은 아파르트헤이트 이후의 시대로 접어들어 있습니다. 새로운 역사의 장은 당신의 안목을 어떻게 변화시켰습니까? 지금의 남아프리카공화국을 어떻게 평가하시겠습니까?

쿳시　남아프리카공화국이 진정으로 새로운 역사적 시기에 들어갔는지, 의문을 제기할 필요가 있습니다. 우리는 현재, 옛 것과 새것이라고 희망했던 것 사이의 불안하고, 점점 더 편치 못한 틈에 끼어 있는 것 같습니다.

왕은철　남아프리카공화국 문학의 미래에 대해서는 어떻게 생각하십니까? 이젠 어디로 가야 하나요?

쿳시　그것은 세월이 지나봐야 알 수 있겠지요.

왕은철　귀한 시간을 쪼개 인터뷰에 응해주셔서 감사합니다.

인터뷰 2

왕은철 당신은 2002년에 오스트레일리아로 이주했습니다. 당신이 남아프리카공화국을 떠나면서 두고 온 것은 무엇입니까? 앞으로 무엇이 그리울 거라고 생각합니까?

쿳시 제가 뭘 두고 왔는지에 대해선 잘 모르겠습니다. 다시 말하자면, 뭘 두고 왔는지는 그걸 돌아볼 수 있는 위치에 있을 때라야 알게 되지 않을까 싶습니다. 그리고 뭐가 그리울 거냐고요? 아마도, 넝상히 다인이적인 사회에서 살았던 게 그리울 겁니다. 남아프리카공화국은 길을 가면서도 서로 다른 많은 언어들을 들을 수 있는 다언어적 공간이니까요.[4] 그리고 또 하나 그리울 게 있다면, 그것은 제가 30여 년 동안 강의를 하며 보냈던 케이프타운 대학일 겁니다. 학교 자체가 그리울 거라기보다는, 잘생기고 행복하고, 세상을 그들 발밑에 거느린 늣 자신감에 차 있는, 다양한 인종과 배경의 젊은 사람들 틈에서 자유롭게 돌아다닐 수 있었던 그 분위기가 그리울 것 같습니다. 그것은 나이

---

[4] 남아프리카공화국은 열두 개의 언어를 공식 언어로 채택하고 있는데, 이 중 백인의 언어로는 영어와 아프리칸스어(네덜란드계 백인들이 사용하는 네덜란드어에 근원을 둔 언어)가 있다. 아프리칸스어를 사용하는 백인들을 가리켜 아프리카너라고 하는데, 쿳시는 이들의 후손이다. 그럼에도 불구하고 그는 영어로 교육을 받고, 영어로 글을 쓰는 이채로운 삶을 살고 있다.

가 들어가는 사람들 모두에게 허용되는 특권은 아닐 테니까요.

왕은철 왜 남아프리카공화국을 떠났습니까?

쿳시 복잡한 이유들 때문에 그렇게 됐습니다. 하지만 인터뷰는 그것과 관련된 도덕적 혹은 지적 복잡성에 대해 얘기하고 탐색하는 최선의 방식은 아닐 것 같습니다. 게다가 어떤 면에서 보면, 한 나라를 떠난다는 것은 결혼 생활의 막을 내리는 것과 같습니다. 그것은 그만큼 개인적인 성격의 것입니다.

왕은철 미래에 대해서는 어떻게 생각하십니까? 남아프리카공화국의 경우는 어떻습니까?

쿳시 미래라고요? 저는 언제나, 미래보다는 과거에 관심이 더 많았습니다. 과거가 현재에 그림자를 드리우는 방식 말입니다. 남아프리카공화국에 대해서 얘기하자면, 남아프리카공화국은 아프리카의 일부일 뿐입니다. 우리가 역사적으로 중요한 시점이라고 자신 있게 얘기하는 것들이 아프리카라는 거대한 이야기 속에서는 눈 몇 번 깜빡거리는 것에 불과한 것입니다.[5]

왕은철 작가이자 교수로서 어떤 걸 성취하고 싶은가요?

쿳시　글로써 어떤 걸 성취할 수 있는지 가늠하는 것은 언제나 어려운 일입니다. 글이라는 게 어떤 영향을 미치기까지는 상당히 오랜 시간이 걸리는 법이니까요. 제 글이 과거를 통째로 버리고 싶다고 생각하는 한두 사람 정도에게, 그것에 대해 다시 한 번 생각하도록 하는 계기가 됐기를 바랍니다. 그것은 분명히 별로 거창한 건 아니겠지요. 그러나 언젠가 때가 되면, 뭔가 영향을 미칠 수도 있겠지요.

　가르치는 것에 관해 얘기하자면, 과거를 돌아보면서 비관적인 입장이 됩니다. 하지만 저는 젊은 사람들이 교육이라는 이름으로 그들에게 제공되는 것에 영원히 만족할 것 같지는 않다고

---

5) 쿳시의 소설 중 상당수가 남아프리카공화국이라는 구체적인 공간에 국한되지 않고, 좀 더 보편적인 공간에 설정되어 있는 것은 바로 이러한 이유 때문일 것이다. 즉, 남아프리카공화국의 과거 및 현재에 관련된 식민주의 문제들은 언뜻 보면 남아프리카공화국 특유의 문제로 보일 수도 있지만, 그것을 거시적인 입장에서 보면 식민주의 문제로 수렴될 수 있는 보편적 속성의 것이라는 게 쿳시의 입장이다. 바로 이것이 고디머나 잔모하메드와 같은 사람들로부터 쿳시가, 구체적인 리얼리티를 소설 속에 제시하지 않고 애매모호하게 처리함으로써, 고발적이고 체제 저항적인 소설을 써야 하는 남아프리카공화국 작가로서의 소명과 본분을 소홀히 하고 있다는 비난을 받게 된 주된 이유일 것이다. 똑같은 이유로, 바로 이것이 세계의 많은 학자들과 비평가들로부터 쿳시가, 소설의 주된 공간을 남아프리카공화국이라는 폐쇄적이고 협소한 공간이 아니라 어느 상황에서나 적용이 가능한 보편적인 것으로 설정함으로써 소설의 의미망을 확장시키고 있다는 찬사를 받는 이유 중 하나일 것이다. 아파르트헤이트가 종식된 지금, 고디머나 잔모하메드의 비난은 더 이상 설 자리를 잃은 것처럼 보이며, 쿳시의 소설에 정치성이 결여돼 있고, 그가 작가로서의 소명을 소홀히 했다는 비난은 당시 상황에서도 적절하지 않았던 것처럼 보인다. 어쩌면 쿳시보다 더 정치적이고, 더 저항적인 담론을 소설 공간에 설득력 있게 제시한 남아프리카공화국 작가도 없을 것이다.

생각합니다. 이건 남아프리카공화국의 교육만이 아니라 성공하는 걸 최우선으로 하는 신자유적 새 제도 밑에서 행해지는 모든 교육을 두고 하는 말입니다.

왕은철 소설의 주제를 어떤 식으로 구상하나요?

쿳시 일반적으로, 사람들이 작가들에 대해 이해하지 못하는 것 중 하나는, (여기서 작가란 모든 작가를 총칭할 것까지는 없고 적어도 진지한 글을 쓰는 작가들을 일컫는 것입니다) 작가가 뭔가에 대해 쓸 것을 갖고 그것에 관해 쓰기 시작하는 게 아니라는 것입니다. 작가가 주제를 발견하고 자신이 쓰고자 하는 것을 찾아내는 것은 실제로 글을 쓰는 과정에서입니다.

왕은철 당신 작품이 왜 세계 곳곳에서 읽히고 유명해졌다고 생각하십니까?

쿳시 제가 왜 유명하게 됐느냐고요? 모르겠습니다. 유명하다는 말이 이 상황에서 맞는 말인지 모르겠지만, 저는 최근까지는 유명하지 않았습니다. 하지만 요즘엔 낯선 사람들에게서 편지를 받습니다. 『야만인을 기다리며』와 같은 소설들을 읽고 즐거웠다는 독자들의 편지를 받는 건 물론, 즐거운 일입니다. 그런데 이상한 건, 그 책이 처음 나왔던 20년 전에는 그런 편지를 받은 적이 없다는 겁니다. 어쩌면 옛날에는 접근이 불가능했던 책들이 시간이 지나면서 접근이 가능하게 됐는지도 모르겠지요. 아니면 취향이 변한 것일까요?

왕은철 당신은 1년 중 일부를 시카고 대학에서 강의합니다. 어떤 걸 가르치나요?

쿳시 저는 시카고 대학의 사회 사상 분야Social Thought Committee 중 일부를 담당하고 있습니다. 철학자, 고전주의자, 역사학자, 인류학자, 문학과 관련된 학자들로 구성된 분야인데, 그곳에서는 한 분야가 아니라 여러 분야에 걸친 연구를 하고 싶어하는 학생들을 가르칩니다. 1995년부터 그곳에서 강의를 해왔고, 그곳에 가면 아주 편안하다는 느낌을 받습니다.[6]

왕은철 당신은 지난 20여 년 동안, 《뉴욕 리뷰》New York Review of Books에 에세이와 리뷰를 써왔습니다. 초기에는, 남아프리카공화국의 정치나 영문학과 같이 당신의 배경과 가까운 문제들이나 그에 해당하는 작가들에 관한 글을 썼습니다. 그런데 최근에는, 로버트 무질이나 나기브 마푸즈에 관한 글을 쓰고 있습니

---

6) 쿳시는 그동안 1년 중 한 학기를 케이프타운 대학 영문과에서, 나머지 한 학기를 시카고 대학에서 강의하며 보냈다.

다. 세계 문학과의 보다 폭넓은 대화를 하기 위한 작업의 일환으로 그런 작가들에 관한 글을 쓰기 시작했나요?

쿳시   음악을 예로 들어 답변해보겠습니다. 저는 오랫동안 라디오를 들으며 음악을 즐겨온 사람입니다. 다음 곡이 말러Mahler, 집시 음악, 혹은 빙엔의 힐데가르트Hildegard von Bingen가 될지 예상할 수 없는 상황에서, 라디오에서 흘러나오는 대로 음악을 듣습니다. 저는 그 무작위성을 즐깁니다. 특정한 음악을 골라 듣는 것보다는 그렇게 무작위적으로 흘러나오는 음악을 선호하는 편입니다. 《뉴욕 리뷰》에 기고하는 글도 마찬가지입니다. 책장에 있는 새로운 책들과, 잡지사의 다소 무작위적인 서평 요청을 즐기는 편입니다. 즉, 무질이나 마푸즈에 대한 글은 무슨 거창한 기획을 세우고 쓴 게 아니라는 말입니다.

왕은철   당신이 최근에 발표한 『청년기』를 보면, 영국에 사는 주인공 존John이 영국문화의 편협성에 대해 반발하면서 조지프 브로드스키Joseph Brodsky, 즈비그니에프 헤르베르트Zbigniew Herbert, 파블로 네루다, 도스토옙스키, 베케트, 버그만, 사티야지트 레이Satyajit Ray, 안토니오니Antonioni의 영화, 머더웰의 그림, 바흐의 음악 등, 보다 폭넓은 세계문화의 흐름을 선호하는 모습을 볼 수 있습니다. 그게 당신이 영국에 거주할 당시의 상황이었나요? 영국에 대한 실망감이 세계의 다른 곳으로 통하는 문을 열어놓은 결과가 됐던 것인가요?

쿳시 꼭 그런 것만은 아닌 것 같습니다. 그 책의 주인공은 식민지 교육을 받았음에도 불구하고, 영국에 도착할 당시, 자신의 관심이 그 작은 나라에 군림하는 것들보다는 폭이 넓고 현대적인 것에 있다는 것을 이미 알고 있었습니다. 그러나 1960년대 초반의 영국은 이미, 보다 넓은 세계를 향해 불안하게 손을 뻗기 시작하고 있었습니다.

왕은철 그 책을 읽어보면, 1960년대의 런던은 주인공 존에게는 자신의 비참함에도 불구하고, 아니 오히려 그 비참함 때문인지도 모르는 일이지만, 문화를 스폰지처럼 흡수하는 풍요로운 시기였던 것 같습니다. 맞나요?

쿳시 맞습니다. 그러나 비참함misery이라는 말이 문화를 흡수하는 올바른 정신구조를 지칭하는 말로서 적절한 것인지는 잘 모르겠습니다.

왕은철 당신이 나이폴V. S. Naipaul에게 관심이 있다는 건 분명해 보입니다. 당신은 2001년에 나이폴의 소설 『인생의 반』Half a Life에 대한 서평을 《뉴욕 리뷰》에 기고한 적이 있습니다. 나이폴도 당신처럼 시골에 살다가 영국으로 건너갔습니다. 그런데 나이폴은 당신보다 쉽게 영국에 적응했던 것처럼 보입니다. 당신은 나이폴과 당신의 관계를 서로에게 거울을 비추는 관계로 생각해본 적이 있습니까? 두 사람 모두, 목소리와 방향을 찾기 위해 대영제국의 식민지에서 온 작가라는 공통점이 있지 않습니까?

쿳시 미안한 얘기지만, 작가들이 자신과 비슷한 작가들에 관심이 가장 많다고 생각하는 것이나, 작가들이 동시대 작가들에게 관심이 많다고 생각하는 것은 사람들이 흔히 범하는 오류인 것 같습니다. 나이폴에 대한 제 관심은 그다지 깊지 않습니다. 나이폴도 저에 대해서 마찬가지일 것입니다. 영국에 관해서 얘기하자면, 제가 영국에 살았던 건 몇 년에 지나지 않으며, 그 후 영국으로 돌아갈 생각은 해본 적이 없습니다. 하지만 나이폴은 그곳에 정착한 작가입니다. 정착민settler이라는 말은 후기식민지적 정치학에서는 무거운 의미가 실린 말입니다. 나이폴이 모국에 정착하여 적응한 것은―이는 나이폴이 영국에 살면서 그의 이름 앞에 Squire나 Sir와 같은 경칭을 부여받은 것에서 잘 알 수 있는 일입니다―그것의 역사적 무게를 그 자신이 충분히 알고서 선택한 행위였을 것입니다.[7)]

왕은철 남아프리카공화국 밖에서는 이 나라의 정치적인 면면을 아주 어렴풋한 정도밖에 알지 못하고 있는 것 같습니다. 그중 하나는 당신이 『추락』에서 묘사하고 있는, 무단 거주자들에 의한 백인 지주의 축출에 관한 것입니다. 그 소설을 보면 백인 농부가 흑인 무단 거주자들의 폭력에 의해 그들의 땅에서 쫓

7) 쿳시가 《뉴욕 리뷰》에 나이폴의 소설평을 쓴 것은 2001년 11월 1일인데, 그는 글에서 나이폴의 소설에서 지속적으로 나타나는 주제 중 하나를 "작가가 되려고 하는 나이폴의 노력과 의지"라고 말하고 있다. 사실, 나이폴의 소설 중 상당수가 이 주제를 제 나름의 방식으로 형상화하고 있으며, 『인생의 반』도 예외는 아닌 것처럼 보인다. 그런데 쿳시의 소설평에서 주목할 것은 나이폴의 소설이 "작가의 자아를 구성하려는 노력을 하는 과정에서, 삶의 다른 면인 인간적인 면모를 잃고 있다"라고 결론 짓고 있다는 것이다. 이것은 나이폴에 관한 질문에서 쿳시가, 나이폴이 영국에 정착한 것에 굉장히 큰 의미를 부여하고 있다는 것이며, 이는 비록 그가 말을 아끼고는 있지만 나이폴에 대해서 그다지 긍정적이지만은 않다는 것으로 해석할 수 있다. 어쩌면 나이폴에 대한 쿳시의 입장은 그가, 러시아에서 태어나 미국에 정착한 나보코프에 대해 취하는 입장과 그다지 다를 바 없는 것처럼 보인다. 쿳시가 나이폴에 대해서는 세세한 언급을 삼가고 있지만, 나보코프에 대해 어떠한 입장을 취하고 있는가를 살펴보면, 나이폴에 대한 그의 입장을 어느 정도 유추할 수 있을 것 같다. 쿳시의 초기 소설들은 나보코프로부터 많은 영향을 받았다. 특히 그의 『어둠의 땅』은 나보코프의 『창백한 불빛Pale Fire』에 많은 빚을 지고 있다. 그러나 쿳시는 나중에는 나보코프에 대한 흥미를 점차 잃어갔고 이제는 "나보코프와 더 이상 아무런 관계도 남아 있지 않다"라고 말한다. 쿳시에 따르면, 나보코프는 "볼셰비키주의자들이 자신에게서 행복한 어린 시절을 강탈한 섯처럼" "아주 유치한 방식으로" 자신이 잃어버린 어린 시절과 리얼리티에 접근하고자 했다. "내 생각에 내가 나보코프에 흥미를 잃었던 것은 그가 상실감의 본질을 역사적인 충만성 속에서 바라보는 걸 주저했기 때문이었다." "미국을 사랑한다고 말했지만, 어떻게 진정으로 그럴 수 있는 것인가?" 이것은 쿳시가 나보코프를 향해 제기하는 질문인데, 그는 이 질문을 통해, 그의 조국을 역사적인 안목에서 성찰하고 형상화할 수 있는 성숙도가 나보코프에게 부족했다고 판단하고 있는 듯하다. 어쩌면, 나이폴이 세계의 많은 비평가들로부터 비난을 받는 맥락도 크게 다르지만은 않을 듯싶다. 쿳시는 나이폴을 가리켜, "창작에 재능이 있는 사람이 전업작가가 됨으로써, 가난과 무명의 세월을 떨치고 명성과 부를 거머쥘 수 있었다"라고 말하면서, 그의 작품을 어느 정도 회의적으로 바라보고 있는 듯하다. 부커상을 두 번이나 수상했으면서도 상업적으로 이용되는 것을 꺼려 시상식에도 참가하지 않았던 쿳시가 나이폴에 대해 의구심을 갖는 건 어쩌면 당연해 보인다.

겨나게 되고, 무단 거주자들이 그 땅을 차지하게 됩니다. 물론, 『추락』에서 묘사되는 농장 습격은 남아프리카공화국의 경우 특이한 것처럼 보입니다만, 이웃 나라인 짐바브웨에서는 백인들에게, 농장을 비우고 떠나라는 명령이 하달되었던 적이 있습니다. 짐바브웨처럼 남아프리카공화국에서도 흑인들이 정부의 후원을 받아 백인 농장주들을 축출할 가능성이 있다고 생각하나요?

쿳시 생각할 수는 있지만 그럴 것 같지는 않습니다. 토지의 소유권은 감정의 문제입니다. 짐바브웨에서처럼 남아프리카공화국에서도 감정의 문제입니다. 그러나 남아프리카공화국 정부에는, 무가베 대통령이 통치하는 짐바브웨에 성행하는, 법에 대한 경멸감 같은 것은 찾아볼 수 없습니다.

왕은철 1999년 『동물들의 삶』이 출판된 이래, 동물들의 권리와 의식, 영적인 삶 등이 당신 소설에 나타나기 시작했습니다. 『추락』에 나오는 데이비드 루리David Lurie 교수는 동물 보호소에서 개와 고양이를 안락사시키는 일을 도와주며 자신의 삶을 개선시키려고 합니다. 이것은 사고의 새로운 방향입니까? 아니면 오랫동안 생각해왔던 것을 발전시킨 것입니까?

쿳시 몇 십 년 동안 그런 생각을 해왔습니다. 그런 의미에서 새로울 건 없습니다. 다만 지금까지는 그런 생각이 제 글에서 중요한 자리를 차지하지 않고 있었다는 게 다르다면 다른 점일 것입니다.[8]

왕은철   여러 비평가들은『소년 시절』과『청년기』에 대해 언급하면서, 두 책 모두, 당신의 전기와 관련이 있다고 지적한 바 있습니다. 만약 그것이 사실이라면, 당신은 어떠한 방식으로 자신의 기억들을 처리하며, 독자는 작가의 개인적인 경험과 허구화된 경험을 어느 정도까지 연관시켜야 하는 겁니까? "사물은 겉으로 보기와 같은 경우가 거의 없다." 이것은『청년기』첫 페이지에 나오는 문장입니다. 이 말은 자서전에서, 실제적인 사람이 언급될 때조차 가능성이 있는 많은 허구들 중 하나로 보아야

---

8) 여기에서 언급되는 저서는 쿳시가 1997년에서 1998년까지 프린스턴 대학에서 아주 특이한 형식으로 강연한 내용을 기본 텍스트로 하고, 가버Marjorie Garber, 싱어Peter Singer, 도니거Wendy Doniger, 스머츠Barbara Smuts와 같은 나양한 학자들이 쓴 철학적, 종교적, 생물학적, 인류학적, 심리적인 측면에서 쿳시의 텍스트에 반응한 것들을 모아놓은 저서이다. 여기에서 쿳시가 특이한 형식으로 강연했다고 하는 까닭은 프린스턴 대학의 태너Tanner기념 강연이 주로 철학적인 에세이 형식의 강연인데 반해, 쿳시는 일종의 소설적인 형태를 빌렸기 때문이다. 쿳시는 소설 형식을 빌려, 두 개의 강연 안에 두 개의 강연이라는 다소 복잡한 형태를 갖춘 강연을 했다. 인간이 동물들을 다루는 방식에 관한 것이 강연의 핵심이었음은 물론이다. 쿳시는『추락』에서 구체적으로 동물에 관한 담론을 전개시키고 있는데, 남아프리카공화국의 유명작가이자 쿳시의 동료 교수였던 안드레 브링크의 말을 빌리면, 이 소설의 결말 부분에 나오는 개와 동물에 얽힌 주인공의 상황 묘사는 "이 소설의 백미"에 해당한다. 그러나 쿳시가 언급하고 있듯, 동물에 관한 그의 관심은 새로운 것이 아니라, 그가 쓴 소설 외적인 글들에서 간헐적으로 찾아볼 수 있다. 그리고 쿳시가 채식주의자라는 사실도 동물에 관한 그의 윤리적 관심과 무관한 것은 아닐 것 같다.

한다는 말입니까?

쿳시 자서전에 나오는 역사의 일부는 외부 세계를 참조하여 확인할 수 있지만, 대부분의 경우는 개인적인 것이고 확인할 수도 없습니다. 우리가 역사를 진실한 것으로 보느냐 그렇지 않느냐는 주로, 우리가 화자의 진실성을 얼마나 신뢰하느냐에 달려 있습니다. 그런데 화자의 진실성에 대한 신뢰는 글쓰기의 불가해한 속성들에 달려 있습니다. 그것은 화자가 진실성 있게 들리느냐, 하는 문제입니다. 소설을 쓰는 작가들은 진실하다는 인상을 주기 위해 열심히 노력합니다. 제가 알기로는, 디포의 『로빈슨 크루소』가 가장 좋은 예인 것 같습니다. 그 소설에 나오는 화자의 말이 너무나 진실성 있게 들리기 때문에, 독자들은 수세기에 걸쳐 『로빈슨 크루소』를 로빈슨 크루소라는 이름의 남자가 자신이 경험한 것을 쓴 사실이라고 믿어온 것입니다.[9]

9) 『소년 시절』과 『청년기』는 사실, 쿳시의 자서전이라고 볼 수 있다. 앞의 것은 그의 소년 시절을, 뒤의 것은 케이프타운 대학을 다니던 시절과 졸업 후 런던에서 컴퓨터 프로그래머를 하던 시절의 삶과 방황을 다루고 있다. 두 저서에 관련된 앞서의 질문과 답변도 이 점에 유의해 새겨들어야 할 것이다. 그런데 특이한 것은 두 책 모두, 서술자가 3인칭으로 되어 있다는 점이다. 그러니까 쿳시는 자신의 경험을 서술하면서도, 자신을 객관화하여 서술하는 방식을 택함으로써, 자신의 삶과 경험에 관한 글에 소설적인 특성을 부여하고 있는 것이다. 즉, 그는 허구적인 것과 비허구적인 것 사이의 차이를 모호하게 만들면서, 자전적인 글쓰기가 결국 허구적인 것일 수도 있다는 걸 부각시키려 하는 것처럼 보인다. 『소년 시절』과 『청년기』에서 엿볼 수 있는, 자신의 경험마저도 일정한 거리를 떨어져 바라보려 하는 쿳시의 미학적 입장은 그의 소설을 이해하는 데 있어서 아주 중요하다. 『페테르부르크의 대가』, 『야만인을 기다리며』, 『추락』 등에 나오는 주인공들이 자학적이라고 생각될 만큼, 자신에 대해 분석적인 것은 쿳시가 자서전적인 글에서 드러내는 특성들과 무관하지 않을 것이다. 어쩌면 이는, 자신의 과거를 자신의 현재와 대화 관계에 있게 하려는 쿳시 나름의 전략이 아닐까 싶다. 쿳시는 2009년 『서머타임』을 발표했는데 이도 소설의 형식을 빌린 자전적 글이다.

● ● ●

노벨문학상 수상 작가 J. M. 쿳시의 문학세계

"스토리텔링은 나에게 사유의 한 방식이다"[10]

1

스웨덴 힌림원은 열어덟 명의 위원들이 만장일치로, 남아프리카공화국 작가 쿳시를 2003년 노벨문학상 수상자로 선정했다. 세계 학자들은 한결같이 그 결정이 "훌륭한superb 선택"이었다며 아낌없는 갈채를 보냈다. 그의 소설 중 일부를 번역해 국내에 소개했고 그의 소설을 연구하고 논문들을 발표해온 필자로서도 이견이 있을 리 없다.

1940년, 남아프리카공화국 케이프타운에서 태어나, 수학, 언

---

10) 이 글은 쿳시가 2003년 노벨문학상 수상자로 결정된 직후, 《현대문학》 11월호에 게재된 글로 약간의 수정을 거친 것이다.

어학, 컴퓨터, 문학 등을 전공한 쿳시는, 애트웰^{Daivd Attwell}에 따르면, "지적인 힘과 균형적 스타일, 역사적 비전과 윤리적 통찰력을 독특한 방식으로 통합"시킨 독창적인 작가이다. 한 작가에 대한 평가가 이보다 더 좋을 수는 없을 것이다. 이는 윤리성, 역사성, 정치성, 문학성 등을 모두 갖추었다는 평가로서, 작가라면 누구나 도달해보고 싶은 최고의 경지가 아닐 수 없다. 세계의 학자들이 스웨덴 한림원의 결정을 "훌륭한 선택"이라고 일컬은 것은 그들이 애트웰의 평가에 동의한다는 말에 다름 아니다.

그런데 쿳시의 입장에서는 노벨문학상 수상이 그리 호들갑을 떨 만한 일은 아닌 듯하다. 그것은 그 상이 자신의 작품에 드리울 "기억의 짐"을 의식하기 때문일 수도 있고, 평소에는 관심을 두지 않다가 무슨 상을 타면 그때서야 벌떼처럼 달려들어 시시콜콜한 것까지 모두 보도하려 드는 상업적인 언론 때문일 수도 있다. 그는 자신의 사생활을 필사적으로 지키려고 하는 사람이다. 여차하면 남의 사생활을 들여다보고 입방아를 찧으며 희희낙락하는 것은 동서양을 막론하고 똑같은 모양이다. 그는 자신에게 쏟아지는 입방아와 호기심을 철저하게 차단하고 싶어 한다.

"당신들이 상을 주는 책들은 읽히지 않을 것이고, 결국 기억되지도 않을 것이오. 정당한 이유에서 그러하오. 우리가 우리의 자식들과 손자들에게 부과하는 기억의 짐에는 어떤 한계가 있어야 하오." 이것은 자신이 노벨상을 수상할지 몰랐던 시기에 쿳시가 발표한 소설 『엘리자베스 코스텔로』에 나오는 구절인데,

스웨덴 한림원이 10월 2일 쿳시를 노벨문학상 수상자로 선정한 시점에서 생각해보면 묘한 울림으로 다가온다. 쿳시가 자신의 노벨상 수상 소식을 접하고 했다는 말도 묘하긴 마찬가지다. (스웨덴의 한림원은 유감스럽게도, 그가 노벨문학상 수상자로 결정되었다는 사실을 그에게 사전에 알리지도 못하고 그가 수상자로 결정되었다는 사실을 세상에 공표했다고 한다.) 그는 자신이 직접 낭독하거나 말하지도 않고, 그가 일시적으로 머물며 학생들을 가르치는 시카고 대학의 홈페이지를 통해 발표한 소감에서 이렇게 말했다. "저는 오늘 새벽 스톡홀름에서 온 전화로 그 소식을 접했습니다. 정말 깜짝 놀랐습니다. 저는 발표가 임박해 있다는 것조차 알지 못하고 있었습니다." 그는 조국에 영광을 돌린다든가, 누구에게 감사한다든가 하는 흔한 말 한마디조차 하지 않았다. 세상이 호들갑을 떨든 말든, 쿳시는 평소의 그답게 노벨문학상 수상 소식을 너무나 담담하게 받아들인 것이다.

어쩌면 그의 이러한 태도는 충분히 예상할 수 있는 일이었다. 그는 세계 최초로 부커상을 두 번 수상하면서도 두 번 다 수상식에 참석하지 않았던 사람이다. 부커상과 관련된 상업성에 휘둘리기 싫어서 그랬다고 했다. 그는 흔하디흔한 인터뷰도 하지 않았다. BBC 방송이 그토록 애타게 그의 수상소감을 기다려도 "나 같은 사람에게 두 번씩이나 상을 줘서 고맙다"라는 말을 짤막하게 하고는 그만이었다.

그는 상을 타게 됨으로써 그의 소설들에 지워지는 "기억의 짐"으로부터 벗어나고 싶은 듯하다. 그의 말을 그대로 옮기면, "글로써 어떤 걸 성취할 수 있는지 가늠하는 것은 언제나 어려운 일"이며, "글이라는 게 어떤 영향을 미치기까지는 상당히 오랜 시간이 걸리는 법"이다. 따라서 그는 자신의 "글이 과거를 통째로 버리고 싶다고 생각하는 한두 사람 정도에게, 그것에 대해 다시 한 번 생각하도록 하는 계기가" 될 수 있기를 바랄 뿐이다. 그는 이처럼, 작가를 거창한 존재로 생각하지 않는 작가인 것이다. 따라서 그의 과묵함을 오만함으로 생각해선 안 될 일이다.

이 에피소드들이 말해주듯, 쿳시는 상업성으로부터 거리를 지키려고 노력해온, 철저하게 개인적이고 과묵한 작가이다. "모든 소설은 자전적인 요소를 포함한다"라는 콘래드의 말처럼, 쿳시의 과묵함은 그의 소설의 과묵함과 직결되는 것일 수 있다. 그런데 『어둠의 땅』에서부터 『나라의 중심에서』, 『야만인을 기다리며』, 『마이클 K』, 『포』, 『철의 시대』, 『페테르부르크의 대가』, 『추락』, 『엘리자베스 코스텔로』, 『슬로우 맨』, 『어느 운 나쁜 해의 일기』에 이르는 쿳시의 소설들은 한결같이, 다른 작가들의 절반밖에 되지 않을 정도로 짧다. 소설의 수가 많고 적고, 길이가 길고 짧은 문제가 한 작가를 판단하는 데 결정적인 요인이 될 수는 없겠지만, 쿳시의 경우에는 그게 좀 유별나다. 그럼에도 불구하고 세계의 학자들은 그를 최고 경지에 이른 작가라고 평가한다. 이처럼 높은 평가를 받는 쿳시의 소설이 그렇게 짧은, 아니 과묵한 이유는, 쿳시가 리얼리즘이 아니라 미니멀리즘을 추구해온 작가라는 사실에서 찾을 수 있을 것이다. 리얼리티를 재현할 수 있다고 믿으며 스토리 전개에 치중하는 리얼리즘 작가와 달리, 쿳시는 최대한의 것을 최소한의 언어로 응축하고자 한다. 그러니 소설이 마냥 늘어질 수가 없는 것이다. 늘어지는 것을 배격하고자 하는 것이 미니멀리즘의 속성인 까닭이다. (그러나 소설과 달리, 그의 산문은 미니멀리즘을 추구하지 않는다. 그가 《뉴욕타임스》, 《뉴욕 리뷰》 등에 쓴 글을 보면 그처럼 세세하고 구체적이며 설득력 있는 글을 쓰는 사람이 『야만인을 기다리며』, 『페테르부르크의 대가』, 『추락』 등과 같은 미니멀리즘 계열의 소설을 썼다는 게 믿기 어려울 정도이다.)

쿳시의 소설에서 느껴지는 폭발적인 힘은 사유의 무게를 최소한의 언어로 담아낼 수 있는 쿳시의 천재적인 능력에 기인한다. 결국 그의 소설은 관념적일 수밖에 없다. 최소화된 언어로 사유를 하다 보니 관념으로 흐를 수밖에 없는 것이다. 그가 카프카와 베케트와 같은 관념적인 작가들에게서 심오한 영향을 받았다는 것은 따라서 전혀 놀라운 일이 아니다. 그는 한 오라기의 감상도 없이 세상을 바라보며, 그 사유의 폭과 깊이를 소설이라는 그릇에 담을 줄 아는 몇 안 되는 작가이다. 스웨덴 한림원이 말한 바와 같이, 그는 한없이 "회의적인 작가"doubter이다. 그는 인류가 지구상에 존재한 이래, 이런저런 형태로 존재해온 제국주의, 식민주의, 권력, 성, 인종 등의 문제를 소설 속에서 사유하며 차원 높은 경지로, 아니 거의 종교적인 경지로까지 끌어울린 작가이다. 그의 노벨상 수상은 소설을 "사유의 한 방식"
이라고 생각하는 그의 독창적인 소설미학이 있었기에 가능한
것이었다.

2

쿳시가 파란만장한 식민지 역사를 지닌 남아프리카공화국 출
신이라는 것은 그가 원하든 원하지 않는, 그의 소설이 갖고 있
는 의미망을 결정하는 중요한 요인이다. 미국의 비평가 하우 Irving
Howe는 오래전에 쿳시의 소설을 논하면서, "인종적인 불의"와
"증오", "공포"가 기승을 부리는 남아프리카공화국에서 창작을
하는 작가가 직면해야 하는 딜레마에 대해 언급한 바 있는데,
이는 쿳시를 비롯한 다른 남아프리카공화국 작가들을 이해하는
데 있어서 아주 유용한 말이다. 그에 따르면, 남아프리카공화국
작가들은 아파르트헤이트의 "폭력적인 위계질서"(데리다가 남아
프리카공화국의 아파르트헤이트를 지칭해 사용한 말이다)가 상상력
을 비롯한 여타의 모든 것을 압도하는 현실을 그들의 작품에 형
상화해야 하는 상황에 처해 있는데, 이는 곧 작가의 입장에서
보면 상상력을 제한받는 것으로 직결된다는 것이다. 하우는 여
기에서 한 발 더 나아가, 이처럼 작가가 상상력을 제한받는 상
황은 결국 또 다른 의미의 "가혹하면서도 파괴적이기까지 한 일
종의 횡포 tyranny"로 이어질 수 있다고 말한다. 이런 상황에서 창

작을 하는 작가는 "자신의 삶이 증오감으로 썩어버린 사회에 저당잡혀 있다고 느끼며, 자신의 분노가 자신의 소설을 압도하고 파괴할 수 있다는 두려움을 느낀다"라는 것이다.

하우의 말은 쿳시만이 아니라 남아프리카공화국의 모든 작가들에게 적용될 수 있는 말이다. 고디머, 브링크, 퓨가드 등 국제적인 명성을 확립한 남아프리카공화국 작가들은 아파르트헤이트가 그들에게 강요한 역사적 짐을 때로는 "저당잡힌" 것으로 생각했고, 때로는 그것에 대한 "두려움"을 실제로 느끼며 창작을 해온 작가들이었다. 따라서 그들의 모든 작품은 아파르트헤이트를 구심점으로 하는 일련의 담론 행위였다고 해도 지나친 말은 아니다. 아파르트헤이트는 그들을 끝없이 물고 늘어지며 그들에게서 미학적 답변을 요구하고 상상력을 속박했던 일종의 악령이었다.

그래서 남아프리카공화국 작가들의 작품이 대부분, 리얼리즘 계열이라는 것은 놀라운 일이 아니다. 아파르드헤이트를 고발하는 데 있어서, 리얼리즘만큼 효과적인 양식은 없었을 테니 말이다. 눈앞에서 벌어지는 말세적인 폭력은 남아프리카공화국 작가들에게 리얼리즘적인 고발 소설 외의 다른 문학 양식을 채택하지 못하도록 강요한 셈이었다. 그래서 작가들에게 가해진 이러한 무형의 강요는 "가혹하면서도 파괴적이기까지 한 일종의 횡포"일 수도 있었다. 물론 고디머, 브링크, 퓨가드와 같은 작가들은 이러한 강요를 창조적으로 활용하여 현실고발적인 리얼리즘 계열의 작품들을 발표해왔고 그러한 작품들을 통해서 작가로서의 입지를 구축할 수 있었으니, 그것을 굳이 "횡포"라고 일컬을 것까지는 없을지 모른다. 그러나 쿳시의 경우 분명 "횡포"였다.

쿳시에게는 지배, 종속, 권력 등의 문제에 강박관념적으로 집착하면서 "거대하고 복잡한 인간 세계"를 등한히 할 수밖에 없는 남아프리카공화국의 상황이 일종의 "감옥"이었다. 다른 작가들이 그들에게 주어진 역사적 짐과 시대적 소명감을 운명처럼 받아들이고 그것을 리얼리즘 계열의 작품을 통해서 소화해냈다면, 쿳시는 모든 작가가 왜 그처럼 획일적인 것을 강요받아야 하는지, 그 역사적 짐의 성격은 무엇인지, 그리고 그것이 자신의 창작과 어떤 역학 관계에 있는지 탐색하는 자의식적인 소설을 쓰면서, 획일적인 미학을 강요하는 남아프리카공화국의 문화적 현실로부터 탈출하고자 했다. 다른 남아프리카공화국 작가들이 그들에게 주어진 역사적 짐을 사명감으로 전환하면서 현실참여적인 문학을 했다면, 쿳시는 그 짐을 "일종의 횡포"로 인식하고 그것에 대한 자의식을 소설 속에 투영하고자 했다. 그래서 다른 작가들 작품이 거의 예외 없이, 고발적이고 교훈적이며 교육적이라면, 쿳시의 작품은 다분히 실존적이고 형이상학적이며 알레고리적이고 미니멀리즘적인 성격을 띤다.

바로 이러한 특성 때문에, 쿳시의 작품에 대한 평가는 상호모순되는 경우가 많다. 가령, 고디머나 잔모하메드가 쿳시를 역사적 리얼리티를 회피하는 작가라고 몰아붙이는 데 반해, 레빈^{B.} Levin, 코수^{Sue Kossew}, 도비^{Teresa Dovey}, 헤드^{Domic Head}, 갤러거^{Susan} VanZanten Gallagher 등과 같은 평자들은 소설의 내러티브를 보편적이고 도덕적인 수준으로 끌어올린 보기 드문 남아프리카공화국 작가라고 평가한다. 여기에서 역사적 리얼리티를 회피한다 함은 구체적인 리얼리티를 소설 속에 제시하지 않고 애매모호하게 처리함으로써, 고발적이고 체제저항적인 소설을 써야 하는 남아프리카공화국 작가로서의 소명과 본분을 소홀히 하고 있다는 비난이요, 소설의 내러티브를 보편적이고 도덕적인 수준으로 끌어올린다 함은 작가가 소설의 주된 공간을 남아프리카공화국이라는 협소한 공간에 국한시키지 않고 어느 상황에서나 적용이 가능한 보편적인 공간으로 설정함으로써 소설의 의미망을 확장시키고 있다는 찬사다. 전자의 입장에서 보면, 아파르트헤이트 정권이 곤봉과 칼과 총으로 수많은 흑인들을 인권의 사각지대로 내몰던 상황에서 자의식적이고 사유적이며 룅이싱힉적인 경향의 소설을 쓰는 쿳시가 역사적 리얼리티를 회피하는 것으로 보였을 것이고, 후자의 입장에서 보면, 남아프리카공화국에 국한되지 않고 여타 다른 상황에도 보편적으로 적용될 수 있는 소설을 쓰는 쿳시가 좋아 보였을 것이다. 아파르트헤이트가 종식된 시점에서 보면, 쿳시의 작품에 대해 전자가 취한 부정적인 입장이 다소 편협해 보이는 것도 사실이지만, 절박했던 당시의 현실을 고려하면 그들이 그러한 비판적인 태도를 취할 수밖에 없었던 입장을 이해하지 못할 바는 아니다. 그들의 입장에서는 남아프리카공화국의 상황에 직접적으로 개입하지 않으려 하는 쿳시의 미학적 입장이 못마땅해 보였을 게 분명하다.

그렇다고 쿳시가 남아프리카공화국의 역사적 리얼리티를 외면했다는 건 결코 아니다. 물론 쿳시가 고디머나 브링크와 같은 다른 백인 작가들처럼 직접적으로 아파르트헤이트의 실상을 소설 속에 형상화한 것은 아니지만, 그도 그 나름의 방식으로 남아프리카공화국에 수렴되는 소설을 써온 작가임에 분명하다. 가령, 『어둠의 땅』, 『나라의 중심에서』, 『마이클 K』, 『철의 시대』, 『추락』 등은 각각 정도의 차이는 있지만 남아프리카공화국과 관련이 있는 소설들이다. 또한 『야만인을 기다리며』와 『포』는 남아프리카공화국을 직접적으로 언급하고 있지는 않지만, 전자가 식민주의자와 피식민주의자 사이의 복잡하고 미묘한 관계를 심도 있게 천착하고 있는 소설이고, 후자가 쿳시 자신이 "새로운 세계로 상업적인 힘을 확장시키고 새로운 식민지를 확립하는 것에 대한 뻔뻔스러운 선전"이라고 일컬은 바 있는 디포의 소설 『로빈슨 크루소』를 패러디한 상호텍스트적인 소설이라는 점을 감안하면, 두 소설이 소수의 백인 식민주의자들이 다수의 흑인 피식민주의자들을 폭력으로 다스려온 남아프리카공화국의 식민지적 리얼리티와 무관하지 않다는 걸 어렵지 않게 알수 있다.

3

『페테르부르크의 대가』에 대해서는 약간 자세한 언급을 하고 넘어갈 필요가 있다고 생각된다. 이 소설이 쿳시의 소설 중에서 남아프리카공화국과 관련이 없는 것처럼 보이는 유일한 소설이기 때문이다. 배경도 러시아의 페테르부르크이며, 등장인물들도 페테르부르크와 관련이 있는 사람들이 전부이다. 또한 남아프리카공화국을 배경으로 하고 있지 않으면서도 식민주의 문제를 담론화하고 있는 『포』와 『야만인을 기다리며』와 달리, 『페테르부르크의 대가』는 식민주의 문제에 대해서도 전혀 언급을 하지 않고 있는 유일한 소설이다. (이 글을 쓴 시점인 2003년 10월에는 이 말이 사실이었지만, 쿳시의 노벨문학상 수상 이후에 발표된 『슬로우 맨』, 『어느 운 나쁜 해의 일기』는 식민주의 문제와 거의 관련이 없는 내용을 다루고 있다.) 『페테르부르크의 대가』는 쿳시가 '예루살렘상'을 수상하면서 밝힌 바처럼, 아파르트헤이트 이데올로기가 낸 상처로 얼룩진 남아프리카공화국의 "병리학석인" 공간을 벗어나, "느낌과 관념의 살아 있는 유희가 가능한 세계에 자리를 잡고 싶은" 남아프리카공화국 작가 쿳시의 자의식이 반영된 소설이라고 할 수도 있을 것이다. 그에게는 한결같이 "공동체의 삶 혹은 역사의 흐름" 문제로 수렴되는 문학을 작가들에게 강요하는 남아프리카공화국의 상황이 숨 막히는 것이었음이 분명하다. 그러한 조건에서 쓰여지는 남아프리카공화국 문학은 그래서 "속도가 느리고 구태의연한" 것일 수밖에 없었다. 쿳시는 남아프리카공화국 작가들이 유럽 작가들에 비해 "더 단순하고, 덜 독창적이고, 수고를 덜 하는" 작품을 쓰게 된 것은 "부유한 후기 산업주의적 착취자들"이 "19세기나 다름없는 삶을 살아가는 다수의 사람들"을 "노골적으로 착취"하는 상황 때문에 비롯된 것이라고 생각했다. 그런데 그러한 창작 여건은 문학의 "지평을 좁히는 것"이었고, 작가들을 "강박관념"으로 몰아넣는 것이었다. 쿳시는 문학이 정치나 역사에 봉사할 수 없으며, 그래서도 안 된다고 생각했다. 아니, 그는 문학이 "정치적 변화에 거의 아무런 영향도 끼칠 수 없다"라고 생각했다. 따라서 쿳시가 그의 소설의 내러티브를 영국 소설도 아닌 러시아 소설 『악령』과의 상호텍스트적인 관계에서 전개한 것도 어쩌면 "속도가 느리고 구태의연한" 남아프리카공화국 문학의 테두리를 벗어나 세계 문학의 대열에 합류하고 싶은 욕구에서 기인한 것일 수도 있다. 이런 맥락에서 보면 쿳시의 소설이 포스트모더니즘 계열의 소설과 흡사한 양상을 띠는 것은 결코 우연이 아니다. 물론 이것은 『페테르부르크의 대가』만이 아니라, 그가 쓴 거의 모든 소설에서 한결같이 드러나는 양상이다.

그러나 쿳시의 소설이 포스트모더니즘적인 양상을 띤다고 해서, 서구의 일부 포스트모더니즘 문학처럼 자기유희적이고 허무주의적인 속성을 띠고 있다는 말은 결코 아니다. 쿳시의 자의식은 서구 포스트모더니스트들의 자의식과 흡사한 면이 없진 않지만, 유희적이거나 무책임하거나 무정부주의적인 쪽으로는 나아가지 않는다. 이것은 인종적 불의로 얼룩진 남아프리카공화국에서 태어나 성장하고, 그곳을 기반으로 작가의 입지를 굳혀온 쿳시로서는 당연한 일일 것이다. 쿳시의 자의식은 궁극적인 의미에서 보면, 애트웰이 적절하게 지적한 바와 같이, "남아프리카공화국에서 창작을 하는 조건들, 즉 언어학적이고 형식적이고 역사적이고 정치적인 조건들을 향한 것"이다.

그렇다면 19세기 중반 러시아 역사를 배경으로 도스토옙스키를 등장시키고 있는 『페테르부르크의 대가』가 어떤 점에서 "남아프리카공화국에서 창작을 하는 조건들"을 향한 쿳시의 자의식을 드러내고 있느냐 하는 것은 중요한 문제가 아닐 수 없다. 이 문제 해결의 실마리는 쿳시의 모든 소설에서 엿보이는 원심력과 구심력에서 찾을 수 있다. 여기에서 원심력이라 함은, 쿳시가 남아프리카공화국 문학의 주류인 리얼리즘 계열의 메시지 지향적이고 사회고발적인 문학을 탈피하여 다양한 실험이 행해지는 세계 문학의 대열에 합류하는 소설을 쓰고자 한다는 말이요, 구심력이라 함은, 쿳시가 실제로 전자에 입각한 보편적인 소설을 쓰고 있음에도 불구하고, 그가 갖고 있는 남아프리카공화국 작가로서의 자의식이 그의 소설의 의미망을 남아프리카공화국으로 되돌려놓는다는 말이다.

가령, 도스토옙스키와 네차예프의 적대적인 관계는 쿳시에게는 그다지 낯설지 않은 것이다. 쿳시의 소설에서 네차예프가 도스토옙스키를 비난하는 바와 같은 맥락에서, 쿳시는 현실참여적인 소설을 쓰지 않는다는 이유로 숱한 비난을 감수해야 했던 작가이다. 특히 남아프리카공화국 작가들이나 학자들의 비난은 강도가 심했다. 이런 점에서 도스토옙스키와 쿳시는 비슷한 점이 많지만, 그렇다고 이 둘을 동일시하는 건 비평적 오류일 것이다. 쿳시의 관심은 도스토옙스키와 네차예프가 벌이는 힘 겨루기에 있지, 도스토옙스키를 내세워 자신의 미학적 입장을 옹호하거나 밝히는 데 있지 않기 때문이다. 만약 그러한 의도였다면, 스타브로긴의 악마성을 도스토옙스키의 것으로 돌리지도 않았을 것이고, 부도덕하고 도착적인 성격을 그에게 부여하지도 않았을 것이다. 그러나 쿳시는 도스토옙스키와 네차예프를 소설 속에 형상화하면서, 네차예프와 같이 극단적이지 않을지는 몰라도, 과격성에 있어서는 강도가 덜하지 않은 마르크시즘 계열의 남아프리카공화국 작가들이나 학자들로부터 자신이 받아온 비난의 의미를 되짚어보고 싶었던 듯하다.

남아프리카공화국 학자인 본Michael Vaughan이 쿳시의 작품에 대해 했던 말은 쿳시에게 쏟아진 좌파적 공격의 대표적 사례에 해당한다. 그는 쿳시가 자신의 소설에서 남아프리카공화국 흑인들의 경제적 박탈에 대해서 침묵함으로써 "숙명론"에 빠져들고 있다고 비난했다. 본과 같은 좌파 지식인들에게는, 남아프리카공화국의 특수한 상황을 소설 속에 투영하지 않고, 자꾸 형이상학적이고 포스트모더니즘적인 담론 쪽으로 치달으려고 하는 쿳시가 못마땅했을 것이고, 구체적인 지시성 없이 모호한 형태로 전개되는 쿳시 내러티브가 역사적 리얼리티를 외면하고 메타담론을 지향하는 반민중적인 것으로 보였을 것이다. 그러나 그들은 쿳시의 소설 속의 네차예프가 그러한 것처럼 그들의 잣대로만 문학을 재단한 나머지, 리얼리즘과는 거리가 먼 쿳시의 형이상학적인 소설의 의미를, 즉 눈앞에서 벌어지는 역사보다는 역사에 내재된 이데올로기나 철학을 중심에 두는 소설의 의미를 제대로 짚어내지 못하고 말았다.

소잉카가 다른 상황에서 얘기한 바를 인용해보자면, 그러한 문학적 이데올로기로 무장하고 작품을 읽는 것은 그들의 구미에 맞는 것은 "신성시하고" 그렇지 않은 것에 대해서는 "파문"을 내리는 이분법적 발상이다. 소잉카의 말을 빌리면, 그들은 그 이데올로기를 "인스턴트 캡슐"로 전환하여 작가에게 처방함으로써, 작가의 상상력을 "질식"시킨다. 쿳시도 이 점에 있어서는 소잉카의 의견에 기꺼이 동의할 것이다. 쿳시가 "비평가들이 한 말 때문에 화가 난 적이 있다는 것은 분명한 사실"이라고 고백한 것은 그가 남아프리카공화국의 비평가들이나 학자들의 이분법적이고 적대적인 문학적, 이론적 논쟁의 소용돌이를 지금까지 어떻게 생각해왔는지 실감 있게 말해주는 대목이다.

쿳시는 남아프리카공화국의 상황을 남아프리카공화국에만 존재하는 특수한 것으로 인식하지 않고 식민주의라는 보편적 틀 안에서 인식하고자 한다. 이는 인간의 역사를 바라보는 그의 일관된 시각이다. 남아프리카공화국의 문제는 러시아의 문제가 될 수 있고, 러시아의 문제는 남아프리카공화국의 문제가 될 수 있다는 게 그의 입장이다. 가령, 『야만인을 기다리며』에서 형상화된 식민주의자들 사이의 관계나 식민주의자들과 피식민주의자들 사이의 관계는 구체적인 역사성도 없고 지리적인 특성도 부여돼 있지 않지만, 얼마든지 남아프리카공화국의 문제로 되돌릴 수 있는 성격의 것이다. 그리고 인종주의와 종족이라는 강박관념적인 꼬리표를 떼어내고 『페테르부르크의 대가』를 보면, 이 소설에 나타나는 제반 문제점들은 얼마든지 남아프리카공화국 상황에 적용될 수 있는 것들이다. 이런 점에서 보면, 역사적, 지리적 세부사항이 제거된 채 내러티브가 전개되는 『야만인을 기다리며』와 제반 사항이 구체적으로 제시되는 『페테르부르크의 대가』는 결국, 남아프리카공화국적的이 아니면서도 남아프리카공화국적인 소설이라는 점에서 맥락을 같이한다. 전자는 식민주의와 진보주의의 문제를, 후자는 작가와 사회, 정치, 역사의 문제를 다루고 있으니, 그 내용이 조금 다르긴 하지만, 남아프리카공화국에서 멀어지려 하는 원심력과 남아프리카공화국으로 회귀하려고 하는 구심력을 동시에 갖고 있다는 점에서는 다를 바가 전혀 없다는 말이다.

쿳시의 소설이 갖고 있는 원심력과 구심력의 문제는 남아프리카공화국의 백인 작가인 쿳시의 본래적인 특성과 불가분의 관계에 있다. 그는 식민주의자이면서도 식민주의자이기를 거부하는 식민주의자이다. 그러나 식민주의자가 아무리 진보적인 사상을 갖고 피식민주의자들의 처지에 대해 공감한다 해도, 그리고 쿳시가 고디머, 브링크와 같이 아무리 진보적이고 체제비판적인 소설들을 쓴다 해도, 메미가 말한 바와 같이, "죄의식과 고뇌, 그리고 결국에는 잘못된 믿음 때문에 고통을 겪지 않을 수 없다". 설령 식민주의자가 식민주의자이기를 포기하고 다른 곳으로 이주한다고 해도, 식민지에 대한 기억이 남아 있는 한, 죄의식으로부터 벗어날 수 없다. 결국 아무리 진보적인 입장을 취하더라도, 그리고 자신이 포악한 식민통치에 전혀 개입하지 않았더라도, 모든 식민주의자들은 "죄의식과 고뇌"로부터 자유로울 수가 없는 것이다.

남아프리카공화국의 백인 작가들의 작품에 공통적으로 나타나는 것이 이러한 "죄의식과 고뇌"라는 건 놀라운 일이 아니다. 원래의 상태로 되돌릴 수 없는 식민주의 역사 자체가 그들에게는 일종의 원죄인 셈이다. 쿳시 자신도 백인들이 흑인들에게 저지른 "뻔뻔하고 치밀하게 계획된 범죄"로부터 스스로를 분리시킬 힘과 권위가 자신에게 있지 않다는 걸 잘 알고 있다. 식민주의자들의 허위적 이데올로기를 소설을 통해 끊임없이 폭로하고 해체해온 쿳시도 이 원죄로부터 자유로울 수 없는 것이다. 『나라의 중심에서』에 나오는 마그다라는 여성이 처한 딜레마는 어쩌면 쿳시가 처한 딜레마와 무관하지 않다. "나는 단순히 백인들 중의 하나가 아니라, 그저 나예요. 그 사람들이 아니란 말이에요. 왜 내가 다른 사람들이 저지른 죄 때문에 죗값을 치러야 하나요?" 마그다는 이렇게 절규해보지만, "다른 사람들이 저지른 죄 때문에 죗값을 치러야" 하는 진보적인 백인 식민주의자들의 숙명은 바뀌어질 수가 없는 것이다. 쿳시가 말한 바와 같이, "이전의 압제자가 마음을 바꿔 피압제자의 편에 서고 싶어 한다고 해서 피압제자가 그를 받아들인다는 보장은 없다. 이것은 지사와 군의관과 같은 허구적인 인물만이 아니라, 자신의 작품을 자신이 태어난 계층에 대한 계산된 불충행위disloyalty로 간주하는 작가에게도 해당된다".

여기에서 쿳시가 말하는 지사와 군의관은 그의 소설 『야만인을 기다리며』와 『마이클 K』에서 진보주의적인 사고를 지닌 식민주의자로 등장하는 인물들을 가리키는데, 쿳시는 식민주의라는 원죄 때문에 피식민주의자들에게서 환영받지 못하는 백인 식민주의자들의 범주 속에, 작품을 통해 그러한 식민주의자들을 고발하고 폭로하는 자신과 같은 작가들도 포함시키고 있다. 아무리 진보적인 글을 쓴다고 해도, 식민주의자들과의 해묵은 "연루" 혹은 "공모"가 하루아침에 없어질 수는 없다는 말이다. 쿳시 소설의 강점은 자신을 예외적인 존재로 치부하지 않고, 식민주의자들과의 공모성을 인정하면서, 그 공모의 면면을 자학에 가까울 정도로 낱낱이 응시하고 해부하는 자의식적인 특성에 있다고 해도 과언은 아닐 것이다.

쿳시가 이러한 원죄의 성격을 그의 소설에서 직시한다는 것은 그의 문학이 갖고 있는 도덕적이고 윤리적인 특성을 잘 말해준다. 그는 자신의 소설 속 도스토옙스키가 그러했던 것처럼, 아니 역사 속 도스토옙스키가 그러했던 것처럼, 자신의 원죄와 시대의 불행과 비극을 자양분으로 삼으며 창작활동을 해온 작가이다. 그래서 "민중의 고통을 같이 나누지도 않았고, 그렇다 하더라도 그것은 시늉에 불과한 것이었다"라는 네차예프의 질책은 도스토옙스키만이 아니라 쿳시 자신을 향한 것이기도 하다. 아니, 그 말은 쿳시 자신이 스스로에게 묻고 싶은 말인지도 모른다. 물론, 쿳시와 같은 진보적인 지식인 작가에게 그러한 혐의를 씌운다는 게 다소 지나친 것일 수도 있지만, 그것의 타당성 여부와 상관없이, 쿳시는 그러한 혐의로부터 자유로울 수 없는 작가이다. 남아프리카공화국에서 태어난 백인이며 작가라는 태생적 한계 때문이다.

쿳시는 자신이 그 태생적 한계와 원죄 때문에 괴로워하면서도 그것을 바탕으로 소설을 쓰며 살아가야 하는 모순에 처해 있다는 걸 너무나 잘 알고 있는 작가이다. 지하실에서 굶어 죽어가는 세 아이의 모습을 기억해뒀다가 나중에 소설 속에 활용하려고 하는 도스토옙스키의 모습은 페테르부르크의 지하실만큼이나 절망적이고도 비극적인 남아프리카공화국의 역사적 현실을 소설로 전환하면서 살아온 쿳시의 모습일 수도 있다. 쿳시의 도스토옙스키가 증언하는 바와 같이, 그래서 글을 쓴다는 것은 "배반" 행위일 수도 있다. 물론 이것은 쿳시의 소설 속에서 도스토옙스키가 작가로서의 자의식을 드러내며 하는 말이어서 다소 과장된 것이기는 하다. 그러나 도스토옙스키가 그러했던 것처럼, 쿳시도 남아프리카공화국의 식민주의와 아파르트헤이트 이데올로기에 의해 생긴 "민중의 고통"이나 자신의 경험을 소설적 편의를 위해 변형시키고 왜곡시켰을 게 분명하니, 도스토옙스키가 보여주는 바와 흡사한 자의식과 죄의식으로부터 자유로울 수만은 없을 것이다. 쿳시가 남아프리카공화국으로부터 천리만리 떨어진 러시아를 배경으로 한 『페테르부르크의 대가』에서, 자학에 가까울 정도의 강도와 치열함으로, 자의식을 담론화하고 있다는 것은 역설적으로, 그가 얼마나 남아프리카공화국에 집착해왔으며 남아프리카공화국 작가로서의 태생적인 조건과 한계를 얼마나 진지하고 정직하게 고뇌해왔는지를 잘 말해준다.

4

쿳시의 소설을 읽으면 그것을 관통하는 일종의 소설 문법이 있음을 알 수 있는데, 그것은 쿳시가 가해자/피해자, 식민주의자/피식민주의자 등의 이분법에 맞춰 소설의 내러티브를 전개하지 않고, 이분화된 것을 다시 잘게 쪼개, 그것도 앞쪽의 것을 다시 쪼개, 그쪽에 초점을 맞춰 내러티브를 전개한다는 것이다. 『야만인을 기다리며』가 대표적인 경우다. 쿳시는 제국주의자를 크게 졸 대령이나 만델 준위와 같은 파쇼적 제국주의자와 치안판사와 같은 온정적 제국주의자로 나누고, 둘 사이의 역학관계를 후자의 입장에서 파고들게 한다. 그는 제국주의나 식민주의 이데올로기의 문제를 안으로부터 파고들게 하여, 그 테두리 안에 있는 자가 어떠한 입장에서 그 이데올로기를 대하든, 궁극적으로 그것과 공모 관계에 있다는 것을 고백하게 만든다. 또한 그는 타자의 입장을 섣불리 대변하게 하지 않는다. 가령, 치안판사는 야만인 소녀(타자)에 대해 "몸속이 존재하지 않고, 내가 이리저리 들어갈 곳을 찾아 헤매는 표면만이 있는 것 같다"라고 얘기하는데, 이는 제국주의자가 누구든, 타자를 이해하는 데 어려움을 겪을 수밖에 없음을, 아니 완전한 이해에 도달하는 것이 거의 불가능한 것임을 적나라하게 드러내준다.

쿳시는 예술의 기능^{craft}이 모두 "타자, 즉 틈, 반대^{inverse}, 아래쪽, 베일에 가려진 것, 어두운 것, 묻힌 것, 여성적인 것, 타자성^{alterity} 등을 읽어내는 데 있다"라고 말한 바 있지만, 그와 동시에 타자를 재현 혹은 "번역"하는 데 따르는 "왜곡"을 극도로 경계한다. "왜곡이 없는 '순수한' 번역을 할 수 없다"라는 이유에서다. 따라서 "우리가 할 수 있는 최선의 것은 그 왜곡을 최소화하는 것이다." 쿳시는 이러한 점에서 보면 결벽증이 있다고 할 수 있을 정도로 철저하다. 가령, 『포』를 보면 수잔과 포의 타자에 해당하는 프라이데이는 혀가 없어 말을 하지 못하는 벙어리로 설정되어 있다. 수잔과 포가 제아무리 그들의 언어를 통해 프라이데이의 실체에 접근하려 해도, 그는 끝까지 미스터리로 남는다. 쿳시는 프라이데이를 섣불리 대변하려 하지 않는 대신, 혀가 잘린 그의 상태와 그 침묵이 암시하는 바가 언어의 매개체 없이 커다란 의미망을 형성하도록 하고 있는 것이다. 치안판사의 타자인 야만인 소녀는 프라이데이의 경우처럼 혀가 잘려져 있지는 않지만, 제국주의자들과의 관계에서는 혀가 잘린 상태에 있다고 해도 과언은 아니다. 제국의 변경에 잡혀들어와 유형무형의 폭력에 시달리는 상황에서는, 제아무리 무슨 말을 하려고 해도 수평적인 언어소통의 통로가 봉쇄돼 있어서 그럴 수가 없는 것이다. 이런 의미에서 보면, 대령에게 잡혀온 야만인들은 한결같이 혀가 잘린 사람들이다.

탈식민주의적인 입장에서 보면, 쿳시처럼 피식민주의자들에게 목소리를 부여하지 않는 작가가 불만스러울 수도 있을 것이다. 투쟁과 탈식민화가 필요한 시기에 끝없이 자의식에 얽매인 알레고리적 소설을 쓰는 그가 좋아 보일 리도 없을 것이다. 고디머가 쿳시에게 가지는 불만은 바로 이것이다. 고디머는 『야만인을 기다리며』가 "북극"이라면, "고뇌에 찬 흑인 작가들"의 "선동적인" 글은 "남극"인데, "다뤄져야 하는 세계는 그 중간에 있으며," 쿳시가 『야만인을 기다리며』와 같이 알레고리적 소설을 쓴 것은 "남아프리카공화국에 살고 있는 모든 사람들처럼, 그 자신의 목까지 차 올라온 사건들과 그것들의 일상적이고 지저분하고 비극적인 결과로부터 벗어나기 위한" 것이라며 그걸 "장엄한 괴팍성" 혹은 "충격"이라며 그를 공격한다. 고디머는 남아프리카공화국 배경의 『마이클 K』에 대해서는 익명의 공간을 배경으로 하는『야만인을 기다리며』보다 약간 높은 평가를 내리지만, 쿳시가 이 소설에서도 여전히 그의 인물들에게 "악에 저항할 의지의 에너지를 부정한다"라며 비난의 강도를 낮추지 않는다. 그녀는 "종달새처럼 날아올라 매처럼 내려다보는 상상력을 갖고 있는 작가"가 루카치가 주창한 "개인적인 운명과 사회적인 운명 사이의 필수적인 관계"를 소홀히 하고 알레고리적인 소설을 쓴다는 것이 끝내 못마땅한 것이다.

좌파 학자인 본의 입장도 고디머와 크게 다르지 않다. 그는 쿳시가 "고뇌에 찬 의식의 상태"에 주안점을 둔 나머지, "남아프리카공화국에서 벌어지는 억압과 투쟁의 물질적인 요인들"에 관심을 기울이지 않고 있으며, 특히『야만인을 기다리며』는 "삶을 관념적으로 바라보는 헤겔 식의 경향을 터무니없는 상태까지 몰아붙이면서, 야만인들에 대한 억압에 물질적인 논리가 전혀 없는 것처럼 만들고 있다"라고 비판하고 있다. 본의 이러한 비판은 정도의 차이는 있지만, 쿳시에게 비판적인 좌파 계열 남아프리카공화국 학자들의 입장을 대변하고 있다고 해도 과언이 아니다.

『야만인을 기다리며』가 1980년, 남아프리카공화국의 흑백 갈등이 고조되던 시점에서 발표되었다는 걸 감안하면, 고디머나 본의 비판에 일리가 없는 것은 아닐 것이다. 고디머가 루카치의 소설이론을 자신의 미학적 입장으로 삼고 있고, 본이 마르크시스트라는 걸 감안하면, 이들이 사회주의 리얼리즘 소설을 선호하는 것은 어쩌면 당연한 것일 수 있다. 그러나 우리가 유념해야 할 것은 쿳시가 사회주의 리얼리즘, 아니 리얼리즘과는 거리가 먼 소설을 일관되게 써온 작가라는 점을 생각하면, 그들이 획일적인 잣대를 쿳시의 소설에 들이대고 비판을 가하는 것은 문제가 있을 수 있다는 사실이다. 그는 루카치와 같은 이론가들이 옹호하는 "전형"의 창조에 전혀 관심이 없는 것이다. 실제로 그는 "실제^{real} 세계를 복사하는 데 자부심을 갖는 리얼리즘에 관심이 없다. 아니면 그것에 내 자신을 심각하게 관련시킬 수 없다"라고 밝힌 바 있는데, 이는 쿳시의 소설을 좌파적인 잣대로 재단하고 판단하기 전에 한 번쯤 짚고 넘어가야 할 중요한 미학적 발언이다. 그는 "소설이 역사 담론에 식민화되는 것을" 거부하며 스토리텔링 자체를 "사유의 한 방식"이라고 생각하는 작가인 것이다. 쿳시 소설의 진면목은 오히려 반리얼리즘적 측면에 있느니만큼, 좌파적인 잣대를 들이대는 것보다는 그것을 있는 그대로 수용하여 나름대로 판단하는 것이 정당한 평가를 내릴 수 있는 방식이 될 것이다.

『포』의 경우도 마찬가지다. 루카치 식 리얼리즘을 선호하는 좌파적인 입장에서 보면, 이 소설은 문제가 많아도 보통 문제가 많은 소설이 아니다. 크루소를 창조해낸 대니얼 디포의 이름을 줄여서 자신의 소설 제목으로 삼고, 그것이 작가의 이름임과 동시에 리얼리티의 '적'이라는 이중적 의미를 함축시켜놓은 것부터 언어의 유희로 보일지 모른다. (콘래드는 『서구인의 눈으로』에 등장하는 화자의 입을 통해, "잘 알려진 바와 같이, 말은 리얼리티의 큰 적이다"라고 말한 바 있다. 어쩌면 쿳시는 콘래드의 발언을 염두에 두고 디포Defoe의 이름에서 '디'를 제거하고 '적'이라는 의미의 단어foe만 남게 만들었는지 모른다.) 그러나 이 소설의 반리얼리즘을 리얼리즘적인 잣대로 평가하는 것은 모든 소설을 하나의 잣대로만 평가하려 드는 강박관념에 지나지 않는다. 물론 쿳시의 텍스트가 때로는 포스트모더니즘적인 언어유희의 공간에 한 발을 들여놓은, 담론 주체의 "권위에 대한 의문제기"인 것처럼 보일 때도 더러 있지만, 끝내는 그것이 유희적 공간이 아니라 역사적 공간으로 탈바꿈하는 것은, 즉 백인 식민주의자(크루소, 수잔)의 언어가 흑인 피식민주의자(프라이데이)를 이해하는 데 있어서 너무나 부적절한 것이라는 사실을 직시하면서도, 프라이데이의 "고통당하는 몸"이 "부정할 수 없는" 힘이며 권위임을 제시하며 "텍스트의 끝없는 회의주의와 정면으로 맞서"는 작가 나름의 용기에 있다고 할 수 있을 것이다.

이런 점에서 보면, 『포』는 식민지 역사를 탈식민화하려는 쿳시의 의도를 아주 효과적으로 드러내주며, 이것이 쿳시의 포스트모더니즘적인 텍스트가 궁극적으로 탈식민주의적인 텍스트가 되는 이유가 된다. 또한 쿳시는 "이 세상에 고통이, 인간의 고통만이 아니라 다른 고통까지 포함한 숱한 고통이 있다는 사실 때문에 혼란과 무기력에 빠져든다는 사실에 압도당한다. 나의 소설들은 이렇게 압도당하는 것에 대한 하찮고 우스꽝스럽기까지 한 방어일 뿐이다"라고 말한 바 있는데, 바로 이 점이 비정치적일 듯싶은 『포』가 정치를 전면에 내세우는 소설들 못지않게, 아니 그보다 더 정치적이고 윤리적인 소설이 될 수 있는 이유가 된다.

쿳시는 브링크나 고디머와 같이, 피아를 명확히 구분하여 저항적 리얼리즘 계열의 소설을 쓰는 작가가 아니라, 오히려 그러한 구분 자체를 회의하면서 자신의 공모성을 부각시키고 지배 이데올로기의 허구성을 폭로하고자 하는 관념적인 작가인 것이다. 머래$^{Michael Marais}$가 말한 바와 같이, "리얼리즘 소설에서 독자는 희생자와 자기동일시를 하면서 도덕적 위안을 느끼고, 정치적 잔학행위의 가해자로부터 의도적으로 거리를 지킴으로써, 우월한 윤리적 입장에서 그들의 행동을 자기만족적으로 비난할 수 있게 된다. 그런데 쿳시의 소설을 읽는 독자에게는 그러한 자기만족이 주어지지 않는다". 오히려 쿳시 소설의 독자는 치안판사의 내러티브를 읽으면서, 썩 내키지는 않지만 피해자보다는 오히려 가해자와 동일시를 하면서 공모성과 죄의식을 느끼게 된다. 이런 의미에서 본이 쿳시를 가리켜 "삶을 관념적으로 바라보는 헤겔류의 작가"라고 한 것은, 물론 비판적인 의미에서 한 말이긴 하지만, 어느 정도 맞는 말이다. 그는 내러티브를 통해 사유하는 관념적인 작가인 것이다.

그리고 그 사유가 비록, 본과 같은 좌파 비평가들에게는 "진보적인 프티 부르주아 인텔리겐차가 처한 곤경"에 대한 사유이기 때문에 부정적인 것으로 보일지 몰라도, 그 사유의 방식은 그의 관심의 대상인 식민주의/제국주의 이데올로기를 해체하는 데 아주 효과적인 것이다. 그 이유는 『야만인을 기다리며』의 치안판사가 그러하듯, 안에서부터 그 이데올로기의 허상을 분석하고 해체하기 때문이다. 그것은 스피박Gayatri Spivak의 말을 빌리자면, "자신이 바깥에서 일하는 게 아니고 그 안에 머물 수밖에 없기 때문에" "폭력과 위배의 구조"를 바꾸고자 하는 일종의 "타협"일 수도 있다. 체제에 속해 있기 때문에 입지가 취약할 수도 있겠지만, 자신의 "위치가 취약하면 취약할수록, 더 타협해야 한다". 그래야만 "그것을 열어젖힐"breaking it open 수 있는 것이다. 그리고 그러한 사유의 방식은 효과적일 뿐만 아니라 정직하고 성실한 것이기도 하다. 그것은 치안판사가 그러하듯, 쿳시가 체제에 지향하면서 그것의 폭력과 기만의 논리를 폭로하는 입장에 있지만 결국 그 체제에 몸담고 있고, 때로는 그 체제의 혜택을 받는 모순적인 입장에 있다는 것을 자각하고 그것을 고백하고 있기 때문이다.

남아프리카공화국에서 태어난 백인의 원죄를 쿳시만큼 성실하게 인식하고 그 갈등을 심도 있게 소설화한 작가도 없을 것이다. 그리고 그 원죄의 성격을 남아프리카공화국에 국한시키지 않고 보편적인 것으로 만들어 호소력 있게 만든 작가도 그리 흔치 않을 것이다. 그는 아파르트헤이트 이데올로기나 식민주의, 제국주의가 남아프리카공화국에 국한된 것이 아니라, 그의 표현을 빌리면, "식민주의, 후기 식민주의, 신식민주의와 관련이 있는 더 폭넓은 역사적 상황의 한 표현일 뿐"이라고 인식한다. 그가 『야만인을 기다리며』의 시간적, 공간적 배경을 남아프리카 공화국과 상관 없는 미지의 것으로 설정하고 있는 것은 바로 이러한 이유에서다. 그의 소설이 끝없이 다른 텍스트들과 상호적인 관계를 형성하며 알레고리화 하는 것도 바로 이러한 이유에서다. 『야만인을 기다리며』가 카바피, 디포, 베케트, 부자티, 도스토옙스키, 카프카, 루소, 몽테뉴, 성서, 그 외의 많은 텍스트들과 상호적인 관계를 형성하는 것은 작가의 현학성을 드러내기 위한 것이 아니라, 남아프리카공화국이라는 공간에 국한되지 않고 세계의 다른 텍스트들과 대화적 관계를 유지함으로써 더 큰 의미망을 확보하기 위한 것이다. 이것은 쿳시의 다른 소설들에도 똑같이 적용될 수 있는 말일 것이다.

5

쿳시의 소설은 읽는 사람을 불편하게 만든다. 아니, 불편하게 만들 뿐만 아니라, 때로는 사념의 늪에 빠뜨려 허우적거리게 만든다. 상호배타적인 양자택일 방식이나 이분법적 흑백논리보다는, 회의적인 눈으로 이것도 저것도 아니고 흑도 백도 아닌, 가치의 회색지대를 바라보고 사유하기 때문이다. 영어권 최고의 상인 부커상을 세계 최초로 두 번 수상하는 영광을 쿳시에게 안

겨준 『추락』은 사람을 불편하게 만드는 대표적인 소설이다. (부커상은 미국인에게만 주어지는 퓰리처상보다 훨씬 권위 있는 상이다. 사실, 쿳시는 1999년, 『추락』으로 미국에서 외국인에게 주어지는 퓰리처상이라고 할 수 있는 래난Lannan 상을 수상하였으니 결국, 퓰리처상까지 휩쓴 셈이다.) 당시 부커상 심사위원 중 한 사람이었던 보이드 톤킨Boyd Tonkin은 10월 3일, 쿳시의 노벨상 수상이 결정된 직후 영국의 《인디펜던트》지에 기고한 글에서, 『추락』을 읽고 얼음 깨는 도끼ice-axe로 얻어맞은 느낌을 받았다고 술회하고 있다. 그에 따르면, "엄격하고 비정하고 정교하게 쓰인 쿳시의 소설은 새로 탄생한 남아프리카공화국에 의해 두들겨 맞은 개처럼 코너로 꼼짝 못하게 몰린, 굴욕을 당한 진보적 학자에 관한 이야기인데, 이 소설에서 그는 사랑, 섹스, 정치의 한계만이 아니라 인간성 자체의 한계를 테스트했다". 『추락』에 나오는 아이러니는 "오싹하고 까다롭고 난해하고delphic, 그의 생각은 위협적으로 들린다". 그러나 그는 "이 시대의 작가들 중 가장 타협을 하시 않는 작가일 뿐만 아니라 가장 분명하고 가장 용감한 작가들 중 한 사람이다". 그렇다. "뼛속까지 파고드는 진실"(《뉴욕타임스》 서평)을 얘기하는데 타협은 무슨 타협인가.

쿳시는 1998년, 남아프리카공화국의 현재 상황에 대해 어떻게 생각하느냐는 질문에 "우리는 현재, 옛것과 새것이라고 희망했던 것 사이의 불안하고, 점점 더 편치 못한 틈에 있는 것 같다"라고 말한 바 있다. 『추락』이 1999년에 발표되었으니, 어쩌면 쿳시는 이 소설을 집필하고 있던 시점에서 이 말을 했을 것이다. 여하튼, 보는 사람에 따라서는, 남아프리카공화국의 변화된 정치 현실에 박수와 갈채를 보내지 않고 그것에 수반된 갈등이나 후유증을 음산하고 우울하게 바라보는 쿳시의 시각이 못마땅할 수도 있을 것이다. 백인 정권이 종식되고 흑인 정권이 들어서며 "무지개 나라"를 꿈꾸는 남아공 사람들에게는 더욱 그럴지 모른다. 지배계층이었던 백인 여성이 흑인들에게 강간을 당하고 땅마저 빼앗기는 상황을 묘사한 쿳시의 소설을 읽으며 남아공 사람들이 극도로 불편함을 느끼는 것은 어쩌면 당연할 것이다. 이 소설이 출간되었을 때, 남아공의 흑인 집권당ANC이 성명서까지 발표하며 알레르기적인 반응을 보인 것도 충분히 예상할 수 있는 것이었다. 그들에게는 이 소설이 그들의 나라에 먹칠을 하고 있는 것으로 보였으며, 모든 백인들에게 그 나라를 떠나라고 종용하는 것으로 생각되었다. 쿳시의 노벨상 수상 소식이 전해진 후, 만델라 대통령과 음베키 대통령이 쿳시를 가리켜 "식민주의와 아파르트헤이트가 초래한 비극적 역사를 뛰어나게 형상화한 우리 시대의 영웅 중 하나"라고 치켜세우긴 했지만, 흑인 집권당은 『추락』과 관련된 불편한 마음만은 삭이기 힘든 듯, 전에 했던 발언을 수정하거나 취소할 마음이 없다는 것을 분명히 했다.

그러나 그렇게 보는 것은, 적어도 부분적으로는, 역사에 억눌린 사람들에게 있기 마련인 피해의식이나 강박관념 때문이었다. 그들은 메시지가 담긴 리얼리즘 소설을 읽듯, 쿳시의 소설을 읽은 것이었다. 백인 정권이 종식되고 흑인 정권이 들어섰지만, 식민주의의 유산 때문에 모든 것이 갈팡질팡하는 남아공의 현실을 생각하면 그러한 해석 방식이 이해가 가지 않는 바는 아니지만, 그런 식으로 쿳시의 소설을 바라보면, 의심과 회의의 눈길로 세상을 관조하며, 서구 문명이 기초하고 있는 "잔인한 합리성"을 해체하고(스웨덴 한림원의 평가) 인간의 심리를 유례가 없을 정도의 깊이로 해부한 그의 예술적 성취를 폄하하는 오류를 범하게 된다는 걸 그들은 잊고 있었다. 그들은 쿳시에게 그 상황에 맞는 "정치적 올바름"의 자세를 요구하고 있었다. 그런데 『추락』에 등장하는, 실세직, 비유적 의미에서의 폭력은 인종 갈등, 폭력, 부패 때문에 몸살을 앓고 있는 남아프리카공화국의 현실로부터 그리 동떨어진 것이 아니지만, 쿳시의 소설은 실제적인 것을 "복사"하는 데 관심이 없는 알레고리적인 소설인 것이다.

쿳시는 역사적 리얼리티를 포착하려 하면서도, 단순한 리얼리즘에 머무르는 소설을 쓰는 걸 일관되게 거부해온 작가이다. 카프카에게서 낙관적인 비전을 기대한다는 것 자체가 무리이듯, 쿳시에게서 낙관이나 단순한 긍정을 기대한다는 자체가 애당초 무리인 것이다. 세상을 바라보는 그의 시각은 어둡고 음산하고 비정할지 모르지만, 무엇보다 중요한 것은 그 어두움과 음산함과 비정함이 단 한 번도 예외없이, 유례가 없을 정도의 언어적 명징성과 완벽성을 통해 전달된다는 것이다. 그는 오색영롱한 무지개를 그려내는 낭만적인 작가가 아니라, 그 무지개 뒤에 도사린 과거가 현재에 드리우는 그림자를 언어의 거울을 통해 응시하는 작가인 것이다. 그의 소설이 흔히, 카프카와 비교되는 것은 이러한 이유 때문이다.

스웨덴 한림원의 평가대로 그의 소설들은 "오랫동안 읽히고 논의되어" "인류 문화의 유산"이 될 것이다. 비평의 잣대가 아무리 엄하고 혹독한 것이라 해도, 그의 소설은 오래오래 살아남을 것이다. 소설이라는 장르에 사유를 담아내는 지적 능력, 사유의 깊이, 심리적 통찰력이 엿보이는 날카롭고 수려한 문장, 빼어난 형식미, 다양한 현대 이론과의 대화, 도스토옙스키, 카프카, 베케트 등과 같은 위대한 작가들과의 상호텍스트적 관계 (이것은 쿳시의 모든 소설이 예외 없이 갖고 있는 특징 중 하나이다), 미니멀리즘에 가까우면서도 수많은 것들을 그 안에 함축하고 있는 관념적 내러티브의 의미망 등이 그의 소설들을 탄탄하게 받치고 있기 때문이다.

할레드 호세이니

Khaled Hosseini

● **할레드 호세이니** *Khaled Hosseini*
1965년 아프가니스탄 카불 출생. 아버지는 외교관이었고 어머니는 여자고등학교 선생님이
었다. 1970년 아프가니스탄 대사로 일하는 아버지를 따라 이란의 테헤란으로 이주하였다가
1973년 다시 카불로 돌아왔다. 1976년에는 파리로 이동하였다가 마침내 1980년 가족과 함
께 미국으로 정치적 망명을 한다. 캘리포니아에서 내사의사로 일하는 틈틈이 쓴 첫 장편소
설 『연을 쫓는 아이』를 출간하여 크게 주목받았고 두 번째 소설 『천 개의 찬란한 태양』으로
더욱 큰 명성을 얻었다. 그의 작품은 《퍼블리셔스 위클리》가 매년 미국에서 가장 영향력 있
는 문학작품에 수여하는 푸시카트상 후보에 오르기도 했다.

· **주요 작품목록**
장편소설로 『연을 쫓는 아이The Kite Runner』, 『천 개의 찬란한 태양A Thousand Splendid
Suns』이 있다.

아프가니스탄의 파란만장한 역사와 삶[11]

● ● ●

『천 개의 찬란한 태양』의 작가 **할레드 호세이니**

할레드 호세이니는 1965년 아프가니스탄 카불에서 태어났다. 1979년 12월에 소련이 아프가니스탄을 침공하고 아프가니스탄이 공산주의 국가가 되면서, 그의 가족은 숙청의 대상이 되었다. 아버지가 외교관이었기 때문이다. 호세이니의 가족은 1980년 미국에 망명을 신청해 캘리포니아 산호세에서 힘겨운 이민 생활을 시작했다. 호세이니는 고등학교를 졸업하고 의대로 진학해 내과의사가 되었다. 어렸을 때부터 창작에 관심이 많던 그는 진료를 하는 틈틈이 두 권의 소설 『연을 쫓는 아이』와 『천 개의 찬란한 태양』을 썼다. 두 권 모두 아프가니스탄의 힘겨운 역사와 삶을 감동적으로 그려낸 소설들이다. "『연을 쫓는 아

11) 이 글은 2007년《현대문학》에 게재된 것이다.

이』가 아버지, 아들, 형제 사이의 사랑에 관한 것이라면, 『천 개의 찬란한 태양』은 어머니와 딸, 집 안이나 거리에서 폭력을 견뎌 내도록 서로를 도와야 하는 여성들 사이의 사랑에 관한 것"이다.

어쩌면 최근 들어 가장 유명세를 많이 탄 미국 작가는 호세이니가 아닐까 싶다. 미국 국내뿐만 아니라 세계 각국에서 인터뷰 요청이 쏟아지고 있음은 말할 것도 없다. 그의 에이전트에 따르면, 작가는 쇄도하는 인터뷰 요청을 다 수용할 수 없어서 극히 제한적으로 인터뷰를 허용했다고 한다. 다행히 2007년 11월에 출간된 『천 개의 찬란한 태양』 한국어판이 이 인터뷰를 하는 데 결정적인 도움이 되었다. 본 인터뷰는 캘리포니아 시간으로 2007년 11월 26일(월요일) 오전 6시 30분에 행해진 세계 각국과의 릴레이 전화 인터뷰 중 첫 번째에 해당한다. 더 많은 질문을 하고 싶었지만, 노르웨이 신문 방송과 인터뷰 일정이 이후에 잡혀 있고, 그 후로도 일정이 빼곡히 잡혀 있어서 짧은 시간 내에 인터뷰를 마무리할 수밖에 없었다. 그러나 그의 목소리와 답변 방식에서 느껴지는 따뜻함은 『천 개의 찬란한 태양』을 읽고 번역하면서 느꼈던 따뜻함에 다름 아니었다. 그가 소설 제목의 출처를 설명할 때는 그의 조국 아프가니스탄에 대한 그리움이 묻어났다.

왕은철 안녕하십니까. 우선, 당신이 두 권의 소설로 화려하게 미국 문단에 데뷔하기 전에 소설을 쓴 적이 있는지 궁금합니다. 어떻습니까?

호세이니 저는 평생 글을 써왔다고 할 수 있습니다. 카불에 살던 소년 시절에도 글을 썼습니다. 의사가 되겠다는 생각을 하기 훨씬 이전부터 글쓰기는 제가 원하던 것이었고 정열의 대상이었습니다. 지금까지 살아오면서 늘 그랬습니다. 대부분 단편소설들을 썼습니다. 미국에서 발표한 적이 있는 두 편의 단편소설을 제외한 대부분은 발표되지 않았습니다. 『연을 쫓는 아이』는 제가 처음 시도한 장편소설입니다.

왕은철 이제 더 이상 의사로서 활동하지 않고 전업 작가가 될 계획입니까?

호세이니 아닙니다. 언젠가 의사로서 환자를 돌보게 될 것입니다.

왕은철 당신에게 특별한 영향을 준 작가가 있다면 누구인지 말씀해주시겠습니까?

호세이니 특별히 어떤 작가에게서 영향을 받은 것 같지는 않습니다. 다만 저는 제가 읽었던 작가들에게서 글쓰기에 관한 전반적인 것들을 두루 배웠던 것 같습니다. 저는 소설을 읽을 때,

그 작가가 대화, 페이스(속도), 구조 등을 어떻게 처리하는지 아주 세심하게 살피면서 읽습니다. 요즘 좋아하는 작가들은 이안 맥이완Ian McEwan, 앨리스 먼로Alice Monro, J. M. 쿳시, 데이브 에거스Dave Eggers 등과 같은 이들입니다.

왕은철   《뉴욕타임스》,《워싱턴포스트》등과 같은 다양한 언론매체에 실린 평들을 보면 평론가들은 두 번째 소설인 『천 개의 찬란한 태양』이 첫 번째 소설인 『연을 쫓는 아이』보다 더 좋고 더 자신감 있는 소설이라고 평가하고 있습니다. 당신의 생각은 어떻습니까?

호세이니   저는 첫 소설을 썼을 때보다 두 번째 소설을 쓸 때, 등장인물들을 더 잘 통제하고, 더 편안하게 자제력을 발휘할 수 있었습니다. 그래서 저는 『천 개의 찬란한 태양』이 첫 소설에 비해 뉘앙스가 더 풍부하고 더 성숙한 소설이 되었다고 생각합니다. 글을 써가면서 제가 작가로서 서서히 지평을 넓혀가는 걸 바라보는 것은 아주 흥분되는 일이었습니다. 두 번째 소설이 더 좋은 소설이라는 제 생각에 다른 사람들이 동의해주니까 저로서는 아주 짜릿한 느낌마저 듭니다.

왕은철   두 소설 사이에 공통점이 있다면 무엇일까요?

호세이니 두 소설 모두, 아프가니스탄을 배경으로 하고 있는 러브 스토리입니다. 『연을 쫓는 아이』가 주로 아버지, 아들, 형제 사이의 사랑에 관한 것이라면, 『천 개의 찬란한 태양』은 어머니와 딸, 집 안이나 거리에서 폭력을 견뎌내도록 서로를 도와야 하는 여성들 사이의 사랑에 관한 것입니다. 두 소설에서 인물들은 궁극적으로 사랑에서 구원을 찾습니다. 그들이 용기를 찾고 그들의 약점을 초월하게 해주는 것은 사랑입니다.

왕은철 『천 개의 찬란한 태양』을 쓰는 데 어느 정도의 시간이 걸렸습니까?

호세이니 2004년 봄에 시작해서 2006년 가을에 끝냈습니다.

왕은철 첫 소설이 매우 성공적이었기 때문에 두 번째 소설을 쓰는 일이 그리 만만치는 않았을 것 같습니다. 그래서 2년차 증후군sophomore syndrome이라는 말까지 있는 게 아닌가 싶습니다. 베스트셀러 작가로서 중압감은 없었습니까?

호세이니 중압감이 만만치 않았습니다. 『천 개의 찬란한 태양』은 첫 소설에 묻은 잉크가 채 마르기도 전에 쓰기 시작한 소설입니다. 독자들은 첫 소설을 읽고 두 번째 소설에 대한 기대감을 저에게 짐으로 남겨줬습니다. 문제를 더 복잡하게 만든 건 제 자신이었습니다. 저는 중심인물을 하나가 아니라 두 사람으로, 그것도 두 여성으로 설정했습니다. 더 쉬운 길을 택해 다른 소재의 이야기를 전개할 수도 있었을 것입니다. 그러나 저는 작가로서, 그리고 아프간으로서, 아프간 여성들의 몸부림과 그들의 내면적인 삶보다 더 중요하고 압도적이고 매혹적인 이야기를 생각할 수가 없었습니다. 제가 아니라 그 여성들이 저를 통해 이야기를 하게 되면서 제가 첫 소설의 성공 이후에 느꼈던 압박감은 자연스럽게 잊혀졌습니다. 많은 사람들이 두 번째 소설을 더 좋은 소설이라고 평가해준다는 사실이 제게는 얼마나 짜릿한 일인지 모릅니다.

왕은철 당신은 남성 작가입니다. 그런데 『천 개의 찬란한 태양』은 두 여성에 관한 이야기입니다. 제 번역서로 당신의 소설을 읽은 어떤 독자는 여성 작가가 썼다고 해도 될 만큼 여성 인물이 설득력이 있다고 했습니다. 그리고 저도 그러한 생각을 학생들에게 얘기한 적이 있습니다. 남성 작가로서 어떻게 그처럼 여성 인물들을 설득력 있게 그릴 수 있었는지 궁금합니다.

호세이니 그렇게 평가해주다니 고맙습니다. 좋은 평가에 감사할 따름입니다. 저는 여성 본연의 목소리를 포착해내는 데 많은 고심을 했습니다. 저는 여성은 남자와는 다른 감정적 수단으로 세계를 경험한다고 제 스스로에게 말하곤 했습니다. 그래서 정말 어려웠습니다. 아주 기가 질리고^{daunting} 너무나 힘든^{crippling}

일이었습니다. 결국 저는 마리암과 라일라를 여성이라기보다는

희망과 꿈과 좌절과 두려움을 가진 인간으로 보기 시작했습니

다. 일단 그들의 성보다는 본질에 대해 집중하자, 그들을 묘사

하고 형상화하는 일이 훨씬 더 쉬워졌습니다. 그러자 인물들이

저를 통해서 말을 하기 시작했습니다. 저는 그들의 목소리를 전

하는 매개체였던 셈입니다.

왕은철 그렇다면 이 소설이 실화를 바탕으로 한 게 아니라

상상력에 의존한 것이라는 말입니까? 그래도 어떤 계기가 있었

을 것 같은데 어떻습니까?

호세이니 저는 2003년에 카불에 갔었습니다. 부르카를 입은

아프간 여성들이 네댓 명의 아이들을 데리고 거리의 구석에 쪼

그리고 앉아 구걸을 하고 있었습니다. 저는 그들을 그곳으로 내

몬 삶이 어떤 것이었을지 상상하기 시작했습니다. 그 여성들이

무엇을 보았고 경험했으며 무엇을 견뎌내야 했을지 상상해보았

습니다. 그들의 슬픔과 절망과 희망이 무엇인지 생각해보기 시

작했습니다. 계기라고 하면 그것이 계기일 것입니다. 그들의 목

소리, 그들의 얼굴, 믿기 힘든 이야기들이 저한테 남았습니다.

제가 영감을 받았다면, 그들의 집단적인 정신에서 받았다고 해

야 할 것입니다. 그래서 『천 개의 찬란한 태양』은 저에겐 너무나

소중한 소설입니다. 그것은 고난의 삶을 살아온 아프간 여성들의 용기와 인내와 활력에 대한 제 작은 존경과 찬사입니다. 저는 아프간 여성들의 베일 속에 있는 인간성을 소설 공간에 재현해보고 싶었습니다. 그들 안에 있는 "천 개의 찬란한 태양"을 드러내보고 싶었습니다.

왕은철　"천 개의 찬란한 태양"이라는 제목은 페르시아 시인의 시에서 인용한 것으로 되어 있습니다. 이 시의 내용은 어떤 것입니까?

호세이니　사이브에타브리지는 17세기의 페르시아 시인이었습니다. 그는 아프가니스탄으로 귀양을 왔다가 돌아가면서 카불의 아름다움을 찬미한 시를 남겼습니다. 시 제목은 제가 태어난 "카불"이었습니다. 천 개의 태양과 수많은 달들이 있다고 한 것은 카불의 아름다움을 일컫기 위한 수사였습니다. 이 소설의 제목을 처음에는 "타이타닉 시에서 꿈꾸기"Dreaming in Titanic City라고 했었는데, 등장인물(여기서는 라일라의 아버지)이 사랑하는 카불을 떠나는 걸 슬퍼하는 장면에 어울리는 더 좋은 제목을 찾고 싶었습니다. 그러다가 그 장면만이 아니라 소설 전체를 함축적으로 담아낼 수 있는 "천 개의 찬란한 태양"이라는 제목을 사이브에타브리지의 시에서 찾아낼 수 있었습니다.
　저는 그 아름다움을 아프간 여성들에게서 찾고자 했습니다.

전쟁과 폭력과 광기를 살아남는 아프간 여성들의 내면에 있는 "천 개의 찬란한 태양"을, 그것의 소중함과 아름다움을 찾고자 했습니다.

왕은철 그런데 이 소설의 인물 형상화나 전개 방식을 두고 멜로드라마적이라고 하는 평자들이 있습니다. 어떻게 생각하십니까?

호세이니 아프간 여성들의 삶은 마리암과 라일라의 삶만큼이나 멜로드라마적입니다. 멜로드라마는 소설적 장치라기보다는 아프간 여성들의 삶을 반영합니다. 탈레빈이 집권했을 때, 아프간 여성들의 삶이 얼마나 견디기 어려운 것이었는지, 그들이 얼마나 힘들게 살아야 했는지 알게 되면 멜로드라마가 따로 없다는 사실을 깨닫게 될 것입니다. 여성들은 가부장적 이데올로기 하에서 비인간적인 삶을 강요당했습니다. 가부장제가 아프가니스탄에만 있는 건 결코 아닐 것입니다. 그것은 세계 도처에 산재해 있는 것입니다. 그러나 탈레반 정권은 극단적 형태의 가부장제 이데올로기로 여성을 비인간화했습니다. 그것은 성의 아파르트헤이트였습니다. 아프간 여성들에게 가해진 유형, 무형의 폭력은 언어로 다 드러낼 수 없을 정도의 것이었습니다. 멜로드라마는 그들의 현실이었습니다. 제 소설은 그 현실에 기초한 것입니다. 앞서 말씀드린 것처럼, 저는 부르카 속에 감춰져 있는 아프간 여성들의 내면을 드러내고 싶었습니다.

왕은철 가부장제에 대한 당신의 입장은 어떻습니까?

호세이니 불행하게도 세상 사람들은 아프간 여성을 생각하면, 탈레반 관리가 험상궂게 쳐다보는 가운데 거리를 지나치는 부르카를 입은 아프간 여성의 이미지를 떠올리는 것 같습니다. 이미지가 고착되어 그렇습니다. 그러나 슬프게도, 탈레반이 정권을 잡기 오래전에도 아프가니스탄에는 탈레반과 흡사한 형태의 여성 억압이 있었습니다. 파키스탄 국경과의 인접 지역에서는 특히 그랬습니다. 가부장적이고 남성 중심주의적인 그곳에서는 남자들이 여자들의 운명을 좌지우지했습니다. 여자들은 갇혀 살아야 했고 거리에 나갈 때는 언제나 부르카를 입어야 했습니다. 열두 살이 넘으면 학교에도 다니지 못했습니다. 수백 년 동안 그랬습니다. 여자들이 누구와 언제 결혼해야 할지를 결정하는 건 남자들이었습니다.

물론 카불과 같은 도시에서의 상황은 달랐습니다. 1920년대만 해도 아마눌라 왕이 여성해방 운동을 주도했습니다. 여학교와 여성 전용 병원을 세웠으며 여자들을 해외로 보내 교육받게 했습니다. 최소 결혼연령을 열여섯 살로 높이고 부르카를 입는 걸 금지했습니다. 그러다가 왕은 권좌에서 쫓겨났습니다. 가부장적인 종족 지도자들의 반발을 샀던 것입니다. 50~60년대에도 유사한 시도가 있었습니다. 1964년에는 아프간 여성들이 투표권을 획득했습니다. 그러나 카불에서 이뤄진 개혁은 반란을 불러왔습니다.

제가 하고자 하는 말은 탈레반 정권 이전에도 아프간 여성들은 힘겨운 종속적 삶을 살아왔다는 것입니다. 부족과 파당의 전쟁이 터지면서 여성들의 삶은 거의 참을 수 없는 지경에 이르렀습니다. 그들은 폭탄 공격에 시달렸을 뿐만 아니라 구타와 고문을 당하고 감옥에 갇혔습니다. 그들은 유괴당하고 노예로 팔리고 강간당하고 윤락 행위를 강요당하고 강제결혼을 해야 했습니다. 아프간 여성들의 삶은 눈물 없이는 이야기할 수 없을 정도로 힘겨운 것이었습니다. 저는 이보다 절박한 이야기를 생각해낼 수 없었습니다. 그래서 『천 개의 찬란한 태양』이 저한테 그토록 소중한 소설인 것입니다. 제 소설은 수난의 삶을 살아온 아프간 여성들에 대한 자그만 헌사입니다.

왕은철 『천 개의 찬란한 태양』은 참으로 감동적입니다. 읽을 때도 그랬고 번역할 때도 참 힘들었습니다. 지금까지 많은 소설을 번역했지만 번역을 하면서 울기는 처음이었습니다. 당신은 이 소설을 쓰면서 어떤 메시지를 염두에 두고 있었습니까? 독자들에게 하실 말씀이 있다면 해주십시오.

호세이니 제게 우선적인 것은 메시지가 아니라 흥미진진하고 감동적인 이야기입니다. 스토리가 선행한다는 말입니다. 메시지가 있다면, 그것은 제가 의도한 것이라기보다는 스토리가 만들어낸 것입니다. 물론 제 편에서 보면 이 소설을 쓸 때 일종의 의무감을 느꼈다고 고백해야 할 것 같습니다. 아프간 여성이 처한 딜레마에 관한 많은 이야기들이 있습니다. 그에 관한 에세이도 있습니다. 그런데 주류 문학에서는 이런 이야기를 찾아볼 수 없습니다. 저는 독자들이 더 접근하기 쉬운 소설 형식을 통해 아프간 여성의 리얼리티를 재현해보고 싶었습니다. 앞서 제가 의무감을 느꼈다고 하는 것은 이런 의미에서입니다.

소설은 독자에게 자신과 전혀 동떨어진 세계에 관해 많은 걸 알게 해줍니다. 그것도 다른 양식의 글보다 더 직접적으로 그 세계에 접근하게 해줍니다. 이는 제가 역사서보다는 스타인벡 Steinbeck의 소설에서 세계 대공황에 대해 더 많이 알게 된 것과 같은 이치입니다. 여하튼 저는 독자들이 『천 개의 찬란한 태양』을 재미있게 읽고 감동을 받았다면, 그 감동이 근대사에서 유례를 찾기 힘들 만큼 고통받고 수난당해온 아프간 여성들에 대한 연민과 감정이입으로 이어지기를 바랍니다.

왕은철 당신의 두 소설은 아프가니스탄과 관련된 것들입니다. 앞으로의 계획은 어떻습니까? 구상하고 있는 소설들이 있습니까? 앞으로도 아프가니스탄을 소재로 글을 쓰실 계획입니까?

호세이니   저는 아직 어떤 소설을 쓸지 결정하지 않았습니다. 많은 것들이 머릿속에 떠돌고 있습니다. 아프가니스탄에 관한 또 다른 소설을 쓸 수도 있을 것입니다. 그러나 흥미를 끌 만한 인물들이나 스토리가 생각나고 그들에 관해서 계속 제 자신에게 질문을 하고 싶어질 경우에만 그러할 것입니다. 만약 아프가니스탄과 관련이 없는 인물들이 머릿속에 떠오르게 되면 저는 주저 없이 아프가니스탄과 무관한 소설을 쓸 것입니다. 제게 가장 중요한 것은 배경이 아니라 스토리와 인물들입니다.

왕은철   이곳은 자정입니다. 그곳 캘리포니아는 이른 새벽 시간이라고 알고 있습니다. 이른 시간에 전화 인터뷰에 응해주셔서 감사합니다. 이걸 계기로 저는 역자로서 당신을 더 잘 이해할 수 있게 되었습니다.

호세이니   또 다른 인터뷰가 잡혀 있어 당신의 질문에 더 많은 시간을 할애하지 못해 미안하게 생각합니다. 감사합니다.

● ● ●

격랑의 근대사와 아프간 여성들의 삶

『천 개의 찬란한 태양』과
할레드 호세이니의 스토리텔링

가구타니^{Michiko Kakutani}는 《뉴욕타임스》 2007년 5월 29일자 서평에서, 정확하게 1주일 전인 5월 22일에 출간된 할레드 호세이니의 두 번째 소설 『천 개의 찬란한 태양』을 그의 첫 번째 소설인 『연을 쫓는 아이』와 비교하며, 폴란드 출신의 영국 작가인 "콘래드의 『로드 짐^{Lord Jim}』과 주제적인 면에서 흡사한" 『연을 쫓는 아이』가 "처음에는 아주 흥미롭게 시작되지만 후반부에 감상적으로 흐르는 데 반해" 『천 개의 찬란한 태양』은 "주도면밀하게 시작되어 이야기가 서서히 풀려가면서 감정의 힘을 얻고 있다"라고 했다. 흥미로운 것은 그가 호세이니의 작품을 콘래드의 작품에 견주고 있다는 사실인데, 이는 직접적인 언급은 없지만 배반과 관련된 주제적 특징(이는 콘래드의 소설을 관통하는 주제 중 하나다)만이 아니라 두 작가 사이에 또 다른 공통점이 있다는 사실을 염두에 두고 한 말일 것이다. 콘래드[1857-1924]가 폴란드를 떠난 것이 러시아 제국의 압제 때문이었듯이, 호세이니가 아프가니스탄을 떠난 것도 소련의 침공 때문이었던 것이다. 두 작가 모두, 러시아의 제국주의와 관련된 역사의 격랑에 밀려 밖으로 쫓겨났다. 콘래드가 그랬듯이, 호세이니에게 디아스포라離散의 경험이 없었다면, 그리고 그것을 통해 아프가니스탄의 참담한 근대사를 밖에서 바라보며 사유하는 계기가 없었다면,『연을 쫓는 아이』와『천 개의 찬란한 태양』은 씌어지지 않았을지도 모른다. 그래서 호세이니의 소설을 제대로 이해하기 위해서는 그의 삶이 아프가니스탄의 근대사와 어떻게 얽혀 있는지 주목할 필요가 있다.

호세이니는 1965년 아프가니스탄 카불에서 태어났다. 1970년, 그는 이란 주재 아프간 대사관으로 발령이 난 외교관 아버지를 따라 테헤란에 가서 3년을 보내고 카불로 돌아왔다. 그로부터 몇 달 후 자히르 샤 국왕이 그의 사촌인 다우드 한이 주도한 쿠데타에 의해 쫓겨났다. 1976년, 호세이니의 아버지는 프랑스 주재 아프간 대사관에서 근무를 하게 되었고, 그로부터 2년 후에는 자히르 샤 국왕을 축출하고 대통령이 되었던 다우드 한이 살해당했다. 그리고 1979년 12월, 소련이 아프가니스탄을 침공했고 아프가니스탄은 공산주의 국가가 되었다. 공산주의자들이 정권을 잡자 호세이니의 가족은 아프가니스탄에 돌아갈 수 없었다. 숙청의 대상이었던 것이다. 그래서 호세이니의 가족은 1980년, 미국에 망명을 신청해 캘리포니아의 산호세에서 힘겨운 이민 생활을 시작했다. 그들은 한동안 생활보호 대상자에게 주는 식량카드에 의존해 근근이 살았다. 이처럼 호세이니의 삶은 소련의 침공 이전과 이후로 양분되는 셈이다. 아프가니스탄의 근대사가 그렇듯이.

1979년에 소련이 침공했을 때만 해도, 이후의 역사가 전쟁으로 얼룩지고 800만에 달하는 아프간 사람들이 피란길에 오를 것이라고 예상한 사람은 아무도 없었다. 그렇게 비극적인 역사가 계속되다 보니 세계는 이제, 아프가니스탄 하면 끝없는 전쟁과 탈레반과 테러리즘만을 떠올리게 되었다. 호세이니의 말을 옮기면 이렇다. "사람들은 아프가니스탄에 계곡과 나무들, 강과 울창한 숲이 있다는 말을 들으면 놀란다. 뉴스에 나오는 것들이 언제나 토라 보라의 동굴들과 산, 혹은 사막이기 때문이다. 그래서 아프가니스탄은 먼지가 휘날리고 메마르고 바위가 많은 곳으로 비친다. 그러나 아프가니스탄의 전 지역은 수풀이 무성한 계곡과 목초지와 강들과 아름다운 나무들과 꽃들로 가득 차 있다."

그리고 아프가니스탄의 20세기 역사는 소련이 침공하기 전에는 "대부분 평화롭고 조화로운 역사였다". 호세이니에 따르면, 소련 침공 이전의 아프가니스탄은 세상으로부터 잊혀진 "익명의 상태"로 수십 년 동안 평화롭게 살았다. 그가 『연을 쫓는 아이』와 『천 개의 찬란한 태양』의 시대적 배경을 침공 이전의 평화로운 시기와 이후의 요동치는 시기를 아우르는 것으로 설정한 이유는 아프가니스탄에 전쟁으로 얼룩진 역사만이 있는 게아니라는 사실을, 탈레반만이 있는 게 아니라는 사실을 "사람들에게 환기시키기 위해서였다".

호세이니는 소련군이 아프가니스탄을 침공한 이듬해인 1980년, 그의 나이 열다섯 살이었을 때 미국으로 건너갔다. 미국에 도착했을 당시, 그는 몇 마디 단어밖에 모르는 상태였다. 언어에 재능이 있던 그는 고등학교에 다니면서 아주 빠르게 언어를 익혔다. 그리고 대학에 들어가 생물학을 전공하고 다시 의과대학에 진학해 의사가 되었다. 호세이니가 의과대학에 들어간 것은 의사가 되려고 하는 대다수의 젊은이들처럼 안정된 직장을 보장받기 위한 것이었다. 본국에 있는 모든 "재산과 집"을 잃고 낯설고 물선 미국에 온 그의 가족은 그야말로 "무일푼이었다". 그들은 "밑바닥에서부터 시작해야 했다". 다섯 자녀 중 장남이었던 호세이니가 의사의 길을 택한 건 생활보호대상자로서 그의 가족이 겪어야 했던 고단한 삶을 "다시 겪고 싶지 않아서였다".

그러니 글을 써서 '먹고사는' 작가가 되겠다는 생각은 꿈에도 하지 못했다. 그러나 그는 늘 문학을 좋아했다. 어렸을 때부터 그는 페르시아 시들을 읽기 좋아하는 문학 소년이었다. 그래서 그는 의사가 되고 생활이 안정되자 틈틈이 소설을 쓰기 시작했다. 그렇게 해서 나온 소설이 2003년 발표된 『연을 쫓는 아이』

였다. 결과는 대성공이었다. 그보다 더 좋은 소설을 다음에 쓸 수 있을지가 의심될 정도의 화려한 데뷔였다. 그는 그 후로도 1년 반 정도, 더 병원에 근무하다가 전업 작가의 길로 들어섰다. 그러니까 8년 남짓 의사로 근무한 셈이다. 그리고 2007년에는 『천 개의 찬란한 태양』으로 소설 제목처럼 정말로 "찬란하게" 돌아 왔다. 이는 그의 두 번째 소설이 또 다시 베스트셀러가 되고, 내 로라하는 콜롬비아 영화사가 판권을 사들여 영화 제작에 들어 가는 등 열광적인 환영을 받아서라기보다는, 두 번째로 발표한 소설이 처음 것보다 훨씬 더 자신감 있고 뉘앙스가 더 풍부하며 더 감동적이고 더 좋은 소설이기 때문이다. 이는 《워싱턴포스 트》의 야들리^{Jonathan Yardley}를 비롯한 많은 평자들의 공통된 생각 이다. 야들리는 『천 개의 찬란한 태양』에 대해 "자신을 비롯한 평자들이 무슨 말을 하든, 이 소설이 또 다른 베스트셀러가 될 것"이라며 처음 소설인 "『연을 쫓는 아이』만큼 좋은 정도가 아 니라 그보다 더 좋다"라고 단언하고 있다. 아니나 다를까, 『천 개의 찬란한 태양』은 무서운 속도로 팔리고 읽히고 있다. 더 좋 고 더 감동적이고 더 가슴 아픈 소설이기 때문이다.

첫 소설 『연을 쫓는 아이』가 아프가니스탄의 비극을 뒤로하고 미국으로 건너온 아프간 이민자들에 관한 이야기라면, 그리고 그런 의미에서 호세이니가 말한 바와 같이 "어느 정도까지는" 자신과 가족의 이민 생활이 투영된 것이라면, 『천 개의 찬란한 태양』은 뒤에 남아 그 비극을 살아내야 했던 평범한 사람들에 관한 이야기다. 첫 소설이 아프간 남성들의 이야기라면, 두 번째 소설은 "아프간 여성들에게 바친다"는 헌사가 말해주듯이 아프간 여성들에 관한 이야기다. 『천 개의 찬란한 태양』이 앞의 소설보다 감동적인 것은 이야기를 풀어가는 방식에도 부분적인 이유가 있겠지만, 그것보다도 뒤에 남은 사람들, 그것도 뒤에 남은 아프간 여성들에 관한 이야기라서 더욱 그럴지 모른다. 역사의 소용돌이에서 빠져나오지 못하고 그것에 갇혀 허우적거리는 사람들에 관한 이야기는 언제나 그렇듯이 눈물겨운 법이니까, 그리고 전쟁과 가부장제 이데올로기와 현실이라는 이중 삼중의 고통을 감수해야 하는 게 여성이니까 말이다.

디아스포라의 경험을 내면화하여 존재론적 물음을 제기하고 인간 심리를 해부하고 천착했던 모더니즘 작가 콘래드와 달리, 호세이니는 폭력적인 역사에 휘말리는 개인의 고단한 삶과 현실을 사실적으로 그려내는 것을 목적으로 한다. 그런 의미에서 호세이니는 고전적 의미의 스토리텔러이다. 이 점만을 놓고 보면, 호세이니는 콘래드보다는 『테스』^{Tess}나 『모호한 주드』^{Jude the Obscure}처럼 다소 대중적인 소설들을 썼던 토머스 하디^{Thomas Hardy}와 같은 19세기 리얼리즘 작가들에 더 가깝다. 구사하는 문장도 아주 간단하고 실용적이며, 그러한 문장을 통해서 만들어지는 인물들도 단순하다. 작가는 인물들의 심리보다는 그 인물들이 견뎌내야 하는 현실적인 상황에 비중을 둔다. 따라서 독자가 스토리를 따라가면서 소설 속 인물들을 향해 느끼게 되는 동정심이나 안쓰러움은 그들의 개성에서 연유하는 것이라기보다는 그들이 처한 상황, 즉 불행한 가족사나 폭력적인 결혼생활, 개인의 삶을 지배하려 드는 정부와 문화적 억압 등에 연유하는 것이다. 호세이니가 "내게는 언제나 스토리가 여타의 모든 것에 선행한다. 나는 거창한 생각들을 갖고 글을 쓰려고 한 적이 없다……. 그래서 나는 언제나 아주 개인적이고 익숙한 것으로부터 출발하여 인간관계에 관해 쓴다. 그리고 그것으로부터 이야기를 풀어나간다"라고 말한 것은 이러한 맥락에서다. "거창한 생각들을 머릿속에 갖고 글을 쓰려고" 했던 사람은 콘래드였다. 그래서 콘래드의 내러티브는 복잡하고 따라잡기 힘들다. 그러나 호세이니는 정반대다. 인물들은 복잡하지 않고 내러티브는 누구라도 따라갈 수 있을 정도로 평이하고 쉽고 직선적이다.

그래서인지 플롯이 다소 멜로드라마적이고 감상적이며, 등장인물들이 선악의 이분법으로 명확하게 구분되는 경향이 있다. 그렇다고 영어 구사가 세련되거나 녹특한 것도 아니다. 영어가 모국어가 아니라는 사실을 감안하면 흠잡기 어려운 문장을 구사한다는 점은 높이 살 만하지만 별다른 특징은 없다. 콘래드처럼 영어의 '속'을 깊이 파고들어 영어를 한 차원 높은 곳으로 끌어올렸다는 찬사를 받을 만한 천재적 언어 감각이 엿보이는 것은 더더욱 아니다.

그러나 이러한 것들이 단점이나 약점이라고 해도 스토리가 탄력을 받게 되면 그것은 더 이상 중요하지 않은 것이 되고 만다. 거의 본능적이라고 할 수 있는 스토리의 추진력이 단점이라고 느껴질 만한 여타의 것들을 압도하면서 놀라운 감정적인 힘을 불러일으키기 때문이다. 『천 개의 찬란한 태양』의 등장인물을 예로 들어 설명해보면 이는 쉽게 이해할 수 있다. 가령, 마리암은 원한을 품은 어머니와 불성실한 아버지 사이에 태어난 하라미(사생아)인데, 그렇지 않아도 운이 나쁜 그녀는 어머니가 자살한 후, 아버지와 정실 부인들에 의해 자기보다 서른 살이나 많고 악독한 성격의 남편(라시드)과 결혼한다. 라일라는 마리암과는 정반대의 상황에 처해 있다. 눈부시게 아름다운 그녀에게는 마리암과 달리 무조건적인 사랑을 주는 아버지가 있고, 그녀를 지극히 사랑하는 남자친구도 있는 소녀다. 그런데 그녀는 로켓탄에 부모를 잃게 되고 사랑하는 사람마저 잃고 (사실은 라시드가 꾸며낸 거짓말이다) 아버지뻘이 아니라 할아버지뻘쯤 되는 라시드의 둘째 부인이 되어, 자신과는 전혀 다른 환경에서 살아온 마리암과 한 지붕에서 살게 되는 기구한 운명에 처하게 된다. 두 여자를 데리고 사는 라시드는 여성을 차별하다 못해 혐오하기까지 하는 가부장적이고 폭력적이며 악마적인 인물이다. 선악이 선명하게 구별되는 구도가 아닐 수 없다. 라시드라는 인물이 "현대문학에서 가장 혐오스러운 남자 중 하나" 혹은 "현대소설에서 가장 악의 현신인 듯한(악마적인) 인물 중 하나"라는 평자들의 말은 작가가 선악의 이분법에 과도하게 기대고 있다는 말에 다름 아니다.

사실, 이러한 인물들이 형상화된 방식을 보면 그들이 가구타니의 말대로 "너무 일차원적이어서 만화에 나오는 인물들 같은 느낌을 준다". 그런데 놀라운 것은 이야기를 풀어나가는 작가의 능숙한 솜씨에 의해 그러한 인물들의 삶이 서서히 실제적인 것으로 느껴지기 시작하면서 그러한 "일차원적" 약점을 상쇄하는 효과를 자아낸다는 데 있다. 이는 우리가 멜로드라마를 보면서 처음에는 인물이나 상황의 상투성에 고개를 젓다가도 이야기가 진행되면서 자신도 모르게 일종의 마비 상태에 들어가는 것과 엇비슷한 현상이다.

작가들이 적당한 정도의 멜로드라마를 사용하는 이유는 이처럼 독자들을 사로잡기 위해서인 경우가 많다. 그것을 통속적인 것이라고, 소설 문법에 맞지 않는 것이라고 책잡을 필요는 없다. 위대한 작가라고 칭송받는 도스토옙스키도 멜로드라마를 즐겨 사용했다. 우리는 그의 소설들을 칭송만 하지, 폭풍 같은 삶의 파노라마 속으로 우리를 끌어들이는 비결이 멜로드라마의 적절한 사용에 있다는 사실을 흔히 간과한다. 앞서 언급한 하디도 마찬가지다. 엘리엇 같은 시인은 하디를 엉성하기 짝이 없는 멜로드라마적인 플롯에 의존하는 "이상한 신을 쫓는" 작가라며 폄하했지만, 하디의 소설들은 동시대 작가들의 더 잘 짜여지고 감상적이지 않은 소설들보다 훨씬 더 감동적이어서 당대에도 많이 읽혔고 지금도 마찬가지다. 이는 멜로드라마나 감상을 무조건 배격할 일이 아니라, 활용하기에 따라서는 독자의 심금을 울리는 데 아주 효과적인 요인이 될 수 있다는 걸 인정해야 한다는 말이다.

구체적인 예를 하나 들어보면 이렇다. 마리암의 어머니 나나는 눈이 내리는 걸 보고 눈이란 "이 세상 어딘가에서 고통 받고 있는 여자의 한숨"이 "하늘로 올라가 구름이 되어 작은 눈송이로 갈라져 아래에 있는 사람들 위로 소리 없이 내리는 것"이며 "그래서 눈은 우리와 같은 여자들이 어떻게 고통당하는지를 생각나게 해주는 거란다"라고 말한다. 이 말은 서두에서는 귀가 간지러울 정도의 감상적이고 진부한 말로 느껴진다. 신파조가 따로 없다. 그런데 스토리의 실타래가 풀리는 과정에서 그것이 감정의 리얼리티에 부합되는 말이었음이 서서히 드러난다. 이후에 펼쳐지는 마리암의 힘겨운 삶은 그녀의 어머니가 했던 말과 정확히 일치한다.

이처럼 호세이니의 소설은 처음에는 너무 감상적이고 멜로드라마적인 것 같고, 스토리가 상투성에 너무 심하게 의존하는 것 같은 느낌이 들다가도, 이야기가 흘러가면서 그것이 더 이상 감상이나 멜로드라마가 아니라 가슴을 쥐어 뜯는 인간 드라마의 일부분으로 전환되는 과정을 거친다. 소설의 요소요소에 배치되어 있는 구체적인 역사적 사실들, 즉 다우드 한에 의한 국왕 자이르 샤의 축출, 소련의 지원을 받은 반군에 의한 다우드 한의 살해, 소련군과의 전쟁, 소련의 패전과 공산주의자들의 실각, 무자히딘의 집권 후에 벌어지는 부족들(파슈툰, 하자라, 타지크, 우즈베크) 사이의 내전과 패권 다툼, 재앙이나 악몽에 가까운 탈레반의 집권, 9·11 이후에 발생한 미국의 침공 등의 구체적이고 세부적인 역사적 사실들이 다른 소설에서라면 걸림돌이 될 텐데, 이 소설에서는 모나지 않을 정도의 교육적인 기능을 하는 것(우리나라를 포함해 세계가 아프가니스탄에 관해 아는 게 무엇인가! 탈레반에 의한 한국 교인들의 납치 사건도 결국 아프가니스탄에 대한 우리의 무지에서 비롯된 일이었다)도 그 역사의 소용돌이에 갇힌 두 여성의 삶이 이야기의 힘을 통해서 너무 진솔한 것으로 느껴지기에, 마리암과 라일라가 참담한 현실 속에서 서로를 보듬는 모습이 감동적으로 느껴지기에 가능한 일이다.

소설에 묘사되는 아프간 여성들의 비극적인 삶은 너무 가슴이 아프고 비참한 것이어서 때로 읽어내기가 힘들 정도다. 너무나 대조적인 배경을 가진 두 여성, 즉 마리암과 라일라를 중심으로 벌어지는 일들은 읽는 사람의 마음까지 비참하게 만든다. 놀라운 일은 이 작가가 그처럼 비참하고 참을 수 없는 이야기들을 읽을 만한 이야기로, 그것도 서글프지만 아름다운 결말을 가진 사랑과 구원의 이야기로 만들어냈다는 사실이다. 호세이니는 배반과 폭력의 이야기를 사랑과 구원의 인간드라마로 만들 줄 아는 놀라운 작가임이 분명하다.

작가는 "나는 사람들이 아프가니스탄을 기억해주기를 바란다. 만약 내 소설이 아프가니스탄에 관한 대화를 촉발시키는 데 성공한다면, 그리고 그것이 사람들의 의식 속에 계속 남게 된다면, 나는 많은 것을 성취한 셈이 될 것이다"라고 말했다. 그것이 그가 성취하고자 하는 것이라면, 그는 이미 성공한 셈이다. 『천 개의 찬란한 태양』을 읽고 나면, 아프가니스탄이 더 이상 전쟁과 테러리즘의 나라가 아니라, 여느 나라들처럼 일상적인 삶을 살아가는 평범한 사람들이 있는 곳으로 느껴지기 때문이다. 그리고 그러한 평범한 사람들이 역사의 격랑에 휘말려 있는 가슴 아픈 실존적 상황이 자연스럽게 느껴지기 때문이다. 어쩌면 디아스포라의 삶을 살아야 했던 작가의 입에서 나온 소박한 말이기에 더욱 울림이 큰지도 모른다.

이 작가가 다음에는 어떤 소설을 들고 나올지 벌써부터 궁금해진다. 『연을 쫓는 아이』에서 화려하게 선보이고 『천 개의 찬란한 태양』에서 한결 더 성숙해진 스토리텔링을 감안하면, 그가 더 훌륭하고 더 감동적인 소설을 들고 나온다 해도 그리 놀라운 일은 아닐 듯하다. 만약 그가 두 편의 소설에서 선보인 감동적인 스토리에, 비평가들의 입맛을 만족시킬 수 있는 예술적 품격까지 갖춘 소설들을 이후에 일관되게 발표한다면, 그것은 하나의 문학적 사건일 것이다. 이는 두 편의 소설을 발표한 게 전부인 신예 작가인 호세이니가 앞으로 풀어야 할 숙제일지 모른다.

안드레 브링크

André Brink

● **안드레 브링크**_André Brink_

1935년 남아프리카공화국 오렌지 프리 스테이트 출생. 네덜란드계 백인 출신으로, 남아프리카공화국의 포체스트룸 대학과 프랑스 소르본 대학에서 영문학 등을 전공했고, 로즈 대학의 아프리칸스어 문학 교수를 지낸 뒤 현재 케이프타운 대학의 펠로 교수로 있다. 남아프리카공화국의 대표적 반체제 지식인이자 작가이다. 정치와 미학이 어우러질 수 있다는 신념을 갖고 있는 그는 1979년 이래 여러 차례 노벨문학상 후보에 오른 바 있으며, 마틴 루서 킹 기념상, 레지옹 도뇌르 훈장, 모니스마니엔 인권상 등 다양한 상을 수상하였다.

주요 작품목록

『대사The Ambassador』『어둠을 바라보며Looking on Darkness』『바람 속의 한 순간An Instant in the Wind』『메마른 계절A Dry White Season』『이어지는 목소리A Chain of Voices』『역병의 벽The Wall of the Plague』『비상시국States of Emergency』『테러 행위An Act of Terror』『아다마스토르의 첫 번째 삶The First Life of Adamastor』『정반대로On the Contrary』『모래의 상상Imaginings of Sand』『악마의 계곡Devil's Valley』『욕망의 권리The Rights of Desire』『침묵의 다른 쪽The Other Side of Silence』『내가 잊기 전에Before I Forget』『기도하는 버마재비Praying Mantis』『푸른 문The Blue Door』등의 소설이 있다.

아파르트헤이트에 도전한 아프리카너 작가

● ● ●

『메마른 계절』의 작가 **안드레 브링크**

『메마른 계절』의 작가 안드레 브링크는 1935년, 남아프리카공화국의 오렌지 프리 스테이트에서 태어나 포체스트룸 대학에서 영어, 아프리칸스어, 네덜란드어, 역사, 프랑스어를 전공했고, 소르본 대학에서 비교문학 연구를 했으며, 로즈 대학에서 박사학위를 받았다. 그는 1960년대에는 브레이텐 브레이텐바흐 등과 함께 세스티거스Sestigers로서 아프리칸스어 문학 운동을 주도하며 아파르트헤이트에 맞서 양심의 목소리를 대변하는 작가였다.

그는 아프리칸스어로 쓴 첫 소설 『어둠을 바라보며』Kennis van die Aand가 아파르트헤이트 정권에 의해 금서가 되자 영어로 글을 쓰기 시작했다. 그는 두 개의 언어, 즉 모국어인 아프리칸스어와 영어를 번갈아가며 글을 쓴 보기 드문 작가였다. 그는 70여 권의 유럽 문학을 아프리칸스어로 번역했으며, 1958년에 첫 소설을 발표한 이래 지금까지 스무 권이 넘는 소설을 발표했고, 그 외에도 문학비평, 희곡 등 20여 권의 저서가 있다. 그는 1979년 이래 여러 차례 노벨문학상 후보에 오른 바 있으며, 남아프리카공화국의 유진 머래상 및 CNA상, 영국의 마틴 루서 킹 기념상, 프랑스의 에트랑제상, 웁살라 대학의 인권상, 프랑스의 레지옹 도뇌르 훈장 및 예술훈장 등 화려한 수상 경력을 갖고 있다. 또한 비트바터스랜드 대학, 오렌지 프리 스테이트 대학, 폴 발레리 대학 등에서 명예박사 학위를 받았으며, 프린스톤 대학, 케이 타운 대학, 폴 발레리 대학, 템플 대학, 듀크 대학 등에서 강의를 했다. 그는 남아프리카공화국의 명문 로즈 대학의 아프리칸스어와 네덜란드어 학과의 교수를 거쳐 케이프타운 대학 영문과의 교수로 재직하며, 작가이자 학자로서 남아프리카공화국 국내외에서 화려한 명성을 누리고 있다. 대표작으로 아파르트헤이트의 비극적 현실과 후유증을 담은 『메마른 계절』, 『비상시국』, 『대사』, 『악마의 계곡』 등 다수가 있다.

작품의 질이나 윤리성으로 보아 노벨문학상을 수상해도 손색없는 작가인 브링크와의 인터뷰는 1999년 1월 6일과 2월 26일, 이틀에 걸쳐 남아프리카공화국 케이프타운 대학에 있는 그의 연구실에서 행해졌다.

왕은철   우선 당신의 인종적인 배경에 대해 알고 싶습니다.

남아프리카공화국이 워낙 다인종, 다언어적인 나라여서, 우선
그 점을 확인해야 문제가 풀릴 것 같습니다.

브링크 저는 백인 아프리카너, 즉 초기 네덜란드 식민주의자
들의 후손입니다. 좀 더 자세하게 얘기하자면, 17세기 중반에
케이프에 와서 정착하여, 다른 이민자들(독일인, 프랑스 위그노,
그리고 나중에 온 영국 정착민)과의 접촉을 통해서, 그리고 정도가
약하기는 하지만 토착민인 코이산족(호텐토트와 부시맨)과 말레
이시아와 마다카스카르와 아프리카의 다른 지역에서 온 노예들
과의 접촉을 통해서 새로운 정체성을 갖게 된, 초기 네덜란드
식민주의자들의 후손이라고 할 수 있습니다.

왕은철 그렇다면 당신이 그러한 인종적인 배경에 대해서 어
떤 생각을 갖고 있는지 말씀해주시면 고맙겠습니다.

브링크 제가 아프리카너라는 말은 궁극적으로 아파르트헤이
트에 책임이 있는 특권층 지배계급에서 태어나 성장했다는 말
입니다. 어렸을 때는 다른 유형의 삶을 접할 수가 없었던 탓에
이런 특권을 당연시하며 살았습니다. 그러다가 대학에 다니면
서부터 서서히 아프리카너라는 사실이 마음에 걸리기 시작했습
니다. 그러다가 1959년부터 1961년까지 프랑스 소르본 대학에
서 박사논문 준비를 하면서 세계 각국에서 온 서로 다른 인종들

과 자유롭게 섞여 산 적이 있었는데, 그때부터 생각이 바뀌기 시작했습니다. 그리고 경찰이 통행증 제도에 반대하는 평화적인 시위대에 발포하여 69명을 죽이고 수많은 사람을 다치게 했던 샤프빌 대학살(Sharpville Massacre, 1960년 3월 21일)은 제가 정치적인 눈을 뜨게 된 역사적 사건이었습니다. 저는 그때부터 제가 아프리카너라는 사실에 점점 더 죄의식과 분노를 느끼기 시작했고, 서서히 제가 전에 속했던 집단으로부터 등을 돌리기 시작했습니다. 그것은 단순한 감정이 아니었습니다. 저는 아프리카너들에게도 긍정적인 면들이 많다는 것을 알고 있었습니다. 그리고 그것들이 아프리카 흑인들과 공통되는 점이라는 사실도 알고 있었습니다. 즉, 농부나 유목민으로서의 경험, 아프리카 대륙과의 강한 자기동일시, 억압에 대한 저항의식, 특히 19세기 초에 케이프를 점령하고 결국 1899년에서 1902년까지 앵글로-보어 전쟁을 촉발시킨 영국 식민주의자들에 대한 반발과 저항 등이 긍정적인 특성이라고 할 수 있습니다. 그래서 제가 아프리카너라는 사실에 대해 느끼는 수치심과 분노는 언제나 다른 더 모호한 반응들과 뒤섞여 있었습니다.

왕은철 그렇다면 당신의 소설은 당신의 인종적인 배경과 불가분의 관계에 있을 것 같습니다. 실제로 당신 소설을 보면 등장인물들의 상당수가 아프리카너입니다. 이 점에 대해서 말씀해주시겠습니까?

브링크　대부분의 식민지 사회에는 강한 인종의식이 있습니다. 그러한 인종의식은 자기 나라에서 억압을 당한 후에 주도권을 다시 확보하고 다른 인종을 억압하기 시작한 아프리카너들에게는 더욱 특별한 영향을 미쳤습니다. 아파르트헤이트라는 이데올로기와 그 실제는 이러한 의식을 극단으로 밀고 갔습니다. 그것은 개인의 일상적 삶 구석구석까지 파고들어 영향을 행사했습니다. 그래서 아파르트헤이트에 대한 저항은 단순한 정치적 혹은 이데올로기적인 투쟁이 아니라, 인간을 인간답게 만드는 모든 가치 개념들과 모든 일상적 경험을 수호하기 위한 투쟁이었습니다. 결과적으로 이런 것들이 제 작품에 반영되었던 것입니다.

제 소설 속의 인물들 중 상당수가 아프리카너인 것은 그들이 제가 *성장했던* 사회의 주된 부분을 형성하고 있었기 때문입니다. 저는 아파르트헤이트 정권 밑에서 신음하는 흑인들 편에 서 있었지만, 그들의 고통에 대해서 그들에게 얘기해줄 바가 거의 없다는 사실을 언제나 의식하고 있었습니다. 그들이 그 고통에 대해서 저보다 훨씬 더 세밀하게 알고 있다는 자의식 때문이었습니다. 그래서 저는 제가 흑인 친구들과의 접촉을 통해서 경험했고 목격했던 실상을 (백인) 독자들에게 해석하여 알려주는 것이 제가 할 일이라고 생각했습니다. 상당수의 백인들은 그들의 정책이 모든 사람들, 특히 흑인들의 실제 삶에 어떤 영향을 미치고 있는지 모르고 있었습니다. 만약 작가가 특정한 독자를

"타깃"으로 설정한다고 말할 수 있다면, 저는 바로 그러한 독자들을 타깃으로 설정하여 아파르트헤이트의 해악에 대해 알리고 싶었습니다.

왕은철 그럼 이번에는 당신의 종교적 배경에 대해서 묻고 싶습니다. 아프리카너들은 대부분 네덜란드계 개신교를 믿는 것으로 알고 있는데, 당신의 경우는 어떻습니까? 그리고 당신의 종교적인/비종교적인 배경을 당신의 세계관과 연결지어 설명해 주시겠습니까?

브링크 저는 아프리카너로서 엄격한 칼빈파인 네덜란드 부흥교회Dutch Reformed Church의 원리를 주입받으며 성장했습니다. 예정설이 그 교회의 중심 원리였는데, 그것은 백인들, 특히 아프리카너들이 하나님으로부터 새로 선택을 받은 민족으로서 미개한 아프리카 대륙을 길들이고 문명화시키러 건너왔다는 논리였습니다. 이러한 논리는 백인들에게 인종적 우월성의 개념을 심어줬습니다. 제가 1961년에 파리에서 돌아왔을 때부터, 그리고 1968년 한 해를 꼬박 프랑스에서 보내고 돌아와서 학생운동에 가담하게 되었을 때부터, 저는 제가 받은 교육의 일부였던 이데올로기적이고 철학적인 짐들을 모두 벗어던지기 시작했습니다. 물론 여기에는 교회와의 단절도 포함되어 있었습니다—제 부모님들이나 옛 친구들이 이만저만 놀란 게 아니었습니다—저는 제가 종교를 통해 처음 알게 된 세계에 대한 이해 즉, 삶에 대한 경외, 그리고 자유와 정의 등의 가치 개념들에 대한 믿음을 여전히 갖고 있긴 하지만, 지금은 불가지론자라고 할 수 있습니다. 그래서 제 삶에 지속적인 영감을 준 카뮈와 같은 철학자의 영향을 많이 받게 된 것입니다.

왕은철 당신 소설의 강점은 내러티브 충동이 강하다는 데 있는 것 같습니다. 그런데 한편으로 생각하면, 당신의 소설은 정도의 차이는 물론 있지만 대부분 실험적인 내러티브 전략을 구사하고 있는 것처럼 보입니다. 최근에 발표한 『악마의 계곡』[1998]은 그런 점이 특히 두드러지는 소설로써 매직 리얼리즘적인 내러티브 기법을 차용하고 있으며, 심지어 초기 소설인 『대사』[1963]조차도 (포스트)모더니즘적인 요소를 갖고 있는 것 같습니다. 당신은 강한 내러티브 충동을 갖고 있으면서도, 그리고 그것이 당신의 강점이면서도, 왜 포스트모더니즘의 내러티브 전략에 그렇게 관심이 많은 것입니까?

브링크 저는 스토리텔링의 과정에 자연스럽게 마음이 끌리는 것 같습니다. 아마 어렸을 때부터 들은 고대 아프리카의 구전적 전통—흑인 유모는 저에게 많은 얘기들을 들려주셨지요—과 내륙 깊숙한 곳에서 수백 년 동안 고립돼 살면서 세상에 대해서 느꼈던 경이감을 그들이 만들어낸 이야기 속에 담을 줄 알았던 아프리카너 공동체에서 전해 내려오는 얘기들로부터 자극을 받았을 것입니다. 거기에는 자연스러운 것과 초자연스러운 것이 쉽게 섞이고 어우러져 있었습니다. 저는 스토리 자체만이 아니라 스토리를 엮어가는 과정에 늘 관심이 있었습니다. 덧붙이자면, 제 아버지와 어머니도 대단한 얘기꾼이셨습니다. 여하간 이런 것들이 저로 하여금 보통 포스트모더니즘과 관련이 있는 서사 전략으로 기울도록 했던 것 같습니다.

왕은철 당신의 소설은 내러티브 충동이 강하다는 점에서 리얼리즘이라고 할 수 있을 것 같고, 앞에서 말씀하신 스토리텔링의 과정에 대한 자의식이 강하다는 점에서 반리얼리즘/포스트모더니즘이라고 할 수 있을 것 같습니다. 그런데 아프리카너의 언어인 아프리칸스어로 된 문학은 기본적으로 리얼리즘 문학인 것으로 알고 있습니다. 그렇다면 당신의 소설에 나타나는 반리얼리즘/포스트모더니즘적인 측면을 아프리칸스어 문학의 리얼리즘 전통에 대한 일종의 반발, 아니 아프리카너의 이데올로기 자체에 대한 해체 의지로 볼 수도 있을까요?

브링크 제가 글을 쓰기 시작했을 당시, 아프리칸스어 소설은 자연주의라고까지 할 수 있는 오래된 리얼리즘 전통에 지배되고 있었습니다. 자연적인 재앙, 가뭄, 메뚜기 떼의 피해 등과 같은 운명에 처한 사람들에 관한 황량하고 우울한 이야기들, 앵글로-보어 전쟁에서 파생한 아프리카너들의 궁핍한 생활과 사회적 경험 등이 주된 내용이었습니다. 저를 비롯한 일부 젊은 아프리카너 작가들은 1960년대, 유럽 특히 파리에 체류하면서 당시 유럽을 풍미하던 실존주의, 그리고 전후 사상과 문학 등에 깊이 빠졌고, 그 영향을 받아 문학과 사회 양면에서 너무 협소한 아프리카너 전통에 자연스럽게 반기를 들게 되었습니다. 그러면서 더 광범위한 문제를 새로운 형식의 문학에 담는 작업을 하기 시작했습니다. 처음에는 이것이 도덕, 종교, 성 등에 관한 문제였습니다. 인종이나 정치적 문제에 대한 천착은 실제로는 그후인 70년대 초부터 나온 것입니다. 그렇게 해서 새로운 형태의 문학이 제 작품에도 서서히 스며들기 시작했던 것입니다. 때가 되자, 이러한 아프리칸스어 문학의 실험적인 경향은 흑인과 영국인들의 영어로 쓰인 저항문학의 흐름에 합류되었습니다.

왕은철 그때 같이 활동했던 사람들을 가리켜 60년대 사람들이라는 의미의 '세스티허스'라고 부르는 것으로 알고 있는데, 대표적인 작가들을 몇 명만 예로 들어주시겠습니까?

브링크 가장 주목할 만한 작가들로는 정치적인 문제를 처음으로 공개적으로 거론한 얀 라비, 초현실주의와 선禪을 아프리칸스어 문학에 도입한 브레이튼 브레이튼바흐, 극단적인 모더니즘과 포스트모더니즘 계열의 단편소설을 쓴 아브라함 드 프리스^{Abraham de Vries}, 브레히트와 부조리극으로부터 영향을 받은 실존주의 희곡작가 바토 스미트^{Bartho Smit}, 용솟음치는 서사적/서정적 극의 형태로 인종의 문제를 최초로 탐색했던 혼혈인 작가 아담 스몰^{Adam Small}, 초현실주의와 라틴아메리카 시에서 강한 영향을 받은 잉그리드 용커^{Ingrid Jonker} 등이 그들입니다. 제가 그 중 한 사람이었던 것은 물론입니다.

왕은철　솔직히 말하면, 저는 이곳에 오기 전에는 당신이 유명 작가라는 사실만 알았지, 교수와 학자로서 이렇게 인기와 존경을 한 몸에 받고 있다는 사실은 몰랐습니다. 뛰어난 작가라고 해서 뛰어난 교수가 될 수 있는 것은 아니지요. 물론 그 반대의 경우도 마찬가지입니다. 여하튼 이번 질문은 당신이 교수로서 하는 일과 작가로서 하는 일이 어떤 관련을 맺고 있느냐 하는 것입니다.

브링크　글을 쓰는 일과 가르치는 일은 많은 점에서 서로의 적이지만 동료일 수도 있다고 생각합니다. 제가 앞서 암시했던 것처럼, 저는 글을 쓰는 것뿐만 아니라 제가 글을 쓰는 과정에 대해 자연스럽게 끌립니다. 그래서 한쪽이 다른 쪽과 상호보완 관계에 있는 것이지요. 저는 문학비평 즉 이데올로기 비평, 특히 해체비평과 페미니즘에 관심이 대단히 많습니다. 그런 비평을 읽으면서 제 작품의 새로운 가능성에 눈을 뜨게 되었습니다.

특히 페미니즘은 제 작품의 방향을 바꿔놓았는데, 역사적으로 소외되고 억압받아온 여성들의 경험이 더욱더 제 작품의 많은 부분을 차지하게 된 것은 바로 그런 이유 때문입니다. 페미니즘 이론을 읽은 것과 제 아내로부터 받은 직접적인 영향으로 그쪽으로 글의 방향을 틀게 된 것입니다. 그렇다고 해서, 소설이나 희곡을 쓸 때 이론을 이론 자체로서 의식한다는 말은 결코 아닙니다. 제가 이론을 통해서 체득한 것은 제가 받은 다른 영향이나 세계관 등과 어우러지게 됩니다. 그래서 이론이 제 글에서 이론 그 자체로 들어오는 법은 없습니다.

반면에, 제 글을 쓰는 과정에서 발견한 것이 이론이 갖고 있는 가능성을 더 완전하게 이해할 수 있게 해주기도 합니다. 그것은 제가 학생들을 더 잘 가르칠 수 있게 해줍니다. 아니, 학생들과 더 효율적으로 작업할 수 있게 해준다는 표현이 맞겠습니다. 저는 본디 고압적인 자세를 참지 못합니다. 학생들이 스스로 발견을 해나가도록 유도할 뿐입니다. 또한 풍요롭게 짜인 텍스트들―세르반테스와 셰익스피어는 제가 가장 좋아하는 작가들입니다―을 비평적으로 대하는 과정에서, 마음이 수련되고 생각이 정리되며 어떤 것을 새롭게 이해하고 찾아낼 수 있게 됩니다.

왕은철 당신은 『돈키호테』를 비롯한 여러 권의 유럽 소설을 아프리칸스어로 번역했습니다. 세르반테스가 어떤 점에서 당신과 당신의 소설에 중요한 의미를 지니고 있는지 물어봐도 되겠습니까?

브링크 제게는 인생 경험의 총체성을 스토리로, 내러티브로 "번역"하는 세르반테스의 천재성이 언제나 재미있고 놀라우며 매혹적입니다. 고통에 대한 연민, 사회로부터 거부당하거나 이해받지 못하는 인간들을 "안으로부터" 이해하는 능력, 그리고 거기에서 파생하는 열광적인 창조의 기쁨, 인간의 지혜를 집대성해놓은 능력, 그리고 그것을 무겁고 음침한 방식이 아니라 즐겁고 환상적인 방식으로 전달하는 능력은 가히 압도적입니다.

왕은철 다른 작가들에게서 받은 영향은 어떤 것입니까?

브링크 우선 카뮈부터 얘기하지요. 저는 세계의 부조리에 대한 명석한 평가, 그러나 그것에도 불구하고 시지프스 신화에 대한 헌신, 즉 역경과 악에 맞서며 가능성이 별로 없는 정의와 자유를 위한 투쟁을 참고 극복하며 포기하지 않고 해내는 용기를 그에게서 배웠습니다. 물론 제게 영향을 준 다른 작가들도 많습니다. 저는 책에 중독이 되어 사는 편입니다. 도스토옙스키에게서는 고통을 탐색하고, 가장 황량한 상태에서조차 고귀하고 구원적인 어떤 것을 찾고 또 찾는 것을 배웠습니다. 세르반테스에게서는 스토리텔링의 폭과 광기를 다각도로 천착하는 작가 정신을, 노르웨이 작가인 시그리 운세트Sigrid Undset에게서는 세대 간의 영속성과 여성의 마음에 대한 탐색을, 플로베르에게서는 추한 세계에서 의미를 찾아가는 작업이 헛되면서도 불가피한 일이라는 것을, 졸라에게서는 개인과 사회의 관계에 대한 무자비한 해부를, 로렌스 스턴에게서는 글쓰기에 수반되는 열광과 즐거움을, 디드로에게서는 이성을 비이성적인 극단으로 몰고 가는 것을, 조지 엘리엇에게서는 공동체 의식을, 카프카에게서는 세계의 심장에 도사리고 있는 부조리의 폭로를, 체호프에게서는 인간의 멜랑콜리의 세밀한 부분에 대한 지나칠 정도의 유머스러운 해부를, 브레히트에게서는 테크닉의 화려함을, 마르케스에게서는 마술적인 것과 일상적인 것의 공생共生을, 토니 모리슨에게서는 과거와 현재, 기억과 리얼리티를 섞어서 여성적 경험의 이해를 위해 사용하는 것을 배웠습니다.

왕은철 유럽 문학에 대한 당신의 입장은 어떤 것입니까? 당신은 유럽의 문학작품을 자주 인용하는데, 특별한 이유라도 있습니까?

브링크 저는 유럽 문학의 전통 속에 성장했고 아주 많은 작품들을 정열적으로 좋아합니다—물론 다행스럽게도, 세월이 흐르면서 비유럽 문학인 라틴아메리카, 아프리카, 아시아 문학 쪽으로 독서 영역을 더 확장할 수 있게 되었습니다—사람은 자신의 일부가 된 유산을 떨칠 수도, 부정할 수도 없는 법입니다. 진정으로 의미 있는 텍스트라면 어떤 경험이라도 소화할 수가 있습니다. 아프리카는 유럽에 의해 풍요로워질 수 있고, 유럽은 아프리카에 의해 풍요로워질 수 있다는 말입니다. 저는 남아프리카공화국 작가로서, 유럽과 아프리카가 교차하는 아주 활력적인 지점에 있다고 할 수 있습니다.

왕은철　당신에게 중요한 영향을 미친 남아프리카공화국 작가는 누구입니까?

브링크　우선 남아프리카공화국의 역사와 경험을 형상화할 수 있다는 가능성을 가르쳐준 작가는 앨런 페이튼Alan Paton이었습니다. 올리브 슈라이너는 다른 누구도 할 수 없었던, 외적인 풍경과 내적인 풍경이 겹치는 방식에 대해서 자각하도록 해주었습니다. 마지막으로 말을 절제하고 절약하는 능력과 미니멀리즘, 그리고 그런 기법을 통해서 인간 마음에 있는 어둠을 천착하고 애정과 공유共有라는 구원적인 힘을 드러내는 쿳시의 능력을 좋아합니다.

왕은철　너무 단순한 질문인지 모르지만, 어떤 점이 당신을 남아프리카공화국 작가로 만든다고 생각하십니까? 당신은 자신을 특별히 남아프리카공화국 작가라고 생각하십니까? 남아프리카공화국은 당신의 상상력에 중심이 되는 곳입니까?

브링크 남아프리카공화국이 없었다면 저는 글을 쓸 수가 없었을 것입니다. 제 전체적인 의식은 남아프리카공화국에 의해 형성되었습니다. 남아프리카공화국 사람들이 (거의 의무적으로) 하는 이야기들, 그리고 무엇보다도 남아프리카공화국의 풍경, 특히 제가 자랐던 내륙의 오지에 끝없이 펼쳐지는 헐벗은 평원들, 가뭄, 먼지, 날름거리는 듯한 가시나무의 형태, 햇볕 때문에 하얘진 죽은 짐승의 해골, 희끄무레하게 들끓는 열기의 신기루, 단단한 돌, 자비롭고 마술적인 비, 카루Karoo의 찬란한 황혼, 인간 존재를 거의 아무것도 아니게 만드는 공간. 이런 것들이 저를 만들었습니다.

왕은철 다른 남아프리카공화국 작가들과 공통점이 있다면 어떤 것입니까?

브링크 다른 남아프리카공화국 작가들 특히 흑인 작가들과 공통되는 게 있다면, 억압과 인간성의 부정에 대한 분노, 역경을 넘어서 승리하는 인간 정신의 찬양 같은 것이겠지요. 제이크스 음다, 이반 플라디슬라빅Ivan Vladislavic, 마이크 니콜Mike Nicol 등과는 현실의 의미를 밝혀주는 것으로서의 마법 의식을 공유하고 있는 것 같습니다.

왕은철 그렇다면 다른 점은 무엇입니까?

브링크 무엇이 남아프리카공화국 작가들과 다르냐고요? 그것은 말하기가 힘들군요. 어쩌면 역사적인 비전과 마법적이고 리얼리즘적인 비전의 혼합이라고 할 수 있을지 모르겠습니다.

왕은철 당신의 소설에는 거의 예외 없이 폭력이 나옵니다. 그것은 아파르트헤이트 혹은 남아프리카공화국의 식민지 역사와 관련이 있는 것입니까?

브링크 아파르트헤이트는 너무 지나치게 폭력적이었습니다. 역사에 열정을 쏟으면서, 폭력이 식민지 억압의 길고긴 역사에 얼마나 깊고 어두운 뿌리를 내리고 있는지를 더욱더 인식하게 되었습니다. 저는 살아오면서 수많은 폭력을 보았고 그 속에서 살았습니다. 그래서 제 작품의 환경은 그것에 의해 결정이 되었던 것입니다. 동시에 저는 폭력이라는 것이 꼭 부정적인 것만은 아니라고 생각합니다. 창조적인 행위 자체도 폭력적입니다. 태어나는 것도, 성장하는 것도, 세포가 분열하는 것도 폭력적입니다. 낡은 편견과 저항이 무너져내리는 자아와 타자의 만남도 그 자체로는 폭력적입니다. 그러나 그것은 아름답고 긍정적이며 불가피한 폭력의 형태인 것입니다. 폭력이 삶 자체의 형식과 본질을 정의하는 것이지요.

왕은철　당신이 어떤 이데올로기에 호감이 있는지 묻고 싶습니다. 아파르트헤이트 시절의 남아프리카공화국 비평가들이나 작가들 중 상당수는 마르크시즘이나 사회주의, 혹은 탈식민주의적인 입장으로 기울었던 것 같은데, 당신은 어떻습니까?

브링크　저는 늘 이데올로기를 의심해왔습니다. 제가 그 속에서 성장했던 이데올로기가 저를 얼마나 왜곡시키고 가로막는지를 알게 된 이후부터 언제나 그래왔습니다. 종교도 마찬가지입니다. 종교가 이데올로기화하는 순간, 저는 종교에 등을 돌립니다. 마르크시즘은 남아프리카공화국의 자유를 위한 투쟁에 아주 긍정적인 통찰력과 시야를 가져다주었지만, 결국 그것도 아파르트헤이트처럼 인간을 노예화시키고 인간의 품위를 저하시켰습니다. 기독교가 그랬던 것처럼 말입니다

　사회주의에 대해서는 말할 게 많습니다. 그러나 제가 전제로 했던 것은 언제나, 그것이 옳든 그르든, 개인적인 경험이었습니다. 탈식민주의의 기본 개념 즉 계급 제도나 중심/변방의 개념의 붕괴 등은 제가 가장 편안하게 느끼는 부분입니다. 그러나 어떤 믿음이 하나의 교리 즉 이것을 하라, 저것을 하지 말라 등의 교조적인 원리로 변질되는 순간, 저는 그것을 불신합니다. 제 세계관을 한마디로 하자면 가장 합치되는 말은 '나는 다른 사람을 통해 인간이 된다'라는 코사Xhosa어 표현일 것입니다.

왕은철　그렇다면 그러한 입장을 당신의 작품과 관련하여 설명해주실 수 있겠습니까?

브링크　제가 앞서 말한 바와 같은 맥락의 일종의 "선"이 제 작품 속에 있습니다. 가령 초기 소설인 『대사』를 보면, 인물들의 개인적인 연애나 삶이 중심에 설정되어 있습니다. 아파르트헤이트에 대한 저항이 강렬했던 1960년의 남아프리카공화국 역사에 배경을 두고 있으면서도, 남아프리카공화국의 정치적인 면은 전체적으로 주변의 문제로 처리되어 있습니다. 제가 징치적인 발언을 하기 시작한 『어둠을 바라보며』[1973]는 개인의 문제—조셉과 제시카에 대한 그의 사랑—와 정치적인 문제—제리의 실천의지—사이에 분명한 선택을 하게끔 되어 있습니다. 조셉은 개인적인 것에 헌신하지만, 결국 남아프리카공화국의 삶이라는 게 더 이상 그런 선택을 용납하지 않는다는 사실을 깨닫게 됩니다. 제 가장 명백한 정치소설 중 첫 작품이라고 할 수 있는 『메마른 계절』[1979]을 보면, 벤이 정치의식을 갖게 되는 것도 개인적인 수준의 것입니다. 그것은 당시에 제가 겪었던 딜레마이기도 했습니다.

당시 저는 억압당하는 사람과 저를 동일시하긴 했지만 어떤 조직에 "들어가는" 것에 대해 주저하는 입장이었습니다. 1968년 5월 학생 시위에 참여했을 때조차, 군중들과 행진하며 "우리는 모두 독일의 유대인이다!"라고 같이 소리치는 것이 싫었습니다. 저는 나중에 이러한 것들을 『역병의 벽』 1984이라는 소설에서 형상화했습니다.

제 입장은 점차적으로 변화했으며, 80년대에는 금지된 조직이었던 아프리카 민족회의와 완전히 입장을 같이하기까지 했습니다. 이러한 상황은 아파르트헤이트의 가장 어둡고 암울한 시기인 1988년에 시작하여 만델라 대통령이 감옥에서 풀려난 날에 완성된 『테러 행위』 1991에 형상화되어 있습니다. 저는 이 책을 통해서, 실제적인 저항조직의 필요성을 인정했습니다. 물론 토마스는 개인적인 성실성을 끝까지 포기하지 않습니다. 아파르트헤이트가 끝난 후, 저는 개인적이고 사적인 경험의 공간으로 다시 돌아왔습니다. 이것은 다른 사람들과 같이 고통스러운 투쟁을 거쳤기 때문에 더욱 드러나 보이는 일면일 것입니다. 어떤 의미에서, 이것은 제 인생과 평행 관계에 있습니다.

저는 아프리카 민족회의가 추방되었을 때, 그 명분을 공개적으로 장려하고 선전했습니다. 무장 투쟁 정책을 사람들에게 실명하려고도 했습니다. 그러나 저는 공식 당원이 될 수는 없었습니다. 아파르트헤이트가 종식된 1994년 이후에도 그것은 마찬가지였습니다. 국회의원이 되어 달라는 요청이 있었지만 저는 그럴 수는 없었습니다. 작가인 저에게는 비판할 자유가 필요합니다. 공식 당원이 되면 그것은 제한을 받을 수밖에 없습니다.

최근 몇 달 동안 저는 아프리카 민족회의로부터 점점 더 멀어지게 되었습니다. 그렇게 된 결정적 계기는 작년에 진실과 화해 위원회TRC가 최종 보고서에서 아프리카 민족회의가 아파르트헤이트 기간 동안 훈련장이나 수용소에서 저질렀던 비인간적인 행위들에 대해 비판적인 입장을 취하자, 아프리카 민족회의 측이 그것이 공개되는 것을 막으려고 법정 명령권을 청구했다는 사실이었습니다. 그들이 투명성, 민주적인 토론, 관용 등 자신들이 주장해온 것을 그렇게도 쉽게 저버릴 수 있다는 사실이 제게는 환멸이고 충격이었습니다. 아마 그 충격으로부터 쉽게 벗어날 수는 없을 것 같습니다.

저는 작가의 진정한 적, 아니 제 진정한 적은 그것이 어떠한 형태를 띠고 있든, 권력이라는 사실을 한층 더 현실로 받아들이고 있습니다. 전에는 아파르트헤이트 집권당인 국민당NP이었고, 지금은 집권당인 아프리카 민족회의입니다. 의견을 달리하는 것은 외로운 일입니다. 그것의 동기가 연대감을 위한 것이라고 해도 그렇습니다. 그래서 저는 다시 한 번 그것을 제가 해야 할 일로 받아들이고 있습니다.

왕은철 남아프리카공화국 백인 작가들의 작품을 보면, 언제나 죄의식이 스며 있는 듯합니다. 고디머, 쿳시, 그리고 당신은 모두 깊은 불안감, 분노, 좌절감, 그리고 죄의식 등에 침잠해 있는 것 같습니다. 당신의 작품은 독자들에게 윤리적인 입장, 즉 백인들의 집단적인 죄의식의 문제를 제기하고 있는 것 같은데, 제가 당신의 작품을 정확하게 읽은 건지 모르겠습니다. 제가 맞다면, 그것에 대해서 구체적으로 말씀해주시고, 틀리다면 왜 그런지 말씀해주세요.

브링크　당신의 말은 맞기도 하고 틀리기도 합니다. 죄의식과 책임감을 반드시 구분할 필요가 있습니다. 죄의식은 사람을 마비시키며, 부정적이고 파괴적이고 궁극적으로 유용하지 않은 힘입니다. 카뮈가 보여준 바와 같이, 책임감이라는 것은 더 넓고 깊은 개념입니다. 남아프리카공화국의 백인들이 "내 탓이오"라고 말할 마음의 자세를 갖는 것은 첫 단계에 불과합니다. 훨씬 더 중요한 것은 윤리적 책임의식을 갖는 것입니다.

저는 작가로서 평생 문학의 윤리적 책임감을 믿어왔습니다. 여기에서 하나의 출발점—예를 들어 『테러 행위』에 나오는 흑인들과의 자기동일시와 『모래의 상상』[1996]에 나오는 여성의 목소리의 감정이입 등 모든 것에 영향을 미친 출발점 말입니다—은 제가 언제나 "그들"에 관해서 혹은 "그들"을 비난하는 입장을 취하지 않고, 언제나 "우리"를 암시해왔다는 것입니다. 그렇다고 다른 사람들을 "대신하여" 오만한 자세로 글을 썼다는 말은 물론 아닙니다. 다만 작가는 자신이 쓰는 대상의 옳고 그름을 모두, 자신과 동일시해야 한다는 것입니다. 이것은 개인적인 것이든 집단적인 것이든, 죄의식의 차원을 훨씬 넘어서는 것입니다. 결국 제 입장을 종합적으로 말하면, "나는 인간이므로, 인간적인 어떤 것도 내게는 낯설지 않다"는 말이 되겠습니다.

왕은철 당신은 두 언어 즉 영어와 아프리칸스어로 작품 활동을 하고 있으며, 당신 작품을 스스로 번역하기도 합니다. 그런데 어떤 언어가 먼저이며, 당신 자신의 글을 다른 언어로 번역하는 데 따르는 것들이 어떤 것인지 궁금합니다.

브링크 『어둠을 바라보며』가 1974년에 판매금지될 때까지는 전적으로 아프리칸스어로 창작을 했습니다. 그런데 제 책이 판매금지 당하자, 저는 독자가 없는 작가가 되고 말았습니다. 그래서 제 책이 적어도 해외에서 읽힐 수 있도록 하려고 그 소설을 영어로 번역했습니다―그것을 계기로 제 작품이 아마 30여 개의 언어로 번역이 되었을 겁니다―그런 일이 있은 후, 두 언어로 창작을 하는 것은 창조적인 과정의 일부가 되었습니다. 현재 입장에서 보면, 두 언어로 써야 할 더 이상의 외부적인 이유는 없어졌지만, 두 언어는 제게 필수불가결한 게 되고 말았습니다. 번역이라는 것은 간단한 문제가 아닙니다. 번역을 할 때마다 생각을 완전히 다시 해야 하고, 다시 느껴야 하고, 다시 상상해야 합니다. 제 책의 일부는 아프리칸스어로 먼저 쓰이기도 하고 일부는 영어로 먼저 쓰이기도 하는데, 결국에는 상호 교차하는 과정을 거치게 됩니다.

『악마의 계곡』을 예로 들자면, 저는 그 소설을 열세 번이나 다시 쓰면서, 결국 하나의 텍스트로 만들었습니다. 또 다른 예로, 『모래의 상상』에 나오는 현재 부분은 영어로 쓰였는데, 그것은 화자가 영국에서 귀양살이를 하는 동안 영국화되었기 때문이었습니다. 화자의 할머니가 얘기하는 부분은 아프리칸스어로 쓰였는데, 그것은 그녀가 전형적인 아프리카너였기 때문이었습니다. 『이어지는 목소리』1983의 어떤 부분은 영어로, 어떤 부분은 아프리칸스어로 쓰여졌습니다. 그래서 처음 원고를 보면, 등장인물들이 종종 서로에게 서로 다른 언어로 얘기를 하는 것으로 되어 있습니다. 그것은 그만큼 그들이 서로를 이해하지 못하는 상태를 드러내주는 셈입니다. 『악마의 계곡』은 아프리카너 집단을 다루고 있기 때문에 대부분 아프리칸스어로 쓰여졌습니다. 그런데 글을 쓰다가 막다른 골목에 부딪쳐 어떻게 빠져나와야 할지 알 수 없게 되었을 때는, 문제가 풀릴 때까지 영어에 의존하곤 했습니다. 그러다가 다시 아프리칸스어로 돌아갔습니다. 『정반대로』1993는 처음에는 영어로 쓰여졌는데, 그것은 그 소설이 18세기 영국 소설처럼 읽혀야 했기 때문이었습니다. 1900년 이전에 쓰여진 아프리칸스어 문학이 없는 데다, 네덜란드에도 18세기 작품이 거의 없었던 만큼, 제 주된 모델은 디포나 필딩과 같은 18세기 작가일 수밖에 없었습니다. 요약해서 말하자면, 두 언어는 제게 내러티브에 대한 다른 "각도"를 제공해줬다고 할 수 있습니다. 스토리의 흐름은 언어의 흐름에 의식적으로 종속돼 있는 것입니다. 저는 한 인간을 작가로서 만드는 것은 언어에 대한 아주 특별한 이해와 관계라고 믿고 있습니다.

왕은철 남아프리카공화국에는 굉장히 많은 저항문학이 있습니다. 남아프리카공화국의 파란만장한 역사를 돌아보면 저항문학은 역사적 필연성이었을 것입니다. 그런데 혹시 일부 작품들이 메시지를 전달하는 데 충실하다가 예술적 완성도를 갖추지 못한 건 아닌지 궁금합니다. 당신의 견해는 어떻습니까? 그리고 당신은 역사적 필연성이 예술적 불완전성의 문제를 정당화할 수 있다고 생각하십니까?

브링크 저항문학은 그 속성상 언어와의 관계에서 비롯되는 문제들을 다루지 않고 가능한 한 명백하게 내용에 초점을 맞추려고 합니다. 그래서 쉽게 선전문이 될 수도 있습니다. 그러나 그것은 아파르트헤이트 정권이라는 남아프리카공화국의 끔찍한 상황에서는 많은 작가들, 특히 흑인 작가들에게는 필연이었습니다. 언젠가 어떤 흑인 시인은 저에게, "만약 누군가가 내 시를 읽다가 어떤 시행이 아름답다면서 읽기를 멈춘다면, 나는 내가 실패했다고 생각할 것입니다"라고 말한 적이 있었습니다. 그런데 놀라운 것은 그런 상황에서 쓰여진 상당수의 저항문학이 어떤 척도로 보아도 "좋은" 작품들이라는 것입니다.

당시에 제가 취했던 태도는 작가는 문학을 정치의 수준으로 저하시켜서는 안 되고, 오히려 정치를 문학의 수준으로 세련시키려고 노력해야 한다는 것이었습니다. 저는 이 말을 하면서, 제 이야기가 너무 입에 발린 말 같다는 생각이 듭니다. 당시의 상황과 그것에 결부된 글쓰기는 훨씬 더 복잡한 것이었으니까요. 그러나 어느 정도까지는 제가 그렇게 확신했던 것만은 분명합니다. 저는 정치와 미학이 어우러질 수 있다는 강한 신념을 갖고 있습니다. 브레히트와 카뮈와 고디머가 그랬지 않습니까. 물론 그렇게 하는 데 숱한 위험이 따른다는 것도 분명합니다.

왕은철 당신의 작품을 잘 모르는 대부분의 한국 독자들을 위해, 당신의 작품이 초기 소설부터 작년에 발표한 『악마의 계곡』까지 어떤 변화를 거쳐왔는지 요약하여 말씀해주시겠습니까?

브링크 제 초기 작품은 기본적으로, 미학적인 방향으로 나아갔던 것 같습니다. 글을 쓰는 일이 진정으로 제게 중요한 일이 되면서, 저는 피카소가 그림을 통해 그처럼 화려하게 해냈던 것을 글로 해내고 싶다는 생각을 했습니다. 그래서 초기 작품의 상당수는 아주 실험적이었지요. 제 목소리를 찾고자 했던 것입니다. 그렇게 하고 나서 1960년 이래로, 특히 아파르트헤이트의 가장 끔찍한 세월을 예고했던 1976년 소웨토 사건 이후로 점점 더 극단적인 쪽으로 나아가는 남아프리카공화국의 상황이 저를 참여문학 쪽으로 몰고 갔습니다. 그런 상황에서도 "잘 쓰겠다"는 신념을 희생시키지 않으려 했습니다. 단순히 어떤 상황을 "보고"하는 것이 아니라, 제 주변과 제 안에서 일어나고 있는 것들을 탐색하고 이해하고 해석하려 했습니다.

저는 언어와 마술적인 내러티브의 과정 속으로 더 깊이 들어가는 수단으로써 글쓰기의 필요성을 결코 저버릴 수는 없었습니다. 어떤 상황에서의 "단순한" 사실들 속에 묻히지 않기 위해 "더 큰 시각"을 모색하고 있었던 것입니다. 아파르트헤이트 시대가 끝나가면서, 스토리텔링 문제와 아파르트헤이트 기간 동안 무시되거나 억압되었던 남아프리카공화국 역사의 거대한 발자취를 탐색하는 문제로 더 완전하고 열광적으로 되돌아갈 수 있었습니다. 달리 말해, 정치적인 변화는 제게 예술적 해방이라는 열광적인 과정으로 다가왔으며, 무한한 가능성의 스펙트럼을 가져다주었습니다.

왕은철 그런 점이 긍정적인 것이라면, 부정적 측면에서의 변화도 있지 않을까 하는데, 그것은 어떤 것입니까? 그리고 현재의 집권당인 아프리카 민족회의에 대한 당신의 입장은 어떻습니까?

브링크 앞서 말씀드렸던 것처럼 저는 정치적으로는, 1994년 자유 선거를 열광적으로 찬양하던 쪽에서, 더 맥이 빠지고 더 위험한 리얼리티를 인식하는 쪽으로 변화했다고 할 수 있습니다. 한때는 자유를 위한 투쟁의 지도자들로 우러러봤던 사람들조차 인간적인 결함으로부터 자유로울 수 없으며, 권력의 남용은 꿈꾸는 능력만큼이나 인간 본질에 내재되어 있는 것이라는 생각을 하게 되었습니다. 작가는 언제나 팽팽한 줄을 타는 자입니다. 그러나 그것이 소설을 쓰는 모험의 일부일지도 모르지요.

왕은철 남아프리카공화국 문학의 미래에 대해서는 어떻게 생각하십니까? 이제 어디로 가야 하나요?

브링크 저는 남아프리카공화국 문학에 대해 낙관적입니다. 새로운 가능성들이 열려 있기 때문입니다. 흑인 작가 응자불로 응데벨레가 말한 바처럼, "일상성의 재발견"에 대한 가능성 때문일지도 모릅니다. 모든 게 가능합니다. 작가들이 이러한 가능성에 대해 활발하게 반응하고 있다는 조짐이 보이고 있습니다. 가장 개인적이고 은밀한 것에 대한 더 깊은 탐색에서부터 역사를 다시 쓰고 다시 상상히는 일까지, 그리고 알레고리로부터 리얼리즘까지, 또한 이야기 서술의 마법에서부터 사회적 경험의 변방을 점검하는 일까지, 모든 가능성이 열려 있습니다.

안드레 브링크의 소설세계

제3세계 문학과 작가의 책임의식[12]

1

우리는 보통 포스트모더니즘을 논하면서, 그것의 비역사적이고 자기유희적이며 허무주의적인 특성을 언급하게 된다. "작가의 죽음", "디페랑" 등의 개념이 공박의 대상이 되는 것은 물론이다. 일부 학자들이 포스트모더니즘의 허무주의적이고 비역사적인 인식론을 거론하는 것은 불가피한 측면이 없지 않은 것도 사실이다. 특히 그러한 논의가 미국, 영국, 프랑스같이 정치적, 역사적으로 안정된 공간이 아니라, 제반 여건이 극히 불안정한 제3세계적 공간에서 행해질 때는 이러한 부정적인 측면이 유달

12) 이 글은 인터뷰와 함께 1999년《현대문학》에 실린 것이다.

리 강조된다. 생존의 문제가 걸려 있는 현실이 자기유희적이고 허무주의적인 경향의 예술을 용납하지 않으려 하는 것이다. 남아프리카공화국의 문학 논의가 이러한 경우에 해당한다. 아파르트헤이트라는 인종차별 정책으로 인해 수많은 사람들이 죽고 고문당하며 대부분의 사람들이 철저하게 인간 이하의 삶을 강요당했고, 아파르트헤이트 정책이 철폐되고 흑인 정부가 들어선 지금도 대부분의 흑인들이 너무나 비참한 삶을 살고 있는 현실을 생각할 때, 흑인 예술가들은 물론이고 상당수의 백인 학자들이 예술을 위한 예술을 가당찮은 것으로 간주하는 것도 무리는 아니다. 대부분의 흑인 작가들이 저항문학을 할 수밖에 없었던 것도 비참한 남아프리카공화국의 역사적 현실 때문이었다. 남아프리카공화국의 대표적인 시인이자 소설가이며 지금은 국회의원으로서 의정 활동을 하고 있는 몬가네 세로티가 "작가는 중립적일 수도 없으며, 단순한 관찰자일 수도 없다"라고 했던 것은 남아프리카공화국의 현실을 감안하면 불가피한 발언이었을지 모른다. 결국 작가의 책임의 문제가 문제의 핵심으로 대두되며, 현실을 모사하여 독자들에게 제시하는 리얼리즘이 여타의 실험적인 문학 형식보다도 더 설득력을 지니게 된다는 말이다.

그런데 이러한 점을 염두에 두고 안드레 브링크[1935-]의 소설을 접근하면, 심각한 문제들이 제기된다. 브링크의 소설은 초기부터 일관되게 실험적인 형태를 띠고 있으며, 시간이 흐를수록 포스트모더니즘적인 경향을 더욱 두드러지게 드러낸다. 특히 최근에 발표한 『악마의 계곡』[1998]은 보르헤스와 루시디의 '매직 리얼리즘'적인 기법을 전면에 부각시키며 내러티브가 전개된다. 그런데 이러한 포스트모더니즘적인 소설 경향과 더불어 우리가 염두에 둬야 할 것은 브링크가 남아프리카공화국의 어느 작가 못지않게, 아니 누구보다도 더 작가의 책임을 강조하면서 창작을 해왔다는 사실이다. 브링크에게 문학은 편견을 부수고, 자유를 위해 투쟁하고, 더 공정하고 더 자유로운 미래의 사회를 준비하는 데 필요한 강력한 "치명적인 전쟁 무기"였다.

브링크의 소설 세계는 겉보기에 상호모순되는 것처럼 보이는 이러한 두 가지 측면 즉, 포스트모더니즘적이고 실험적인 내러티브 기법과 사회 변혁 주체로서의 문학의 기능과 작가의 책임의 문제를 종합적으로 고려해야 그 실체가 드러난다.

브링크는 최근에 발표한 에세이에서 포스트모더니즘의 특성을 두 가지로 분류하면서 자신의 입장을 밝힌 바 있는데, 우선 그것을 논의의 출발점으로 삼는 게 좋을 듯하다. 브링크는 프레데릭 제임슨으로 대변되는 반포스트모더니즘적인 정서와 기류를 이렇게 요약한다. 포스트모더니즘이 집중적인 공격을 받는 것은 역사성이나 도덕성의 문제와 유리되어 텍스트 속으로 함몰되어버리는 '신보수주의적인' 경향 때문이다. 이러한 부정적인 입장에 타당성이 없지는 않으나 포스트모더니즘을 꼭 그렇게만 볼 것이 아니라, 반대급부적인 측면에서 바라볼 필요가 있다. 포스트모더니즘은 지배적인 이데올로기를 해체하고 전복하는 기능을 할 수도 있기 때문이다. 쿤데라, 칼비노, 에코 등은 상대주의와 텍스트성에 민감하게 반응하면서도 그들의 작품을 역사적인 문제로부터 유리시키지 않고 오히려 그것을 더욱 충실하게 반영한다. 브링크의 주장을 요약하면, 리얼리티라는 것이 정해지고 예상할 수 있는 형식으로 포착될 수 있고, 포착되어야 한다는 생각은 너무 안일하고 순진한 것이며, 남아프리카공화국과 같이 역사적, 정치적, 문화적으로 숱한 문제를 안고 있는 나라에서는 지배적인 이데올로기를 해체하고 전복하는 유용한 전략으로 포스트모더니즘을 활용할 수 있다는 것이다.

포스트모더니즘에 대한 브링크의 주장을 면밀히 살펴보면, 그가 언어에 대한 자의식과 역사의식을 그의 작품 속에서 통합시키고자 했다는 것을 어렵지 않게 알 수 있다. 그의 소설세계를 통틀어서 이러한 자의식이 스며 있지 않은 소설이 거의 없다는 것은 그가 얼마나 이 두 가지 점을 의식하고 작품을 썼는가 하는 것을 단적으로 말해준다. 그렇다고 브링크가 처음부터 포스트모더니즘 계열의 작품을 썼다는 말은 결코 아니다. 브링크의 소설이 처음부터 실험적이었던 것은 사실이지만, 그것이 포스트모더니즘적인 특성을 띤 것만은 아니었다. 오히려 브링크의 초기 소설은 모더니즘적인 특성을 고스란히 내보이고 있다고 하는 게 더 합당한 말이 될 것이며, 그의 소설을 총체적으로 이해하기 위해서는 포스트모더니즘적인 특성만을 강조하는 것보다 오히려 그의 소설 세계가 60년대부터 어떤 변화를 거치면서 포스트모더니즘 쪽으로 방향을 잡았는지 이해하는 것이 훨씬 중요하다.

2

　우선 브링크가 17세기 중반 남아프리카공화국에 정착한 초기 네덜란드 식민주의자들의 후손이라는 점을 짚고 넘어가야 할 것 같다. 브링크의 문학작품을 이해하는 데 그의 인종적 배경이 중요한 것은 그의 작품들이 대부분 아프리카너—남아프리카공화국의 네덜란드 후손들을 지칭하는 말로써 처음에는 '농부'라는 의미의 보어인Boer이라는 말이 사용되었지만 지금은 아프리카너라는 말이 보편적으로 사용된다—라고 불리는 네덜란드 식민주의자들의 후손들과 원주민 흑인들 간에 빚어지는 제반 문제점들을 형상화하고 있을 뿐만 아니라, 아프리칸스어—초기의 백인 정착자들이 사용하던 네덜란드어가 세월이 흐르면서 다양한 인종, 문화와의 접촉을 통해 변형된 언어를 가리킨다—문학을 출발점으로 삼고 있기 때문이다. 여기에서 출발점이라 함은 브링크의 문학이 근본적으로 리얼리즘을 근간으로 하는 아프리칸스어 문학이라는 게 아니라, 그것에 대한 반발이자 반역의 형태를 띠면서 전개되어 왔다는 말이다.

　브링크는 1960년, 다른 젊은 아프리카너 작가들과 같이, 리얼리즘을 탈피하여 모더니즘이라는 유럽적인 문학 양식을 차용하게 되는데, 이것이 아프리칸스어로 세스티허스라고 불리는 작가들의 모임이다. 세스티허스는 60년대 작가들[60ers]이라는 의미인데, 브링크는 당시에 학자이자 작가로서 이 모임의 대변인 역할을 했고 이 운동의 창구 역할을 했던 《세스티허》[Sestiger]라는 저널을 편집했다. 유럽의 모더니즘 시기를 정확하게 구분하는 것은 쉬운 일이 아니고 그것에 관해 학자들 간에 이견이 있는 것도 사실이지만, 유럽의 모더니즘은 1900년부터 1930년까지 꽃을 피웠다고 어림잡아 말할 수 있을 것이다. 이 시기는 제임스 조이스, 에즈라 파운드, 버지니아 울프, 조셉 콘래드, 앙드레 지드, 토마스 만 등이 리얼리즘과 자연주의에 대한 반발의 형태로 새로운 종류의 문학 양식을 실험하며 작품을 썼던 시기였다. 이들에게는 인물 형상화나 줄거리보다는 테크닉의 혁신, 실험적인 형식 등이 더 중요했다.

이러한 유럽의 모더니즘과는 달리 아프리칸스어 문학은 매우 보수적인 리얼리즘 계열의 문학이었다. 세스티허스에 속한 브링크를 비롯한 작가들에게는 리얼리즘을 중시한 아프리칸스어 문학이 여러 가지 면에서 장애물일 수밖에 없었다. 아프리칸스어 문학은 기독교, 민족주의, 가정을 중심 주제로 설정하고 그것을 사실적으로 묘사하는 문학이었다. 남자는 경제적인 행위의 중심이자 가장이었으며, 여성은 집에 머물면서 아내와 어머니로서의 역할을 했다. 그리고 이러한 남녀 간의 관계가 기본이 된 아프리카너 가정은 결국 아프리카너의 민족주의와 종교를 보존하는 구심체 역할을 하게 되었다. 이러한 보수적이고 전통적인 개념이 반드시 부정적인 것만은 물론 아니었겠지만, 이러한 보수주의적인 아프리카너의 이데올로기는 결과적으로 아파르트헤이트 정책의 모태를 제공한 셈이 되었다. 바로 이러한 맥락에서, 브링크는 아프리칸스어 문학의 전통인 리얼리즘을 거부하게 된 것이었다. 이것이 얼마나 어려운 일이었는가는 "아프리칸스어 작가는 본질적으로 문화적인 정신분열증 환자"라고 말한 브링크의 말에서 적나라하게 드러난다. 아프리칸스어 작가는 "세상 사람들의 눈에 아파르트헤이트 이데올로기 자체로 비치는 거짓말의 언어"인 아프리칸스어로 작업을 하는 동시에 그것에 반하는 역할을 해야 하는 이중적 분열 상태에 있기 때문이다.

1963년 이프리칸스어로 처음 출판되었다가 1년 후 저자가 직접 영어로 번역한 『대사』는 아프리칸스어 문학에 대한 브링크의 저항 형식을 어느 정도 가시적으로 드러내준다.

우선 이 소설은 전통적인 가정이 아니라 주요 인물인 파리 주재 남아프리카공화국 대사가 그 틀을 이탈하는 과정에 초점을 맞추고 있다. 대사는 가장으로서의 책무를 버리고, 전통적인 아프리카너들이 중시하던 삶의 양식에 절대적으로 대치되는 반윤리적인 삶을 사는 니콜레트라는 여성을 사랑하게 되는데, 전통적인 아프리칸스어 문학에서는 그러한 여성이 등장할 수가 없음은 물론이다. 니콜레트는 결혼이라는 제도를 믿지 않으며 아이를 원하지도 않는다. 또한 그녀는 한 남자만을 사랑하는 게 아니라 여러 남자들을 필요로 한다. 대사는 아버지와 같은 존재로서, 마크루이라는 학생은 성적인 쾌락을 위한 대상으로서, 그리고 스티븐 키터는 그녀가 느끼는 콤플렉스를 해결해줄 대상으로서, 그녀에게 필요한 남자들일뿐이다. 남성의 욕구와 필요에 입각해서 여성을 보아온 전통적인 가부장적 질서가 이 소설에서 완전히 전복되고 있는 것이다. 아프리칸스어 문학에서 이러한 여성이 소설의 중심이 될 수 없었다는 점을 감안하면, 브링크가 얼마나 의도적으로 반아프리칸스어 문학 쪽으로 그의 소설을 몰고 갔는지를 알 수 있다.

『어둠을 바라보며』는 브링크 소설의 새로운 방향을 가시적으로 보여주는 소설이다. 이 소설은 남아프리카공화국의 정치 현실을 중심 주제로 설정하면서 이후 소설들이 참여문학으로 발돋움하는 결정적인 계기를 형성한다. 이 소설의 아프리칸스어판[1973]이 남아프리카공화국에서 최초로 판금된 아프리칸스어 소설이었다는 사실은 이 소설이 얼마나 아프리카너들을 자극한 폭발적인 정치 소설이었는지를 잘 말해준다.

우선 『어둠을 바라보며』는 '컬러드'—남아프리카공화국에서는 혼혈인을 이렇게 부른다—남성과 백인 여성 사이의 사랑이 갖는 사회적, 정치적 의미를 탐색한다. 요셉 말란은 아프리카너들에게 노동력을 제공하면서 수난의 삶을 살았던 조상들의 삶을 언어를 통해 재현하는 한편, 백인 여성인 제시카 톰슨과의 불법적인 사랑을 역사적, 정치적인 각도에서 돌아보기 시작한다.

여기에서 이 소설이 인종 간의 불법적인 사랑에 초점을 두고 있다는 사실을 염두에 두는 것이 좋을 듯한데, 불법적이라 함은 백인과 다른 인종 간의 성적 접촉이나 결혼을 전면적으로 금지한 아파르트헤이트 법령에 근거하는 말이다. 브링크는 말란과 톰슨의 불법적인 사랑을 형상화함으로써 아파르트헤이트 이데올로기 자체에 정면으로 도전하면서 백인 중심주의적인 아프리카너들의 세계관을 해체하고자 한다. 브링크는 이 소설뿐만 아니라 다른 소설에서도 백인과 비백인 사이의 사랑을 자주 소설의 중심에 놓고 노골적인 성묘사를 시도하는데, 이 모든 것은 아프리카니들이 금기시하는 것을 의도적으로 침범하는 정치적인 성격을 띠게 된다. 가령 『바람 속의 한 순간』[1977]도 흑인 남성과 백인 여성이 내륙에서 만나 사랑을 하면서 케이프로 돌아오는 과정을 중심에 놓고 있다.

『메마른 계절』은 정치성을 강하게 띠고 있는 소설이다. 특히 이 소설은 아프리칸스어로 교육을 하라는 정부의 강압 정책에 대한 저항으로 1976년 6월 16일부터 시작되어 다음 해까지 계속돼 적어도 600여 명이 죽은 소웨토 봉기와 스티브 비코라는 흑인 자의식 운동의 활동가가 살해된 실제 사건에서 영향을 받은 소설로서, 브링크의 텍스트가 더욱 가시적으로 남아프리카 공화국의 정치 상황에 반응하며 쓰여지고 있음을 구체적으로 보여준다. 이 소설의 화자는 벤 듀 토이가 남긴 일기장을 통하여, 그 친구가 경찰한테 끌려갔다가 죽은 두 흑인의 사인을 규명하는 작업에 끼어들었다가 죽음을 당한 사건을 재구성하기 시작한다.

화자는 주로 "옛 케이프를 배경으로, 혹은 먼 이국적인 배경에서, 사랑과 모험을 다룬" 소설들을 쓰며, "정치는 내가 상관할 일이 아니다"는 지극히 편리한 사고방식을 갖고 있는 소시민 백인 작가이다. 그의 친구에게는 "삶이었던 것이 내게는 하나의 스토리"에 지나지 않는다. 그러나 그 스토리를 알기 위해서는 일기에 쓰여진 언어를 참조하여 친구의 삶을 재구성해보는 길밖에 없다. 언어가 비밀의 열쇠를 쥐고 있는 것이다. 화자는 일기 속의 언어를 통하여 친구의 삶을 완전히 파악할 수도 없지만, 그렇다고 친구를 자신으로부터 떼낼 수도 없다. 언어를 통한 사건의 복원 작업은 화자를 더욱 언어의 미로로 밀어넣으며, 그 속에서 남은 것은 절망감뿐이다. 결국 화자는 자신이 소망할 수 있는 것은 "그것을 적고, 내가 아는 것을 기록해서 아무도 '나는 그것에 대해서 아무것도 몰랐소'라고 말할 수 없도록 하는 것이다"는 결론에 도달한다. 밀란 쿤데라가 한 말을 빌려 말하자면, "권력에 대한 인간의 몸부림은 망각에 대한 기억의 몸부림"인 것이다. 바로 이것이 브링크가 이 소설에서 전하고자 하는 메시지이다. 이것은 비단 이 소설만이 아니고 브링크의 소설들을 모두 관통하는 일관된 메시지라고 해도 과언은 아니다. 『역병의 벽』에 나오는 화자/작가인 폴도 "책이라는 것이 바깥 세계의 폭력에 대해 큰 무게가 나가는 것도 아니고 리얼리티의 대체물도 될 수는 없지만, 말이 없는 세계는 어떻게 될 것인가?"라고 반문하며, 결국 자기가 할 수 있는 일은 "모든 것을 걸고 내 안에 있는 것을 쓰는 것"이라는 결론에 이른다.

브링크는 샤프빌 사건[1960]—당시 경찰은 통행증 제도에 반발하여 평화적으로 시위를 하는 군중에게 발포함으로써 69명이 죽고, 많은 사람들이 다쳤다—이후 "아프리카너라는 사실에 점점 더 죄의식과 분노를 느꼈으며" 자기를 "동일시했던 사람들에게 서서히 등을 돌리기 시작했다". 이런 의미에서 『메마른 계절』의 아프리카너 주인공인 듀 토이가 토로하는 죄의식은 작가 자신의 것으로 간주해도 무방할 것이다. 듀 토이는 자신이 어떤 일을 하든 자신은 백인일 수밖에 없으며, 남아프리카공화국에서 백인이라는 것은 자신의 의도와 상관없이 혜택받은 인종임을 의미한다는 사실을 너무나 뼈저리게 깨닫는다. 자신이 흑인들의 상황을 아무리 동정해도 그들의 삶을 살아줄 수도 없으며, 아무리 자신이 체제에 저항한다고 해도 자신은 결국 백인이라는 것이다. 그렇다고 불의를 보고도 아무런 행동을 취하지 않는다면 그것은 행동을 하는 과정에서 결국 패배감을 맛보게 되는 상황보다 더 나쁘다. 인간의 양심에 위배되기 때문이다. 그래서 듀 토이는 체제에 대한 저항이 아무리 무위로 끝난다고 해도 그렇게 하는 과정에서 소외당하는 사람들과 잠시 동안만이라도 교감을 나눌 수 있다는 것이 "이 세상에서 소망할 수 있는 가장

경이로운 것이 아니겠는가?"라는 자문을 하게 된다. 적어도 이러한 희망이 있기 때문에 듀 토이의 행위는 가능했던 것이다. 브링크가 남아프리카공화국의 현실에 절망하면서도, 그리고 그 절망 때문에 실존적이지 않을 수 없으면서도, 끝까지 희망을 버리지 않았던 것은 이러한 믿음 때문에 가능했다.

3

앞서 논의한 소설들이 브링크의 언어에 대한 자의식과 참여 의식을 두드러지게 보여주고 있는 반면, 『비상시국』1989, 『정반대로』, 『아다마스토르의 첫 번째 삶』1993, 『악마의 계곡』 등은 포스트모더니스트로서의 면모를 잘 드러내주는 소설들이다.

우선 『비상시국』은 바르트, 푸코, 쿤데라, 크리스테바, 데리다 등을 직접적으로 언급하거나 암시하면서 내러티브를 진행시키는데, 『메마른 계절』의 화자/작가처럼 이 소설의 화자/작가는 폭력으로 얼룩진 비상시국의 와중에서 대학교수와 조교 사이를 다룬 연애소설을 쓰려고 한다. 이 사랑과 병치되는 것은 제인 퍼거슨과 정치 참여적인 의사 사이의 관계를 다루는 또 다른 연애소설의 원고이다. 그런데 문제는 화자인 작가가 연애소설을 쓸 수 없다는 것이다. 제인의 내러티브는 텍스트 공간에 존재하지 않고, 내러티브 충동만이 텍스트에 산발적으로 존재할 뿐이다. 화자가 할 수 있는 최선의 것은 이런저런 형태의 파편들을 긁어모으는 일뿐이다. 데리다의 말처럼 의미가 끝없이 뒤편으로 밀려나면서 종잡을 수 없게 되는 것이다. 이 소설에서 데리다의 말이 느닷없이 튀어나오곤 하는 것은 바로 이러한 포스트모더니즘적인 인식론에 근거한다.

그러나 우리는 텍스트에 나타난 포스트모더니즘적인 인식론을 너무 강조한 나머지 브링크의 정치적 상상력을 가볍게 여겨서는 안 된다. 남녀 간의 사랑 문제가 텍스트 바깥으로 밀려나면서 그 의미가 지연되고 실종되는 것은, 남아프리카공화국처럼 모든 것이 정치화되는 상황에서는 가장 은밀한 남녀 간의 사랑이나 개인적인 감정마저도 정치적인 것이 되지 않을 수 없기 때문이다. 따라서 남아프리카공화국과 같은 상황에서는 '순수문학'이 존재할 자리가 없다는 브링크의 확신은 그의 소설이 갖고 있는 자기반영성의 문제가, 포스트모더니즘의 자기도취적이고 허무주의적인 경향에 대해 부정적인 학자들의 입장과 다르게, 정치적이고 윤리적이며 현실주의적인 것일 수 있다는 것을 보여준다.

『아다마스토르의 첫 번째 삶』이 유럽 중심적인 신화를 해체하여 아프리카를 중심으로 설정한 포스트모더니즘 소설이라면, 『정반대로』는 18세기의 역사적 인물을 더 한층 복잡한 포스트모더니즘 기법을 통해서 재구성한 소설이다. 브링크가 작가 후기에서 밝히고 있듯이, 이 소설은 당시의 역사적 사실뿐만 아니라 잔 다르크, 세르반테스, 에라스무스의 『우신예찬』, 데리다의

『그래마톨로지』와 『디세미네이션』 등이 소설 공간에 어우러져 있다. 어쩌면 이 소설은 브링크의 자유분방한 상상력과 재능을 유감없이 보여주고 있는 듯하다.

이 소설은 브링크가 가장 좋아하고 즐겨 인용하는 작가인 세르반테스의 『돈키호테』처럼 피카레스크 소설의 형태를 취하고 있다. 18세기의 모험가인 주인공 에스틴 바비어는 네덜란드 동인도 회사와 관계된 일로 케이프에 오게 되는데 그만 권모술수에 휘말려 사형 선고를 받는다. 이 소설은 바비어가 십자가형을 기다리면서 성의 "검은 구멍"에서 그가 사랑하는 노예 로제트에게 쓰는, 시간적으로 두서가 없이 산만하게 배열된 302편의 파편적인 편지 형식으로 되어 있다.

그런데 화자는 내러티브의 처음부터 자신의 내러티브를 해체하기 시작한다. "나는 죽었다. 당신은 이것을 읽을 수 없다. 따라서 이것은 편지가 아닐 것이다." 그가 갇혀 있는 곳에는 펜과 종이가 없을 뿐만 아니라 너무 어두워 어떤 것을 볼 수도 없다. 따라서 이 내러티브가 편지라면 "아주 불가능한 편지"일 뿐이다. 결국 그는 "이것은 이야기일 뿐이다. 나는 내가 그것을 얘기하고 있는 것조차 확신할 수 없다"라고 말하면서, 자기가 언어에 갇힌 상황과 똑같이 독자를 언어의 미로 속으로 밀어넣는다. 그는 자신이 "자신으로부터 부재不在하며" 자신이 "부재" 자체라고 설명한 다음, 자신에게 남은 것은 이 스토리밖에 없으며 자신은 이야기를 통해서 수많은 이야기에 하나의 이야기를 더하고 있을 뿐이라고 말한다.

『악마의 계곡』은 대중적인 모험소설과 알레고리와 우화 등이 이리저리 뒤엉키면서 삶과 죽음, 역사와 환상 등의 반대되는 것들의 모순적 통합 상태를 포착하려는 매직 리얼리즘 형태의 메타픽션이다. 표면적으로는 낙원처럼 보이는 곳이 등장하는데 실은 그곳은 폭력과 기만과 위험과 거짓으로 얼룩진 '악마의 계곡'에 불과하다. 그곳에 거주하는 아프리카너들의 일부는 염소의 발을 하고 있으며, 어떤 여성은 젖꼭지가 네 개 달려 있고 짐승처럼 몸이 온통 털로 덮여 있다. 때로는 죽은 사람이 등장해서 산 사람들과 대화를 나누는가 하면, 새로 결혼하는 사람들은 그들의 결혼을 완성하기 위해 관 속에서 첫날밤을 보내기도 한다. 모든 것이 "이상야릇한 꿈"이며 거짓이고 위험하다. 브링크는 아주 은밀하고 재미있는 방식을 통해서 폭력과 기만과 술수로 얼룩진 '악마의 계곡'을 남아프리카공화국의 범죄적인 과거와 결부시키고 있는 것처럼 보인다. 이런 점에서 매직 리얼리즘적인 요소들을 총동원한 것 같은 이 소설은 남아프리카공화국의 과거와 현재에 대한 알레고리라고 볼 수 있다.

브링크가 발표한 앞서의 소설들과 비교하면, 『아다마스토르의 첫 번째 삶』, 『정반대로』, 『악마의 계곡』 등은 형이상학적인 담론 쪽으로 기울면서 정치성이 현저하게 약화되어 있는 듯하다. 그런데 이러한 특성은 시대적인 상황과 연결시켜 보면 쉽게 이해할 수 있다. 남아프리카공화국의 아파르트헤이트 정권은

90년대 들어서 흑인들에게 정권을 이양하기 시작했다. 1994년 4월 27일에는 역사상 최초로 민주적인 선거가 실시되었고, 로벤 섬의 감옥에서 석방된 만델라가 초대 대통령으로 취임했다. 아파르트헤이트 정권에 맞서 생명을 걸고 싸우던 시대가 결국 종말을 고한 것이었다. 문학이 정권의 폭력성과 비인간성을 드러내는 저항문학 혹은 투쟁문학 일변도로 나아가던 시대가 끝난 것이었다. 『정반대로』와 『아다마스토르의 첫 번째 삶』 등이 전에 발표되었던 『어둠을 바라보며』 등에서 표출되는 도발적인 정치의식을 외면하지 않으면서도 그것을 전면에 드러내지 않고 형이상학적인 담론에 더 가까이 다가서 있는 것은 이처럼 한 시대가 막을 내리고 남아프리카공화국 문학이 새로운 전기에 서 있다는 사실과 맞물려 있다.

그렇다고 이러한 특성이 정치 상황이 변했기 때문에 나온 임기응변적인 전략이라는 말은 아니다. 지금까지 논의한 바와 같이 언어에 대한 브링크의 자의식은 초기 작품에 벌써 반영되어 있었으며, 끊임없이 텍스트에 이런저런 형식으로 반영되어왔다. 다만 그것이 폭력적인 남아프리카공화국의 현실에 대한 저항 의식에 어느 정도 눌려 있다가 정치 현실이 새롭게 편성된 현재 상황에서 더 자유롭게 분출되었다고 보는 게 적절할 것 같다. 브링크의 작중 인물이 말한 바와 같이, 역사가 "제때에 그것으로부터 깨어난 악몽"에 비유될 수 있다면, 역사는 예술가들, 아니 적어도 브링크라는 작가에게 하나의 해방 공간 즉 카니발적 공간을 마련해준 셈이다.

이런 점에서 보면 남아프리카공화국의 민주주의의 역사는 브링크의 소설의 역사와 호흡을 같이 해왔고, 앞으로도 그럴 것처럼 보인다. 예순 중반에 접어든 작가가 이처럼 개방적이고 낙천적인 예술관을 갖고 끝없이 자신의 예술 양식을 실험하고 있다는 것은 흔치 않은 경우일 것이다. 특히 그것이 날카로운 현실적 안목과 정의에 대한 확고한 신념, 그리고 흔들리지 않는 역사의식을 바탕으로 한 것이기 때문에 더욱 그러하다. 브링크의 소설에 이르면 포스트모더니즘은 더 이상 무책임하고 무정부주의적인 예술 양식도 아니고 모더니즘의 파산도 아닌, 열려 있는 가능성—"저는 남아프리카공화국의 문학에 대해 낙관적입니다. 새로운 가능성들이 열려 있기 때문이지요"—으로서의 문학 양식이며, 남아프리카공화국의 과거에 창조적으로 대응할 수 있는 도덕적인 문학 양식이 된다.

하 진
Ha Jin

● **하 진** *Ha Jin*

1956년 중국 랴오닝 성 출생. 헤이룽지앙 대학과 산동 대학을 졸업하고 미국의 브랜다이스 대학에서 영문학 박사학위를 받았다. 필요에 의해 영어로 글을 쓰기 시작했지만 미국 문단에서 크게 호평받는 작가가 되었다. 2회에 걸쳐 풀리처상 최종 후보에 올랐으며, 내셔널 도서상, 플래너리 오코너 문학상, PEN/헤밍웨이 문학상, PEN/포크너 문학상 등 다양한 수상 경력을 자랑한다. 현재 보스턴 대학 영문과 창작교수로 재직 중이다.

- **주요 작품목록**

장편소설 『연못에서In the Pond』『기다림Waiting』『광인The Crazed』『전쟁 쓰레기War Trash』『자유로운 인생A Free Life』, 단편소설집 『사전Ocean of Words』『붉은 깃발 아래에서Under the Red Flag』『신랑The Bridegroom』 등과 시집 『침묵 사이에서Between Silences』『그림자를 바라보며Facing Shadows』『난파Wreckage』 등의 작품이 있다.

단순한 문장으로 미국 문학을 정복한
중국계 작가

● ● ●

전미 도서상 수상 작가 **하 진**

『전쟁 쓰레기』, 『광인』, 『자유로운 인생』, 『기다림』, 『연못에서』(우리말 번역제목은 『니하오 미스터 빈』이다), 『사전』, 『신랑』, 『붉은 깃발 아래에서』 등의 소설들과 『침묵 사이에서』, 『그림자를 바라보며』, 『난파』 등의 시집을 출간해 화려한 비평적 각광을 받음과 동시에 폭발적인 대중적 인기를 끌고 있는 허 진은 1956년, 북한에 인접한 중국에서 태어나 헤이룽지앙 대학과 산동 대학에서 각각 영문학 학사와 석사를 이수했다. 그리고 서른 살에 미국으로 건너가 브랜다이스^Brandeis 대학에서 영문학을 공부하다가 우여곡절 끝에 영어로 글을 쓰기 시작한 작가이다. 내셔널 도서상, 플래너리 오코너 문학상, PEN/헤밍웨이 문학상, 2회에 걸친 PEN/포크너 문학상(이 상의 역사상, 이 상을 2회에 걸쳐 수상한 미국 작가는 지금까지 하 진을 포함하여 세 작가밖에 없다.), 아시아아메리칸 문학상 등을 두루 수상하고 2회에 걸쳐 퓰리처상 최종후보[2000, 2005]에 오른 바 있는 하 진은 비평가들로부터 "천재적인" 작가라는 평가를 받고 있으며, 그의 소설들은 30개 국 이상의 언어로 번역되었다.

자신의 모국어가 아닌 영어로 글을 쓰기 시작한 지 10여 년 정도밖에 되지 않은 작가가 수십 년간 작품을 써온 원어민 작가들과 어깨를 나란히 하거나 그들을 젖히고 미국 문학의 정점에 서 있다는 것은 누가 보더라도 놀라운 일이 아닐 수 없지만, 더욱 놀라운 것은 어느 평론가의 말을 인용하면, 하 진은 "앞으로 노벨문학상을 받게 된다 해도 놀라운 일이 아닐 비범한 작가"라는 평가까지 받고 있다는 사실이다. 자국인은 물론이고 외국인에게는 더더욱 호락호락하지 않은 미국의 평단을 고려하면 정말로 놀라운 일이 아닐 수 없다. 인터뷰는 일차적으로는 2005년 9월 1일과 9월 7일에 걸쳐 이메일과 전화로 했고, 작가가 이후에 작품 낭독회를 위해 워싱턴 대학을 방문했을 때, 그를 직접 만나 앞서의 인터뷰를 보완하는 형식으로 진행되었다.

왕은철 1985년에 중국에서 미국으로 왔다고 들었는데, 어떻게 해서 미국에 오게 되었고 또 어떻게 이곳에 정착하게 되었습니까?

하 진 저는 중국에서 1985년에 석사학위를 마쳤습니다. 그러니까 미국에 온 것은 공부를 계속하기 위한 목적에서였습니다. 저는 브랜다이스 대학에서 "현대 영미시에서의 보편화의 문제: 중국과의 관계를 중심으로"Universalization in Modern and American Poetry: with Particular Reference to China라는 제목으로 박사학위 논문을 썼습니다. 그런데 돌아가려고 할 때, 천안문 학살 사건이 일어났습니다. 그것이 모든 것을 바꿔놓았습니다. 저는 그러한 나라를 위해서는 더 이상 봉사할 수 없다고 생각했습니다. 당시 중국의 모든 대학은 국립대학이었습니다. 그리고 저는 천안문 대학살이 일어난 직후 미국으로 건너온 제 아들이 저와 같은 삶을 되풀이하지 않도록 미국에서 살기를 바랐습니다.

왕은철 당신은 중국에서 대학에 다닐 때부터 영문학을 전공하고 싶어 했나요? 러시아 문학이나 프랑스 문학이 아니라 미국 문학을 선택한 특별한 이유가 있었습니까?

하 진 제가 처음부터 영문학에 관심이 있었던 것은 아니지만, 저는 영문학 과정을 1년간 이수하고 필기시험에 합격했습니다. 그것이 영문학 전공이 제게 할당된 이유입니다. 1980년대 초 중국에서는 미국 문학이 아주 인기 있는 과목으로 부상했습니다. 그래서 저도 미국 문학에 관심을 갖고 진지하게 연구해야겠다고 생각하게 되었습니다. 러시아 문학이나 프랑스 문학은 금지된 적이 없었기 때문에, 젊은 사람들은 그 분야에 관해서는 그다지 신경을 쓰지 않았고 그 대신, 미국 문학 쪽으로 끌렸던 것입니다.

왕은철 영어로 글을 쓰게 된 계기가 있었습니까?

하 진 1986년 가을이었습니다. 저는 프랭크 비다르트Frank Bidart 교수의 창작 수업을 받게 되었습니다. 학점을 이수하기 위해서 수강한 것은 아니었지만, 저는 그 수업을 받기 위해서 몇 편의 시를 써야 했습니다. 그것이 출발점이었습니다.

왕은철 당신이 영어를 구사하는 것을 보면 외국인 억양이 아주 강한데, 어떻게 해서 글을 그렇게 잘 쓰는 겁니까? 영어로 글을 쓰는 데 따르는 몸부림이나 불안감은 없나요?

하 진 저는 외국인이라는 걸 항상 느끼며 글을 씁니다. 늘 불안감과 무력감을 느낍니다. 그런데 어떤 면에서 보면 원어민 작가들에게도, 몸부림과 불안감은 창작의 일부입니다. 물론 제 경우에는 영어가 모국어가 아니기 때문에 어려움이 훨씬 많긴 하지만, 작가는 그것에 익숙해져야 합니다.

왕은철 당신이 영어에 접근하는 방식과 다른 원어민 작가들의 방식에 차이가 있다고 생각하십니까?

하 진　그렇습니다. 제 영어는 표준 영어가 아닐 수 있습니다. 소재가 미국적인 것이 아닌 경우에는 특히 그렇습니다. 저는 의도적으로 중국어의 관용적인 표현을 번역하여 사용해왔습니다. 결국, 그것이 영어라는 언어를 풍요롭게 하는 한 방식일 수 있으니까요.

왕은철　아, 그것은 당신의 소설을 읽으며 제가 느낀 바이기도 합니다. 그런데 다른 언어를 차용하여 글을 쓴다는 것은 다른 문화를 차용한다는 것이나 마찬가지가 아닐까요? 영어로 글을 쓰기 시작한 시점을 전후로 하여 당신에게 달라진 바가 있습니까? 정체성에 변화가 생긴 건 혹시 아닙니까? 미국 사회를 바라보는 당신의 시각은 어떤 것입니까? 밖에서 바라보는 것입니까? 아니면 안으로부터 바라보는 것입니까?

하 진　저는 영어라는 언어로부터 아주 깊은 영향을 받았습니다. 저는 실제로 다른 사람이 되어 있습니다. 저는 그 변화가 필요한 것이고 긍정적인 것이라고 확신합니다. 저와 같은 상황에 있는 작가는 정체성을 스스로 획득해야 합니다. 예를 들어, 제가 스스로를 미국 작가라고 주장하기 위해서는 중요한 미국 작품을 써야 할 것입니다. 일반적으로 얘기해서, 저는 미국을 안에서부터 바라보고 있습니다. 제가 이민자로서 미국적인 삶을 다른 각도에서 생각할 수는 있지만, 더 이상 아웃사이더가 아니기 때문에 안에서 바라보는 것입니다.

왕은철 중국어로도 작품을 쓴 적이 있습니까?

하 진 몇 편의 시를 쓴 적은 있지만 발표한 적은 없었습니다.

왕은철 당신이 지금까지 발표한 작품 대부분이 중국에 배경을 두고 있습니다. 당신이 중국어로 글을 쓰는 상황에 있다고 해도, 똑같은 내용에 똑같은 주제가 될까요? 영어라는 언어가 당신의 글쓰기 방식과 어떤 관련이 있습니까?

하 진 물론입니다. 영어는 제 생각과 감성에 깊은 영향을 미쳤습니다. 만약 제가 중국어로 글을 쓴다면, 제 글은 아주 다른 것이 될 것입니다. 어쩌면 더 좋은 작품을 쓸 수 있을지도 모릅니다. 하지만 저는 이곳에서 살아남아야 합니다. 저는 영문과 교수입니다. 중국어로 글을 쓰는 것을 연구 활동으로 쳐주지 않는 게 현실입니다.

왕은철 당신은 미국에서 영어로 글을 쓰며 살아가는 작가입니다. 그것은 당신의 주요 독자층이 미국인 혹은 영어권 사람들이라는 의미입니다. 어떤 점에서 보면, 그것은 당신 스스로가 선택한 것이 아닐까 하는데, 그것이 암시하는 바가 무엇이라고 생각하십니까?

하 진　독자의 문제는 선택의 문제만이 아닌 듯합니다. 어떤 점에서 보면, 그것은 제가 교수라는 직업을 유지하기 위해서 작품을 써서 발표해야 했던 처음부터 저한테 강요된 것이기도 했습니다. 여하튼 그러한 선택을 했다는 것은 제가 중국 문학으로부터 어느 정도 거리를 뒀다는 말이고, 제가 의도적으로 콘래드나 나보코프와 같은 비영어권 출신의 작가들이 확립해놓은 문학 전통 안에서 제 나름의 정체성을 찾으려고 했다는 의미가 될 것입니다.

왕은철　나보코프와 콘래드에 대해 말씀하셨는데, 콘래드의 소설을 보면 그가 자신의 조국 폴란드를 저버렸다는 자의식이 곳곳에 배어 있습니다. 당신의 경우에는 어떻습니까? 중국에 대한 당신의 생각은 어떤 것입니까?

하 진　당신이 콘래드에 대해 말한 바는 맞습니다. 하지만 아이러니컬하게도 콘래드는 현재, 폴란드인들에 의해 주요 폴란드 작가로 간주되고 있고, 그의 작품들이 폴란드의 중학교에서 읽히고 있습니다. 저도 중국으로부터 소외감을 많이 느낍니다. 그리고 조국 때문에 상처를 받는 경우가 자주 있습니다. 제가 다음에 발표할 소설은 조국으로부터 깊은 소외감을 느끼는 인물에 관한 것입니다. 때때로 저는 중국을 마음속에서 차단시켜야 합니다. 그렇지 않으면 미칠 것 같습니다. 이 말은 제가 경우에 따라서 중국을 의도적으로 제 마음속으로부터 몰아내야 한다는 말입니다.

왕은철 왜 중국을 마음 밖으로 몰아내야 하는 겁니까?

하 진 중국은 증오와 중상모략이 날뛰는 제정신이 아닌 나라입니다. 저는 영어로 글을 쓰면서 중국을 배반했다는 이유로 수없이 공격을 당했습니다. 그래서 제가 멀쩡한 정신을 유지하기 위해서는 이러한 광기를 차단하지 않으면 안 되는 것입니다.

왕은철 그들이 당신을 무슨 이유 때문에 미워하고 중상모략한다고 생각하십니까?

하 진 저는 그동안 중국을 상대하느라고 몹시 힘든 시간을 보내야 했습니다. 저에 대한 공격 뒤에는 공산당이 있는 것 같습니다. 어떤 사람들은 제가 오직, 외국 독자들의 구미에 맞는 글을 쓰느라 중국을 왜곡한다고 비난하고, 어떤 사람들은 제가 저속한 말을 사용한다고 비난했습니다. 어떤 사람들은 제가 중국을 팔아먹고 있다고 믿고 있습니다. 그래서 저는 그런 것들을 마음속에서 차단해야 하는 것입니다. 저는 중국을 상대할 필요가 없습니다. 그래서 때때로 그저 그것에 등을 돌릴 뿐이지요.

왕은철　당신의 소설을 보면, 중국이 아니라 공산주의 이데올로기 특히 당 간부들에 대한 비판적 담론이 종종 드러납니다. 당신이 중국에 있다고 해도 그렇게 체제에 대해 비판적일 수 있습니까? 아니면 미국에 거주하기 때문에 가능한 겁니까?

하 진　그것은 또 다른 현실적인 문제입니다. 저는 영어로는 말하고 싶은 것을 자유롭게 말할 수 있지만, 중국에서 그렇게 하는 것은 불가능한 일입니다.

왕은철　미국으로 오기 전에 당신의 위상은 어떤 것이었습니까? 부모님은 어떠하셨습니까? 당신의 가족적, 교육적 배경에 관한 질문입니다. 이 점과 관련해서, 당신의 소설에 자전적인 요소가 어느 정도 들어 있습니까?

하 진　제 아버지는 장교였습니다. 그래서 저는 시골로 가 농사일을 하는 대신, 군대에 들어갈 수 있었습니다. 그렇다고 아버지가 고위 장교는 아니었고 소령에 지나지 않았습니다. 저는 아주 경쟁이 치열하던 시절에 대학에 들어갈 수 있었습니다. 그래서 저와 같은 세대의 젊은 사람들과 비교해보면 좋은 교육을 받았습니다. 제가 말씀드리는 것과 엇비슷한 이야기는 중국인들 사이에는 아주 흔한 것입니다. 전체적으로 보면, 제 글은 자전적이 아니지만, 제 소설에는 이따금 개인적인 경험이 투영되어 있긴 합니다. 예를 들자면, 저는 군대에 있을 때 몇 달 동안 한국인 가족과 같이 거주한 적이 있었습니다. 그래서 「피아오 아저씨의 생일파티」Uncle Piao's Birthday Dinners에 나오는 세부적인 묘사의 많은 부분은 제 자신이 관찰했던 것에 기초한 것입니다. 또한 제 소설집 『사전』에 나오는 이야기들은 소설의 특성에 맞게 형태를 조정하긴 했지만 제 개인적인 경험에서 유래한 것들입니다.

왕은철 미국에서의 당신의 삶이 주변적이라는 생각은 안 드십니까?

하 진 당연히 들지요. 하지만 저는 주류가 되고 싶은 생각은 없습니다. 작가에게는 자기만의 공간이 필요한 법입니다. 저한테 작업을 할 수 있는 공간이 있는 한, 저는 그것이 주변이든 중심이든 신경을 쓰지 않습니다.

왕은철 이후로도 계속 중국에 관한 소설을 쓸 계획입니까? 아니면 소재를 다양화할 생각입니까?

하 진 제 다음 소설은 미국을 배경으로 한 것입니다. 하지만 중국계 이민자들이 많이 등장할 것이고, 일부 한국계 이민자들도 등장할 것입니다. 당연히 미국인들도 등장할 것입니다. 중국인들에 대해서 계속 쓰게 되겠지만 주로, 중국계 이민자들과 망명자들에 관한 것이 될 것입니다.

왕은철 미국에 오기 전에 미국에 관한 당신의 생각은 어떠했습니까? 그 사이에 생각이 바뀐 게 있습니까?

하 진 저는 미국에 관한 책을 상당히 읽었습니다만 실제로 어떠한지는 전혀 알 수가 없었습니다. 미국에 온 이후로, 미국에 대한 제 느낌은 서서히 변했습니다. 저는 이 나라를 사랑하게 됐다고 말할 수 있습니다. 하지만 이 나라와 이 나라의 정부 사이에 차이가 있다는 점을 염두에 두시기 바랍니다. 저는 현재의 미국 정부를 싫어합니다. 그리고 이라크 전쟁은 잘못된 것이라고 생각합니다. 하지만 정권이란 언제나 일시적인 것입니다. 영원하고, 또 사랑할 가치가 있는 것은 땅입니다.

왕은철 당신의 정치적인 입장은 어떤 것입니까? 공산주의, 사회주의, 자본주의 등의 정치 이데올로기에 대한 당신의 생각은 어떻습니까?

하 진 저는 사회주의적 민주주의자라고 할 수 있습니다. 제 생각에는 유럽식 사회주의가 순수한 자본주의보다 더 좋은 제도인 것 같습니다.

왕은철 당신에게 영향을 준 미국 작가들이 있습니까? 있다면, 누구이며 어떤 점에서 영향을 받았습니까?

하 진 여러 스승들로부터 많은 걸 배웠습니다. 레슬리 엡스타인Leslie Epstein으로부터는 최고의 소설들은 위대한 러시아 작가들에 의해 쓰였다는 걸 배웠고, 프랭크 비다르트로부터는 인내심의 유무가 능력 있는 작가와 능력 없는 작가 사이의 차이점이라는 걸 배웠습니다. 저는 포크너, 스타인벡, 프로스트Frost, 글러크Louise Gluck를 비롯한 다른 많은 작가들을 두루두루 좋아합니다.

왕은철 다른 나라의 작가들은 어떻습니까?

하 진 제 소설은 러시아 고전 작품들로부터 많은 영향을 받았습니다. 어쩌면 그들이 묘사했던 세계가 제가 경험했던 세계에 더 가깝기 때문이었을 것입니다. 저는 처음에는 단편소설을 썼습니다. 진지한 단편작가가 러시아 작가인 체호프를 피한다는 것은 상상할 수 없습니다. 그는 우리가 맞닥뜨려야 하는 대작가입니다.

왕은철   어떤 점에서 체호프가 그렇게 중요합니까? 그에게서 배운 것이 무엇입니까?

하 진   그에게서 배운 것은 파토스^{pathos}와 넓은 가슴입니다. 그가 남긴 최고의 소설들을 보면, 극적인 부분이 없을 경우에도, 세부적인 것들이 모두 응집되면서 모든 것이 어떻게 해서든 통일성을 갖추고 있습니다. 진지한 단편소설 작가는, 최고의 작품을 쓰는 걸 원하지 않는다면 몰라도, 체호프과 맞닥뜨려야 할 것입니다. 제 생각에 그는 가장 위대한 작가입니다.

왕은철   당신은 문학의 역할이 무엇이라고 생각합니까? 당신이 문학을 통해서 성취하려고 하는 바는 무엇입니까?

하 진   문학작품을 씀으로써 저는 개인으로서의 제 존재가치를 주장하고자 합니다. 저는 과거의 대작가들을 즐겁게 할 정도로 좋은 작품을 쓰고 싶습니다.

왕은철   당신은 어떻게 당신의 글을 다듬습니까? 소설을 쓰고 난 다음, 교정을 많이 하는 편입니까?

하 진   그렇습니다. 저는 적어도 20회에 걸쳐서 제 작품을 읽고 교정합니다.

왕은철　그렇군요. 그런데 당신은 글쓰기를 즐기는 편입니까?

하　진　늘 그런 것은 아닙니다. 글쓰기는 고통일 수 있습니다. 하지만 저에게 그것은 일종의 실존입니다. 저는 그 노동을 견뎌 내야 합니다. 보통, 두 번째 초고까지는 즐길 만합니다. 그러나 그 후에는 끈기의 문제입니다.

왕은철　당신의 소설에는 코믹한 면이 많은 것 같습니다. 『광인』은 좋은 예입니다. 삭막한 현실이 위트와 유머와 코믹한 파토스를 통해 정제되고 완화되는 것 같은데, 그것이 당신이 현실을 인식하는 방식입니까?

하　진　아마 그럴 것입니다. 대부분, 제가 다루는 소재들은 아주 무거운 것들입니다. 그래서 저는 일부러, 코믹한 요소를 이곳저곳에 배치하고 있습니다. 그런 점에서는 제가 좋아하는 고골리Gogol의 영향을 많이 받았습니다.

왕은철　당신은 스토리를 편하게 끌고 감으로써, 독자로 하여금 소설을 읽는 재미를 만끽하게 하는 것 같습니다. 이런 점과 관련하여, 당신과 유사한 작가들이 있을 것 같은데 어떻습니까?

하　진　저는 그레이엄 그린을 굉장히 좋아합니다. 하지만 그로부터 영향을 받을 만큼 그의 작품을 많이 읽지는 못했습니다. 저는 수년 동안, 글 쓰는 법을 익히려고 체호프의 소설을 의도적으로 읽었습니다. 저는 스타인벡의 몇몇 소설들을 좋아하지만, 그처럼 쓰는 것은 불가능할 것 같습니다. 그리고 포크너를 좋아하지만 그와 같은 작가에게서 글을 쓰는 방식을 배울 수는 없는 일입니다.

왕은철 포스트모던한 소설에 관한 당신의 생각은 어떻습니까? 그것들의 실험적 스타일은 어떻습니까? 특정한 문학이론을 좋아하거나 영향을 받은 바가 있습니까?

하 진 포스트모던한 글쓰기에 대해서는 별로 신경을 쓰고 있지 않습니다. 문학비평이 저한테 효용성이 있는 것은 소설이 어떻게 만들어지는지에 대해 보여줄 때뿐입니다. 그래서 저는 비평이론의 추이를 더 이상 따라가지 않습니다.

왕은철 당신이 발표한 소설을 돌아보면 어떻게 발전해나가고 있는 것 같습니까? 예를 들어 당신이 최근에 발표한 『전쟁 쓰레기』는 이전의 소설들과 어떻게 다릅니까?

하 진 모든 소설 하나하나는 일종의 출발점입니다. 『전쟁 쓰레기』는 한국을 배경으로 하고 있습니다. 중국으로부터 한 걸음

멀어져 미국을 향해 한 걸음 나아가는 과정의 소설이라고 할 수 있습니다. 저는 이후에는 현대 중국에 대해서는 더 이상 쓰지 않을 생각입니다.

왕은철　『전쟁 쓰레기』는 한국전쟁이 배경입니다. 한국에 대해서는 어떻게 알게 되었습니까?

하 진　제가 군대에 갔던 첫해, 우리는 진린^{Jinlin}군 훈천의 구안멘에 있는, 한국인들이 모여 사는 마을에 머물게 되었습니다. 당시, 우리는 새로운 포병대대여서 막사가 없는 상태였습니다. 그곳에 살면서 한국인들의 관습과 삶을 알게 되었고, 두만강의 다른 쪽 모습도 보게 되었습니다. 그렇게 해서 제가 북한의 풍경이 어떤 것인지 알게 되었던 것입니다. 이 소설을 쓸 때 한국을 묘사할 수 있었던 것은 그때 북한의 모습을 본 경험이 있었기 때문이었습니다. 그것은 자료 조사를 통해서는 얻을 수 없는 값진 것이었습니다.

왕은철　『전쟁 쓰레기』는 당신의 주된 관심이 이데올로기가 아니라 사람들이라는 것을 보여줍니다. 공산주의와 당에 대한 비판이 곳곳에 배어 있거든요. 그것이 당신의 전반적인 관심사입니까?

하 진　저는 개인의 이야기를 하고 싶었습니다. 보통, 전쟁 문학은 보통의 군인이 아닌 영웅들에 관한 것입니다. 평범한 군인이 전쟁에 대해서 어떻게 느끼고 반응하는지에 대해서는 얘기하지 않는 경우가 대부분입니다. 저는 평범한 사람의 시각에서 실질적인 이야기를 해보고 싶었습니다.

왕은철　『기다림』의 결말을 보면, 주인공의 두 번째 결혼이 실패임이 드러나면서, 그는 첫 번째 부인에게 돌아갑니다. 저한테는 다소 의외라고 생각되는 결말이었습니다. 그래서 저는 그 결말이 결혼과 가족의 가치의 존엄성을 주장하기 위한 것이라고 생각해봤는데 어떻습니까?

하 진　주인공 린 콩이 첫 부인에게 돌아간 주된 이유는 그가 자신의 감정을 알지 못했기 때문입니다. 그는 부인 혹은 만나와 충분한 시간을 보내지 않았기 때문에 사랑을 할 수 없었던 것입니다. 이러한 종류의 감정적 불모 상태가 그를 심리적인 절름발이로 만들었습니다. 그는 당황했고 감정적으로 마비상태에 있었습니다. 소설의 결말이 그렇게 처리된 것은 중심인물의 심리상태와 스토리 나름의 논리에 따른 것입니다.

왕은철　아, 그렇군요. 당신은 지금까지 몇 권의 시집을 발표했습니다. 시를 쓰는 것이 당신한테는 어떤 의미입니까?

하 진　미국의 시집 시장은 아주 작습니다. 그래서 시를 쓰는 것은 돈을 벌기 위해서가 아니라 개인적 필요 때문인 경우가 많습니다. 저는 시에 대해서 아주 진지하게 생각하고 있습니다. 그런데 원어민이 아닌 사람이 시를 쓰는 것은 더 어려운 일입니다.

왕은철　당신은 전미도서상, 플래너리 오코너 문학상, 펜/헤밍웨이 문학상, 2회에 걸친 '펜/포크너 문학상 등 수많은 문학상들을 수상하고 2회에 걸쳐 퓰리처상 후보에 올랐습니다. 당신에 관한 서평을 제가 살펴본 바에 의하면, 이보다 더 좋은 평가를 받을 수 있을까 하는 의문이 들 정도입니다. 이쯤 되면, 외국 출신 작가로서 안정감을 느낄 만도 한데 어떻습니까?

하 진　직업과 관련해서는, 안정감을 느끼는 게 사실입니다. 정년 보장이 돼 있으니까요. 그러나 글쓰기와 관련해서는, 안정감이라는 건 결코 없습니다. 그러나 때때로, 불안감이라는 것이 꼭 나쁜 것만은 아닙니다. 그것이 글을 쓰는 데 감정적인 날카로움을 조성해줄 수도 있으니까요. 간단히 말씀드려서, 안정감이라는 것은 창작에 좋은 것은 아닙니다.

왕은철　영어로 글을 쓰는 중국 혹은 아시아계 작가들의 작품을 읽으신 적이 있습니까? 당신이 그들과 다른 점이 있으면 어떤 것이고, 좋아하는 작가가 있으면 누구인지 말씀해주시겠습니까?

하 진　예, 꽤 읽은 편입니다. 지금까지 저는 미국을 배경으로 한 소설을 한 권도 쓰지 않았습니다. 또한 저는 이민 1세대 작가입니다. 그래서 제가 미국에 대해 글을 쓰면, 2세대나 3세대 작가들의 시각과 차이가 있을 수 있을 것입니다. 저는 소설을 기술craft과 스타일로써 분명히 인식하고 있는, 줌파 라히리Jhumpa Lahiri, 제이슨 최Jason Choi, 수잔 최Susan Choi와 같은 작가들을 좋아합니다.

왕은철　지금 쓰고 있는 소설이 있다면 말씀해주시겠습니까?

하 진　이민자들의 경험에 관한 소설을 집필 중입니다.[13) 이 소설은 저에게는 새로운 영역입니다. 그래서 다시 시작한다는 느낌으로 쓰고 있습니다.

왕은철　제 질문에 솔직하고 사려깊게 답변해주셔서 감사합니다.

하 진　제 작품에 관심을 가져주셔서 감사합니다. 즐거웠습니다.

---

13) 당시 하 진이 집필한다고 했던 소설은 『자유로운 삶』이라는 제목으로 출간되었다.

평범한 문장에 실린 감정의 힘과 리얼리즘 소설

하 진의 소설과 절제의 미학[14]

소설과 비평이론을 전공하면서 생긴 습관 중 하나—이건 '잘못된' 습관에 가깝지 않을까 싶다—는 소설을 읽을 때 자꾸 까다로워지고 까탈을 부리게 된다는 것이다. (이는 모든 사람에게 적용되는 일반론일 것까지는 없고, 적어도 나의 경우에 그렇다는 말이다.) 흠이나 결점이 눈에 띄면, 스토리를 따라가는 일이 터덕거려지면서 재미가 반감된다. 소설을 구성하는 내용과 테크닉을 비롯한 제반 요소들이 서로 분리된 게 아니라 떼려야 뗄 수 없을 정도로 다닥다닥 붙어 있는 탓이다. 그렇다고 흠이나 결점을 젖혀두고 좋은 점을 부각시키는 것은 비평의 윤리를 도외시한 부정직

14) 이 글은 2006년 《현대문학》에 게재된 것이다.

한 비평일 테니(솔직히, 우리나라의 비평 중 과연 어느 정도가 이 윤리를 지키느냐 하는 것은 다른 문제일 것이다), 어쩌면 가장 생산적인 것은 예술성이 있다고 생각되는 흠 없는 작품을 찾아서 그것에 관해서 글을 쓰는 것이 아닐까 싶다. 어느 정도의 비평적 공감대가 형성되어 있는 과거의 작가가 아니라 현 시점에서 글을 쓰는 동시대 작가일 경우는 특히 그렇다. 유명작가이자 비평가인 애트우드Margaret Atwood는 그래서 "좋은 작가가 그렇게 많은데 부정적인 말을 해야만 하는 작품들에 시간을 할애하고 싶지 않다"라고 했던 모양이다.

하 진은 까탈을 굳이 부릴 필요가 없는 예외적인 작가 중 한 사람이다. 내 경험에 비춰보면, 그는 내가 까탈을 부리면 부릴수록 장점이 불거지는 작가였다.

2004년 여름, 시애틀에서 우연히 접하게 된 하 진의 단편소설들은 내가 지금까지 이상적이라고 생각했던 소설의 정수를 두루두루 갖추고 있었다. 완벽하다고까지 할 수 있는 조형미, 심금을 울리는 희로애락의 인간드라마, 단순함을 가장한 깊이, 세상을 바라보는 그윽한 눈과 넓은 가슴, 빼어난 유머와 아이러니와 페이소스 등 어느 것 하나 흠잡을 데가 없었다. 솔직히, 나는 평소의 '못된' 습관대로 그의 작품에서도 단점을 찾으려고 해봤다. 작가가 러시아 작가인 체호프에게서 깊은 영향을 받았다고 하기에, 체호프의 주옥같은 소설들을 오랜만에 다시 읽으면서 하 진의 소설을 그것에 견줘봤지만 좀처럼 흠은 드러나지 않았다. 오히려 하 진의 단편소설은 체호프의 단편소설에 육박하는 예술적 완성도를 갖추고 있었고, 때로는 그걸 능가하고 있는 것 같았다. 세계의 많은 독자들이 그의 소설에 열광하는 이유를 알 것 같았다. 하 진의 소설을 모조리 구해 읽은 후, 나는《뉴요커》 The New Yorker의 한 평자가 "하 진의 소설을 읽는 것은 사랑에 빠지는 것과 거의 흡사하다. 독자는 그의 소설을 읽으며 불안, 심오한 자의식, 세계에 대한 편치 않은 감성 등을 체험하게 된다. 그런데 어찌해서인지 그것이 즐거움이 된다. 최고의 리얼리즘 작가들처럼, 하 진은 너무너무 평범하고 서술적인 문장들 속에 감정의 힘을 슬그머니 집어넣는다"라고 한 말이 결코 과장이 아니었음을 깨달았다.

단편소설들도 그랬지만 장편소설들도 흠이 없기는 마찬가지였다. 『기다림』도 그랬고, 『광인』도 그랬고, 많은 평자들이 선호하는 『연못에서』도 그랬다. 서점에서 우연히 구입하여 읽게 된 『전쟁 쓰레기』도 마찬가지였다. 아니, 이 소설은 특히 그랬나고 해야 맞다. 겉표지를 보니, 중국 인민군 병사가 6·25에 참전한 경험을 형상화한 소설이라기에, 내 딴에는 '옳지, 잘 걸렸다'라고 생각하고 (유치하고 불온하지만) 눈에 불을 켜고 결점을 찾아보려 했다. 내러티브 전개방식이나 형식 등 소설 문법적인 측면에서는 하자가 없을지 몰라도, 외국인이 범하기 쉬운 '타자에 대한 몰이해'가 어딘가에 틀림없이 조금은 드러나 있을 것 같았다. 서양만 동양에 오리엔탈리즘으로 일컬어지는 인식론적 폭력을 가하는 것이 아니라, 이웃인 중국도 한국을 볼 때 인식론적인 몰이해와 폭력을 알게 모르게 드러내는 경우가 허다한 만큼(중국의 오만방자한 제국주의적 태도는 어제오늘의 일이 아니지 않은가), 작가인 하 진도 제국주의 이데올로기의 우산 밑에서 태어나 성장한 사람으로서 적어도 어느 한 부분에서는 그걸 은연중에라도 드러낼 줄 알았다. 그런데 그게 아니었다. 나는 그 소설을 덮으면서, 잘 짜여진 서사구조는 말할 것도 없으려니와 '타자'에 대한 섬세함에 다시 한 번 놀라지 않을 수 없었다.

나는 '타자'(우리가 생각할 수 있는 이원론적 사고, 즉 남자/여자, 식민주의자/피식민주의자, 백인/유색인 등에서의 타자)에 대한 존경심과 배려와 헤아림이 부족한 작가는 근본적으로 문제가 있다고 생각하는 편인데, 하 진의 소설에 형상화된 타자, 즉 한국인에 대한 섬세한 터치는 놀라웠다. 다른 문학적 재능은 차치하고라도, 타자에 대한 이해의 정도는 내게 이 작가의 저력이 어느 정도인지를 실감케 해줬다. 이데올로기의 문제가 심도 있게 다뤄졌다는 측면에서 보면, 이 소설은 중국인이 영어로 쓴 『광장』이라고 해도 과언이 아닐 만한 작품이었다. 이는 최인훈의 『광장』이 우리 문학사에서 차지하는 위상을 십분 감안하고 하는 말이다. 다른 소설에 밀리긴 했지만 작년에 퓰리처상 최종후보로 끝까지 경합을 벌인 『전쟁 쓰레기』는 그 상을 수상했어도 손색이 없을 만큼 좋은 리얼리즘 소설이었다.

그의 단편소설들에 이어진 장편소설들의 예술적 완성도를 보면, 에머리Emory 대학의 창작학과 주임교수이며 뛰어난 극작가이기도 한 맨리Frank Manley 교수가 수년 전(1998년)에 하 진을 가리켜 "가장 중요한 젊은 미국 작가 중 하나일 뿐만 아니라 가장 이례적인 작가 중 하나"이며 지금까지 자신이 알았던 "유일한 천재작가이며, 에머슨이 휘트먼에 대해서 말했던 것처럼, 그는 정말로 위대한 생애의 출발점에 서 있다"라고 한 말이 결코 과장이 아니었음이 드러난다. 그가 그 말을 한 시점으로부터 8년이흐른 지금, 하 진은 더 이상 "젊은" 작가가 아니라 오십줄에 막들어선 중년작가(1956년생)가 되어 있지만, 맨리 교수의 말이 맞았다는 걸 그간의 작품으로 증명하고 있다.

영어로 글을 쓴 햇수가 손가락을 꼽아야 할 정도에 불과한 외국인 작가가 미국 문단에서 그러한 평가를 받은 것은 유사한 예를 찾기가 힘들다. 외국인에게는 특히 인정사정이 없는 미국 문단의 현실을 감안하면 더더욱 그렇다. '오만한' 미국 문단이 그만한 이유도 없이, 외국인 작가에게 내셔널 도서상, 플래너리 오코너상, 윌리엄 포크너상, 어니스트 헤밍웨이상 등을 줄 리는 만무한 것이다. 직접 만나서 얘기해보면, 아직도 외국인 억양이 듬뿍 묻어나는 영어를 구사하는 그가 어떻게 그러한 평가를 받을 수 있었는지 신기하고 또 신기할 따름이다.

서른 살이 넘어 다른 언어권에 정착해 글을 쓰며 살아간다는 것은 모험도 보통 모험이 아니었을 것이다. 하 진의 말에 따르면, 그것은 "두려움"이었다. 그의 소설들은 그 "두려움"과 "생존

본능"에서 연유한 것이었다.

자신의 피와 살이 될 정도로 한 언어에 익숙해 있는 성인이 외국어를 완전히 정복하는 건 불가능한 일이다. (하기야 외국어는 차치하고라도 자신의 모국어를 완전히 정복하는 것도 호락호락한 일은 아닐 것이다.) 의사소통에 문제가 없고 문장을 적절하게 구사할 정도가 되는 것이야 그리 어려운 일은 아닐 테지만, 그 외국어의 운율과 뉘앙스를 제대로 살려 좋은 문학 작품을 생산한다는 건 어렵고도 어려운 일이 아닐 수 없다. 그래서 이민자는 늘 그 "불충분함으로부터 영향을 받게 된다". 이는 다른 사람이 아닌 하 진 본인의 말인데, 그가 미국에 유학을 가서 '버스보이'(접시 닦이)나 '경비원' 아르바이트를 하며 유학생활을 하고 우연히 글을 쓰게 되는 과정에서 겪은 경험을 토로한 것이어서 더욱 설득력이 있는 말이 아닐 수 없다. 그러나 완전한 정복이 불가능하고 늘 뭔가 부족하고 불충분하게 느끼는 바로 그 불안감이 하 진의 소설을 미국 작가들의 소설보다 더 깊이 있고 풍요롭고 이례적으로 만들고 있다는 사실에 우리는 주목할 필요가 있다. 하 진의 말에 따르면, 그 불충분함과 불안감은 부정적인 것만이 아니라 글을 쓰는 데 "감정적인 날카로움"을 조성해주는 긍정적인 것이기도 했다.

내가 아는 영국과 미국의 작가들을 통틀어, 하 진처럼 평범하고 간결한 문장을 구사하는 작가는 거의 없다. 그의 소설은 한결같이, 미국인 독자들은 물론이려니와, 영어를 어느 정도 읽을 줄 아는 외국인이라면 누구라도 쉽게 따라갈 수 있을 정도의 것이다. 내가 가르쳐본 바에 의하면, 그의 소설은 영어가 정상적인 궤도에 아직 오르지 않은 우리나라 대학생들도 별 어려움 없이 소화할 수 있을 정도로 쉽고 평이하다. 지난 학기에 나의 '단편소설 강의'를 수강한 80명이 넘는 학부생들은 하 진의 소설을 읽어내는 정도가 아니라, 그의 소설의 형식미, 극적인 스토리 구조, 인간애와 비장함에 매료되기까지 했다. 이는 간결하다 보니 스토리의 가닥을 잡기가 쉬워지면서 생긴 부수적 현상이 아니었을까 싶다. (이는 물론, 하 진의 장인정신과 천부적인 예술적 균형감각이 스토리에 배어 있기에 가능한 부수적 현상이었을 것이다.)

하 진의 소설은 독자에게 누군가가 옆자리에 앉아서 얘기를 해주는 듯한 편안한 느낌을 준다. 특히, 그의 단편소설은 구전소설과 흡사한 경우가 많다. 단순하고 간결한 문장은 그래서 아주 효과적이다. 작가는 단순하고 간결한 문장으로 흥미진진한 드라마를 펼쳐나가면서 듣는 사람이 꼼싹 못하고 자리를 지키게 만든다. 그래서 그의 소설은 형태와 형식이 조금 다르긴 하지만, "옛날 옛적 호랑이 담배 먹던 시절에"로 시작되는 우리의 할머니, 할아버지의 이야기를 듣는 듯한 착각을 불러일으키게 한다. (물론 우리의 할머니, 할아버지가 들려주던 이야기와 달리, 하 진의 화자가 들려주는 이야기는 때로 불안하고 폭력적이고 비극적이어서 우리의 마음을 편치 않게 만든다. 그의 스토리에 자주, 희극적인 유머가 가미되는 것은 삶의 폭력성이나 비극성을 완화시키기 위한 전략이 아닐까 싶다.) 하 진은 흥미진진한 스토리만 제시하는 것이 아니라, 우리도 의식하지 못하는 사이에 "평범하고 서술적인 문장들 속에 감정의 힘을 슬그머니 집어넣는다". 그렇게 집어넣어진 "감정의 힘"은 스토리가 극적으로 진행되면서 우리의 마음에 엄청난 반향을 일으키게 된다. 슬프고 비극적이고 아름답고 추한 삶의 모습이 그러한 스토리를 통해 드러나는 걸 보면서 독자가 감동을 받는 것은 당연한 것이다. 하 진을 고전적인 스토리텔러로서의 면모를 지닌 작가라고 할 수 있는 것은 바로 이러한 이유에서다.

포스트모더니즘 계열의 소설을 비롯한 일련의 실험소설들이 훑고 지나간 현재의 상황에서 보면 다소 안이하고도 순진한 말로 들릴지 모르지만, 소설의 요체는 흥미진진한 서사에 있다. 소설이라는 것이 바흐친Mikhail Bakhtin이 말한 것처럼 여타의 문학 장르에 비해 아직도 "젊은" 장르라서 변화무쌍하게 변화를 거듭하는 것도 사실이지만, 시대가 흘러도 변하지 않을 것은 우리 인간이 이야기를, 그것도 쉽게 알아들을 수 있으면서 심금을 울리는 형태의 이야기를 끊임없이 필요로 한다는 사실이다. 아무리 세월이 흐르고 입맛이 변해도 리얼리즘 소설이 대세를 이루는 이유는 바로 여기에 있다.

하 진의 소설은 근본적인 서사에 충실한 소설이다. 그만큼 그의 소설은 고전적이다. 그의 소설이 고전적이라 함은 어떤 의미에서 보면 작가가 현대 소설의 유행이나 흐름으로부터 동떨어져 있을 수 있다는 걸 시사하는데, 이는 작가가 서사의 흐름을 다소 소홀히 하거나 의문시하는 것처럼 보이는 현대 소설들로부터 거리를 지키는 이유가 무엇인지를 잘 설명해준다. 가령, 포스트모더니즘 계열의 미국 작가들인 핀천Thomas Pynchon이나 바스John Barth의 소설을 하 진과 비교해보면, 그들의 소설이 서로로부터 천리만리 떨어져 있다는 걸 실감할 수 있다. "특정한 문학이론을 좋아하거나 영향을 받은 바가 있느냐"는 나의 질문에 그가 "포스트모던한 글쓰기에 대해서는 별로 신경을 쓰고 있지 않으며 (……) 문학비평이 '그에게' 효용성이 있는 것은 소설이 어떻게 만들어지는지에 대해 보여줄 때뿐"이라고 대답한 바 있는데, 이는 그가 얼마나 서사에 충실하고자 하는 고전적인 작가인지를 웅변적으로 말해주는 대목이 아닐 수 없다. 그래서 하 진의 소설은 실험성이 강한 포크너나 조이스의 모더니즘 소설보다는 서사적 충동이 강한 하디, 그린, 특히 그의 문학적 스승이라고 할 수 있는 체호프의 소설에 가깝다.

하 진의 소설 미학은 무릇 소설이란 "지나가는 사람도 걸음을 멈추고 귀를 기울이게 만드는 스토리"를 갖고 있어야 한다는 하디의 입장에 가깝다. 그만큼 하 진의 소설은 드라마틱하다. 거기에 시각적이고 회화적인 이미지까지 가미되다 보니 더욱 흥미진진하지 않을 수 없다. 아이들이 휘두르는 손도끼에 맞아 모가지가 덜렁거리며 길길이 뛰는 수탉, 다른 돼지에게 물어뜯겨 땅에 떨어져 박쥐처럼 파닥이는 돼지의 귀때기, 가위로 싹둑 잘린 남자의 고환과 피투성이 사타구니, 돼지한테 물어뜯겨 너덜너덜한 허벅지 살, 전기목욕을 당하는 동성애자의 고통스러운 얼굴, 전쟁의 와중에서 배에 새겨진 문신(FUCK…U…S), 머리가 깎인 채 공개적인 인민재판을 당하는 아름다운 여자의 머리에서 흘러내리는 잉크 등, 시각적인 이미지가 도처에 깔리면서 스토리가 흥미를 더해가는 것이다.

그렇다고 하 진의 모든 소설이 드라마틱하다는 말은 결코 아니다. 소설에 따라서는 드라마틱한 경우가 덜하거나 밋밋한 경우도 더러 눈에 띈다. 그러나 놀라운 것은, 그가 체호프의 단편소설에 대해 했던 말처럼, "극적인 부분이 없을 경우에도, 세부적인 것들이 모두 응집되면서 모든 것이 어떻게 해서든 통일성을 갖추고 있"다는 사실이다. 놀라운 균형감각이 아닐 수 없다. 그의 소설이 언제나 맛깔스럽게 느껴지는 것은 그러한 통일성과 균형감각에서 기인하는 현상이다.

그런데 평범하고 간결하고 서술적인 문장을 사용하다 보니, 하 진의 소설은 얼핏 보면 전혀 힘을 안 들이고 쓴 것 같은 인상을 준다. 누구나 구사할 수 있는 문장이다 보니, 독자가 자신도 그렇게 쓸 수 있다고 착각하게 되는 것이다. 그러나 우리는 그것이 아주 고도로 계산된 평범함이자 간결성이요 서술성이며, 그것이 "적어도 스무 차례" 혹은 그 이상에 걸친 교정의 결과라는 사실을 유념해야 한다. 달리 말해, 하 진이 일정한 미학적 효과를 위해서 간결하고 평범한 문장과 서사구조를 의도적으로 사용하고 있다는 말이다. 그의 소설이 감정의 과잉을 용납하지 않고 언제나 절제되어 있는 것은 바로 이러한 이유 때문이다. 독자가 재미로 읽는 하 진의 소설이 사실은 '격렬한 노동'의 결과인 것이다. 더욱이 그것이 자신의 모국어가 아니고 영어로 하는 '노동'인 바에야 더 이상 말할 것도 없다. 지금까지 그가 쓴 소설의 배경이 대부분 중국이며 등장인물들이 한결같이 중국인들이라는 점을 감안하면, 영어로 글을 쓰는 '노동'이 어느 정도의 격렬함을 필요로 하는 것이었을지 어렵지 않게 짐작할 수 있다. 하 진은 전과 달리 이제는 영어로 소설을 구상한다고 하지만, 등장인물들 사이의 대화만큼은 중국어에서 영어로 번역하는 과정을 거친다고 한다. 등장인물이 중국인들이다 보니, 그들 사이의 대화가 중국어로 떠오르는 것이다. 문제는 중국어의 자연스러움을 영어로 옮기는 데 노동이 필요하다는 것이다. 하 진이 "영어는 개인적인 비극이었다"는 나보코프의 말을 '차츰' 이해하게 된 것은 그러한 일련의 '고통'을 통해서였다고 한다.

고통을 마다하지 않고 날이면 날마다 창작에 매달리는 하 진에게 유일한 위안이 되어준 것은 영어라는 언어에는 그것을 모국어로 하지 않는 작가들이 주요 작가나 위대한 작가가 된 "거대한"grand 전통이 있다는 사실이었다. 여기에서 그가 말하는 "거대한 전통"이란 구체적으로, 폴란드 출신으로서 20여 년간 선원 생활을 하다가 30대 후반에 영국에 정착하여 소설을 써 "위대한" 영국 작가가 된 콘래드, 모국인 러시아를 떠나 위대한 영어권 작가가 된 나보코프 등이 확립한 "전통"을 의미한다. 하 진은 영어권에 존재하는 그 전통에서 가능성을 보고, 자신한테 "오리지널한 것이 아무것도 없지만" "운"이 따르고 "능력"과 그러한 작가들이 거쳤던 길을 따를 "용기"가 있다면 창작이라는 게 해 볼 만한 것이라고 생각했다고 한다.

그렇다고 처음부터 그가 언어적인 핸디캡을 자청하면서 무작정 영어로 글을 쓰기 시작한 건 결코 아니었다. 1985년에 미국으로 건너가 브랜다이스 대학(미국 유대인들의 하버드라 일컬어지는, 보스턴에 있는 대학)에서 영문학 박사 과정을 이수할 때만 해도, 그는 중국으로 돌아갈 생각이었다. 그래서 박사 논문도 엘리엇, 오든, 파운드, 예이츠의 시를 대상으로 한 것이었다. 그들이 한결같이 중국 문학이나 문화와 관련이 있는 모더니즘 시인들이었기에 의도적으로 그렇게 선택한 것이었다. 이는 그의 박사 학위 논문이 중국의 "인력 시장"을 겨냥한 논문이었다는 말이다. 그는 작가가 되고 싶은 야망도 없었고, 그의 말을 그대로 옮기면, 만약 중국으로 돌아갔다면 "번역가"나 "미국 문학 연구자"가 되어 안정된 생활을 했을 것이라고 한다. 그런데 그의 삶에 획기적인 전기가 된 것이 1989년에 일어난 천안문 대학살 사건이었다. 당시, 박사 논문을 쓰고 있던 하 진은 비폭력적인 민주화 운동을 벌이던 학생들을 짓밟고 학살한 중국 공산당 정부에 환멸을 느껴 "그런 정부를 위해서는 더 이상 봉사할 수 없다"라고 생각하고 미국에 머물기로 결정했다. 이는 대단히 정치적이고도 개인적인 결단이었다.

그런데 문제는 그다음부터였다. 중국의 "인력 시장"을 겨냥한 그의 박사 논문은 미국의 학문 현실에서 보면 다소 생뚱맞은 것이었다. 그가 그러한 논문으로 미국 대학에서 직장을 잡기란 거의 불가능한 일이었다. 바로 이것이 그가 창작에 눈을 돌린 이유였다. 창작은 그때의 그에게는 먹고사는 문제였다. 결국 그는 창작을 통해 유명 대학(에머리 대학, 보스턴 대학)에 자리를 잡을 수 있었다. 여기에서 다소 장황하게 그의 이력을 언급한 것은 그가 콘래드나 나보코프처럼 위대한 작가가 되려고 처음부터 작정하고 언어적인 "절름발이" 상태를 택한 게 아니라 우연히, 그것도 중국의 비극적인 역사 때문에 아주 우연히, 그렇게 된 것이었다는 사실을 강조하기 위해서다. 역사가 개인의 삶을 송두리째 바꿔놓은 셈이었다.

콘래드가 생전에 영국에서 필명을 떨치면서 폴란드인들로부터 조국을 "배반"했다는 이유로 혹독한 비난을 받은 것처럼, 하진도 "영어로 글을 쓰면서 중국을 배반했다는 이유로 수없이 공격을 당했다". 그의 말을 옮기면 "어떤 사람들은 '그가 오직, 외국 독자들의 구미에 맞는 글을 쓰느라 중국을 왜곡하고 있다고 비난하고, 어떤 사람들은 '그가 저속한 말을 사용한다고 비난했다". 그가 나에게 중국을 가리켜 "증오와 중상모략이 날뛰는 제정신이 아닌 나라"라고 한 것은 중국의 언론이나 비평가들로부터 인신공격을 당하면서 그간 얼마나 마음고생이 심했는지를 잘 말해준다. 이렇게 보면, 중국은 여전히 집단적인 린치로부터 자유롭지 못한 나라가 아닌가 싶다.

집단과 이데올로기를 우선시하는 중국 공산당의 입장에서는 하 진이 당연히 못마땅했을 법하다. 그의 소설이 집단이 아니라 개인에, 그것도 집단에 희생당하는 개인에 초점을 맞추고 있기 때문이다. 그가 그리는 중국 역사는 중국 정부나 권력, 집단 이데올로기가 아니라 철저하게 개인의 눈을 통한 것이다. 그의 단편소설들도 그렇거니와 장편소설들도 마찬가지다. 아이러니컬하게도 중국 문화를 초토화시킨 듯한 인상을 주는 문화혁명도, 자신의 삶의 방향을 송두리째 바꿔놓은 비극적인 천안문 사태도, 동북아 정세에 막대한 영향력을 행사했을 뿐만 아니라 중국도 나름대로 큰 몫을 담당한 한국전쟁도 개인적인 시각에서 조명된다. 그가 『전쟁 쓰레기』에 대해 언급하면서 "전쟁 문학은 보통의 군인이 아닌 영웅들에 관한 것"이어서 "평범한 군인이 전쟁에 대해서 어떻게 느끼고 반응하는지에 대해서는 얘기하지 않는 경우가 대부분"이기 때문에 "평범한 사람의 시각에서 실질적인 이야기를 해보고 싶었"다고 한 말은 천안문 사태를 개인의 시각에서 다룬 『광인』이나 문화혁명의 와중에 시달리는 중국인들의 면면을 그린 단편소설들에 두루두루 적용될 수 있는 말이다.

"역사를 소설로 바꾸는 것"이 자신의 "야심"이라는 하 진의 말은 이러한 맥락에서 보면 수긍이 가는 발언이 아닐 수 없다.

하 진은 자신의 그러한 야심을 가리켜 "유치하고 단순하고 순진하기까지 한" 것이라고 했지만, 지금까지 그가 중국의 근대사와 개인의 역학관계를 유례가 없을 정도로 빼어나게 형상화해온 걸 보면 그 단순함은 유치하거나 순진한 게 아니라 오히려 심오한 것이다. 어차피 개인은 역사 속의 존재일 수밖에 없으니, 그 "야심"이 허무맹랑한 것이라고는 할 수 없을 터이다. 역사는 하진의 소설 속에서 이처럼 개인화되고 인간화된다. 그의 소설을 읽으면서 느끼는 비애감은 개인이 집단, 역사, 이데올로기, 공산당, 권력과의 역학관계에서 억압당하고 소외당하는 면면을 작가가 처연하고도 "가슴이 아프도록 아름답게" 그리고 있기 때문이다. 그의 소설을 읽으면서 억압받고 눌리고 으깨지고 뒤집힌 개개인에 대한 작가의 넓은 가슴과 페이소스가 느껴지고, 개인과 자유의 소중함이라는 하 진의 메시지가 거부감 없이 다가오는 이유도 여기에 있다.

하 진이 발표한 시들도 이런 점에서는 그의 소설과 맥을 같이한다. 그는 소설가로 유명세를 타게 되었지만 『침묵 사이에서』 『그림자를 바라보며』 『난파』 등 세 권의 시집을 출간한 시인이기도 하다. 그의 시들은 한 평자에 따르면, "20세기 후반의 중국 역사 속에서 산다는 것이 무슨 의미인지에 대한 심오한 명상"이다. 그의 스승인 비다르트는 『침묵 사이에서』를 가리켜 "심오한 책이며 사건"이라고 했다. 여기에서 "사건"이란 문학사에 획을 긋는 역사적 사건이라는 의미인데, 이는 대단한 평가가 아닐 수 없다. 그의 소설이 역사를 펼쳐놓은 것이라면 그의 시는 역사에 대한 명상곡이라고 할 수 있다. 그래서 그의 소설과 시는 상호 보완적이다. 시를 읽지 않는 현실이고 시대이기에 주변부로 밀려나 있긴 하지만, 그의 시에는 하 진만의 독특한 목소리가 담겨 있다. 그의 소설이 종종, 처연하고 시적인 속성을 띠는 것은 이런 점에서 보면 결코 우연이 아니다. 그의 소설이 그러한 것처럼 그의 시도 문화혁명과 근대사의 소용돌이를 감내하며 살아야 했던 중국인들의 개인적인 슬픔과 두려움과 공포를 놀랍도록 간결한 시어로 담아내고 있다.

그렇다고 하 진이 이후로도 계속 중국 역사에 매달릴 것 같지는 않다. 지금까지 그가 쓴 일련의 소설들은 한결같이 그가 태어나 성장했던 중국사회를 배경으로 하고 있지만, 그것은 어디까지나 그가 자신의 색깔을 드러내고 입지를 다지기 위한 초석이었고, 그가 내게 밝힌 바처럼, 이후의 소설은 자신과 같은 이민 1세대의 삶을 그리는 것이 될 것이라고 한다. 이민자들을 그린 대부분의 소설들이 영어를 모국어로 하는 이민 2세대나 3세대에 의한 것이라는 점을 감안하면, 하 진이 집필 중인 1세대 소설은 소중한 것이 아닐 수 없다. 하 진과 같이 화려한 비평적 각광을 받고 있는 장인의 손에 의해 1세대 소설이 쓰이게 된다는 것은 우리의 기대감을 한껏 고조시킨다. 그가 쓴 소설들이 (기적이라고 일컬어도 과언이 아닐 정도로) 하나도 예외 없이 출판되면서 미국 문단을 들썩거리게 했을 만큼 수준 높은 것이었다는 점을 감안하면 더욱 그렇다.

세상일이라는 게 언제나 그러하듯이 결과물이 나와야 알 수 있는 것이라 어디까지나 가정적이고 잠정적인 의미에서 말할 수밖에 없지만, 만약 그가 지금까지 보여준 바와 같은 예술적 완성도를 갖춘 소설들을 이후로도 계속 발표한다면, 하 진은 지금보다 한층 더 확고하게 미국 문학의 한자리를 차지하게 될 것이다. 그렇게 되면, 미국의 한 비평가가 말한 바처럼 그가 미래에 "노벨문학상을 받게 된다 해도 놀라운 일은 아닐" 것이다.

하 진은 평범하고 서술적인 문장으로 미국 문학을 정복한 작가이다. 그의 천재적인 예술성과 독특한 경험, 그리고 우리의 입을 벌어지게 만드는 인내심과 노력이 그것의 원동력이었다. 미국 문학은 놀라운 통일성과 균형감각, 예술성과 절제미를 두루두루 갖춘 길출한 리얼리스트를 배출한 셈이다. 조금 과장해서 얘기하면, 자기들이 사는 곳이 이 세상의 전부인 듯 의식이 닫혀 있고, 알게 모르게 오만하고 제국주의적이며, 어쩐지 빈혈에 걸린 듯이 보이는 미국 작가들은 유교 문화와 이데올로기와 역사의 무겁고도 고단한 짐을 어깨에 걸머지고 바다를 건너온 리얼리스트에게서 많은 걸 배우고 자양분을 얻게 될 것이다. 그들이 지금껏 하 진의 소설에 열광한 것은 부분적으로는 그런 이유에서였다.

그러고 보면 내가 서두에 언급한, 소설을 읽으면 읽을수록 까다로워지고 까탈을 부리는 나의 '못된' 습관은 하 진의 소설 앞에서는 맥을 못 추고 만 셈이다. 그런데 맥을 못 추게 된 것, 그것이야말로 대단한 즐거움이었다.

찰스 존슨
Charles R. Johnson

● **찰스 존슨** *Charles R. Johnson*

1948년 미국 일리노이 주 에반스턴 출생. 일리노이 대학에서 저널리즘과 철학을 전공했으며 삼십대 초반에 불교에 귀의했다. 찰스 존슨의 작품세계는 미국 문학에서 유례를 찾기 힘든, 철학적인 사유와 문학이 어우러진 세계이다. 미국 최고의 문학상 중 하나인 전미 도서상, 미국 학술원상, 오 헨리상을 비롯한 다양한 문학상을 수상했다.

· **주요 작품목록**

『믿음과 좋은 것Faith and the Good Thing』『소 길들이기Oxherding Tale』『중앙 행로Middle Passage』『미국의 아프리카인들Africans in America』『꿈꾸는 사람Dreamer』『영혼잡이 Soulcatcher』『킹 목사의 냉장고Dr. King's Refrigerator』등의 소설이 있다.

불교적이고 철학적인 흑인 소설가

● ● ●

전미 도서상 수상 작가 **찰스 존슨**

『중앙 행로』로 전미 도서상을 수상한 찰스 존슨은 1948년, 일리노이 주 에반스턴에서 태어났다. 일리노이 대학에서 저널리즘과 철학을 전공했으며 30대 초반에 불교에 귀의했다. 『꿈꾸는 사람』, 『영혼잡이』, 『킹 목사의 냉장고』, 『중앙 행로』, 『소 길들이기』, 『믿음과 좋은 것』 등의 소설을 발표했으며 미국 최고의 문학상 중 하나인 전미 도서상, 미국 학술원상, 오 헨리 상을 비롯한 다양한 문학상을 수상했다. 2005년에 세상을 떠난 미국 드라마의 거장 오거스트 윌슨August Wilson이 그를 가리켜 "미국 문학에서 찾아보기 힘든 오리지널한 작가"라고 했을 정도로, 찰스 존슨의 작품세계는 미국 문학에서 유례를 찾기 힘든, 철학적인 사유와 문학이 어우러진 세계이다. 그는 스탠포드 대학의 신입생 필독 도서가 된 『중앙 행로』의 소설 집필을 위해 17년에 걸쳐 자료조사를 했을 만큼 철저하고 성실한 작가로 알려져 있다. 소설 외에도 철학, 불교, 무술에 해박하고 문학과 철학, 문화에 관련된 다양한 글을 썼으며, 100편이 넘는 만화와 삽화를 그린 만화가/삽화가이고, 미국공영방송PBS의 시나리오 작가였기도 한 찰스 존슨은 현재, 워싱턴 대학의 석좌교수로 있다. 『찰스 존슨의 영적 상상력』Charles Johnson's Spiritual Imagination, 『찰스 존슨 이해하기』Understanding Charles Johnson, 『찰스 존슨의 소설들』Charles Johnson's Novels: Writing the American Palimpsest, 『찰스 존슨의 소설』Charles Johnson's Fiction 등처럼 그의 작품에 관한 논문들과 연구서는 물론이고 '찰스 존슨 학회'가 생길 정도로 많이 연구되는 소설가이며, 작가로서는 특이하게 철학박사 학위를 소지하고 있다. 소설에 영적이고 구도적이며 철학적인 특성을 가미함으로써 미국 문학을 한 차원 끌어올렸다는 평가를 받고 있다.《불교도 리뷰》Tricycle: The Buddhist Review 객원 편집자이며 미국 학술원의 종신 회원이기도 한 찰스 존슨 교수를 2005년 10월 13일 오후 3시, 시애틀에 위치한 워싱턴 대학의 연구실에서 만났다. 대담은 아주 역동적이고 흥미로웠으며, 가까이에서 본 작가는 독특하고도 겸손한 사람이었다. 동양에서 온 대담자보다 동양의 정신을 더 잘 알고 있는 듯해 신선했다.

왕은철 우선, 언제부터 소설을 쓰기 시작하셨는지 말씀해주시겠습니까?

존슨　저는 지난 40년간 꾸준히 소설가이자 만화가이자 삽화가로 활동해왔습니다. 고등학교에 다닐 때 작업했던 만화들과 세 편의 단편소설이 1965년 학교 신문에 발표되면서부터였으니 꽤 오래된 일입니다. 『나는 스스로를 예술가라고 부른다』I Call Myself an Artist와 같은 최근의 선집選集에 그 당시의 작품들이 재수록되어 있습니다. 맨덜봄Paul Mandelbaum의 선집인 『첫 단어들』First Words에도 제 초기 작품들이 수록되어 있습니다.

왕은철　작가가 된 계기나 목적이 있었습니까?

존슨　제가 1970년대에 소설을 쓰기 시작했을 때 하고자 했던 것은, 지금도 그렇지만, 미국 소설에 철학적인 차원을 복원시키는, 서양과 동양의 영원한 문제들을 극화하는 상상적인 이야기들을 쓰는 것이었습니다. 저는 논픽션, 시나리오, 비평 등과 같은 다양한 형태의 글쓰기를 시도했는데, 철학적인 내용이 늘 그 중심에 있었습니다. 20세기 미국에는 이러한 형태의 문학이 거의 없습니다. 특히 흑인 문학에는 없습니다.

왕은철　그렇다면 19세기 미국 문학에는 그게 있었다는 말씀인데, 가령 누가 철학적인 내용의 문학작품을 썼습니까?

존슨　멜빌, 에머슨, 호손 등과 같은 19세기 작가들은 철학적인 작가들이었습니다. 20세기에도 그러한 작가들이 전무한 것은 아닙니다. 벨로, 가드너, 엘리슨, 투머Jean Toomer, 라이트Richard Wright 등의 작품은 그런 계열입니다.

왕은철 철학적인 내용이 부재한 이유가 어디에 있다고 생각하십니까?

존슨 지식인에 대한 불신, 상아탑이라고 일컬어지는 대학에 대한 불신, 고급문화를 잠식하는 자본주의 등이 문제였다고 생각됩니다. 그렇다고 미국에 철학이 없다는 말은 아닙니다. 실용주의라는 것이 있지 않습니까. 하지만 그것은 자본주의와 결탁한 철학 아닌 철학이라고 할 수 있습니다. 그리고 저널리즘 성향의 글이 많아진 데서도 그 원인을 찾을 수 있을 것입니다. 문학에서 철학이 사라져버린 것입니다. (프랑스 문학은 이런 점에서 예외라고 생각됩니다.)

왕은철 당신은 '아프리카계 미국인'African American이라고 알고 있습니다. 인종적, 문화적 입장에서 당신의 글쓰기를 어떻게 정의하시겠습니까? 아니, 그것들은 상호 관련적인 것입니까?

존슨 제 인종적인 입장에 관해서는 제가 지금까지 발표한 작품들을 보면 아주 분명히 알 수 있을 것입니다. 저는 우리의 역사서에서 무시되었던 흑인들의 소외된 역사를 극화하고자 했습니다. 저는 '아프리카계 미국인'이라는 말을 거의 사용하지 않습니다. 정확한 것이 아니기 때문입니다. 그 말대로 하면, 대통령 후보였던 존 케리John Kerry의 백인 부인은 사실, 아프리카에서 태어났기 때문에 '아프리카계 미국인'이라 할 수 있을 것입니다. 그래서 『미국의 아프리카인들』을 위해 집필했던 열두 편의 단편소설들, 마틴 루서 킹 목사에 관한 소설 『꿈꾸는 사람』, 노예 문학에 관한 소설 『중앙 행로』 등과 같은 작품에서 저는 미국에서 태어나 교육 받고, 미국의 정치적, 경제적, 문화적 삶의 모든 차원에 영향을 미쳤던 흑인들에 초점을 맞췄던 것입니다.

왕은철　저도 '아프리카계 미국인'이라는 용어가 부정확하다는 데 동의합니다. 백인을 가리켜 독일계 백인, 프랑스계 백인, 영국계 백인, 폴란드계 백인 등으로 매번 수식어를 붙이지는 않지 않으니까요. 이런 현상은 이 나라가 백인의 나라라는 건 전제하고 있는 것처럼 보이는데 어떻게 생각하십니까?

존슨　물론 백인들이 서로 다른 나라에서 이곳에 왔다는 것은 사실입니다. 동시에 우리는 19세기 후반과 20세기 초반까지는 유대인들과 아일랜드인들, 폴란드인들, 이탈리아인들, 슬라브인들(슬라브라는 말에서 노예slave라는 말이 생겨났습니다)은 백인 앵글로색슨 개신교도WASP 그룹에 포함되지 않았다는 사실을 유넘해야 할 것입니다. 그들은 백인들과 다른 '열등한' 인종으로 종종 묘사되었습니다. 두 보이스W.E.B. Du Bois의 에세이 『인종들의 보존』The Conservation of Races뿐만 아니라 잭 런던Jack London의 작품에서도 그러한 형태의 분류들을 찾아볼 수 있을 것입니다. 제 입장을 말씀드리면, 인종의 개념은 환상 중에서도 최대의 환상이라는 것입니다. 유전학과 DNA 전문 과학자들은 인종들 사이에서보다 한 인종 내에 더 많은 차이점들이 존재한다는 사실을 지적하고 있습니다.

왕은철 노예 무역에 관한 소설인 『중앙 행로』를 쓰실 때, 자료조사를 광범위하게 하셨을 것 같은데 어떻습니까? 그리고 그 소설을 통해서 성취하고자 한 특별한 게 있었습니까?

존슨 저는 대학 4학년이던 1971년에 초고를 쓰려고 시도했습니다. 장편소설을 쓸 생각이었습니다. 그런데 그것이 실패로 돌아갔습니다. 하지만 대서양 노예무역에 관해 그때 시작했던 자료조사는 이후 17년 동안 계속됐습니다. 당신이 갖고 있는 소설은 1983년과 1989년 사이에 쓰인 것입니다. 그것은 역사적 사실에 대한 자료조사뿐만 아니라 제가 6년여에 걸쳐 읽었던 모든 해양 소설을 통합한 것입니다. 저는 아폴로니우스Appolonius of Rhodes의 『아르고 선의 항해』The Voyage of Argo에서부터 시작하여 멜빌Herman Melville의 해양 소설들, 항해일지와 해양사전, 런던 사투리에 관한 연구서 등 모든 것을 다 읽었습니다. 그것은 제 소설 속에 나오는 허구적인 노예선 '리퍼블릭 호'the Republic에 승선하고 있는 백인 선원들의 언어를 올바르게 재현하고 개별화시키기 위한 목적에서였습니다. 그렇습니다. 그 소설을 쓰기 위한 자료조사는 학위논문을 위한 자료조사에 버금갈 만큼 광범위한 것이었습니다. 다른 소설들도 그 점에서는 마찬가지였습니다. 『꿈꾸는 사람』을 집필하는 데는 7년여의 시간이 걸렸습니다. 저는 그것을 집필하기 전에, 킹 목사와 관련된 모든 것을 찾아서 읽었습니다. 심지어 연방수사국FBI의 문서까지 뒤져서 읽었습니다. 그렇게 하고 나니까, 킹 목사를 더 잘 이해하게 됐습니다. 미국인들은 킹 목사의 말을 걸핏하면 인용하지만, 그분의 사상과 세계관을 제대로 이해하는 사람은 놀라울 정도로 소수입니다.

왕은철 당신의 철저함이 놀랍고도 존경스럽습니다. 당신은 아예 연구의 수준으로 작품을 쓰시는 것 같습니다.

존슨 의미 없는 작품을 쓰고 싶지 않기 때문에 무리를 하면서까지 그렇게 하는 것입니다. 자료조사도 그렇지만, 실제의 글쓰기 과정도 힘들기는 마찬가지입니다. 저는 첫 번째 초안을 써놓고, 군더더기 말이 하나도 남지 않았다고 생각될 때까지 수없이 고치고 또 고칩니다. 그 과정에서 길었던 것이 원래의 반이나 삼분의 일 정도로 줄어드는 경우도 많습니다.

왕은철　이번에는 당신이 흑인 작가라는 점을 감안하여 '타자'의 형상화에 관련된 질문을 드리고자 합니다. 문학에서는 늘, '타자'의 문제가 대두됩니다. 미국 문학에서는 특히 그렇습니다. 한 작가가 '타자'에 해당하는 사람들을 제대로 반영할 수 있다고 생각하십니까? 백인 작가들의 소설에 나오는 흑인 인물들에 대해서는 어떻게 생각하고 계십니까? 가령, 마크 트웨인의 『허클베리 핀의 모험』에 나오는 짐이라는 흑인 인물을 당신은 어떻게 보십니까? 백인 작가 중에서 흑인 인물을 제대로 그린 작가가 있으면 예를 들어주십시오.

존슨　우리가 인종적으로, 성적으로, 혹은 문화적으로 우리와 다른 인물들을 그릴 때는 언제나 문제가 발생합니다. 우리는 유색인들에 대해서 충분히 '안다고' 생각했던 과거의 유럽 백인 작가들한테서 엿볼 수 있는 오만함보다는, 타자에 대한 존재론적인 겸손함과 진실성을 갖고 그들에게 접근해야 합니다. 트웨인의 소설에 나타난 흑인 '짐'은 어린애처럼 묘사됩니다. 스토 Stowe의 『톰 아저씨의 오두막』Uncle Tom's Cabin에 나오는 '톰'도 마찬가지입니다. 그 작가들은 노예제도가 존속하던 시절에, 자신들이 흑인들에 대해 동정적인 입장에서 글을 쓰고 있다고 생각했습니다. 하지만 이 허구적 흑인들의 삶에서 빚어지는 관계와 사건들은 다른 흑인 성인들과의 사이에서가 아니라 두 명의 백인 아이 즉 헉^{Huck}과 에바^{Eva}의 삶과 밀접하게 관련되어 생기게 됩니다. 그렇게 되면서 노골적으로 비굴하고 인종차별적인 작가의 시각이 드러납니다.

당신에게 싱클레어 루이스$^{Sinclair\ Lewis}$가 1947년에 발표한 소설인 『왕의 가문』$^{Kingsblood\ Royal}$을 읽어보기를 권하고 싶습니다. 2001년 모던 라이브러리 출판사에서 발행한 그 소설의 서문을 제가 썼는데, 저는 그 작가가 흑인들을 형상화하려고 얼마나 세심한 자료조사를 했는지 지적한 바 있습니다. 그는 소설 하나하나를 쓰기 전에 철저하게 자료조사를 했던 작가였습니다. 그의 소설들에 나오는 다양한 흑인 인물들은 그래서 설득력이 있으며 또 정확합니다.

왕은철 정확하게 기억할 수는 없지만, 헤밍웨이는 모든 미국 소설이 『허클베리 핀의 모험』에서 출발한다고 말한 바 있습니다. 동의하십니까? 당신은 학자로서, 그 소설이 미국 학교에서 가르쳐야 하는 최고의 소설 중 하나라고 생각하십니까?

존슨 많은 흑인들이 그러하듯이, 저도 트웨인의 『허클베리 핀의 모험』에 문제가 많다고 생각합니다. 헤밍웨이도 문제가 많긴 마찬가지입니다. 미국 소설이 그 소설에서 출발했다고 하는 것은 말도 안 되는 소리입니다. 하지만 헤밍웨이는 다른 사안에 대해서도 틀린 말을 많이 했던 작가이지 않습니까. 저는 헤밍웨이가 다루고 있는 주제가 (투우, 사냥, 그리고 다른 폭력적인 행위들처럼) 정서적으로 미숙한 것들이며 그가 "주된major 예술을 주가 아닌minor 삶의 비전으로 몰고 갔다"는 앨프레드 케이진Alfred Kazin의 평가에 동의합니다.

왕은철　현대 백인 작가들의 문제는 무엇입니까?

존슨　어쩌면 역사의 이 시점에서, 백인 소설가들이 갖고 있는 가장 큰 단점은 그들 대부분이 유럽 중심적이며, 백인들의 삶과 역사와 관념의 렌즈를 통해서만 세상을 바라본다는 것입니다.

왕은철　그렇다면 흑인 작가들은 백인 인물들을 제대로 형상화할 수 있다고 생각하십니까?

존슨　당신은, 유색인들이 현저하게 백인 중심적인 사회에서 성장하는 과정에서, 제가 말하는 이른바 "다중의식"poly-conscious-ness을 가져야 한다는 사실을 이해해야 할 것입니다. 유색인들은 백인들과 같은 깊이와 통찰력으로 백인들의 문화적 생산품들을 '읽을' 수 있어야 합니다. 이것은 유색인들에게는 생존의 문제이며, 그것은 학교에서부터 시작됩니다. 가령, 흑인들은 학점을 잘 받으려면, 백인 동급생들만큼 셰익스피어를 잘 읽어내고 그에 관해 글을 쓸 줄 알아야 합니다. '또한' 그들은 백인들이 굳이 배우려고 하지 않는 것들, 즉 17세기까지 거슬러 올라가는, 미국 흑인들의 소외당하고 억눌렸던 역사와 문화적 행위들에 대해 알아야 합니다. 위대한 소설가인 랠프 엘리슨Ralph Ellison을 예로 들어보겠습니다. 그는 최고의 미국 백인 문학과 재즈, 프로이트와 마커스 가비Marcus Garvey, 제임스 조이스와 '준틴스' Juneteenth(노예해방기념일, 1865년 6월 19일)라고 알려진 흑인 축제의 역사적 의미에 대해서 알고 그걸 음미해야 했습니다.

그런데 실존적인 의미에서 보면, 백인 중심적 사회에서 소수에 해당하는 유색인들은 필요에 의해서, 인종적 선을 넘나드는 글쓰기를 하는 데 더 좋은 위치에 있다고 할 수 있습니다.

왕은철 그런데 당신의 소설을 보면 대부분이 흑인들에 집중되어 있는 것처럼 보입니다. 그건 당신이 흑인이기 때문에 그리한 겁니까? 아니면 특별한 이유가 있습니까?

존슨 제가 쓴 소설 중 어떤 것들은 인종적인 문제와 아무런 관련이 없는 내용입니다. 예를 들면 「쿤」Kwoon이 그렇습니다. 인종에 관한 내용이 아니기 때문입니다. 「여왕과 철학자」The Queen and the Philosopher도 마찬가지입니다. 그 소설은 스웨덴의 크리스티나 여왕이 지배하던 17세기 궁정을 배경으로, 데카르트의 마지막 날들을 형상화한 것으로, 흑인이 전혀 등장하지 않습니다. 하지만 일반적으로 얘기하면, 저는 소크라테스 이전의 서구 사상가들과 부처의 시대로 거슬러 올라가는 철학적인 문제들을 탐색하는 흑인 인물들이 등장하는 소설들을 써왔습니다.

왕은철 미국 문학의 영원한 주제 중 하나는 정체성의 문제인 것처럼 보입니다. 제 말이 틀리다면 지적해주십시오. 그런데 제 생각에 정체성이라는 것은 고착된 것이 아니고, 늘 바뀌고 조성돼야 하는 것이 아닐까 싶은데 어떻게 생각하십니까?

존슨 당신의 말에 전적으로 동의합니다. 그것에 관한 제 입장은 언제나, 우리가 문화적인 혼혈아mulatto 혹은 잡종mongrel이라는 것입니다. 우리는 자신들의 인종적 삶을 점검하면서, 아프리카 철학자 앤서니 아피아Anthony Appiah가 그의 『내 아버지의 집에서』In My Father's House에서 지적했던, "우리 모두는 이미 서로에 의해 오염되어 있다"라는 사실을 발견하게 됩니다. 더욱이 우리가 '정체성'이라고 부르는 것은 결과라기보다는 과정이며, 명사라기보다는 동사입니다. '자아'는 구성된 것일 뿐입니다.

왕은철 미국의 많은 흑인 작가들이 재즈로부터 영향을 받았다는 말을 했습니다. 오거스트 윌슨, 랭스턴 휴즈Langston Hughes, 토니 모리슨은 물론이고 다른 작가들이 많이 그랬습니다. 당신의 경우는 어떻습니까?

존슨 저는 그런 말을 할 수가 없을 것 같습니다. 재즈는 제가 심각하게 연구해본 바가 없는 것 중의 하나입니다.

왕은철 당신의 소설 『꿈꾸는 사람』은 마틴 루서 킹 목사의 삶에 관한 것입니다. 어떤 점에서 그가 그렇게 중요합니까? 역사적 인물을 기반으로 한 소설을 쓴 목적이 무엇이었습니까?

존슨 킹 목사는 14년에 걸친 목회를 통해, 흑인들의 가장 깊은 이상들만이 아니라 미국 민주주의의 토대가 되는 원리들과 헌법, 그리고 그것에 관련된 문서에 기술된 이상들을 감동적으로 설파했습니다. 그는 몽고메리 버스 보이콧 사건(1955년 12월 1일에 앨러배마 주 몽고메리 시에서 시작된, 흑백차별에 반대하는 버스 타기 거부운동)에서부터 시작하여 1968년에 세상을 떠날 때까지 미국에서 가장 두드러졌던 도덕 철학자였습니다. 종교적인 사랑, 우리의 경험에 있어서 존재론적인 사실로서의 통합, 영적인 것을 기초로 하는 비폭력적인 삶을 살아야 할 필요성에 대한 그의 비전은 그가 40년 전에 처음 얘기했을 때보다 오히려, 전쟁과 갈등에 의해 갈기갈기 찢겨진 현재의 세계에 더 적합한 것이기도 합니다.

왕은철   흑인들이 전보다 더 자유로운 상황에 있다고 생각하십니까?

존슨   흑인들이 노예제도와 인종분리 정책이 시행되던 때보다 자유롭지 않다고 말하는 사람은 없을 것입니다. 레지날드 맥나이트$^{Reginald\ McKnight}$가 언젠가 말했던 것처럼, 흑인들의 삶의 형태는 "시바의 댄스처럼 다양합니다". 소수의 흑인들이 가난에 갇혀 있는 반면, 건강하고 아주 두드러진 형태의 흑인 중산층이 1960년대 이래로 출현했습니다. 흑인들은 국무장관, 국가안전고문, 시장, 과학자 및 발명가들, 우주비행사, 교수, 유명회사의 최고경영자, 텔레비전 호스트, 배우, 할리우드 감독 등, 각 방면에서 일하고 있습니다. 다만, 후안무치하게 유럽 중심적이고 백인 중심적인 사회에 사는 우리 흑인들이 유념해야 할 것은 흑인들—특히 흑인 남성들—에 대한, (이 사회의) "편협하기 짝이 없는 낮은 기대치"를 버리고, 지적인 호기심과 교육, 절제 등을 통해서 삶의 질을 높이고 그것을 후손에게 물려줘야 한다는 것입니다. 이건 제가 모레(10월 15일), 《월스트리트 저널》에 발표하는 글의 내용"("Shall We Overcome?")이기도 합니다.

왕은철   이번에는 흑인 작가들과의 관계에 대해서 질문하고 싶습니다. 당신한테 영향을 미친 흑인 작가들이 있습니까?

존슨   제가 작가로서 지향하고자 하는 철학적인 특성은 제가 존경하면서 성장한 진 투머, 리처드 라이트, 랠프 엘리슨의 작품에 구현되어 있습니다. 저는 그들에 관한 논문들과 에세이들을 많이 썼습니다.

왕은철   노벨문학상 수상 작가인 토니 모리슨과 같은 작가와의 관계는 어떻습니까? 당신의 생각에 공통점이 있다면 어떤 것이고, 차이점이 있다면 어떤 것입니까?

존슨   저와 모리슨은 소설에서 신화를 활용한다는 공통점이 있습니다. 그것이 유일한 공통점일 것입니다. 저는 모리슨과 달리, 철학 분야의 박사학위가 있으며—미국 역사에서 철학박사를 받은 흑인은 서른다섯 명에 불과합니다—불교도입니다. 그녀의 소설은 시적이긴 하지만 그렇게 지적이지는 못한 것 같습니다. 그리고 제 생각에 그녀의 소설은 삶의 복잡성을 제내로 반영하고 있지 못한 것 같습니다. 그녀의 주된 독자층은 여성들일 것입니다. 거의 언제나 여성을 중심에 놓고 있으니까요.

왕은철   며칠 전에 세상을 떠난 흑인 작가 오거스트 윌슨은 상당히 오랫동안 시애틀에 거주해왔다고 들었습니다. 그와 가까웠습니까? 그리고 그가 왜 그렇게 중요한 작가입니까?

존슨   오거스트 윌슨이 시애틀에 살았던 지난 15년 동안 그는 제 가장 가깝고 다정했던 친구 중 한 사람이었습니다. 세상을 보는 시각에 있어서 때로 의견이 달랐지만 우리는 아주 가까운 사이였습니다. 그가 세상을 떠났다는 것이 가슴 아픕니다. 우리는 저녁을 먹으면서 정치, 입자물리학, 흑인들의 문제, 피카소와 보르헤스의 창작과정 등 별별 얘기를 다 했습니다. 보통 일곱 시간에서 열 시간까지 계속 대화를 나누었습니다. 그는 미국 무대에 독특한 비전을 가져다준 작가입니다. 그는 미래의 세대들을 즐겁게 할 열 편의 희곡 '사이클'(미국 최고의 극작가라 일컬어지는 오거스트 윌슨이 20세기 미국 흑인의 경험을 서사적으로 극화한 열 편의 희곡)을 집필했습니다.

왕은철   당신이 불교에 관심을 갖게 된 계기는 무엇이었습니까? 불교는 당신에게 철학입니까, 아니면 종교입니까? 불교에서 얻은 바가 무엇입니까?

존슨   저는 성인이 된 이후로 평생 불교도였습니다. 열네 살이었을 때 처음으로 비파사나 명상을 했습니다. 제가 석가모니에게서 늘 발견했던 것은 가능한 인간적 선택 중에서 가장 혁명적이고 문명적인 철학적 비전입니다. 그것은 킹 목사의 꿈이었던 "사랑의 공동체"beloved community의 논리적인 확장이라고 할 수 있습니다. 그것은 저로 하여금 미국에 사는 흑인으로서의 제 삶을 끝없이 협상하게 하고, 메타(metta, 사랑과 친절)의 정신으로 지각 있는 존재들을 대하게 만들고 작가, 교사, 남편, 아버지, 아들, 동료, 학생, 편집자, 이웃, 친구, 시민으로서의 제 의무를 헌신적으로 할 수 있게 해줍니다.

왕은철　불교는 당신에게 긍정적이고 낙관적인 것의 토대가 되는 모양이군요. 당신의 생각에는 불교가 그렇게 긍정적인 것입니까?

존슨　불교에는 염세적인 것이 아무것도 없습니다. 그것은 철학적인 입장을 통틀어 삶에 대한 가장 긍정적인 입장입니다. 우리의 행복이나 고통을 통제할 수 있는 힘이 우리 손에 달려 있다고 가정하고 있기 때문입니다. 『다마파다』Dhammapada에는 이런 말씀이 있습니다. "우리 존재의 모든 것은 우리가 생각했던 것의 결과이다." 즉, 우리의 삶은 궁극적으로 우리가 만들어낸 것이라는 말입니다. 불교는 우리가 모든 경험과 생기는 일 하나하나에 주의깊게 접근할 수 있는 수단을 제공해줍니다.

왕은철　불교와 당신의 글 사이의 관계는 어떤 것입니까? 불교가 당신의 소설과 관련이 있다면 어떤 점입니까?

존슨　저는 근본적으로, 그저 철학적인 소설가만이 아니라 영적인 소설가입니다. 영혼의 삶은 슬프게도, 대부분의 현대 미국 문학에 결여되어 있는 것 중 하나입니다. 그 부재不在는 인간 경험에 대한 우리의 설명을 총체적이지 못하고 신빙성을 결여한 것으로 만들어버립니다. 제 소설 『꿈꾸는 사람』이 나올 때까지, 마틴 루서 킹 목사가 미국 소설에 출현하지 않은 것은 바로 그러한 연유에서일 것입니다. 킹 목사는 기독교도였고 침례교회 목사였습니다. 제 생각에 미국의 소설가들 대부분은 영혼의 문제를 다루는 걸 불편해하는 것 같습니다. 미국 문학에서의 영적인 삶의 부재는 왜 그렇게 많은 미국인들이 우리의 무슬림(이슬람) 시민들을 이질적인 '타자'로 보는지, 그리고 왜 그렇게 많은 미국인들이 전통적, 비백인적 문화들에 대해서 이해를 못하는지 그 이유를 설명해줍니다.

왕은철 당신이 불교도라면, 기독교에 대해서는 어떻게 생각하십니까?

존슨 저는 17세기에 필라델피아에서 리처드 앨런 목사가 창설한, 아프리카 감리교회의 영향권에서 자랐습니다. 제 부모님들과 조상, 그리고 아내와 아이들은 기독교도입니다. 간디가 언젠가 얘기한 바와 같이, 저는 불교도이자 기독교도이며, 유대인이자 무슬림입니다. 세계의 영적인 전통에서 최고의 것들은 지혜에 헌신하는 삶에 대한 많은 얘기들을 우리에게 해줍니다. 저는 그런 것들에 의존하는 것입니다. 그중에서도 불경에 가장 많이 의존합니다. (킹 목사가 노벨평화상 후보로 추천한) 위대한 베트남 스님인 틱 낫 한은 프랑스에 있는 불당에 예수의 그림을 걸어놓고 있었습니다. 불교도들은 모든 것이 상호의존적이라는 것(프라티티아–사무트파다)을 믿습니다. 즉, 모든 것은 조건 지어져 있으며, 아무것도 저절로 혹은 다른 것들로부터 별개로 생기지 않는다는 것입니다. 기독교 속에 다르마Dharma, 法가 있고, 불교 속에 기독교적인 생각이 있는 것입니다.

왕은철 무술에 대한 당신의 관심도 불교에 대한 관심과 관계가 있습니까?

존슨 저는 세 종류의 가라테와 세 종류의 쿵푸를 공부했습니다. 저는 무술을 1981년부터 시작했습니다. 그리고 다른 분과 공동으로, 지난 10년 동안 시애들에 있는 학교에서 최 리 푸트 무술을 지도했습니다. 그 무술의 명칭은 그것을 창시한 최 씨와 리 씨의 이름과 중국어로 부처님을 의미하는 '푸트'를 결합한 것입니다. 이것은 불교에 뿌리를 둔 샤오린(소림사)의 무술입니다.

왕은철 당신은 어떻게 주제를 선택합니까? 예를 들어 말씀해 주시겠습니까?

존슨 저는 언제나 자문해봅니다. 우리 문학의 예술적이고 지적인 발전과 방출을 위해서 쓰여야 할 것 중에서 아직 쓰이지 않은 게 무엇이 있을까? 예를 들어, 『중앙 행로』는 노예선에서 있었던 일을 형상화한 최초의 미국 소설입니다. 『소 길들이기』는 코믹한 노예 이야기의 형식으로, 고전적인 힌두 모크사^{Moksa} 혹은 자유를 성취하는 인물을 제시한, 미국 문학에서 유일한 소설입니다.

왕은철 유명 작가이자 학자로서 당신이 성취하고자 하는 바는 무엇입니까?

존슨 우리에게는 다음 세대의 우리 아이들이 설 수 있는 문화적, 문명적 토대를 가질 수 있도록, 우리들이 찾아냈거나 배웠던 것을 가르쳐야 할 책임이 있습니다. 우리가 우리의 스승들과 선조들의 어깨 위에 서 있듯이 말입니다.

왕은철 현대문학이론에 대한 당신의 생각은 어떤 것입니까?

존슨 저는 작가에게나 학자에게 가장 유용한 비평방식이 신비평이라고 생각합니다. 물론 그것 나름대로 한계가 있긴 하지만, 작품을 판단하고 또 쓰는 데 아주 유용한 길잡이가 되어줍니다. 성, 계급, 인종 등을 중심으로 하는 문학이론들은 자칫 잘

못하면 문학을 본령에서 벗어나게 해 지나치게 사변적인 담론 쪽으로 몰고 갈 위험을 안고 있습니다. 이론이 너무 승하면 문제가 되기 마련입니다. 이론은 때로 유행에 지나지 않을 경우도 있습니다. 제가 현상학을 전공해서인지는 모르지만, 저는 문학 이론이 문학 텍스트를 설명하는 기능을 해야 한다고 생각하는 입장입니다.

왕은철 지금 작업 중인 작품이 있으면 말씀해주시겠습니까?

존슨 지난 2월에 끝마친 인종과 문화에 관한 저서 『뜰을 정리하며: 21세기를 위한 인종과 문화의 현상학』Clearing the Courtyard: A Phenomenology of Race and Culture for the 21st Century을 편집 중에 있습니다. 그것이 끝나면, 우리 시대에서 문화인이 된다는 의미가 무엇인지 탐색하는 소설을 쓰려고 합니다.

왕은철 이 대담을 계기로 당신을 더 잘 이해하게 된 것 같습니다. 귀한 시간을 할애해주셔서 감사합니다.

존슨 생각을 자극하는 당신의 사려 깊은 질문에 답변하는 건 매우 즐거운 일이었습니다.

세나 지터 내스런드

Sena Jeter Naslund

● **세나 지터 내스런드** *Sena Jeter Naslund*

1942년 앨러배마 주 버밍햄 출생. 버밍햄 대학에서 영문학을, 아이오와 대학에서 창작과 영문학 석사 및 박사를 이수했다. 캔터키 주 계관시인이며 로렌스 소설상, 하퍼 리 소설상, 앨러배마 도서관협회상, 홀워터스상 등을 수상하였다. 루이빌 대학 영문과 교수로 있다.

주요 작품목록

『셜록의 사랑Sherlock in Love』『사랑으로 가는 동물적 길The Animal Way to Love』『에이햅 선장의 부인Ahab's Wife』『네 영혼Four Spirits』『풍요: 마리 앙투아네트에 관한 소설Abundance: A Novel of Marie Antoinette』『북극에서의 아이스 스케이팅Ice Skating at the North Pole』『물의 불복종Disobedience of Water』 등의 소설이 있다.

역사 속의 여성과 소설

● ● ●

멜빌의 소설을 다시 쓴 **세나 지터 내스런드**

세나 지터 내스런드는 1942년 앨러배마 주 버밍햄에서 태어났다. 버밍햄Birmingham-Southern 대학에서 영문학을 공부했으며, 아이오와 대학에서 창작과 영문학 석사, 박사를 이수했다. 노위치 대학, 인디애나 대학, 스폴딩 대학 등의 교수를 거쳐 루이빌 대학 영문과 교수로 있다. 캔터키 수 계관시인이며 로렌스 소설상, 하퍼 리 소설상, 앨러배마 도서관협회상, 홀워터스 상 등의 다양한 수상 경력이 있다. 역사에서 소외를 받거나 오해를 받은 여성들을 소설의 주된 세상으로 삼아 그들에게 목소리를 부여해 그들의 삶과 목소리를 복원화하는 작업을 해온 내스런드는 1999년, 《타임》《뉴욕타임스》《퍼블리셔스 위클리》《북 센스》 등에서 최고의 소설 중 하나로 선정된 베스트셀러 『에이햅 선장의 부인』을 출간했다. 이 소설은 허먼 멜빌의 『모비딕』과 상호텍스트적인 소설로 여성을 중심인물로 설정하고 있다. 이 외에도 『북극에서의 아이스 스케이팅』, 『사랑으로 가는 동물적 길』, 『물의 불복종』, 『셜록의 사랑』, 『네 영혼』, 『풍요 : 마리 앙투아네트에 관한 소설』 등의 소설이 있다. 《루이빌 리뷰》Louisville Review를 창간한 학자이자 작가로, 그리고 루이빌 대학University of Louisville 창작프로그램 책임교수로 활발하게 활동 중이다. 인터뷰는 2005년 5월 5일, 전화로 진행되었다.

왕은철　우선, 당신의 종교적, 인종적 배경에 대해서 말씀해 주시겠습니까? 이 질문을 드리는 것은 그것이 당신의 소설과 어떤 맥락에 있는지 알고 싶어서입니다.

내스런드　저는 앨러배마 주 버밍햄에서, 남부 앨러배마 주 태생의 아버지와 중서부 미주리 주 태생의 어머니 사이에서 태어났습니다. 아버지의 조상은 프랑스에서, 어머니의 조상은 스코틀랜드-아일랜드에서 미국으로 건너온 분들이었습니다. 그러니까, 저는 유럽의 인종적, 문화적 전통을 물려받은 남부 백인 작가라고 할 수 있습니다. 그러나 그러한 전통이 제 소설에 크게 영향을 미친 것 같지는 않습니다. 제 소설 중 일부가 남부를 배경으로 하고 있지만, 대부분은 그렇지 않습니다.

왕은철　교육적 배경은 어떻습니까?

내스런드 초등학교에서 대학교까지 앨러배마 주 버밍햄에서 다녔습니다. 흑백 간의 인종차별이 아주 심했던 때였습니다. 버밍햄 대학교를 졸업하고, 아이오와 대학의 대학원에 들어가 영문학과 창작을 전공했고 석사, 박사학위까지 마쳤습니다. 처음에는 음악을 전공하려고 했었습니다. 제 어머니는 꽤 훌륭한 피아니스트이자 바이올리니스트였고, 저는 어렸을 때부터 고등학교까지 첼로를 연주했습니다. 고등학교를 졸업할 때쯤에는 앨러배마 대학교의 장학생으로 선발되었습니다. 대학 오케스트라에서 연주할 수 있는 특전도 받았고요. 그런데 그 제의를 거절했습니다. 열심히 노력하면 첼로 연주를 조금 더 잘할 수는 있겠지만, 그 이상의 비전이 있을 것 같지 않았습니다. 당시도 그랬고 지금도 음악을 좋아하고 연주하기를 좋아하지만, 문학 분야에서 제 능력을 더 발휘할 수 있을 것으로 생각하고 문학을 전공하기로 결정했습니다.

왕은철 그렇게 음악을 좋아했다면, 음악이 당신의 글쓰기에 모종의 영향을 미쳤을 것 같은데, 어떻습니까?

내스런드 네, 음악은 저한테 주제 및 영감의 측면에서 아주 중요합니다. 음악은 영적인 세계를 경험하게 해줍니다. 그것은 우리가 일상적인 삶을 초월하게 해주고, 또 우리를 위로해주는 힘도 있습니다. 제가 쓴 단편소설 중 많은 것들이 음악적 경험에 관한 것입니다. 제 장편소설 『셜록의 사랑』에서 음악은 셜록 홈즈의 감정적 측면을 대변하고, 스트라디바리우스 바이올린은 그의 이성적 측면을 대변합니다. 또한 제가 언어의 리듬이나 음성적 측면을 중시하는 것도 음악의 영향이라고 볼 수 있습니다. 음악은 제 삶에서 가장 중요한 영향력을 행사한 것 중 하나입니다.

왕은철 당신은 캔터키 주에 있는 루이빌 대학의 영문과 교수입니다. 어떤 과목을 가르치십니까?

내스런드 여러 가지를 가르칩니다. 주로 창작을 가르치지만, 다른 문학 과목도 가르칩니다. 셰익스피어부터 현대소설에 이르기까지 다양합니다. 노위치 대학 버몬트 칼리지의 창작 석사 학위 과정 교수로서 창작을 강의하기도 합니다.

왕은철 제가 앞서의 질문을 드린 것은 영문과 교수라면 현대 문학이론에 밝으실 텐데, 그것이 당신의 소설에 어떤 영향을 미쳤는지 알고 싶어서였습니다. 문학이론이 당신의 소설에 영향을 미쳤다고 생각하십니까?

내스런드 그렇습니다. 버밍햄에서 학부를 다닐 때, 신비평으로 텍스트에 접근하는 방식을 배웠습니다. 물론 '신' 비평이라고 하지만 새로운 것은 아니었습니다. 2~30년쯤 된 것이었으니까요. 신비평은 내슈빌에 있는 밴더빌트 대학 교수들인 브룩스Cleanth Brooks와 워런Robert Penn Warren이 주창했던 이론인데요, 텍스트 자체를 자세히 읽는 것close reading에 초점을 맞추는 이론이었습니다. 이것은 작가로부터 텍스트로 관심을 돌리는 비평 방식으로서, 작가의 의도가 아니라 텍스트 자체의 의미, 구조 등이 구심적인 역할을 하는 것이었습니다.

저는 신비평에서 상당한 영향을 받았습니다. 신비평을 통해 텍스트의 전체적인 단위뿐만 아니라 커다란 세부적인 사항들에 관심을 두게 되었기 때문입니다. 그래서 저는 언제나, 적재적소에 맞는 말의 사용, 문장의 리듬, 인물의 발달과정, 적절하고 흥미 있는 속도로 내러티브 전개하는 방식 등에 관심을 갖게 되었던 것입니다. 텍스트 분석에 주된 관심을 할애하는 신비평은 저한테 많은 도움을 줬습니다. 신비평을 알았기 때문에 저는 더 좋은 작가가 될 수 있었던 것 같습니다.

또한 저는 다른 각도에서 텍스트를 바라보는 이론들로부터도 많은 도움을 받았습니다. 프로이트 이론, 막시즘, 융의 이론, 원형archetype 비평이론에서도 많은 걸 배웠습니다. 그러나 종합적으로 말씀드리면, 그러한 이론들이 제게 미친 영향은 신비평보다는 훨씬 덜했습니다.

왕은철 당신은 유명한 《루이빌 리뷰》를 창간해서 지금까지 편집해오고 있습니다. 어떤 계기로 그 《리뷰》를 창간하게 되었습니까?

　　내스런드　《루이빌 리뷰》를 1976년 창간하게 된 이유는 다른 곳에서는 게재해주지 않지만 장래성 있는 작품들을 출판해주기 위해서였습니다. 처음에는 주로 학생들의 창작품을 실었습니다만, 곧 미국 내의 다른 작가들에게도 문호를 개방하였습니다. 저는 《루이빌 리뷰》를 통해서, 외부 작가들의 좋은 작품을 끌어들이고, 또 제 주변에 있는 좋은 작품들을 알리고 싶었습니다. 처음부터 아주 잘 알려진 작가뿐만 아니라, 처음으로 작품을 발표하는 작가들에게도 기회를 줬습니다. 초반기에 《루이빌 리뷰》에 작품을 발표한 작가 중에는 당시에는 존스 홉킨스 대학생이었지만 지금은 아주 유명한 시인이자 소설가가 된 루이스 어드리쉬Louise Erdrich가 있습니다. 그런 작가에게 작품을 발표할 창구를 마련해줬다는 것이 기쁩니다. 또한 기성 작가뿐만 아니라 처음으로 작품을 발표하는 사람들에게도 골고루 기회를 줌으로써, 동료 작가들에게 봉사하려 했습니다.

　　저는 《리뷰》를 편집하면서 작가로서 많은 것을 배웠습니다. 원고를 읽을 때, 누가 그 작품을 썼느냐에 관심을 두는 대신, 작품을 신비평적으로 읽고 판단했습니다. 다른 사람들의 작품을 읽으면서 저는 자기 탐닉적이어서는 안 된다는 걸 배웠습니다. 또한 작가의 독창성, 권위, 스타일, 다층적인 의미망 등이 중요하다는 것도 배웠습니다. 저는 편집 일을 하면서 그러한 것들을 배운 덕분에 더 좋은 작가가 될 수 있었던 것 같습니다.

왕은철 켄터키 주의 계관시인Kentucky Poet Laureate으로 선출되었다고 들었습니다. 계관시인은 어떤 과정을 거쳐서 선발되고, 하는 일은 무엇입니까?

내스런드 '켄터키 계관시인'이란 좋은 비평적 평가를 받고 있는 우수한 작가에게 부여되는 호칭입니다. '계관시인'이라는 호칭은 시인에게 돌아가야 하는 것이겠지만, 여기에서 얘기하는 '시인'이란 그리스적인 의미에서 여러 장르의 작가들을 망라하는 것이지요. 저도 소설가이지 시인은 아니니까요. 켄터키 주 학술원 회원들이 대상자를 물색하여 주지사에게 천거하고 주지사가 임명합니다. 저는 '계관시인'으로서 강연을 비롯한 다양한 행사에 참가하여, 제 자신의 글에 대해 얘기하고 또 다른 문학 작품에 대해 얘기함으로써 주민들에게 문학을 장려하는 일련의 활동을 하게 됩니다. 2주 전쯤 '계관시인' 임명식이 있었습니다.

왕은철 단편소설은 그렇지 않지만, 당신의 장편소설 중심 인물들은 대부분 여성들입니다. 그것은 의도적인 것입니까? 아니면 여성이기 때문에 저절로 그렇게 된 겁니까?

내스런드 어렸을 때, 저는 이야기를 상상하기 시작했습니다.

어렸을 때부터 불면증이 있었거든요. 저는 제가 잠자는 데 애를 먹는 걸 다른 가족들이 아는 것이 싫었습니다. 그래서 잠이 들기 위해서 얘기를 상상하곤 했습니다. 저는 스스로에게 얘기를 꾸며내 들려주곤 했습니다. 물론 마음속으로지요. 그런데 매번 제 이야기 속에 나오는 인물들은 소년들이었습니다. 언제나 소년이 등장했습니다. 왜냐하면 모험이라는 것은 우리 문화에서는 소년들의 영역이었으니까요. 아홉 살 때 소설을 쓰기 시작했는데, 그때도 주인공이 소년이었습니다.

그런데 1970년대가 되자 페미니즘 운동이 활발히 전개되었습니다. 그때 저는 여성 인물의 삶을 형상화하는 것이 중요하다는 걸 깨달았습니다. 아이오와 대학에 처음 갔을 때도, 저는 여전히 남성에 대해서 주로 쓰고 있었습니다. 여성 인물들은 조금밖에 나오지 않았습니다. 저는 여성이지만, 남성 인물을 그리는 데 남성 작가보다 뒤떨어진다고 생각하지 않습니다. 그때는 오히려 여성 인물보다 남성 인물을 더 잘 형상화했을지 모르겠습니다. 제 단편집 『물의 불복종』에 나오는 작품들 중 일부는 남성 인물의 시각에서 진행되는 이야기들로 대학원에 다닐 때 쓴 것입니다.

그러나 차츰 저는, 그렇다고 의식적으로 그렇게 하겠다고 작정한 것은 아니었지만, 여성들의 삶을 형상화하기 시작했습니다. 그래서 많은 소설들에 여성 인물이 많이 등장하게 된 것이지요. 그러나 저는 지금도 남성 인물의 시각에서 내러티브를 전개하기도 합니다. 저는 배타적이고 싶지 않습니다. 성별의 차이가 있기 때문에, 남성이나 여성이 각자의 성의 전유물이라는 생각은 옳지 않다고 생각합니다. 상상력은 때로 성적인 이데올로기가 가미된 것일 수도 있지만, 그것을 넘어서는 것이 열린 태도라고 믿습니다.

왕은철 여성 인물들을 중심으로 삼을 때, 당신은 뭔가를 성취하려고 하십니까? 여권 문제를 제기하려고 합니까?

내스런드 『셜록의 사랑』에서부터 저는 그 문제를 집중적으로 다루고 있습니다. 등장인물은 1886년, 오케스트라에서 연주를 하고 싶지만 여성이기 때문에 그럴 수 없는 상황에 처해 있습니다. 그래서 남자로 변장을 해야 합니다. 여자는 오케스트라에서 연주를 할 수 없는 상황이었으니까요. 그래서 저는 그것이 부당하다는 걸 보여주고 싶었고, 성의 차이가 능력과 아무 관련이 없다는 것임을 보여주고 싶었습니다. 그런 의미에서 제가 페미니스트적인 시각에서 글을 쓴다고 보셔도 상관없을 것 같습니다.『에이햅 선장의 부인』도 마찬가지입니다. 저는 제 딸과 여행을 자주 다니면서 차 안에서 음성으로 녹음된 다양한 소설을 들었습니다. 그때가 아마 제 딸이 열한 살이었을 겁니다. 제 딸이 가장 좋아했던 소설은 『모비딕』이었습니다. 그 아이는 그걸 너무 좋아해서 에이햅 선장이 말하는 대목을 줄줄 외우곤 했습니다. 열한 살 먹은 아이가 에이햅 선장이 돼서 흉내를 내는 것이었습니다. 아, 이 아이에게 언어감각이 있구나. 저는 이렇게 생각했습니다. 그런데 유감스럽게도 『모비딕』에는 제 딸이 자신을 일치시킬 수 있는 중요한 여성 인물이 없었습니다. 그래서 『모비딕』의 동반자에 해당하는 소설을 한 편 쓰고 싶다는 생각이 들었습니다.

저는 1840년대 미국을 배경으로 여성들의 우정과 로맨스를 그리고 싶었습니다. 여성들의 우정 문제는 아주 중요한 주제입니다. 저는 『네 영혼』에서도 그 문제를 중요하게 다룬 바 있습니다. 버밍햄을 배경으로 하는 이 소설은 여성 인물들이 인위적인 인종적 울타리를 넘어 서로를 이해하고 동정하는 동반자적 우정 관계를 이뤄나가는 걸 형상화했습니다. 그래서 여성의 우정의 문제는 저한테는 아주 중요합니다. 문학작품에서는 여성의 우정 문제가 자주 다뤄지지 않는데, 저한테는 아주 중요한 주제 중 하나입니다. 저는 문학작품에서 소홀히 되거나 빠져 있는 그 틈을 제 나름의 방식으로 메우려고 하는 중입니다.

왕은철 특별히 좋아하는 여성 작가가 있나요? 당신의 작품에 영향을 준 여성 작가들이 있습니까?

내스런드 버지니아 울프가 있지요. 주제만이 아니라 스타일 등 여러 면에서 제게 많은 영감을 준 작가입니다. 《뉴욕타임스》

는『네 영혼』에 관한 북리뷰에서 버지니아 울프의 영혼이 버밍햄에 들어가 쓰여진 소설 같다고 했는데, 그녀로부터 많은 영향을 받은 저로서는 기분이 아주 좋았습니다. 특히, 그 소설에서 "스텔라의 오디세이"라는 제목이 붙은 대목은 울프의『댈러웨이 부인』Mrs. Dalloway을 모델로 여성이 낮에 도시를 배회하는 대목을 묘사한 것입니다. 울프는 제게 대단히 중요한 작가였습니다. 그리고 남성과 여성의 차이를 의식하고, 작품을 통해서 그것에 대한 의식을 불러일으키려고 했던 페미니스트였다는 점에서도 저에게 많은 걸 시사해준 작가였습니다.

어렸을 때는, 와일더Laura Ingalls Wilder의 연작소설『초원의 집』Little House, 몽고메리Lucy Maude Montgomery의 『빨강머리 앤』Anne of Green Gables, 올컷Louisa May Alcott의『작은 아씨들』Little Women 등을 정말 재미있게 읽었습니다. 몽고메리는 날씨가 몹시 더운 곳인데, 그런 책들은 더위를 잊게 할 정도로 재미있는 소설들이었습니다. 그들은 지금도 많이 알려져 있지만 당대를 풍미했던 재미있는 작가들이었습니다. 또한 저는 나이가 들어가면서, 브론테Bronte 자매, 엘리엇George Eliot도 아주 좋아했고, 그들에게서도 많은 걸 배웠습니다. 대학에 다닐 때는 캐서린 앤 포터Katherine Ann Porter에게서 많은 걸 배웠습니다. 특히 그녀의 글쓰기 테크닉, 감상적이지 않은 시각, 우리의 삶의 가혹한 리얼리티를 보여주려고 하는 치열함에서 많은 걸 배웠습니다. 물론 남부 작가인 오코너도 좋아하고요, 모리슨은 제가 가장 좋아하는 작가 중 한 사람입니다.

여성 작가를 얘기했으니 남성 작가도 얘기해야겠네요. 제가 『에이햅 선장의 부인』을 쓴 것으로 미뤄 짐작하시겠지만, 저는 멜빌을 아주 좋아합니다. 그리고 포크너, 톨스토이, 로렌스, 하디 등을 두루두루 좋아하고 많은 영향을 받았습니다. 그런데 제가 어렸을 때 좋아했고 지금도 좋아하는 작가는 그 누구보다도 디킨스입니다. 『데이비드 카퍼필드』David Copperfield는 열다섯 번도 넘게 읽었습니다. 어떤 경우에는 그 소설의 마지막 페이지에 이르러 도저히 책을 덮을 수가 없어 처음부터 다시 읽기도 했습니다.

왕은철 그러고 보면, 당신의 소설 특히 『에이햅 선장의 부인』이 긴 것이 우연이 아닌가 싶네요. 디킨스의 소설이 한결같이 그렇게 길지 않습니까?

내스런드 그렇죠. 저는 디킨스에 열광하는 사람입니다. 그는 저한테 많은 영감을 준 작가입니다. 그는 광범위한 독자에 접근하려 했습니다. 돈이 없어서 책을 살 수 없는 사람들도 몇 푼의 돈으로 그가 연재하는 소설을 읽을 수 있게 글을 썼습니다. 그는 가슴이 따뜻한 위대한 작가였습니다. 그리고 대중적 인지도와 학문적 평가를 동시에 얻을 수 있었던 작가였습니다. 제 목표도 디킨스처럼, 많은 사람들에게 읽히고 좋은 평가를 받는 것입니다. 독자들이 쉽게 접근할 수 있도록 쓰면서 동시에 높은 문학적 평가를 받는다는 것은 불가능한 일이 아니라고 생각합니다. 하기야 어느 작가가 그렇지 않겠습니까?

왕은철 당신의 소설이 디킨스의 소설처럼 스토리를 중시하는 이유를 알 것 같습니다.

내스런드 일단 작가는 짜임새 있는 형식에 담긴 재미있는 이야기로 독자를 끌어들여야 합니다. 담론은 부차적으로 따라오는 것이지, 그것이 전면에 있을 수는 없는 게 아닐까 싶습니다.

왕은철 『셜록의 사랑』은 셜록 홈즈라는 탐정과 『에이햅 선장의 부인』은 멜빌의 소설과 긴밀한 관계에 있는 소설입니다. 크리스테바의 말로 얘기하면 "상호텍스트적인" 관계이고, 바흐친의 말로 얘기하면 "대화적인" 관계라고 할 수 있습니다. 그런데 현대 작가들 중 상당수의 작가들이 "상호텍스트적인" 작품을 쓰고 있습니다. 어떤 때 보면, 유행이 아닌가 싶을 정도입니다. 어리석은 질문이긴 합니다만, 당대에 쓰여지는 소설이 왜 굳이 상호텍스트적이어야 합니까? 당신이 쓴 소설들처럼 가시적으로 상호텍스트적일 필요가 있는 것일까요? 상호텍스트적 소설을 쓰면서 얻는 것은 무엇이고, 혹 잃는 게 있다면 어떤 것일까요?

내스런드 책은 책을 낳고, 책은 책을 생산합니다. 스토리는 스토리를 생산하고요. 스토리에서 영감을 받기도 하고요. 우리

인간에게는 근본적으로, 자기가 좋아하는 소설에 뭔가를 덧붙이고 또 그것을 자기 나름의 것으로 만들고자 하는 욕망이 있는 것 같습니다. 진 리스Jean Rhys의 『넓은 사르가소 바다』Wide Sargasso Sea를 읽은 적이 있습니다. 당신도 잘 알겠지만, 그 소설은 『제인 에어』Jane Eyre를 서인도적인 맥락에서 다시 쓴 소설입니다. 작가가 그처럼 자신의 작품을 다른 작가의 위대한 작품과 대화 관계에 있게 만드는 것은 아주 좋은 방식이라고 생각합니다. 제가 『에이햅 선장의 부인』을 집필하고 있을 때, 제 딸에게 그걸 설명해주니까, '그렇다면 엄마는 멜빌과 대화하는 것이네!'라고 하더군요. 그렇습니다. 결국 텍스트는 다른 텍스트와 대화 관계에 있는 것이지요.

그런데 제가 덧붙인 것은 여자들도 그 속에 있어야 한다는 것입니다. 멜빌의 소설에 나오는 '피코드'Pequod호에는 다양한 언어로 얘기하는 세계 곳곳에서 온 사람들이 타고 있습니다. 비평가들은 그걸 세계의 소우주라고 하지요. 그런데 세계 인구의 반인 여성은 빠져 있습니다. 그렇다면 소우주의 좋은 모형은 아닌 셈이지요. 그것이 『에이햅 선장의 부인』을 쓰고자 한 직접적인 동기였습니다. 물론, 상호텍스트성을 지나치게 활용하면 문제가 생길 수도 있습니다. 가령 독자가 텍스트에서 활용되는 다른 텍스트에 대해서 잘 알지 못하면, 불안해하거나 위협적으로 느낄 수도 있을 것입니다. 저는 텍스트가 현학적으로 독자를 유리시키는 쪽을 선호하지 않습니다. 독자는 유리되어야 하는 존재가 아니라 우리 쪽으로 끌어들여야 하는 우군입니다. 그래서 제 소설이 독립적인 것이 되게 하려고 노력을 많이 했습니다. 제가 멜빌의 텍스트에 뭔가를 덧붙인 것은 분명하지만, 그것이 본질적인 것은 아니라는 말입니다. 저는 제 소설을 멜빌의 『모비딕』의 동반자 소설companion novel 정도로 생각합니다.

왕은철 그렇다면 멜빌의 소설을 읽거나 안 읽었거나 별로 상관이 없다는 말씀이신가요?

내스런드 제가 말씀드리는 것은 제 소설이 멜빌의 소설과 상관없이 존재할 수 있는 독립적인 소설이라는 겁니다. '당신의 소설을 읽으려면 멜빌의 소설을 먼저 읽어야 합니까?' 이렇게 질문하는 녹자들도 있었습니다. 저는 그런 질문을 받으면, 멜빌의 소설을 좋아한다면 그래도 좋지만 굳이 그럴 필요까지는 없다고 답변합니다. 멜빌의 소설을 싫어하는 독자들 중에도 제 책을 좋아하는 분들이 상당수 있었습니다. 그것은 멜빌의 소설과 상관없이 제 소설이 읽힐 수 있다는 말입니다.

왕은철 『셜록의 사랑』은 미스터리 소설과 직접적인 관련이 있는데요, 그 장르를 좋아하십니까?

내스런드 아니, 좋아하지 않습니다. 『셜록의 사랑』이 그 장르와 관련이 있는 것은 분명합니다. 셜록 홈즈가 내러티브의 중심을 이루고 있으니까요. 제가 그 소설을 쓰게 된 이유는 여러 가지가 있습니다. 우선, 저는 단편소설을 쓰다가 장편소설을 쓰려고 하고 있었습니다. 그런데 그게 용이하지 않더군요. 그래서 그 소설은 과도기적인 소설이라고 해야 맞습니다. 그래서 저는 가벼운 소재를 택하기로 했습니다. 흔히 정전이라고 분류되는 것과는 다소 먼, 더 유희적이고 더 오락적인 미스터리 소설을 택했던 것이지요.

이 소설은 제가 아이오와 대학원을 다닐 때 약간 알고 지냈던 니콜라스 마이어Nicholas Meyer의 소설 『7퍼센트의 해결』Seven-Per-Cent Solution: Being a Reprint from the Reminiscences of John H. Watson, M.D.에서 착상한 것입니다. 마이어는 셜록 홈즈의 스토리에서 힌트를 얻었고, 홈즈의 마약 중독에 관심이 있었습니다. 저는 마이어라는 작가를 알았기 때문만이 아니라, 이야기 속에 프로이트에 관한 허구적 이야기가 있었기 때문에, 거기에서 힌트를 얻은 것이었습니다. 프로이트는 이해하기 어려운 심리학자잖아요. 그런데 이 허구화된 이야기 속의 프로이트는 아주 재미있었습니다. 마이어는 마약 중독에 관심이 있었고, 저는 음악적인 쪽에 관심이 있었습니다. 그래서 이 소설을 통하여 저는 플롯 다루는 법을 익히게 되었고 장편소설을 쓰는 방법을 훈련했습니다. 일단 소설을 시작하자 다른 요소들이 끼어들게 되었습니다. 페미니즘적인 요소가 끼어든 것도 부수적인 것이었습니다. 그렇게 해서 이 소설이 태어난 것입니다.

　　왕은철　『셜록의 사랑』이 단편소설에서 장편소설로 나아가는 과도기적 소설이라면, 이전의 소설과 이후의 소설 사이에 어떤 변화가 있습니까? 그것은 발전의 형태인가요? 이러한 질문을 드리는 것은 초기의 단편소설들을 보면 사랑, 배반, 용서, 화해 등의 주제를 찾아볼 수 있는데, 장편소설에서는 주제의 범위가 상당히 넓어지는 것 같아서입니다.

　　내스런드　글쎄요, 어떤 점은 비슷하고 어떤 점은 다르다고 할 수 있겠습니다. 단편소설에는 인습에 얽매이지 않는 인물들이 많이 등장하는데, 장편소설에 가면 그 이상으로 나아가지요. 장편소설에서는 인습과 편견을 초월하는 인물들이 많이 등장합니다. 그것은 저한테는 아주 중요한 것입니다. 그런데 제 작품에는 정도의 차이는 있지만, 삶은 값지고 소중한 것이라는 제 나름의 생각과, 어려운 시대에 삶을 지탱해주는 가치들이 무엇인지에 대한 탐색이 들어 있습니다. 제가 지금 집필하고 있는 소설은 프랑스의 공포시대Reign of Terror를 파란만장하게 살았던 앙투아네트에 관한 것입니다. 이 소설에서 저는 우정의 중요성을 다시 한 번 강조하려 합니다. 여자들 사이의 우정 말입니다. 우정이 『네 영혼』에서도 아주 중요한 부분을 차지한다는 건, 앞에서도 말씀드린 바 있습니다. 앙투아네트에 관한 소설은 죽음에 관한 소설이기도 합니다. 그녀는 1793년에 비극적인 죽음을 맞은 사람이었습니다. 이 소설은 아름다운 음악을 좋아했던 앙투아네트의 개인적 삶이 프랑스의 파란만장한 역사와 어떠한 역학 속에서 '살아지고' 또 전개되었는지 그려내고자 합니다. 앙투아네트는 역사 속에서 악의적으로 왜곡받고 악녀로 취급받는 여성입니다. 그녀가 하지 않았던 말도 그녀의 말로 둔갑되어 그녀를 악녀로 만들고 있습니다. 최근에 나온 전기를 보면, 그것이 사실과 많이 다르다는 걸 알 수 있습니다. 어쩌다 보니 제가 지금 집필하고 있는 새로운 소설에 대해서 미리 얘기를 하는 결과가 되었군요.

여하튼 저는 앙투아네트를 악녀가 아니라 인간의 차원으로 복원하고 싶고, 거기에 구현되는 주제는 제가 일관되게 추구해 온 '삶의 소중함'의 문제와 무관하지 않을 것입니다. 간추려 말씀드리면, 앞으로도 소설을 쓰면서 소재는 달라질지 모르지만 동일한 것을 변주하고 또 변주하게 될 것입니다. 그 깊이가 확보되느냐 하는 문제는 결국 독자들이 판단할 몫이 아닐까 싶습니다.

왕은철 기왕에 말씀하신 김에, 제목도 알려주세요.

내스런드 글쎄요, 아직 확정하지는 않았지만 『여왕의 소리』 Voice of the Queen 라고 해볼까 생각 중입니다.

왕은철　아주 좋습니다. 소설 제목으로는 아주 좋을 것 같습니다.

내스런드　정말로 그렇게 생각하세요? 그렇다면, 그걸로 제목을 삼는 걸 심각하게 고려해보겠습니다.

왕은철　정말입니다. 다음 질문으로 넘어가겠습니다. 제가 당신의 소설을 읽으면서 느끼는 것은 당신이 거의 언제나, 통합, 화합, 평화 등과 같은 긍정적 메시지를 전달하려 한다는 것입니다. 그렇다고 그것이 인위적으로 긍정적 메시지를 내포하고 있다는 말은 아니고, 작가 자신이 그러한 세계관을 갖고 있다는 데서 연유하는 것이 아닌가 하는 생각을 해봤습니다. 콘래드가 말했던 것처럼, 결국 작가는 자신에 대해서 쓰는 게 아닐까 싶습니다. 그런데 그러한 긍정적인 세계관이 역사성과 무관한 것만은 아닐 듯싶습니다. 가령, 미국 흑인 작가들의 작품에는 비통하고 비극적인 긴장 같은 게 있거든요. 리얼리티를 낙천적인 방향으로 형상화해내기에는 그들의 역사적 짐이 너무 무겁기 때문이 아닐까 싶습니다. 그렇다면 당신의 긍정적 세계관은 흑인들이 경험했던 것을 경험할 필요가 없는 백인이라는 사실에서 연유하는 것은 아닐까요?

내스런드　제가 화해와 통합을 작품의 중심에 놓고 있다는 것은 사실입니다. 또한 당신이 『에이햅 선장의 부인』을 가리켜 그 속에서 벌어지는 일련의 시련과 불행에도 불구하고, 비극적이 아니라 환희적인 소설이라며, 저를 가리켜 낙천주의자라고 한 것도 맞는 말입니다. 그렇다고 제가 모든 것에 낙천적인 것은 아닙니다. 정치와 관련해서 저는 비관적입니다. 그리고 저는 이 사회와 이 역사에 갈등과 비극이 존재했고 지금도 그러하다는 걸 모르는 것이 아닙니다. 다만 저는 화해와 통합과 하모니를 지향해야 한다고 믿으며, 그걸 소설 속에 내재화할 뿐입니다. 저는 그래서 사랑과 평화를 강조하는 분들을 존경합니다. 간디, 마틴 루서 킹 같은 분들 말입니다.

저는 개인의 삶과 몸부림에 관심이 있습니다. 저는 토니 모리슨을 아주 좋아합니다. 특히 그녀의 『빌러비드』를 좋아합니다. 여러 이유로 그 소설을 좋아하지만 그중에서도 개인의 투쟁을 사회적 맥락에서 처리하는 솜씨가 일품이기 때문에 그렇습니다. 그녀와 저는 접근 방식에 있어서 조금 다를 수는 있겠지만, 그 점에 있어서는 공유하는 바가 있다고 생각합니다. 저는 제가 백인이라는 것이 제 글을 판단하는 척도가 되지 않았으면 싶습니다. 제 낙천적, 긍정적 세계관은 제 신념을 반영하는 것입니다. 저에게도 한계가 있겠지만, 저는 다양한 것들을 소설 공간에 넣고, 개인이 자기인식에 이르는 과정 등을 세밀하게 묘사함으로써, 인종을 초월한 소설 공간을 창조하고 싶습니다. 『잉글리시 페이션트』The English Patient 같은 소설은 얼마나 좋습니까. 제가 작가로서 하고 싶은 것은 그처럼, 모든 문화적 다양성을 수용하는 것입니다. 제 피부색은 타고난 것이니 어쩔 수 없지만 그걸 뛰어넘어 타자를 수용하는 것이 더 소중한 것이 아닐까 싶습니다.

그리고 제가 낙천적일 수 있는 또 다른 부분적 이유는 세월이 흐르면서 많은 것들이 좋은 방향으로 변했다는 것입니다. 저는 폭력적인 1960년대를 미국 남부, 그것도 앨러배마 주의 버밍햄에서 체험했습니다. 그곳은 인종차별을 만천하에 부각시킨 도시였습니다. 그러나 그 도시는 변화했습니다. 이제 그런 일은 더 이상 벌어지지 않습니다. 물론 인종차별은 아직도 존재하지만 적어도 긍정적인 방향으로 역사는 움직였습니다. 그것이 저를 낙천적으로 만드는 요인이기도 합니다. 저는 낙천주의자보다는 평화주의자에 더 가깝습니다.

왕은철 앨러배마 얘기를 하셨으니까 『내 영혼』과 관련된 질문을 해보겠습니다. 이 소설은 다른 소설들과 달리, 하나의 화자가 아니라 여러 명의 화자들이 내러티브를 끌고 가는 형식입니다. 왜, 통일된 단일 화자가 아니라, 여러 명의 화자들을 도입함으로써 내러티브를 복잡하게 만드신 건가요?

내스런드 앞서의 질문에 대한 제 답변을 미진하게 생각하셔서 질문하시는 것으로 알겠습니다. 저는 미국의 인권운동 역사를 한 사람의 눈으로, 한 화자의 눈으로 보는 것에는 한계가 있을 수밖에 없다고 생각했습니다. 그러기에는 인권운동의 역사가 너무 복잡다단한 것이었습니다. 그래서 저는 제 시각뿐만 아니라 흑인, 백인, 아이, 어른, 노인, 남자, 여자, 지식층, 비지식층 등의 시각을 다양하게 대변할 필요를 느꼈습니다. 다양한 사람들이 시위에 참석했으며, 그 역사의 일부였습니다. 인권운동이라는 거창한 역사적 운동은 흑인들만의 것이 아니었습니다. 가해자인 백인들의 것이기도 했습니다. 저는 가해자와 피해자를 모두 아우를 때, 진실한 이야기가 될 수 있다고 생각했습니다. 그래서 내러티브가 모자이크 형식이 된 것이지요. 자기중심적인 내러티브보다는 다양성의 내러티브를 택했던 것이지요.

왕은철 저는 화자가 여럿임에도 불구하고, 백인 화자인 스텔라의 시각이 작가의 시각을 반영하는 것이 아닌가 생각하는데 어떻습니까? 스텔라는 처음에는 버밍햄에서 일어나는 일련의 사건들로부터 거리를 지키다가, 점차 인권운동에 대해서 적극적인 자세를 취하고 자기 나름의 방식으로 동참하게 됩니다. 제 생각이 틀린 건가요?

내스런드 스텔라의 의식에 제 의식이 겹쳐 있는 것은 사실입니다. 여러 가지 정황들이 비슷한 면도 없지 않습니다. 그리고 그녀가 백인, 그것도 백인 여성이니까 더욱 유사한 면이 있다고 할 수도 있습니다. 그녀가 사회에 눈을 떠가는 과정은 당시에 제가 눈을 떠가는 과정과 흡사한 면이 없지 않습니다. 그러나 작가는 한 인물만이 아니라 여러 인물에 자신을 투사할 수 있으며 또 그것을 통제하기도 합니다. 따라서 그녀의 시각은 제 시각의 일부에 불과할 뿐, 저는 다른 목소리들을 관장하고, 또 그것과 대화 관계에 있는 의식으로서 텍스트에 존재합니다. 제가 스텔라를 고아로 그린 이유는 (저는 사실, 어렸을 때 고아로 자라지 않았습니다) 그것이 제가 이따금 즐겨 사용하는 메타포이기 때문입니다. 고아는 모든 것에 속수무책으로 당할 수밖에 없는 상황에 처해 있기에, 자기 자신을 위해 뭔가를 만들어내야 하는 실존적 존재입니다. 저는 그 실존적 존재를 통해서 삶의 의미를 천착해보고 싶었던 것입니다. 그러니까 당신의 질문에 대한 답은 예스, 노가 되겠습니다.

왕은철 당신이 『네 영혼』이라는 소설에서 1960년대의 비밍햄을 주된 배경으로 설정하고 있기 때문에 드리는 질문입니다. 버밍햄은 악명 높은 인종차별의 대명사였습니다. 킹 목사의 유명한 「버밍햄에서 보내는 편지」도 그가 인종 차별 정책으로 인해 감옥에 갇혀 있을 때 쓰여진 것 아닙니까. 다시 한 번 인종 문제를 거론하게 되어 미안하게 생각합니다만, 당신은 백인으로서 혹시 죄책감을 느끼지는 않습니까? 이런 소설을 쓰게 된 데엔 혹시 빚을 갚아야 한다는 부채의식과 죄의식이 빌미가 되지는 않았는지요?

내스런드 제가 죄의식을 느끼는 건 당연한 것입니다. 저는 미국 사회에서 혜택 받은 백인, 그것도 남부, 그 중에서도 앨러배마 주 버밍햄에 거주하는 백인이었습니다. 저도 진보주의자들이 하는 방식대로 나름대로 저항적인 운동에 가담하기는 했지만, 좀 더 적극적이고 용기 있는 사람이었더라면 더 좋았을 것 같습니다. 저는 『네 영혼』을 쓰기 전에 광범위하게 자료 조사를 했습니다. 굉장히 많은 시일에 걸쳐 자료들을 조사하면서 저는 얼마나 끔찍한 일들이 벌어졌는지 소상히 알게 되었습니다. 저로서는 상상할 수 없는 일들이 많이 벌어졌더군요. 그런 처참한 일이 수없이 벌어지고 있었는데도, 저는 모르고 있었던 것입니다. 자료조사를 하고 저녁에 자리에 누우면 도저히 잠을 잘 수가 없었습니다. 정말이지 너무 힘들었습니다. 그렇습니다. 당시도 그랬고 지금도 저는 죄의식을 느낍니다.

저는 1960년대에 버밍햄에서 살면서, 언젠가 작가가 되면 흑인 인권 운동에 관한 소설을 쓰겠다고 생각했습니다. 오랜 시간이 지난 후에야 그 소설을 쓰긴 했지만, 그것은 당신의 말대로 제 의식 속에 남아 있는 죄의식과 무관하지 않습니다. 제가 제 소설을 1963년 9월 15일, 버밍햄에 있는 16번가침례교회에서, 백인 인종주의자들의 폭탄에 맞아 죽은 네 소녀들에게 바친 것도 죄의식과 무관하지 않습니다. 혜택을 받은 백인으로서 죄의식을 느끼는 것은 당연한 것이겠지요. 그 소설을 썼다고 제 죄의식이나 짐이 완전히 벗겨지지는 않았지만, 그래도 저는 제 나름으로는 역사적 진실에 충실하려고 했습니다.

왕은철 좋습니다. 그렇다면 현재, 미국의 인종 문제에 대해서는 어떻게 생각하십니까? 그 문제에 대해서도 낙관적이십니까?

내스런드 전보다는 상당히 나아졌습니다. 인종이 다른 아이들이 같이 놀고 있습니다. 모든 문제들이 하루아침에 해결될 수는 없을 것입니다. 그것은 시간이 걸리는 일입니다. 그러나 아이들은 점점 더, 인종에 대해서 자의식을 갖지 않고 자라는 것 같습니다. 물론, 저는 아직도, 편견과 증오가 존재한다는 것을 모르지 않습니다. 그러한 것들을 담은 선전물을 사람들에게 공공연히 나눠주고 있는 게 현실입니다. 바로 제가 몸담고 있는 루이빌 대학에서도 마찬가지입니다. KKK(백인우월주의 단체)가 버젓이 활개를 치고 다니는 것도 현실입니다. 그래서 아주 낙관적일 수는 결코 없습니다. 그러나 제가 말하고자 하는 것은 그래도 희망을 잃지 말자는 것입니다. 어쩌면 앞으로는 인종 문제도 중요하겠지만, 더욱 중요한 것은 계급과 경제적 빈부의 차이일지 모릅니다. 마틴 루서 킹 목사도 말년에는 경제적 문제를 아주 중요하게 생각했었습니다. 인종의 문제가 경제의 문제와 불가분의 것일 경우가 많으니까, 둘을 분리하는 것이 용이하지는 않겠지만, 앞으로 나아갈수록 인종의 문제보다는 빈부의 문제가 더 전면에 부각될 것 같습니다. 역사 자체가 자비심을 갖고 있는 건 아닙니다. 자비심을 지닌 건 인간입니다. 따라서 문제의 해결은 기다리는 데 있지 않고 적극적으로 해결하려고 노력하고 염원하는 데 있습니다.

왕은철 당신은 다소 낭만적인 작가가 아닌가 싶습니다. '영감'이라는 걸 아직도 믿고 있으니까요. 당신은 『에이햅 선장의 부인』의 첫 문장—"에이햅 선장은 나의 첫 남편도 아니었고 마지막 남편도 아니었다"—이 저절로 머릿속에 떠올랐다고 말한 바 있으며, 보스턴을 여행할 때 그 소설에 대한 영감을 받게 되었다고 말한 바 있습니다. 작가의 영감에 대해서는 어떻게 생각하십니까?

내스런드 '영감'이라는 개념은 사실, 다소 낭만적이기는 하지만, 저는 그 소설을 전적으로 영감에 의존해 쓴 것은 아닙니다. 상당 부분을 멜빌의 소설에 기대고 있기도 하니까요. 중요한 것은 훈련입니다. 훈련을 통해서 영감을 불러올 수가 있으니까요.

왕은철 앞서의 질문을 드린 것은 당신이 소설을 쓰게 된 동기에 대해서 설명한 바에서 느낀 것이기도 하지만, 당신의 소설이 엄청나게 길다는 것과도 관련이 있습니다. 보통, 낭만적인 작가들은 절제보다는 뭔가를 파노라마 식으로 펼쳐놓기를 좋아하니까요. 그렇다고 길게 쓰는 작가가 모두 낭만적인 작가라는 말은 아닙니다. 당신의 『에이햅 선장의 부인』은 제가 읽은 책으로는 666쪽에 해당합니다. 19세기 작가인 디킨스의 소설만큼이나 분량이 만만치 않은데, 정신없이 돌아가는 이 시대에 이렇게 긴 소설을 쓰는 것은 혹시 너무 낭만적인 생각은 아닌지요? 그렇게 해서 독자를 끌어들일 수 있다고 생각하십니까? 제가 '낭만'이라는 말을 너무 부정적으로 쓰고 있는 듯해서 조금 걸리기는 하지만, 당신의 생각을 듣고 싶어서 하는 말이니까 이해해주시기 바랍니다.

내스런드 독자들을 끌어들이는 게 충분히 가능하다고 생각합니다. 제 소설은 그렇게 긴 소설임에도 불구하고 27판까지 나온 전국적인 베스트셀러입니다. 물론 긴 소설에 문제점이 없지는 않습니다. 자칫 독자를 잃을 수도 있으니까요. 저는 독자의 관심을 이어갈 수 있도록, 각 장을 짧게 만들었습니다. 그래서 독자로 하여금 자연스럽게 독서 과정에서 숨을 고를 수 있도록 했습니다. 저는 이 테크닉을 톨스토이한테서 배웠습니다. 특히 『안나 카레니아』에서 말이죠. 이러한 테크닉을 구사하게 되면, 분량이 많아도 독자가 숨을 고를 수 있게 되는 거죠. 멜빌의 『모비딕』도 긴 소설임에도 불구하고, 장들이 짧은 경우가 많거든요. 그것이 독자를 쉬어가게 하는 거죠. 그 점에 있어서는 디킨스한테도 많은 걸 배웠습니다. 독자를 사로잡고 내러티브를 끌어가야 한다는 것 말입니다. 디킨스는 어떻게 해야 좋은 소설을 쓸 수 있느냐는 어느 작가의 질문에, "그들을 웃게 만드세요. 그들을 울게 만드세요. 그리고 그들을 기다리게 만드세요"라는 말을 했는데, 이는 내러티브를 끌고 가는 아주 중요한 전략일 수가 있습니다. 그렇다고 제가 긴 소설을 계속 쓰겠다는 것은 아닙니다. 지금 쓰고 있는 앙투아네트에 관한 소설은 훨씬 짧은 소설이 될 것입니다.

왕은철 소설이라는 장르에 대해서 어떻게 생각하십니까? 아직도 도덕적 가치를 전달할 수 있는 장르라고 생각하십니까? 몇 년 전에 노벨문학상을 수상한 나이폴이 말한 바에 따르면, 소설은 "더 이상 확신을 전달하지 못하게 된" 장르입니다. 그의 말에 동의하십니까?

내스런드 저는 나이폴의 말에 동의하지 않습니다. 그 작가에게는 그럴 수도 있겠지요. 그래서 그 작가는 갈수록 논픽션에 의존하지 않았습니까? 그가 얼마나 많은 여행기와 논픽션을 썼습니까? 그런 확신 혹은 불확신이 있었기에 그랬는지도 모르지요. 그러나 저는 소설이라는 장르가 도덕적, 윤리적 가치를 전달하는 데 있어서 아직도 유효하고 유용한 장르라고 생각합니다. 앞으로도 마찬가지일 것입니다. 독자들에게 이야기를 읽는 즐거움을 주는 동시에 이 세계의 윤리성과 우리의 인간성을 전달하는 장르가 물론 소설만은 아니겠지만, 21세기에 들어선 지금의 시점에서 보아도 소설은 여전히 유용한 장르입니다. 논픽션을 포함한 역사보다도 더 진실할 수 있는 게 소설입니다. 적어도 저한테는 그렇습니다.

왕은철 흑인 인권 운동을 소설의 중심에 놓은 것으로 보아, 당신은 정치에 관심이 많을 것 같은데 어떻습니까? 그리고 당신을 남부 자유주의자 정도로 봐도 되겠습니까?

내스런드 당신이 들으면 놀라시겠지만, 저는 정치에 관심이 없습니다. 저는 정치보다는 개인에게 관심이 더 많습니다. 정치는 정치하는 사람들의 몫입니다. 그렇다고 우리가 관심을 가져서는 안 된다는 건 아닙니다. 제가 인권 운동에서 배웠던 것 중 하나는 '기다리지 말라'라는 것이었습니다. 그래서 저는 미국의 이라크 전쟁에 반대하는, 워싱턴에서 열린 집회에 참석하기도 했습니다. 제 생각을 표현해야 했기 때문에 그랬던 것입니다. 그러나 저는 정치를 외면하지는 않지만, 제 소설의 중심에 놓고 싶지는 않습니다. 인권 운동을 묘사한 것도 개별적인 사람들의 눈을 통해서였지, 어떠한 이데올로기를 통한 것은 아니었습니다. 오히려 제 관심은 음악, 예술, 문학 등에 있습니다. 그것이 정치적 이데올로기와 유리된 것은 아닐지 몰라도, 저는 정치의 문제를 정도의 문제로 받아들이고 있습니다.

왕은철　정치에 관심이 없다는 말씀은 그쪽을 도외시하고 전혀 관심을 기울이지 않는 입장이라기보다는 그것을 소설의 중심에 놓지 않고 싶다는 미학적 입장의 발언으로 들립니다. 그래도 정치와 관련해서 한 가지만 더 묻고 싶습니다. 당신의 나라의 대외정책에 대해서는 어떻게 생각하십니까?

내스런드　저는 미국이라는 나라가 대외적으로 외면을 당하고 있다는 걸 잘고 있습니다. 그리고 그것은 타당한 면이 없지 않습니다. 정치인들이 이성적으로 국제 문제에 접근하기를 정말 간절히 바랄 뿐입니다. 저도 전쟁에 반대하는 시위에 동참한 바 있지만, 거대한 정치권력 앞에서는 그러한 개인적 노력들이 무력하게만 느껴질 때가 있습니다. 합리성이 유일무이한 행동원칙은 될 수 없지만, 적어도 국제문제를 풀어가는 데 있어서는 합리성만큼 중요한 게 없을 것 같습니다. 여하간 절망적인 생각이 들 때가 많습니다.

왕은철　이제 마지막 질문이 되겠습니다. 당신은 『에이햅 선장의 부인』에서 '일본해'^Sea of Japan라는 명칭을 사용하고 있는데, 그것의 본래 명칭이 따로 있다는 사실을 알고 있습니까? 당신의 입장에서는 지엽적인 것이겠지만, 한국인인 저로서는 민감한 부분이어서 짚고 넘어가지 않을 수 없어서 묻는 것입니다.

내스런드 그래요? 저는 모르는 사실입니다. 저는 멜빌이 『모비딕』에서 '일본해'라는 명칭을 사용했기에 그것에 준해 사용했을 따름입니다.

왕은철 '일본해'라는 명칭은 일본이 세계에 들이민 것이고, 본래 이름은 동해East Sea입니다. 일본은 한국의 오른쪽에 있는 독도라는 섬을 자기들의 '다케시마' 섬이라는 억지 주장을 펴듯, '동해'를 '일본해'로 표기함으로써 제국적 담론을 영속화시키려 하고 있습니다. 지도를 잘 보시면, 한반도와 중국 사이의 바다는 '황해'Yellow Sea라고 되어 있을 겁니다. 일본의 논리를 따르면, 중국이 황해라는 명칭을 무시하고 그것을 '중국해'라고 해도 무방하다는 말이 됩니다. 동해를 '일본해'라고 주장하는 그들의 속내를 들여다보면, 독도를 자기 것이라고 주장하는 비외 흡사한 제국주의적 야망이나 향수가 도사리고 있습니다. 아실지 모르지만, 그들은 식민주의 역사를 반성하지 않으려 하는 몇 안 되는, 아니 어쩌면 유일한 국가입니다.

내스런드 그렇군요. 그런데 한 가지 궁금한 것은 19세기 작가인 멜빌이 왜 그의 소설에서 그 명칭을 사용했을까 하는 것입니다.

왕은철 저는 너무 오래전에 『모비딕』을 읽어서 멜빌이 일본 해라는 명칭을 사용했다는 사실을 모르고 있었습니다. 글쎄요, 제가 역사학자가 아니어서 단언할 수는 없지만, 당시 우리나라 (조선 왕조)는 일본과 달리 서구에 대해 쇄국정책을 고수하고 있었습니다. 그래서 일본은 자기들 마음대로 그 명칭을 밖에 알렸을 것이고, 멜빌은 그것을 그대로 사용했을 것입니다. 이웃 나라가 예민하게 생각하는 지명을 자기들 마음대로 바꾸는 것은 식민화 행위에 다름 아닙니다. 그렇게 보면, 일본은 그들의 영토적 식민화 정책에 앞서 일종의 식민담론을 개진했던 셈입니다. 식민주의나 제국주의는 늘 타자에 대한 폭력적 담론과 병행되는 것 아닙니까. 그래서 한국인에게는 제가 거론한 명칭의 문제가 지엽적이거나 사소한 문제일 수 없는 것입니다.

내스런드 제 소설을 읽다가 기분이 상하셨겠습니다. 그런 문제는 민감한 것이니까요. 특히 식민주의 역사가 개재된 상황이라면 더더욱 그렇겠습니다. 미안합니다. 혹시 제 소설이 한국에 번역된다면 바로잡아주시기 바라겠습니다.

왕은철 그렇게 되면 좋겠습니다. 벌써 두 시간 반이 흘렀습니다. 인터뷰를 허락해주시고, 장시간 전화 인터뷰에 응해주셔서 대단히 고맙습니다. 직접 찾아뵙고 얘기를 나눴어야 하는데, 거리상 그러지 못했음을 양해해주시기 바랍니다.

내스런드 제 작품에 관심을 가져주셔서 고맙다는 말씀을 드리고 싶습니다. 여러 모로 유익한 시간이었고 아주 즐거웠습니다. 다음에 만날 기회가 있었으면 좋겠습니다.

낸시 롤스
Nancy Rawles

● **낸시 롤스** *Nancy Rawles*

캘리포니아 주 로스앤젤레스 출생. 노스웨스턴 대학에서 신문방송학을 전공했으며 창작을 하기 전에 잠시 시카고에서 교육관련 업무를 취재하는 기자였다. 미국 도서상, 워싱턴 주지 사상, 시애틀 예술가상, 스페셜 프로젝트상, 미국도서관협회의 알렉스상과 허스턴/라이트 재단의 유산상 수상 등을 수상했다.

· **주요 작품목록**

『검보 같은 사랑Love Like Gumbo』, 『가재 꿈Crawfish Dreams』, 『나의 짐My Jim』 등의 소설과 『거짓말뿐Nothing But A Lie』, 『뿌리를 찾아Going to Seed』, 『대사들Ambassadors, Unlimited』, 『예술작품A Work of Art』, 『에드윈 T. 프래트의 암살The Assassination of Edwin T. Pratt』, 『문지기Keeper at the Gate』 등의 희곡을 발표하였다.

이중적, 삼중적 억압 상태의 흑인 여성들에게 목소리 부여하기

● ● ●

마크 트웨인을 '다시 쓴' 크리올 작가 **낸시 롤스**

흑인이자 크리올^{Creole}이며 여성이자 레즈비언 작가인 낸시 롤스는 캘리포니아 주 로스앤젤레스에서 태어나 성장했다. 노스웨스턴 대학에서 신문방송학을 전공했으며 창작을 하기 전에 잠시 시카고에서 교육 관련 업무를 취재하는 기자 생활을 했다. 『거짓말뿐』, 『뿌리를 찾아』, 『디시들』, 『예술 작품』, 『에드워 T. 프래트의 암살』, 『문지기』 등을 무대에 올린 극작가이며, 미국 도서상을 수상한 『검보 같은 사랑』, 반스 앤 노블 출판사의 위대한 신예 작가 프로그램으로 선정된 『가재 꿈』, 미국 도서관협회의 알렉스상과 허스턴/라이트 재단의 유산상을 수상한 『나의 짐』 등의 작품을 출간한 소설가이다. 워싱턴 주지사상, 시애틀 예술가상, 스페셜 프로젝트상 등을 수상했으며, 『나의 짐』이 시애틀의 "올해에 한 권 읽기" 프로젝트에 선정되어 학생들과 일반 독자들에게 광범위하게 읽히고 있다. 미국 문학의 정전 중에서도 정전에 속하는 마크 트웨인의 백인 중심적인 소설 『허클베리 핀의 모험』을 흑인의 입장에서, 그것도 "백인 주인의 성적 수탈마저 감당하면서 흑인 남성보다 더 고통스러운 이중적, 삼중적 억압상태에 있었던" 흑인 여성의 입장에서 다시 쓴 『나의 짐』이 웅변적으로 말해주듯, 롤스는 역사적으로 소외를 당해온 흑인 여성에게 목소리를 부여하려 한다.

인터뷰는 2005년 6월 23일 목요일, 시애틀에 있는 롤스의 자택에서 있었다. 서인도제도에서 태어난 아이를 입양하여 키우는 레즈비언 작가라는 사실을 너무나 당당하게 밝히는 롤스의 모습은 참으로 인상적이었다. 롤스는 현재, 시애틀에서 창작과 병행하여 어린 학생들에게 역사와 문학을 가르치고 있다.

왕은철 당신의 인종적, 종교적 배경에 대해 얘기해주시겠습니까? 그러한 배경이 당신의 소설에 어떠한 영향을 미쳤는지 알고 싶습니다.

롤스 저는 로스앤젤레스로 이주했던 루이지애나 출신의 가톨릭계 크리올 가정에서 태어났습니다. 저의 첫 소설 두 편은 크리올 사회에서 영감을 받았습니다. 제가 가톨릭 교도였다는 사실도 초기 작품과 사고에 많은 영향을 미쳤던 것 같습니다. 인종이 섞인 혼혈 가정에서 태어났다는 사실은 서로 다른 인종적 배경의 사람들에게 열린 마음을 갖게 해주었고 제 자신의 것 뿐만 아니라 그들의 생각과 관습을 이해하게 해주었습니다. 하지만 저에게 가장 큰 영향을 미친 것은 부모님이었습니다. 두 분은 예외적으로 지적이고 생각이 깊으셨지만 감정적인 면에서만은 늘 편치 않아 하셨던 분들입니다.

왕은철 미국 사회에서 크리올이라는 것은 어떤 의미입니까?

롤스 17세기에서 19세기까지, 크리올이라는 말은 라틴계 사람들을 지칭하는 말이었습니다. 즉, 미국의 남부와 중부, 카리브 해, 남부 루이지애나, 멕시코에 사는 프랑스, 스페인, 포르투갈 식민주의자들을 지칭했던 것입니다. 그런데 20세기에 들어와서는 그 말이 인종이 섞인 사람들을 지칭하는 말이 되었습니다. 특히, 프랑스 혹은 스페인 백인들의 피와 아프리카인이나 미국 원주민의 피가 섞인 남부 루이지애나 사람들을 지칭하는 말이었습니다. 곳에 따라서는 메스티조mestizo 혹은 물라토mulatto 라고 불리는 사람들을 일반적으로 지칭하는 말이 된 것이죠. 저는 프랑스나 스페인 계열의 백인들과 흑인이나 미국 원주민들의 피가 섞인 크리올입니다.

왕은철 당신은 당신의 정체성을 크리올로 규정하는 것처럼 보입니다. 또한 정체성의 문제를 아주 중요하게 생각하는 것 같습니다. 제 느낌으로는 백인 작가들은 그렇지 않은 데 비해, 비백인 작가들은 정체성의 문제가 때로 강박관념이 돼 있는 듯합니다. 제가 읽어본 아시아계 작가들도 대충 그런 것 같습니다. 어떻게 생각하십니까?

롤스　정체성이란 다소 실존적인 개념입니다. 우리는 하나로 규정될 수 있는 존재가 아닙니다. 정체성이 하나가 아니라는 거죠. 그런데 문제는 정치적인 목적으로 그것을 간편한 범주들로 분류하는 사회에 우리가 살고 있다는 것입니다. 우리는 이 나라에서 어렸을 때부터 이러한 범주의 측면에서 생각하고, 그것에 속하지 않는 것을 가려내고, 흑인과 백인, 게이와 스트레이트, 남자와 여자, 부자와 가난뱅이, 사과와 오렌지 등의 적대적인 개념으로 생각하는 걸 배웁니다.

그런데 삶이란 그것보다 훨씬 더 복잡한 것입니다. 정체성의 문제는 많은 미국인들이 공유하는 문제이지만, 역사적으로 소외당했던 사람들에게는 굉장히 무거운 짐으로 작용합니다. 백인들은 누리는 자였으니까 정체성의 문제를 어쩌면 간단한 것으로 생각할 수도 있겠지만, 억압받고 소외된 유색인들에게는 그것이 실존적으로 다가올 만큼 중요한 것이거든요. 달리 말해, 정체성의 문제는 실존적인 개념으로서 끝없이 묻고 규명하지 않을 수 없는 문제라는 것입니다.

왕은철 당신이 바라보는 미국의 인종적 현실 혹은 상황은 어떻습니까? 많이 개선됐다고 생각하십니까?

롤스 글쎄요, '더 많은 것이 바뀔수록 더 많은 것들이 그대로 남아 있다'는 말이 있습니다. 미국의 인종적 문제와 관련해서 많은 것이 바뀌었고 현재도 바뀌고 있습니다. 그런데 어떤 것들은 좋은 쪽으로 바뀌었고, 어떤 것은 나쁜 쪽으로 바뀌었습니다. 계급의 문제가 중요한 변수가 되어 있습니다. 기회가 늘어나기도 하고 줄어들기도 합니다. 새로운 사람들이 도착하면서 낡은 방식은 사라지고 있습니다. 미국인들은 다양성 안에서 생각하는 데 조금씩 더 익숙해져가고 있습니다. 세계 각지에서 온 사람들과 더 접촉하게 되고 원주민들의 존재를 더 느끼면서, 인종에 관한 미국인들의 생각도 변하고 있습니다. 하지만 사람들을 서로 대치하게 만드는 불안감은 사라지지 않고 있으며, 예전에 행했던 방식들이 아직도 도처에서 발견됩니다. 인종적 편견은 아직도 도처에 존재하며 또 존재할 것입니다.

왕은철 당신은 문화적, 인종적 혼성성의 문제에 대해 작가로서 어떤 입장입니까?

롤스 인종과 문화가 섞이는 것은 그저 현실입니다. 늘 그래왔지만, 무역과 전쟁이 그것을 더 현실화시킵니다. 그것이 반드시 인종적, 문화적 순수성보다 더 좋은 것일 필요까지는 없겠지만, 그것이 나쁜 형태이며 순수성이 적합한 조건이라는 생각은 더 이상 통용되지 않습니다. 현실은 수용해야 하는 것이지요. 하지만 그 현실을 수용하지 않으려 하고, 인종을 가르려 하는 자의적 태도가 미국사회에는 여전히 존재하고 있습니다.

왕은철 『검보 같은 사랑』에서 다루고 있는 중요한 주제 중 하나는 섹슈얼리티, 특히 동성애인 것처럼 보입니다. 이 문제에 대한 관심은 주변성에 대한 당신의 관심과 관련이 있을 것 같은데 어떻습니까?

롤스 동성애 문제는 보통, 가족 내에서 한 개인을 이질적인 존재로 만듭니다. 인종, 계급, 언어, 종교 등은 다른 가족들과 함께 공유할 수 있는 것이지만 성적 성향이 다르다는 이유로 개인은 가족 내에서도 소외를 당하는 겁니다. 문제는 가족 내에서부터 시작되는 것이지요. 저는 『검보 같은 사랑』에서 집단 내에서의 개인의 역할을 점검해보고 싶었습니다. 저는 레스비언입니다. 소설에서 다뤄지는 가족 내에 있어서의 동성애 문제는 제 경험과 무관하지 않습니다. 그런 점에서 자전적인 게 일부 들어 있다고 할 수 있습니다. 여하튼, 저는 같은 것을 강요하면서 상처를 주고 또 받는 과정을 응시하고 싶었습니다. 어떤 의미에서 보면 가족은 사회의 소우주니까요.

왕은철 제가 잘 알지는 못하지만 제가 남아프리카공화국에서 2년을 살면서 관찰해보니까, 흑인 가정이 대단히 가부장적이던데, 당신의 가정도 그랬습니까? 그리고 그것이 레스비언인 당신의 입지를 더 힘들게 만들었나요?

롤스 맞습니다. 사람들은 잘 알지 못하지만, 흑인 가정은 대단히 보수적이고 가부장적입니다. 흑인들의 정치적인 진보성은 억압과 수탈의 역사와 현실에서 벗어나기 위한 것이지, 다른 가치적인 면에서의 진보성과 언제나 맞아떨어지는 것은 아닙니다. 그렇습니다. 제 가족도 대단히 보수적이었으며, 그런 점에서 저를 참 힘들게 했습니다.

왕은철 『가재 꿈』에 나오는 가족은 많은 변화를 거칩니다. 그것의 시대적 배경은 1965년, 캘리포니아 와트^{Watt} 지역의 파괴와 레이건의 경제정책^{Reaganomics}인 것처럼 보입니다. 하지만 소설의 종반부에서 카밀이 식당을 열고 그녀의 가족을 다시 불러들이면서 가족의 가치가 다시 회복되는 것처럼 보이는데, 제가 당신의 소설을 제대로 읽고 있는 건지 모르겠습니다.

롤스 『가재 꿈』의 결말이 희망적인 것은 사실이지만, 브로사드 가족의 상황은 다소 불안정한 상태입니다. 우리는 그 식당이 잘될지 어떨지 모릅니다. 조셉은 술을 지나치게 마셔서 다시 집

없는 사람이 될 게 분명합니다. 니콜라스는 다시 마약에 관련된 친구들의 꾐에 빠질 것입니다. 카밀의 건강은 어쩌면 더 나빠질 것입니다. 하지만 소설 결말의 시점에서 보면, 가족은 전과 비교해서 더 안정돼 있고 구성원들은 서로한테 더 정직하며 관용적입니다.

왕은철 『가재 꿈』과 『검보 같은 사랑』은 똑같은 가족을 배경으로 하고 있습니다. 상호보완적인 소설입니까?

롤스 그것이 삼부작의 일부이기 때문에 똑같은 가족을 배경으로 하고 있습니다. 『검보 같은 사랑』이 삼부작 중 첫 번째에 해당하고 『가재 꿈』이 두 번째에 해당하지요. 각 소설은 가족의 구성원 중에서 한 여성에 초점을 맞추고 있습니다. 세 번째 소설은 큰딸인 이베트를 중심으로 한 소설이 될 것입니다. 하지만 앞으로 쓰여야 할 소설입니다.

왕은철 당신의 희곡 『문지기』의 시대적 배경은 1960년대 후반입니다. 특정한 역사적 인물에 기초한 희곡입니까? 『가재 꿈』도 1965년에 일어난 와트의 파괴와 관련되어 있습니다. 당신이 계속해서 그 시기로 돌아가는 이유는 무엇입니까?

롤스 저는 1960년대를 사람들이 생각하는 방식에 있어서 꾕

장한 변화가 있었던 시대라고 생각합니다. 제2차 세계대전은 세계를 정말로 뒤집어놓았습니다. 젊은 사람들은 끝없이 전쟁을 하려는 것처럼 보이는 지도자들을 의문시하기 시작했습니다. 한국 전쟁이 있었고 베트남 전쟁이 있었습니다. 사람들은 경찰, 성직자들, 정치인들의 권위를 의심하기 시작했습니다. 이것은 전쟁 후에 생긴 작은 변화였습니다. 그러나 그것은 1960년대까지는 커다란 변화로 이어지지는 못했습니다. 인권 운동과 여권 운동은 낡은 선입관과 편견들에 도전하고 있었습니다. 당시는 흥분되고 불안한 시대였습니다. 저는 그때 어린애였습니다. 그런데 그것은 제 머릿속에 계속 남아 있었습니다.

1960년대에는 정치적인 이유로 벌어지는 많은 살인들이 벌어졌습니다. 존 F. 케네디, 로버트 케네디, 말콤 X, 마틴 루서 킹, 메드가 에버스Medgar Evers 등과 같은 유명인사들은 수없이 많은 죽은 사람들 가운데 일부를 차지할 뿐입니다. 에드윈 토머스 프래트Edwin Thomas Pratt는 시애틀의 도시 연합의 책임자였습니다. 그는 1969년 1월, 시애틀 북부에 있는 그의 집 문간에서 살해당했습니다. 그의 살해 사건은 지금까지 해결된 것이 없습니다.『문지기』는 그에 관한 것입니다. 그를 역사적 맥락에 놓고 싶은 이유에서 집필한 희곡입니다.

왕은철 당신이 좋아하고 존경하는 흑인 작가나 비평가, 인권 운동가를 몇 사람 들어주시겠습니까?

롤스 저는 흑인들의 이산Diaspora 문제와 관련성 있는 수많은 작가와 사상가들한테서 많은 영감을 받았습니다. 데렉 월코트, 리타 도브Rita Dove, 괜돌린 브룩스, 치누아 아체베, 벤 오크리, 앨리스 워커, 폴 마샬, 글로리아 네일러, 토니 모리슨, 치치 단가렘브가Tsitsi Dangarembga, 마리아마 바Mariama Bâ, 나왈 엘 사다위, CLR 제임스, 존 랭스턴 괄트니, 매리언 라이트 에델만 등 다 열거하기에는 너무 많습니다. 그들처럼 저도 어떤 목적성을 갖고 글을 쓰고, 사회적인 문제와 인권의 문제에 관련된 사람이고 싶습니다.

왕은철 당신이 최근 발표한 『나의 짐』에 대한 평단 반응이 아주 좋고 긍정적입니다. 사실, 이 인터뷰를 생각하게 된 것도 『나의 짐』을 읽고 평단의 반응을 살펴본 후였습니다. 그래서 이 작품에 대해 집중적으로 물어보려고 합니다. 이 소설에서 당신은 마크 트웨인의 『허클베리 핀의 모험』Adventures of Huckleberry Finn을 모母 텍스트로 하여, 그 소설에서 주변부적 인물에 불과한 흑인을 중심에 설정하여 내러티브를 전개하고 있습니다. 진 리스가 『넓은 사르가소 바다』에서 제인 오스틴의 『제인 에어』를 다시 썼듯이, 당신도 트웨인의 소설을 다시 혹은 되받아 쓰고 있는 것 같습니다. 그런데 흥미로운 것은 짐이 아니라 짐의 부인이 화자로 설정되어 있다는 사실입니다. 내러티브에 페미니즘적 시각을 도입하고 있는 것입니까? 당신은 페미니스트입니까?

롤스 네, 저는 제 자신을 페미니스트라고 생각합니다. 저는 문학과 역사와 저널리즘과 정치에서 여성의 목소리의 존재가 삶의 복잡성을 이해하는 데 결정적인 것이라고 생각합니다. 제가 짐보다는 오히려 짐의 부인의 시각에서 글을 쓰기로 했던 것은 짐처럼 도망친 사람들의 이야기 외에는 그간 이야기되는 바가 없었기 때문입니다. 즉, 평범한 사람들의 이야기는 묻혀버리고 마는 것입니다. 짐의 고통도 고통이지만, 노예 상태로 남아 백인 주인들이 가하는 물리적, 정신적 폭력을 감내해야 하는 흑인들, 그 중에서도 흑인 여자들의 고통은 이만저만한 게 아니었습니다. 그런데 그러한 평범한 사람들에 관한 얘기는 언제나 묻혀지는 게 현실이었습니다. 흑인 여성은 어떻게 보면 흑인 남성보다 더 고통스러운, 이중, 삼중의 억압 상태에 있었습니다. 흑인 여성은 백인 주인의 성적 수탈마저 감수해야 했으니까요. 저는 바로 그 점 때문에 짐보다 그의 부인을 화자로 택해 내러티브를 전개하고자 했던 것입니다.

왕은철 그러니까 스피박이 말한 하위subaltern 그룹에 관심을 갖는 것이로군요. 사실, 흑인 노예 이야기는 도망친 남자 노예들에 관한 것이 대부분이기는 하지요. 그런데 이 소설을 읽다 보면 당신이 노예 내러티브에 아주 익숙한 사람처럼 느껴집니다. 이 소설을 쓰기 위해 자료조사를 많이 했을 텐데, 어떠한 내러티브들이 도움이 됐습니까?

롤스   대학에 다닐 때 노예에 관한 이야기들을 많이 읽었고, 『나의 짐』을 쓰기 위해 그것들을 다시 읽었습니다. 프레데릭 더글러스, 해리엇 제이콥스, 헨리 '박스' 브라운, 윌리엄 크래프트, 엘런 크래프트 등의 내러티브가 가장 도움이 됐습니다. 그것들은 정말로 강력하고 긴장감 넘치며, 미국 역사를 이해하는 데 아주 중요한 이야기들입니다. 저는 자료조사를 하면서 과거를 해석하고 그것을 소설 속으로 끌어들이면서 그것의 의미를 찾는 일을 하고 있었던 셈입니다.

왕은철   『나의 짐』의 스타일은 어떤 것을 쓴다기보다는, 누가 누구에게 어떤 것을 이야기해주는 구술적, 구전적 형식을 취하고 있습니다. 사실, 할머니가 사랑하는 손녀에게 자신의 삶과 시대를 이야기해주는 형식이거든요. 제가 궁금한 것은 이러한 형식이 아프리카 소설의 구전 전통과 관련이 있냐는 겁니다. 당신이 흑인 작가이기에 그 점에 민감할 것 같아 묻는 겁니다.

롤스   잘 지적하셨습니다. 스토리텔링은 아프리카 문화에서 아주 중요합니다. 그리고 그것은 미국의 흑인문학에서 아주 활력적인 부분으로 살아남았습니다. 흑인 작가들을 보십시오. 상당수가 구전적 전통을 활용하고 있습니다. 미국에서의 흑인들의 역사 때문에, 이야기를 해주는 것은 종종, 부모들이 자식들과 손자손녀들에게 해줄 수 있었던 유일한 것이었습니다. 저는 그것을 활용하고 싶었습니다. 제가 다른 소설에서와 달리, 단어와 문장을 가급적이면 단순하게 하려고 한 것도 그런 이유에서였습니다. 할머니가 손자손녀들에게 얘기해줄 때의 사용하는 언어는 단순하면서도 구수한 것이어야 하니까요.

『나의 짐』의 언어는 초등학교 2~3학년 정도까지만 수학을 한 사람의 것이라고 보면 됩니다. 화자는 동사의 시제나 활용을 혼동하는 것은 물론이고, 일인칭 단수와 삼인칭 단수를 구별하지 못하기도 합니다. 또한 구두점을 활용할 줄도 모릅니다. 달리 말하면 이것은 어린 학생들이 씀 직한 글입니다. 저는 이러한 어린 학생들의 글이 진심에서 우러나는 것이고 아름답기에 그것을 차용한 것입니다. 또한 저는 전통 음악의 리듬을 모방하려고 노력했습니다. 한마디로 말해, 『나의 짐』에서 구사되는 언어는 읽고 들려지도록 쓰인 "느껴지는" 언어입니다.

왕은철 『나의 짐』은 역사적인 면에서 얼마나 정확하며, 얼마나 사실에 부합되는 것입니까?

롤스 『나의 짐』에는 역사적 사실들이 많이 들어 있습니다. 그중 상당부분은 새뮤얼 클레먼스(Samuel Clemens, 마크 트웨인의 본명)의 어린 시절과 미주리 주 한니발 지역의 역사에서 차용한 것입니다. 저는 역사적인 사실들에 충실하려고 많이 노력했습니다. 지진이나 무수한 유성流星과 같은 자연현상에서부터

1873년, 부활절 일요일에 루이지애나 주 콜팩스에 있는 법정에서 100명의 흑인들이 죽음을 당한 역사적 사건에 이르기까지 역사적 사실들에 충실하려고 했습니다. 소설 속 사건들도 역사적 사건에 근거한 것들입니다. 가령, 네리엄 토드Nerium Todd라는 탈주 노예가 나오는데, 그는 새뮤얼 클레먼스의 친구가 알았던 노예였습니다. 그리고 드레드, 해리엇 스코트Dred and Harriet Scott도 마찬가지입니다. 그들은 자유를 찾기 위해서 미주리 주의 법원에 소송을 냈고, 결국 자신들의 사건이 대법원에 이를 때까지 10년의 세월을 그 일에 매달렸던 실제적 인물들을 바탕으로 한 역사적 인물들이었습니다. 저는 클레먼스 가족의 하인이었던 어린 노예 여성을 포함시키기까지 했습니다. 노예들의 삶에 관한 모든 정보는 노예 내러티브와 구전 역사에서 취한 것입니다.

왕은철 당신이 알다시피, 정전canon에 속하는 작품들을 '다시' 혹은 '되받아' 쓴 많은 작품들이 있습니다. 다시 쓴다re-write 되받아 쓴다 등의 말은 이제 우리에게 아주 친숙한 말이 되었습니다. 탈식민 이론 때문이지요. 앞에서 제가 말씀드린 진 리스도 마찬가지지만, 당신과 동시대의 미국 백인 작가인 세나 지터 내스런드도 『에이햅 선장의 부인』에서 멜빌의 『모비딕』을 여성 화자의 시각에서 다시 썼습니다. 당신도 내스런드와 다를 바 없는 되받아 쓰기를 하고 있는 것 같습니다. 『허클베리 핀의 모험』을 다시 쓰고 있으니까요. 이러한 되받아 쓰기 전략은 많은 작가들이 채택하는 글쓰기 방식이 된 것 같습니다. 그런데 왜 소설이 그렇게 가시적이고 명시적으로, 기존의 작품을 상호텍스트적으로 활용해야 하는 것입니까? 현대 작가들이 느끼는 '불안'을 반영하는 것일까요?

롤스 글쎄요, 제가 생각하기에는 『나의 짐』은 『허클베리 핀의 모험』을 되받아 쓴다기보다는 확장expand하고 있는 게 아닌가 싶습니다. 실제로 그것은 아주 다른 이야기입니다. 저는 정전에 속하는 작품들 자체에 관심이 있는 게 아닙니다. 제가 관심 있는 것은 학생들이 교실에서 읽고 또 읽히는 작품들입니다. 아프리카계 흑인 학생들의 부모들은 학교에서 『허클베리 핀의 모험』을 가르치는 데 반대하기 시작했습니다. 시애틀 인근에서도 흑인 학생들이 수업에 들어가기를 거부하는 사건이 일어났습니다. 앞으로도 그런 일은 얼마든지 생길 것입니다. 흑인 인물인 짐에 대한 경박한 묘사와 "검둥이"nigger라는 경멸적인 표현이 흑인들에게 아주 모욕적인 것으로 다가오기 때문입니다. 많은 비평가들은 아주 오랫동안 『허클베리 핀의 모험』의 가치에 대해서 논의해왔습니다. 어떤 백인 작가는 미국 소설들이 하나도 예외 없이, 이 소설에서 출발했다고 했습니다.[15] 그러나 그것은 백인의 시각일 뿐입니다. "검둥이"로 지칭되고, 백인보다 한 등급 아

15) 여기에서 롤스가 말하는 작가는 어니스트 헤밍웨이이다.

래의 인간으로 묘사된 흑인들의 시각은 거기에 반영되지 않은 것입니다. 저는 『허클베리 핀의 모험』이 아프리카계 흑인들에게 제시하는 도전에 문학적인 응수를 하고자 했습니다. 오랫동안 "정전 전쟁"이라고 일컬을 만한 것이 대학에서 진행돼오고 있습니다. 작가들은 정전을 다시 생각하려고 하고 있는 것입니다.

왕은철 그렇다면 당신 생각에 『허클베리 핀의 모험』은 인종적 편견으로 가득한 소설인가요?

롤스 그 소설을 인종적 소설로 몰아붙이고 싶은 생각은 조금도 없습니다. 화자 헉과 작가 트웨인 사이에 아이러니컬한 거리가 있을 수도 있으니, 따라서 헉의 인종적 태도를 트웨인의 것이라고 간주할 수만은 없는 것도 사실입니다. 그런데 그 아이러니컬한 거리를 염두에 둔다면, 『허클베리 핀의 모험』은 학생들에게 더더욱 조심스럽게 가르쳐야 하는 소설입니다.

미국의 중고등학교의 현실은 어떻습니까. 학교에서는 그 소설을 신성한 고전의 자리에 모셔놓고 떠받들면서, 그저 읽기만을 강요하고 있습니다. 아무런 비판적 입장 없이 읽기를 강요당하니, 흑인 학생들이 모욕감을 느끼고 그것에 저항하는 것은 당연한 것입니다. 저는 흑인 학생들과 그들의 부모가 그렇게 반응하는 것이 당연한 것이라고 생각합니다. 교사들의 무비판적인 입장은 결국 그 소설 속에 스며 있는 인종주의를 외면하는 것이니까요. 그리고 사실, 『허클베리 핀의 모험』이 트웨인의 더 좋은 소설들을 젖히고 신화적인 위치를 점유해야 하는 이유를 저는 잘 모르겠습니다. 이 소설의 결말을 보세요, 그것은 소설 문법에 위배돼도 너무 위배되는 처리방식입니다. 저는 이 소설이 미국을 대표할 만한 소설인지 어쩐지 잘 모르겠습니다.

여하튼 미국인들은, 특히 백인들은, 자신들의 조상이 헉처럼 인간적이었다고 믿고 싶어 하는 것 같습니다. 우리는 모두, 과거의 잘못된 것에는 애써 눈을 감아버리고 좋은 것만을 보려고 하지 않습니까? 우리 미국인들은 우리의 제국 혹은 식민 정책에는 눈을 감고, 좋은 점만을 보려고 하지 않습니까? 우리의 역사가 얼마나 참담합니까. 그걸 도외시하고 역사를 바라본다는 것은 역사에서 아무것도 배우지 않고 그저 자신에게 편한 대로만 말하고 바라보겠다는 것이지요. 그렇다고 마크 트웨인의 소설을 폄하하고 싶은 생각은 없습니다. 꼼꼼하게 읽어보니 좋은 부분이 아주 많은 소설입니다. 다만 그 소설의 유미기 흑인들을 희생시키며 얻어진 것이라는 점을 우리가 직시할 필요가 있으며, 학생들에게 그렇게 가르칠 필요가 있다는 것입니다. 제가 알고 있는 많은 독자들처럼, 저 역시 이 소설을 쓰기 전에는 『허클베리 핀의 모험』을 끝까지 읽을 수가 없었습니다. 짐이라는 흑인 인물에 대한 형상화가 몹시 불편하게 다가왔기 때문입니다.

왕은철 그러고 보면, 『허클베리 핀의 모험』에 관한 백인들의 전통적 시각이 미국의 대내외 정책에도 연결될 수 있겠군요.

롤스 그렇습니다. 그건 당연한 것입니다. 아무리 우리가 우리 자신을 신화화하려고 해도, 역사적인 '사실'이나 '기록' 자체가 그 신화화 행위 자체를 해체하고 마는 것이지요. 일종의 정신분열적인 상태라고나 할까요. 자유와 민주주의, 법치주의를 아무리 떠받아들여도, 흑인 노예들에 대한 참담한 과거가 쉽게 치유될 수 있습니까? 그 이전에 있었던 인종 말살은 어떻습니까? 미국의 원주민인 인디언들에 대한 집단적인 살육이 정당화될 수 있습니까? 이라크 전쟁이 정당화될 수 있습니까? 고통을 당하고 수없이 죽어가는 사람들은 어쩌자는 겁니까? 9·11에서 뭘 배웠습니까? 9·11이 일어났을 때, 올 것이 왔다고 생각하는 사람들이 많이 있었습니다. 어떤 사람들은 놀랍게도, 그 사건에 희생당한 사람들에게 동정심을 보이려 하지도 않았습니다. 다 그런 것은 아니지만, 심각한 역사적 소외상태를 경험한 흑인들은 백인들과 다르게 어떤 사건이나 현상에 대해서 그처럼 상반되는 생각을 할 수도 있는 것입니다. 가난과 박탈감에 시달리며, 역사의 주류에서 배제당한 힘없는 사람들은 그처럼 달리 생각하기도 합니다.

물론 저는 그렇게 반응해서는 안 된다고 말했습니다. 누가 어디에서 죽고 다치든, 우리는 그들에게 연민을 보여야 합니다.

우리가 명심할 것은 제국적 정책에 대해 자기반성적인 태도를 취해야 한다는 것입니다. 보복성 폭력이 또 다른 보복성 폭력으로 연결되어서는 안 되는 것입니다. 여하튼 제가 말하고자 하는 것은 역사를 미화하고 신비화하는 것은 지극히 위험하며, 그것이 담론의 경우에도 마찬가지라는 것입니다. 결국 전쟁은 담론에서 시작되는 것 아닙니까. 이라크인들은 악마의 수중에 있다, 그러니 우리가 그들을 구해줘야 한다. 이런 식의 사고가 전쟁으로 이어지는 것 아닙니까. 자기반성이 없다면 역사는 그저 잘못된 것만을 수없이 반복하고 또 반복할 뿐입니다.

왕은철 당신의 말을 듣고 있노라니까, 당신의 소설은 무엇보다도 교육적인 차원을 염두에 두고 있다는 생각이 듭니다.

롤스 그렇습니다. 저는 교육적인 것을 최우선으로 삼고 이 소설을 썼습니다. 물론 작가가 그것만을 염두에 두고 소설을 썼다는 것은 어폐가 있지만, 여하간 교육적인 것을 염두에 두고 이 소설을 쓴 것만은 확실합니다. 저는 『허클베리 핀의 모험』을 확장한 『나의 짐』이 학생들에게 읽히고, 그것이 소설에 투영돼 있는 흑인들에 대한 상투성을 바로잡는 계기가 되기를 바랍니다. 실제로 샌프란시스코의 한 학교에서는 『허클베리 핀의 모험』과 『나의 짐』을 학생들에게 동시에 읽힘으로써 상당한 교육적 효과를 보았다고 합니다. 많은 교사들이 『나의 짐』을 『허클베리 핀의 모험』과 함께 가르치겠다고 하고 있습니다. 대학에서도 많은 교수들이 제 소설을 학생들에게 읽히고 있습니다. 심지어 역사 과목에서도 교재로 채택되어 읽힙니다. 그렇다고 제가 흑인과 백인 사이에 각을 세우려고 하는 것은 아닙니다. 왜곡된 이미지가 책을 통해 젊은 학생들의 뇌리에 영속화되는 것만은 적어도 막아야 하지 않겠습니까.

왕은철 당신은 소설가일 뿐만 아니라 극작가입니다. 『나의 짐』은 극작가로서의 경험을 활용한 것이 아닐까 하는데 어떻습니까? 이런 말씀을 드리는 것은 대화가 아주 많이 나오기 때문인데, 희곡이라는 게 결국 대화를 바탕으로 하는 것 아닙니까.

롤스 정확한 지적입니다. 저는 시각적 이미지들보다는 소리에 더 민감하게 반응합니다. 그래서 극작은 저에게는 더 자연스러운 문학 형식입니다. 희곡은 들려지는 것을 겨냥합니다. 보여지는 것 이상으로 말입니다. 저는 음악을 많이 듣습니다. 라디오를 주로 듣는 편입니다. 언어의 리듬은 저에게는 중요한 것입니다. 『나의 짐』의 형식은 1930년대와 1940년대의 미국 노예들이 구술한 구전적 역사의 형태와 비슷합니다. 그래서 그것은 독백의 형식에 가깝습니다. 한 인물이 자신의 속마음과 느낌을 애기를 통해 드러내는 형식이지요. 저는 대화와 독백을 다루는 게 아주 편합니다. 저는 배우들과 세트 디자이너들이 무대에 도입하는 묘사적 정보를 소설 속에서 활용하고 있는 셈입니다. 저는 극장의 협력적인 속성을 좋아합니다. 하지만 동시에, 소설을 쓰는 고독을 사랑하기도 합니다.

왕은철 당신이 협력이라는 말을 쓰니까, 당신이 쓴 「협조」 Collaboration라는 글을 읽었던 게 생각나는군요. 로버트 카파Robert Capa, 1913-1954의 사진에 대한 당신의 언급은 아주 흥미로웠습니다. 공교롭게도 그것은 제가 10년 전쯤에 우연히 보고 복사본을 만들어 제 연구실 책장 유리에 끼워놓고 가끔씩 들여다보는, 볼 때마다 가슴 아픈 사진 중 하나입니다. 협력이라는 개념이 어떤 의미에서 중요한 것입니까?

롤스 요즘 우리는 긍정적인 결과를 이끌어내기 위해 다른 사람들과 같이 일한다는 의미로 "협력"이라는 말을 사용합니다. 그런데 그 말은 전쟁 중에는 다른 의미였습니다. 그것은 적 특히 점령군에게 "협력"하는 사람들을 묘사하는 데 사용되었습니다. 팔레스타인 당국은 현재, 협력자(부역자)들을 처형할 것인지 말 것인지 결정하려고 하고 있습니다. 고발을 당한 협력자들의 시체가 때로, 가자와 웨스트 뱅크의 도로에서 발견됩니다. 아일랜드와 점령당한 다른 나라들에서 그렇듯이 말입니다.

당신이 지칭하는 전쟁 사진은, 나치가 프랑스를 점령했을 당시, 독일군과의 사이에 낳은 아이를 안고 있는 프랑스 여성의 모습을 보여줍니다. 사람들은 그녀를 비웃고 모욕감을 줍니다. 어쩌면 그녀는 독일군과의 관계에서 이득을 봤을지도 모릅니다. 그런데 그녀를 둘러싸고 있는 사람들은 그녀가 그들과 같이 고통을 당하지 않았다고 생각하고 있음이 틀림없습니다. 그래서 그녀와 그녀의 아이에게 고통을 가하고 있는 것입니다. 그러나 제 생각에는 틀림없이 그녀도 전쟁 중에 독일군과의 관계에서 고통당했을 것입니다. 어쩌면 "협력한다"는 것은 실제로, 그것이 좋은 결과를 위한 것이라 할지라도, 같이 고통스러워하는 한 방식일지 모릅니다.

왕은철 당신이 언급한 카파의 사진은 연작 중 하나에 해당합니다. 그 사진은 더 혹독한 일이 있은 다음에 카파가 찍은 사진입니다. 그 전 사진을 보면, 사람들이 지켜보는 가운데, 여자의 아버지가 갓난애를 안고 있고 여자가 머리를 박박 깎이고 있습니다. 당신이 말한 사진은 그렇게 머리가 깎이고 나서 사람들한테 끌려가는 장면인 것입니다. 저는 그 사진을 보면서, 윤리와 정의를 주장하는 사람들이 때로는 그것 자체를 위배하는 행위를 하는 것은 아닌지 생각해봅니다. 옳고 그름이 자리를 바꾸는 것은 흔히 있는 일 아닙니까. 윤리와 정의를 지나치게 한쪽으로 몰아갈 경우, 그 사진처럼 비윤리적이고 비정하고 비인간적인 것이 되는 건 어쩌면 당연한 것일지 모르겠습니다. 독일군에 "협력"한 여자의 행위가 윤리적인 것일 수야 없겠지만, 그 여자의 아버지에게 강보에 싸인 아이를 안게 하고 여자의 머리가 깎이는 모습을 바라보게 하고, 다시 그 모습을 수많은 사람들이 고소해하면서 바라보는 것도 윤리적일 수가 없는 거지요. 아니, 그들이 그 모습을 보고 희희낙락하는 것은 추잡하기까지 합니다.

문학이 아직도 효용성이 있는 것이라면, 그 비윤리성과 비정함과 비인간성을 고발하고 구석에 몰린 자에게 따뜻한 시선을 보내는 것이 아닐까 하는 생각을 해봅니다. 달리 말하면, 그 비인간적인 행위가 진행되고 있을 때, 그것을 가슴 아프게 바라보는 카파의 눈, 그것이 문학의 지향점이 돼야 하는 게 아닐까 싶습니다. 카파는 제 생각에 어느 누구보다 훌륭한 휴머니스트였던 것 같습니다. 리얼리즘과 휴머니즘이 그처럼 완벽하게 조화를 이룬 예술작품도 그리 없을 듯합니다.

롤스 네, 그것이 문학이 해야 할 일이라는 딩신의 생가에 저도 동의합니다. 제가 침묵을 강요당한 소수민족의 아픔에 렌즈를 들이대는 것도 그런 이유 때문입니다. 그런데 저는 카파의 사진이 연작인 줄 모르고 있었습니다. 그 사진을 한번 찾아서 봐야겠습니다.

왕은철 당신은 작가로서 자신이 어떤 발전과정을 거쳐왔다고 생각합니까?

롤스 저는 작가로서 제 자신에 대해 더 확신이 생긴 것 같습니다. 저는 스토리를 통해 의미를 더 잘 전달할 수 있게 됐습니다. 어느 때인가, 저는 희곡 작품을 쓰는 걸 그만뒀습니다. 제가 연출가의 시각에 너무 쉽게 휘둘리고 있다는 사실을 알게 됐기 때문이었습니다. 저는 고독 속에서 제 글을 발전시킬 시간이 필요했습니다. 소설을 쓰는 것은 저에게 그 기회를 제공했습니다. 저는 이제, 극장으로 돌아갈 준비가 돼 있습니다. 그리고 앞에서 말씀드린 바처럼, 교육적인 일에 더 많은 관심을 할애하고 싶습니다. 특히 학생들을 가르치는 일에 힘을 더 쏟고 싶습니다. 저는 초등학교, 중학교, 고등학교, 대학교 학생들을 가르쳐 왔습니다. 이제 『나의 짐』을 갖고 교육현장에 가서 제가 의도한 바를 실천해보려고 합니다.

왕은철 지금 집필하고 있는 작품이 있다면 말씀해주시겠습니까?

롤스 『나의 짐』에 나오는 특정한 장면을 확장시킨 희곡을 막 완성했습니다. 내용을 조금 소개해드릴게요. 이 희곡에서 짐은 세인트루이스에 있는 노예 우리에 옵니다. 그 우리는 그의 부인인 세이디가 뉴올리언스에 있는 노예 시장에서 팔리기 전에 갇혀 있는 곳입니다. 그들은 그들이 서로를 다시 볼 수 있을지 확신할 수 없습니다. 그들의 가족은 뿔뿔이 흩어져버렸습니다. 가장 큰아이인 리즈베스는 그녀를 성적으로 능욕하는 잔인한 백인 주인의 포로가 되어 있으며, 아들 조니는 미지의 지역으로 팔려갔습니다. 짐은 세이디의 자유를 사려고 안간힘을 쓰지만 성공하지 못합니다. 그들은 이 희곡이 진행되는 동안, 서로를 위로하고 서로에게 얘기하면서, 자유의 시간을 계획하고 각자의 삶을 준비합니다. 이 희곡의 제목은 『나는 당신을 찾아갈 거야』I Will Walk to Find You입니다.

그리고 저는 『도둑맞은 물』Stolen Waters이라는 소설을 완성 중에 있습니다. 그것은 1948년 시애틀을 배경으로 하고 있습니다. 중심인물은 전쟁에서 돌아오지 않은 아버지를 둔 열두 살배기 여자애입니다. 이제 당신은 제가 헤어짐과 사랑하는 사람에 대한 기다림의 주제를 좋아한다는 걸 알게 됐을 겁니다. 제가 하 진의 『기다림』을 대단히 좋아했던 것도 같은 이유에서입니다.

왕은철 하 진은 한국계가 아니라 중국계 삭가지요. 『기다림』을 포함한 몇 편의 소설을 읽었는데 이야기를 참 재미있게 쓰는 작가더군요.

롤스 아, 중국계 작가로군요.

왕은철 이건 맨 처음에 물었어야 하는 건데 마지막 질문이 되고 말았습니다. 당신은 어떻게 해서 작가가 됐는지, 교육적 배경에 대해서 말씀해주십시오.

롤스　저는 어렸을 때부터 작가가 되고 싶었지만 다른 길을 택했습니다. 저는 일리노이 주 에반스톤에 위치한 노스웨스턴 대학에 들어가서 저널리즘을 전공했습니다. 저널리즘은 남의 말을 듣는 데 익숙하게 해줬고, 그것은 바로 극작으로 이어졌습니다. 저는 흑백통합을 위한 강제적 버스 통학이 시카고에서 실시될 당시 교육부를 취재하는 젊은 기자였습니다. 학교 모임을 취재하면서 제가 생각했던 것은 '뉴스거리는 많지 않은데 극적인 일들이 많다'는 것이었습니다. 대학에서 영어를 전공하지 않고 대학원에 진학하거나 문학 단체에 속하지 않았다는 것은 제가 특정한 사고나 계열에 속하지 않는다는 말이기도 합니다. 저널리즘은 저에게 제 자신의 일을 너무 가치 있는 것으로 생각하지 않아야 한다는 것과 제 자신에 대한 비판을 열어놓아야 한다는 걸 가르쳐줬습니다.

왕은철　당신의 겸손함이 참 듣기에 좋습니다. 자기가 하는 일을 '너무 가치 있는' 것으로 생각하면 결국 아집과 독선이 되는 것일 테니까요. 아집과 독선은 문학인이 피해야 할 것들이지만 그러지 못한 게 또 현실이거든요. 아쉽지만, 시간이 너무 흘러 인터뷰를 여기에서 마쳐야 할 것 같습니다. 감사합니다.

롤스 제 작품에 관심을 가져주셔서 감사합니다. 아주 즐겁고 유익한 시간이었습니다.

『허클베리 핀의 모험』을 '다시 쓴' 『나의 짐』

마크 트웨인과 낸시 롤스의 대화적 관계[16)]

1

영국과 캐나다에서는 1884년에, 그리고 미국에서는 이듬해인 1885년에 출간된 마크 트웨인[1835~1910]의 『허클베리 핀의 모험』은 미국 문학의 정전 중에서도 정전에 속하는, 아니 정전의 영역을 초월한 소설이라 일컬어진다. T. S. 엘리엇에 따르면 이 소설은 트웨인의 "천재성이 완벽하게 구현된 걸작"이며, 트릴링에 따르면 "거의 완벽한 소설"이자 "미국문화의 중추적인 기록 중 하나"이며 "세계의 위대한 책 중 하나"이고, 레인에 따르면 "위대한 세계적 소설"이다. 또한 헤밍웨이는 이 소설을 가리켜 "모든 미국 근대문학의 시발점"이라고 했으며, 포크너는 이 작가를 가

16) 이 글은 2007년 《영어영문학》에 게재된 것이다.

리켜 "미국 문학의 아버지"라고 칭송했다. 학자들, 문학평론가들, 교사들, 기자들, 그리고 심지어 주지사들과 대통령들까지도 이 소설을 미국인들의 사랑과 관용의 정신을 대변하는 명작 중의 명작이라고 치켜세웠고, 결과적으로 이 소설은 중고등학교와 대학교의 교과과정에서 학생들이 반드시 읽어야 하는 텍스트가 되었다. 이는 한 학자가 지적한 바와 같이, "우상숭배"에 육박할 정도다.[17]

그런데 문제는 흑백 간의 문제를 중심에 설정하고 있는 이 소설을 "위대한 세계적 소설"로 떠받드는 기준이 집단적 합의가 아니라 대부분이 백인들로 구성된 학자들, 평론가들, 기자들, 교육자들의 자의적이고 임의적인 판단에 근거한 것이라는 사실이다. 백인 소년 헉이 짐이 붙잡혀 있다는 걸 알리는 편지를 노예 주인 미스 왓슨에게 썼다가, 짐이 그간에 자신에게 잘해줬던 일들을 떠올리고 편지를 찢어버리면서 "좋아, 난 지옥으로 가겠

17) 이 소설에 대한 국내의 평가도 크게 다르지 않을 듯싶다. 한 예만 들면, 1996년 랜덤하우스에서 발행한 『허클베리 핀의 모험』을 우리말로 번역한 김욱동은 "프랑스 문학사에서 스탕달의 『적과 흑』, 독일 문학사에서 괴테의 『파우스트』, 그리고 러시아 문학사에서 레오 톨스토이의 『전쟁과 평화』를 빼놓을 수 없듯이 미국 문학사에서 『허클베리 핀의 모험』을 빼놓을 수 없다"며 이 소설을 "미국 문학사는 말할 것도 없고 세계 문학사의 반열에 올라 있다"고 평가한다(김욱동 598). 이는 엘리엇이나 트릴링의 평가를 그대로 반복한 것이 아닌가 싶을 정도로 그들의 것과 흡사하다. (이와는 다른 문제지만, 역자가 백인들의 말과 다르게 짐의 '촌스러운' 말을 옮길 때 충청도와 전라도 사투리를 사용한 것은 둘을 차별화시키려는 순수한 의도였겠지만 거기에 배인 정치적, 역사적, 사회적 함의를 충분히 생각하지 않고 그렇게 한 게 아닐까 싶다. 이는 필자가 이 역서를 전북대학교 학생들에게 직접 읽혀본 경험에 입각해 말하는 것이다.)

어"라고 말하며 그를 배반하지 않기로 결심하는 장면이 백인들에게는 미국인들의 관용과 자유와 화해의 정신을 압축해보여주는 것이라고 생각될 수 있겠지만, 흑인들에게는 그것이 인종차별의 과거와 현재를 의도적으로 외면하고 감상과 낭만을 곁들여 노예 제도와 관련된 비참한 과거를 미화하는 것으로 비칠 수 있다. 흑인들의 입장에서는 "검둥이"[18)라는 표현이 200번 이상 반복되면서 짐을 비롯한 흑인들이 희화화되는 소설을 백인들처럼 받아들이기는 힘든 것이다. 그래서 월리스와 같은 흑인 교육자는 이 소설을 가리켜 "지금까지 씌인 인종차별적 쓰레기 중 가장 그로테스크한 예"라고 했을 정도다. 물론 백인 비평가들이 제시하는 것처럼, 트웨인의 소설을 세대로 평가하기 위해서는 거기에 나타난 유머, 아이러니, 풍자 등을 종합적으로 감안해야 하겠지만, 인종차별에 시달려온 흑인들에게는 그럴 여유도 없을 뿐만 아니라, 설령 그것을 감안한다 하더라도 흑인을 한 수 아래로 내리깔고 보는 듯한 트웨인의 텍스트에 후한 점수를 주

18) nigger를 부득이하게 '검둥이'로 번역하면서도 마음이 편치 않다. 흑인에 대한 비하적인 표현인 '검둥이' 혹은 '껌둥이'라는 말이 nigger라는 단어와 별개로 우리말에 이미 존재한다는 것은 우리가 흑인들에 대한 인종적 편견으로부터 자유롭지 못하다는 걸 말해주기 때문이다. 따라서 나의 글은 흑백 간의 문제를 주된 논제로 삼고 있지만, 필자를 포함한 한국인들의 인종적 편견에 대한 자기반성의 필요성을 우회적으로 암시하는 글이기도 하다. 『허클베리 핀의 모험』을 읽고 연구하고 가르치면서 nigger라는 말이 거슬리지 않았다면, 우리 안에 내재한 인종적 편견 때문은 아닌지, 우리가 너무 안이하게 백인들의 시각만을 차용해서 생긴 현상은 아닌지, 혹은 우리가 텍스트의 사회적 수용에 대해서 너무 무심해서 그런 건 아닌지, 진지하게 생각해볼 일이다.

기가 어려운 것이다. 그렇다고 흑인들이 모두, 이 소설을 혹평하는 것은 아니다. 가령, 채드윅-조슈어는 이 소설을 "인종차별적 쓰레기"로 분류하는 것은 "수동적이거나 피상적인 독서"의 결과라며, 이 소설에 깃든 패러디, 풍자, 아이러니를 종합적으로 고려하면 인종차별적인 텍스트가 결코 아니라는 게 드러난다고 역설한다. 또한 스미스는 짐을 비롯한 흑인들이 상투적으로 형상화된 것은 피상적으로 보면 인종적인 상투성을 강화하기 위한 것으로 비칠 수 있지만 "자세히 들여다보면" "인종적인 상투성의 토대를 훼손시키기 위해 선택된 전략"이라는 것이 드러난다고 말한다. 달리 말하면, 트웨인의 텍스트에서 인종차별적인 담론으로 보이는 것이 실은 그것을 "전복하기 위한 전략"이었다는 말이다. 채드윅-조슈어와 스미스의 말을 종합하면, 독자들은 트웨인의 소설을 "피상적으로" 읽을 게 아니라 심층적으로 들여다보고 해석함으로써 인종적 상투성과 편견을 전복하고 극복하려는 작가의 의지를 찾아낼 줄 알아야 한다는 것이다. 이는 트웨인의 텍스트를 옹호하는 백인학자들의 발언과 어느 정도 합치되는 발언이 아닐 수 없다.

여기에서 우리는 묘한 딜레마에 처하게 된다. 대부분의 백인 학자들과 일부 흑인 학자들의 주장처럼, 트웨인의 텍스트가 인종적 편견과 상투성을 불식시키기 위한 전복적인 소설이라면, 중고등학교에 다니는 흑인 학생들이 이 소설을 수업 시간에 읽으며 느끼는 분노와 모욕감, 정체성의 혼란은 어떻게 설명할 것인가. 그들의 반응을 단순한 무지의 소치로 돌릴 것인가.

　월리스의 말에 따르면, 그가 교육자로서 접했던 "어린 흑인 학생들의 백 퍼센트는 그들이 교실에 앉아 이러한 종류의 쓰레기를 읽어야 할 때, 모욕감을 느끼고 당황했다"라고 한다. 그들은 "검둥이"라는 표현이 200번이 넘게(정확하게 말하면 213번이다) 반복되는 『허클베리 핀의 모험』을 다른 백인 학생들과 함께 수업 시간에 큰 소리로 읽으면서 굴욕감을 느끼고, 끝내는 수업을 거부하기까지 했다. 노벨문학상을 수상한 토니 모리슨마저도 중학교에 다닐 때, 이 소설을 읽으며 "소리 없는 분노"muffled rage를 느꼈다고 한다. 트웨인을 옹호하는 측에서 보면, 이러한 굴욕감은 트웨인의 소설을 "피상적"으로 읽고 해석한 결과라고 할 수 있겠지만, 그것이 피상적인 독서의 결과든 아니든, 굴욕감을 느끼게 하기에 충분한 "검둥이"라는 말이 수없이 반복되는 텍스트를 그렇지 않아도 인종적 편견에 시달려온 흑인 학생들에게 읽게 하는 것이 과연 현명한 처사인지는 재고해볼 필요가 있을 것 같다. 이런 점에서 보면, 휴즈가 "검둥이"이라는 표현에 대해서 했던 발언은 시사적이다.

　'검둥이'이라는 말은 흑인들에게는 고하를 막론하고, 황소에게 붉은 천을 들이대는 것이나 마찬가지다. 옳게 사용되든 그릇되게 사용되든, 아이러니컬하게 사용되든 심각하게 사용되든, 리얼리즘을 위한 필요성에서 사용되든 코미디를 위해 장난스럽게 사용되든,

그건 중요한 게 아니다. 흑인들은 어떤 책이나 희곡에서 그것이 나오는 걸 좋아하지 않는다. 인종의 근본적인 문제들을 다루는 데 있어서 동정적인 입장의 책이든 희곡이든 상관없다. 그 책이나 희곡이 흑인에 의해 집필된 것이라 해도, 그들은 그 말을 좋아하지 않는다.

'검둥이'라는 말은 우리 흑인들에게는 노예 시절의 구타, 오늘날의 린치, 흑인 전용차, '백인만 입장할 수 있음'이라는 간판을 내건 시내의 유일한 영화관, 식사를 할 수 없는 식당, 가질 수 없는 직업, 가입할 수 없는 노조 등, 미국에서의 모욕과 몸부림의 쓰라린 모든 세월을 집약하는 말이다. 학교에서 어린 백인 소년들의 입에서 나오는 '검둥이'라는 말, 직장에서 십장들의 입에서 나오는 '검둥이'라는 말, 미국 전역에 걸쳐서 쓰이는 '검둥이'라는 말! '검둥이!' '검둥이!' 히틀러 치하의 독일에서 쓰이던 '유대인'과 같은 말.

휴즈의 말처럼, "검둥이"이라는 말에 흑인들이 감내해야 했던 "모욕과 몸부림의 쓰라린 세월"이 집약되어 있다면, 그것은 아물지 않은 상처를 덧내가며 굳이 사용해야 할 필요가 없는 말일 것이다. 그래서 두 보이스는 "검둥이"이라는 말은 "어떤 백인도 사용해서는 안 되는 말"이라고 했다. 트웨인의 텍스트에서 "검둥이"라는 표현이 전복적인 의미에서 사용되었든 그렇지 않든, 그것이 지겨울 정도로 반복되는 텍스트를 감수성이 예민하고 상처받기 쉬운 나이의 흑인 학생들에게 억지로 들이미는 것은 옳은 일이 아닐 것이다. 문학 비평가들이나 학자들에게는 이 소설을 논의의 장으로 끌어들여 거기에 나타난 인종차별적인 발언이나 작가의 속내를 비판할 수 있는 담론적 공간이라도 확보돼 있지만, 어린 흑인 학생들은 역사적인 굴욕과 인종차별적 시각이 각인되어 있는 "검둥이"라는 단어 앞에서 망연자실할 수밖에 없는 것이다. 물론 윌리스처럼 『허클베리 핀의 모험』을 "쓰레기"라고 부르는 것은 다분히 감정이 섞인 발언이어서 문제의 소지가 없지 않지만, 어린 흑인 학생들에게 이 소설을 강요하다시피 읽히는 교육 현실이 문제라면 더 큰 문제인 것이다. 백인들이 "우상숭배"에 가깝게 떠받드는 트웨인의 소설이 흑인 학생들에게 모욕감을 느끼게 한다는 것은 실로 아이러니가 아닐 수 없다. 텍스트를 대하는 학생들의 피상성과 무지를 탓할 일이 아니다. 윌리스가 밝힌 바처럼, 텍스트를 심도 있게 대하는 것을 배우고 익히는 "대학원 과정에서" 이 소설을 다룬다면 혹 모르겠지만, 어린 학생들에게 읽기를 강요하니까 문제가 되는 것이다.

2005년도에 발표된 흑인 작가 낸시 롤스의 『나의 짐』은 이러한 문제들을 다시 점검해볼 수 있는 계기를 마련해주는 소설이다. 아직도 소수에 불과한 흑인 학자들이 백인 주도의 학계에서, 아직도 갈 길이 먼 담론 싸움을 벌이고 있는 데 반해, 롤스는 실제적인 소설로 그 싸움에 가세하고 있다. 사실, 학자들의 논쟁은 그것이 궁극적으로 교육 현실에 적용되기 전에는 특정

집단 내에서만 행해지는 다소간에 폐쇄적인 것이어서, 교과과정에 직접적인 영향을 미치는 게 그리 용이한 일이 아니다. 그리고 그것이 백 년도 훨씬 전에 발표된 창작품에 관한 것이어서, 그것을 둘러싼 수많은 논의들을 규합하여 통일적인 의견을 제시한다는 것도 보통 어려운 일이 아니다. 『허클베리 핀의 모험』에 대한 논의가 집중된 저서만 해도 여러 권 있을 만큼, 논의가 분분한 소설이기에 더욱 그렇다. 그렇다면 이 소설에 대한 비판은 학문적 차원의 것도 중요하지만, 소설이라는 장르를 통해서 행해질 때 더 효과적일 수 있다는 말이 된다. 흑인 학자들의 백 마디보다는, 담론을 전개하더라도 흥미로운 서사를 통해서 전개하는 한 편의 소설이 더 호소력이 있을 수 있다는 말이다. 이런 점에서 보면, 『허클베리 핀의 모험』을 모((母))텍스트로 하여 집필된 『나의 짐』은 학구적 논문이 수행하는 것 이상의 교육적 기능을 하고 있다고 할 수 있다. 흑인을 화자로 설정하여 백인 중심적인 『허클베리 핀의 모험』을 '다시' 혹은 '되받아' 쓰면서 흑인 비평가들이 해온 것과 다를 바 없는 대응담론을 펼치고 있기 때문이다. 이런 의미에서 『나의 짐』과 『허클베리 핀의 모험』은 대화적 관계에 있다고 할 수 있을 것이다. 여기에서 '대화'의 개념은 표면적인 어감과는 다르게, 바흐친적인 의미로 긴장과 갈등의 개념이다. 사실, 바흐친이 말하는 대화란 하나의 힘이 다른 힘을 완전히 압도하지 못하고 팽팽하게 맞서는 일종의 힘겨루기와 흡사한 것으로, 롤스의 텍스트와 트웨인의 텍스트 사이의 관계가 바로 그에 해당한다.

　흑인 작가가 정전 중에서도 정전에 속하는 트웨인의 소설을 되받아 쓰고, 바흐친적인 의미의 힘겨루기를 시도한다는 것은 결코 쉬운 일이 아니다. 아니, 그것은 위험하기조차 한 시도이다. 그것은 정전 중에서도 정전인 텍스트에 자신을 견주려고 하는 만만치 않은 작업이어서, 문학적 완성도가 낮을 경우 비판의 표적이 되거나 아예 무시당할 가능성도 다분하기 때문이다. 그러나 『나의 짐』은 그간의 비평적 평가를 종합해보면, 예술적 완성도를 갖추고 있을 뿐만 아니라 트웨인의 소설에 대한 대응담론으로서의 역할을 충실히 하고 있는 성공적인 소설이라고 판단된다.[19]

19) 『허클베리 핀의 모험』을 '숭배' 하는 사람들의 입장에서 보면, 트웨인의 소설에 『나의 짐』을 견주려 하는 시도 자체가 못마땅하거나 심지어 불경스러운 것일 수 있다. 그러나 앞서 인용한 휴즈의 말처럼, 미국에서 흑인들이 겪어야 했던 "모욕과 몸부림의 쓰라린 모든 세월을 집약하는 말"인 nigger라는 표현이 수없이 반복되고 흑인 인물들이 경박하게 형상화된 백인 작가의 텍스트를 되받아 쓴 흑인 작가의 텍스트를 그 작가가 말한 것을 참조하여 논하고 부각시키는 것이 "선전"이라면 그것은 필요한 선전이라고 판단된다. 트웨인의 소설을 롤스의 소설과 병행하여 중고등학교 학생들에게 읽혀야 하는 미국의 현실(그것도 다 그런 것은 아니고, 또 그럴 리도 없을 것이다)이 그 선전을 필요한 것으로 만든다. 본 논문이 그 과정에서 "충분히 설득력을 주지 못하고 있다"면 그것은 순전히, 선전을 제대로 하지 못하는 필자의 역량 탓이지 선전 자체가 문제여서가 아닐 것이다. 정작, 심각하고 위험한 '선전'은 "우상숭배"에 가까울 정도로 『허클베리 핀의 모험』을 숭배하고 신격화하며, 어린 흑인학생들이 그 소설을 읽으며 경험해야 하는 분노와 열등감, 모멸감과 피해의식에도 아랑곳없이 그걸 고전 중의 고전으로 떠받드는 것이다. 이는 『허클베리 핀의 모험』도 문제이지만 그것을 수용하는 현실이 더 문제일 수 있다는 말이기도 하다.

롤스가 루이지애나 주에 이주한 프랑스계 백인과 흑인 사이에서 태어난 크리올이라는 사실은 아주 중요한 의미를 지닌다. 작가 자신이 노예제도에 얽힌 역사의 짐을 느끼고 체험하며 살아온 만큼, 소설이 더 절실하고 절박한 것으로 다가오기 때문이다. 그녀는 자신의 경험만이 아니라 노예생활과 관련된 흑인들의 기록, 그들의 증언 등을 종합적으로 고려하여, 교육을 받지 못한 짐의 부인이 구사할 법한 구어체 문장—이는 작가의 말에 따르면, 아프리카의 구전 전통을 이어받은 것이다—으로, 트웨인의 소설을 되받아 씀으로써, 우리가 흑백 간의 인종담론을 다시 살펴보고, 아울러 지금까지 미국인들의 뇌리에 확고부동한 정전으로 자리를 잡아 온 『허클베리 핀의 모험』의 실상과 허상을 다시 점검해볼 수 있는 계기를 마련해준다. 앞에서도 언급한 바 있지만, 흑인 학자들의 주장은 백인 학자들 주도의 학계에서 아직도 상대적으로 소수에 지나지 않으며, 또한 그들의 주장이 설령 학계에서 의미 있는 것으로 받아들여진다고 해도, 그것이 일반 대중에게 파급되기 위해서는 일선 현장에서의 교육과 연계되어야 하는데, 적어도 현재로써는 그러한 연계 작업이 연방정부나 주정부 차원에서 이뤄지지 않고 있다. 이러한 현실을 감안하면, 흑인 작가가 일반대중에게 접근할 수 있는 소설의 형태로, 트웨인의 소설을 '다시' 혹은 '되받아' 씀으로써 문제의 심각성을 일깨우고 있다는 사실은 각별한 의미를 지닌다.

2

엘리슨이 말한 바와 같이, 트웨인의 『허클베리 핀의 모험』이 상정했던 독자는 거의 전적으로 백인 독자였다. 그것은 "좋은 마음과 민주적인 안목을 가진 백인 미국 작가와 주로 백인인 독자들 사이의 대화"였다. 이런 맥락에서 보면, 백인이 중심 인물로 설정되고 그의 발전과 변화에 초점이 맞춰진 것도 어쩌면 당연한 것이며, 짐이 보완적이고 주변적인 인물로 설정되어 있는 것도 이해할 수 있는 것인지 모른다. 그런데 문제는 작가가 아무리 "좋은 마음과 민주적인 안목"을 갖고 그렇게 했다 하더라도, "백인인 독자들"을 염두에 두고 내러티브를 전개하다 보니, 백인 인물과 달리 흑인 인물들을 너무 피상적이고 경박하게 형상화했다는 것이며, 그것이 다시, 수없이 반복되는 "검둥이"라는 비하적인 표현과 상승작용을 일으켜 현대의 흑인 독자들에게 감당하기 어려운 모욕감을 준다는 사실이다. 아니, 흑인 독자들만이 아니라, "검둥이"이라는 말에 내재된 전무후무한 대규모 인종차별과 수탈의 미국 역사를 알고 있는 독자라면 유쾌할 리가 없을 것이다.

트웨인을 인종차별주의자라고 일컫는 것은 온당한 게 아닐지 모르지만, 그가 "검둥이"라는 표현을 수없이 반복한 것은 비인간적인 억압과 수탈의 대상이었던 흑인들에 대한 배려나 존경심이 부족했거나 자신이 쓴 소설의 의미와 암시, 그것의 파장에 대한 이해의 폭이 좁았기 때문에 그랬을 가능성이 높다. 바로

이 지점에서 롤스의 『나의 짐』은 시작된다. 롤스는 트웨인의 텍스트가 헉을 중심으로 내러티브를 전개함으로써 결과적으로 배제해버린 짐과 그의 가족의 파란만장한 비극적 이야기를 텍스트의 중심에 배치하고 내러티브를 끌고 간다. 이는 롤스의 『나의 짐』이 트웨인의 텍스트에 내재된 타자의 침묵에 목소리를 부여하고자 하는 상호텍스트적인 소설이라는 말에 다름 아니다.

롤스는 흑인 인물에 대한 트웨인의 피상적이고 경박한 형상화를 시정하고자 한다. 그것의 구체적인 예를 살펴보기 전에, 트웨인의 소설에 흑인이 어떻게 형상화되어 있는지 짚어볼 필요가 있을 것이다.

트웨인의 텍스트를 보면 짐을 비롯한 흑인들은 거의 천편일률적으로 미신적인 존재로 묘사되어 있다. 가령, 소설의 첫 부분에서 톰은 나무 밑에서 자고 있는 짐의 모자를 벗겨 나뭇가지에 걸어놓는다. 그런데 나중에 보니까 짐은 다른 흑인들에게, 마녀들이 자기한테 요술을 걸어 이곳저곳으로 데리고 다니다가 자기들이 그랬다는 증거로 그의 모자를 나뭇가지에 걸어놓았다고 말한다. 또한 그는 "황소의 네 번째 위胃에서 꺼낸 주먹만 한 크기의 털 공으로 마술을 부리는가" 하면, "저녁으로 요리를 하려고 하는 것들의 숫자를 세어서도 안 되고" "해가 진 후에 식탁보를 흔들어서도 안 되며" "가슴팍과 팔에 털이 많이 나 있으면 부자가 될 징조"라고 말하기도 한다. 미신적인 것은 짐만이 아니라 다른 흑인들도 매한가지다. "낯선 검둥이들"은 그의 이야기를 들으려고 수마일 밖에서 그를 찾아와, "입을 벌리고" 그의 이야기를 들으며 잘도 속아 넘어간다. 그리고 "검둥이들"은 "언제나 부엌 옆의 어둠 속에서 마녀들에 관한 얘기를 한다". 또한 샐리 아주머니의 헛간에 갇힌 짐에게 음식을 갖다주는 "검둥이"는 곱슬곱슬한 머리를 실로 땋는 이유를 "마녀들을 쫓기 위한 것"이라고 하면서, "요즘 들어 마녀들이 밤마다 부쩍 그를 괴롭히고 있다"라고 말하기도 한다.

미신적인 흑인들과 달리, 헉은 미신과는 거리가 먼 인물로 제시된다. 대부분의 경우, 소년에 불과한 헉이 두 아이의 아버지인 짐보다 오히려 더 어른스럽게 말하고 행동한다. "더 어른스럽다는 것은 더 지적이라는 의미"나 마찬가지다. 위기 상황에 처했을 때도 짐보다는 헉이 더 의연하다. 가령, 무시무시한 갱들과 함께 나파선에 갇히는 처지가 되자, 헉은 짐이 "너무 무서워서 더 이상 한 발짝도 못 떼겠다"라고 하자, 갱들과 함께 "배에 남게 되면 우리는 옴짝달싹 못하게 된다"는 말로 그를 다독거리고 설득한다. 이처럼 어른인 짐이 아이처럼 유치하게 말하고 행동하는 모습은 텍스트의 처음부터 끝까지 변함없이 계속된다. "검둥이에게 토론을 가르칠 수는 없다"는 표현도 그렇고, "공작"과 "왕"과 헉이 짐을 혼자 남겨두고 떠나면서, 그를 리어왕처럼 보이게 옷을 입히고 극장용 페인트로 얼굴, 손, 귀, 목을 칠해 "아흐레 동안 물속에 잠겨 있던 시체처럼" 보이게 하고, 누가 와서 건들면 뛰쳐나와 "들짐승처럼 한두 번 짖으면 도망갈

거"라고 하는 것도 그렇고, 후반부에서 짐이 다시 잡혔을 때 톰과 헉이 장난감을 갖고 놀듯이 그를 데리고 장난을 치는 것도 그렇다.

이처럼 짐이 처음부터 끝까지 미신적이고 유치한 인간 이하의 존재로 형상화되어 있으니, 그의 가족에 할애될 공간이 있을 리가 없다. 독자가 그의 가족에 대해 알 수 있는 건 지극히 제한적인 것이다. 16장을 보면, 짐은 헉에게 자신이 "자유 주에 가서 처음 할 일은 돈을 한 푼도 쓰지 않고 저축하는 것이며, 돈을 충분히 모으면 그 돈으로 미스 왓슨의 집 근처 농장에 있는 아내를 사고, 그리고 아내와 둘이서 일을 해 돈을 모아 다시 두 아이들을 사고, 만약 주인들이 아이들을 팔지 않으려고 하면, 노예 폐지론자로 하여금 그들을 훔쳐내게 할 것"이라고 말한다. 그의 가족에 대한 묘사는 한참을 건너뛰어 23장에서, 짐이 가족을 그리며 흐느끼는 장면으로 이어진다. 짐은 헉이 잠이 든 것으로 생각하고 이렇게 울먹인다. "불쌍한 엘리자베스! 불쌍한 조니! 정말 힘들구나. 너희들을 다시 볼 수 있을 것 같지 않구나." 잠을 자다가 그 말을 들은 헉은 짐에게 그의 가족에 대해 묻는다. 그러자 짐은 어린 딸 엘리자베스에 관한 얘기를 해준다. 짐은 엘리자베스가 성홍열에 걸려 귀가 들리지 않는다는 사실을 모르고, 문을 닫으라는 자신의 말을 듣지 않는다며 딸의 머리를 때렸는데 나중에 알고 보니 딸이 귀머거리에 벙어리였다며 자책한다. 이것이 트웨인의 텍스트가 독자에게 전해주는 짐의 가족사의 전부다. 트웨인의 텍스트에는 짐이 가족을 그리워하는 장면은 더 이상 나오지 않는다. 가족에 대한 언급이 더 이상 없어서, 16장에서 짐이 가족을 찾겠다고 한 말이 공허하게 들릴 정도다. 텍스트에서 짐이 차지하는 비중을 감안하면 소홀해도 보통 소홀한 처리방식이 아니다. 이는 짐이라는 인물이 헉이라는 인물의 발전과정을 위해 필요한 도구 이상의 존재가 아니라는 증거다. 짐은 철저히 사물화된 타자에 지나지 않는 것이다.

롤스는 트웨인이 의도적으로 생략하고 침묵시켜버린 타자의 목소리를 복원하고자 한다. 그것도 트웨인의 텍스트에서는 이름조차 제시되지 않은 짐의 아내를 통해 그렇게 하고자 한다. 트웨인의 텍스트에서 미신적이고 유치하고 우스운 존재로 묘사되는 짐은 롤스의 텍스트에서는 전혀 상반되는 인물로 제시된다. 롤스의 짐은 도전적이고 논리적이며 예언적이기까지 한 인물이다. 롤스는 짐을 일종의 예언가로 제시함으로써 트웨인의 텍스트에 제시된, 어리석고 미신적이며 우스운 흑인의 이미지를 불식시키고자 한다. 짐은 "앞과 뒤를 동시에 보는" "이중의 시야를 갖고 있다". 그는 홍수와 유성, 흑인들이 언젠가 찾게 될 자유, 노예들에게 닥칠 험난한 미래, 사람들의 희로애락에 관련된 일상사 등을 내다보고 예견한다. 또한 짐은 트웨인의 텍스트에서처럼 어수룩하고 수동적이며 모호한 인물이 아니라 당당하고 능동적이고 확실한 인물로 제시된다.

이러한 특성을 상징적으로 나타내주는 것은 그가 "점잖게 보이려고" 쓰고 다니는 모자다. 롤스의 텍스트에서 짐이 시종일관, 모자를 쓴 당당한 모습으로 나오는 것은 트웨인의 텍스트에 투영된 모호하고 수동적인 흑인의 이미지를 불식시키기 위한 전략의 일환이다. 짐의 기개를 말해주는 것은 모자 외에도 많다. 가령, 그는 자신이 세이디와 결혼하겠다는 의사를 밝히자, 주인이 세이디가 아닌 다른 여자를 골라 그와 결혼시키겠다고 말하는 걸 듣고는 집에 돌아와서 "더 이싱 주인을 위해 일하지 않을 것이며 백인을 위해서 일하지 않겠다"라고 선언한다. 그리고 그다음 토요일에 뜰에서 전격적으로 결혼식을 올린다. 그는 철두철미 "누구에게도 속하지 않는" 사람인 것이다. 심지어 그는 백인 주인이, 사실은 그게 아닌데, 흑인 아이를 방치하여 죽게 했다는 이유로 흑인 여자 노예인 코라를 회초리로 때리자 "다시는 우리 중 아무도 때리지 말라"라고 대든다. 그리고 주인의 회초리가 자신을 향해 날아들자 그것을 잡아 바닥에 내동댕이친다. 이는 트웨인의 텍스트에서 헉을 비롯한 백인들의 말에 한없이 머리를 조아리기만 하는 짐의 모습과는 천리만리 떨어진 모습이 아닐 수 없다.

트웨인의 짐은 사람들이 욕설을 퍼붓고 따귀를 갈겨도 단 한마디도 대꾸하지 않으며, 백인 소년들(헉과 톰)이 셔츠에 피로 일기를 쓰라는 등, 얼토당토않은 일을 시키며 장난을 쳐도 그들이 "백인이니까 자신보다 더 잘 알고 있을 것이라고 생각하고"

순종하는, 좋게 얘기하면 우직하고 나쁘게 얘기하면 머리가 빈 것 같은 모습으로 제시된다.

또한 트웨인의 짐은 자유를 찾아 도망치긴 했지만, 자유를 향한 그의 열망이 내러티브에 구체적으로 제시되지 않고 추상적이어서, 그것이 얼마나 절실한 것인지 가늠하기가 어렵다. 짐은 미스 왓슨이 "자신을 들들 볶아대고 거칠게 대하긴 했지만 올리언스에 팔지는 않겠다고 말했었는데" 어느 날 노예 상인이 와서 800달러라는 거금을 준다고 하니까 솔깃해 하는 걸 보고 도망쳤다고 말하지만, 백인 소년인 헉을 중심으로 내러티브가 전개되다 보니 그 상황의 절박함이나 자유를 향한 짐의 절실한 마음이 독자에게는 와닿지 않는다. 내러티브가 그걸 구체적으로 보여주지 못하고 말로만, 그것도 약식으로 때우려 하기 때문이다. 심이 자식들을 그리면서 회한의 눈물을 흘리는 장면이 독자의 심금을 울리기는커녕 어딘지 겉도는 듯한 인상을 주는 것도 앞서의 내러티브가 그걸 떠받쳐주지 못하는 탓이다.

그에 반해, 롤스의 텍스트는 사랑하는 아내와 두 아이를 남겨두고 도망칠 수밖에 없는 짐의 실존적인 딜레마가 내러티브에 절절하게 구현되어 있어서, 트웨인의 텍스트에서처럼 짐이 희화화될 여지 자체가 아예 없다. 트웨인의 텍스트가 헉이라는 백인 소년을 화자로 설정하여 철저하게 백인 중심적인 시각으로 내러티브를 전개하면서 흑인들을 도구화한 반면, 롤스의 텍스트는 짐의 부인으로 하여금 이야기를 하게 함으로써 트웨인의 텍스트에서 도구화된 흑인들을 인간의 영역으로 되돌려놓고 있다. 세이디는 태어났을 때의 이야기부터 시작하여 성장하고 결혼하고 그녀와의 사이에 두 아이를 낳고 살다가 결국 도망칠 수밖에 없었던 짐의 실존적 삶의 면면을 그녀의 손녀딸에게 상세히 얘기해준다. 또한 트웨인의 텍스트에는 어째서 짐을 비롯한 흑인들이 남부로 팔려가는 걸 두려워하는지 나타나 있지 않지만, 롤스의 텍스트는 담배 농장에서 일하는 것과 남쪽으로 팔려가 사탕수수 농장에서 일하는 것 사이의 극명한 차이를 제시함으로써 남부로 팔려가는 것 자체가 흑인 노예들에게는 공포의 대상이었다는 걸 보여준다. 즉, 짐이 팔려가지 않으려고 도망친 것은 가족과의 생이별도 그렇지만 남부 사탕수수 농장에서의 가혹한 노동에 대한 두려움도 한몫을 한 것이다.

트웨인의 텍스트는 짐의 가족에 대해 무심한 만큼이나, 짐이 자유를 얻는 과정에 대해서도 무심하기 짝이 없다. 아이러니컬하게도 짐은 그가 도망쳐 나온 주인에 의해 자유인이 된다. 즉 미스 왓슨이 죽으면서 "강 하류로 그를 팔려고 했던 걸 수치스럽게 생각하고 그를 해방시키라는 유언"을 함으로써 그렇게 된 것이다. 그런데 톰은 그걸 알고서도 "모험을 하고 싶어" 짐이 더 이상 노예가 아니라는 사실을 사람들에게 알리지 않고 짐을 가둬놓고 한동안 장난을 친다. 톰은 "그렇게 참을성 있게, 또 그렇게 잘, 죄수 노릇을 해준 것에 대해" 감사하는 마음으로 짐에게 40달러를 준다. 이런 걸 감안하면, 결국 짐이 백인 주인에게서

도망쳐 헉과 함께 미시시피 강을 떠내려오면서 겪어야 했던 온 갖 위험과 모험들이 그다지 큰 의미가 없는 것이었다는 말인데, 이는 독자의 기대를 텍스트의 유희로 바꿔버리는 대단히 불만 족스러운 결말이 아닐 수 없다. 롤스의 말처럼, "소설 문법에 위 배돼도 너무 위배되는 처리방식"이 아닐 수 없다. 텍스트가 짐 이 자유를 찾는 과정에 초점이 맞춰진 게 아니라는 것이 여기에 서 너무나 자명해진다. 따라서 짐이 자유인이 된 후에 그의 가 족을 어떻게 찾는지, 아니 찾을 수나 있는 것인지, 찾을 수 있다 면 그 후에 무슨 일이 발생하는지, 그에 대한 언급이 전혀 없는 것은 텍스트의 백인 중심적인 속성으로 미뤄 보면 당연한 귀결 인지도 모른다.

롤스의 텍스트는 미스 왓슨이 유언을 통해 짐을 노예 상태에 서 해방시키는 부분까지는 트웨인의 것과 일치하나, 짐이 그후 에 직면하게 되는 비극적인 일들을 상세히 묘사하고 있다는 점 에서 현격한 차이를 보인다. 짐의 아내인 세이니는 스티븐스라 는 악랄한 주인에게 성적, 육체적 폭행을 당하고 결국 한쪽 눈 을 잃은 상태에서 미시시피 강 하류로 팔려갈 운명에 처해 있 고, 그의 아들 조니는 벌써 다른 곳으로 팔려가 생사를 알 수 없 고, 그의 딸 리즈베스는 아직도 스티븐스에게 묶여 성을 착취당 하고 있다. 짐은 돈을 주고 세이디를 사려고 하지만 스티븐스는 팔려고 하지 않는다. 스티븐스는 자신에게 순종하지 않은 그녀 를 남부에 팔기로 작정하고 있다. 팔려가는 아내를 위해 아무것도 할 수 없는 짐은 그녀에게 자신은 "자유의 몸이 됐지만 가족을 잃었으니 내가 어떤 종류의 인간인지 모르겠다"라고 자책하면서 미안한 마음을 토로한다. 그는 세이디의 눈을 치료해주고 제방 위에 서서 그녀가 증기선에 실려 남부로 팔려가는 모습을 바라보며, "백인 주인을 향해 욕을 퍼부을 뿐이다". 그렇다고 그가 리즈베스를 스티븐스에게서 구출해낼 형편이 되는 것도 아니다. 노예가 자유인이 되었다는 것은 "미주리 주에서는 아무런 의미도 없다. 서류를 아무리 많이 갖고 있다 하더라도, 순찰에게 잡히면 노예 상인들에게 팔릴 수 있기"때문이다. 그래서 그는 잠시 그곳을 피해 달아났다가, 남북전쟁이 발발하고 북군이 들어올 때 한니발에 다시 돌아오게 되는데, 그가 그곳에서 목격하는 것은 심신이 피폐해질 대로 피폐해진 리즈베스가 난민 수용소에서 죽어가는 모습일 뿐이다. 이처럼 짐의 가정은 산산이 부서진다. 짐은 오랜 세월이 흘러 이름을 바꿔 숨어 살고 있는 세이디를 찾아내지만, 그녀는 세파에 시달리며 다른 남자(Duban)와 같이 살고 있다. 짐은 그녀에게 같이 떠나자고 제의하지만, 그녀는 자기에게 딸린 다른 가족들을 저버릴 수 없다며 그의 제의를 물리친다.

이처럼 롤스는 짐의 자유가 트웨인의 텍스트에서처럼 추상적인 것이 아니라 가족의 비극적 와해와 연결되어 있음을 구체적으로 제시한다. 트웨인의 자못 낙관적이고 유희적인 텍스트에서 찾아볼 수 있는 유머를 롤스의 텍스트에서 거의 찾아볼 수 없는 이유는 그들의 비극적 삶의 무게가 유머를 허용하기에는 너무나 압도적인 탓이다.

3

『나의 짐』에서 주목할 점 중 하나는 화자가 흑인 여성이라는 것이다. 작가는 『허클베리 핀의 모험』에 내재된 백인 중심적인 시각만이 아니라 남성 중심적인 시각을 해체하고자 한다. 그래서 롤스의 텍스트는 일차적으로는 백인 중심적이고 인종차별적인 시각을 흑인의 시각에서 되받아치는 텍스트이지만, 이차적으로는 남성 중심적인 시각을 흑인 여성의 시각에서 되받아치고자 하는 욕구의 산물이다. 롤스는 『나의 짐』의 화자를 여성으로 설정한 이유를 다음과 같이 설명한다.

저는 문학과 역사와 저널리즘과 정치에서 여성의 목소리의 존재가 삶의 복잡성을 이해하는 데 결정적인 것이라고 생각합니다. 제가 짐보다는 오히려 짐의 부인의 시각에서 글을 쓰기로 했던 것은 짐처럼 도망친 사람들의 이야기 외에는 그간 이야기된 바가 없었기 때문입니다. 즉, 평범한 사람들의 이야기는 묻혀버리고 마는 것입니다. 짐의 고통도 고통이지만, 노예 상태로 남아 백인 주인들이 가하는 육체적, 정신적 폭력을 감내해야 하는 흑인들, 그중에서도 흑인 여자들의 고통은 이만저만한 게 아니었습니다. 그런데 그러한 평범한 사람들에 관한 얘기는 언제나 묻혀지는 게 현실이었습니다. 흑인 여성은 어떻게 보면 흑인 남성보다 더 고통스러운, 이중 삼중의 억압 상태에 있었습니다. 흑인 여성은 백인 주인의 성적 수탈마저 감수해야 했으니까요. 저는 바로 그 점 때문에 짐보다 그의 부인을 화자로 택해 내러티브를 전개하고자 했던 것입니다.

롤스는 노예 상태를 탈출한 흑인 남성에 초점을 맞추는 대신, 그 남성의 고통과 다를 바 없는, 아니 어쩌면 그보다 훨씬 더한 고통을 겪어야 했을, 노예 상태에서 벗어나지도 못하고 육체적 노동은 물론이려니와 성적 착취까지 견뎌야 했을 흑인 여성들에게 초점을 맞추고 그들의 묻혀진 목소리를 드러내고자 한다. "이중 삼중의 억압"을 받은 여성(스피박의 말을 빌려 말하자면, 바로 이러한 여성이 "하위계층"subaltern에 해당한다)을 전면에 부각시킴으로써 남성중심적 이데올로기를 해체하고자 하는 것이다. 『허클베리 핀의 모험』에서 짐의 아내에게 이름이 주어지지 않는 것은 흑인들의 익명적인 특성이 흑인 여성에게서 더욱 두드러지고 배가되었던 역사적 현실을 암시하는 것일 수 있다. 엘리슨의 메타포를 빌려 말하자면, 눈앞에 있어도 익명적이고 '보이지 않는' 게 역사 속의 흑인이라는 존재였다면, 흑인 여성은 그 중에서도 더 익명적이고 더 '보이지 않는' 소외된 존재였던 것이다. 그런 의미에서 보면, 트웨인의 텍스트가 짐의 아내의 이름을 언급조차 하지 않고 관심 밖의 존재로 놓아둔 것은 우연만은 아닐 듯하다. (만약, 그것이 우연이라면, 텍스트의 무의식과 무관하지 않은 우연일 것이다.) 롤스는 트웨인과 달리, 짐의 아내인 익명의 흑인 여성에게 세이디Sadie라는 이름을 부여하고 그녀로 하여금 자신을 비롯한 여성들의 비극적 삶을 서술하게 함으로써 여성에 대한 역사적 소외와 억압에 저항하고 있는 셈이다.

세이디가 자신의 곁을 곧 떠나게 될 손녀딸 메리앤을 위해 누비 이불을 떠주면서 들려주는 이야기의 형식으로 된 이 소설은 트웨인의 텍스트가 말해주지 못하는 흑인 여성의 "이중 삼중의 억압 상태"에 대해 많은 걸 말해준다. 롤스의 텍스트에서 세이디는 짐이 도망친 것 때문에 혹독하게 처벌을 받는다. 짐이 누구와 상의할 겨를도 없이 탈출했음에도 불구하고 그녀가 모든 걸 뒤집어쓰고 고초를 당하는 것이다. 백인들은 그녀에게 개를 풀어놓고, 무릎 밑에 막대기를 넣어서 묶고 감금한다. 그녀의 아들 조니는 순찰들이 겁을 주는 바람에 "그들이 그의 입에서 혀를 잘라낸 것처럼 말을 못하게 된다". 그녀의 수난은 여기에서 끝나지 않는다. 백인 주인은 세이디를 강제로 덮치고, 그녀가 고분고분하지 않자 그녀의 딸인 리즈베스에게도 손을 뻗친다. "내 딸로부터 떨어지라"는 그녀의 말에 스티븐스는 "여기에 있는 아무것도 네 것은 없다. 네 딸마저도 네 것이 아니다"라며 자신의 욕심을 채운다. 스티븐스가 나중에 조니를 다른 곳으로 팔아버리기까지 하자, "슬픔에 미쳐버린" 세이디는 백인 주인의 담배 창고에 불을 지른다. (아들이 강제로 팔리고 난 후에 일어난 그녀의 행동은 트웨인의 텍스트에서 백인들의 말에 무조건적으로 따르는 수동적이고 노예적인 흑인들의 것과는 전혀 다른 필사적인 몸부림이다.) 그러자 스티븐스는 구둣발로 그녀의 얼굴을 짓밟고 급기야 그녀의 한쪽 눈을 지팡이로 파내버린다. 『나의 짐』에서 가장 잔혹한 이 사건에 대해 얘기한 후, 세이디가 손녀딸에게 "너, 한쪽 눈만 있는 사람을 보면 그 사람이 어떻게 우는지 궁금할 테지. 하지만 우는 덴 한쪽 눈만으로도 족한 거란다"라고 말하는 부분은 트웨인의 텍스트 어느 곳에서도 가능치 않은, 흑인 노예들의 아픔이 생생하게 담겨 있는 장면이 아닐 수 없다. 세이디는 결국, 남부의 사탕수수 농장으로 팔려가는 신세가 된다. 그리고 남부로 팔려간 당일에는 상점 주인으로부터 성폭행을 당한다. (그 성폭행에서 태어난 아이가 앨리스이고, 앨리스와 조셉이라는 남자 사이에서 태어난 아이가 세이디의 얘기를 듣고 있는 손녀딸 메리앤이다.)

세이디와 마찬가지로 다른 흑인 여성들도 백인들에게서 성적 착취를 당할 뿐만 아니라 다른 흑인 남성들과의 무작위적인 관계에서 아이를 생산하는 인간 기계의 역할을 한다. 노예의 숫자를 불려 재산을 증식시키는 데 혈안이 된 백인 주인들은 흑인 남성들이 흑인 여성들을 성폭행하는 걸 때로는 방조한다. 성폭행은 곳곳에서 일어나는데, 특히 들판에서 일어날 경우에는 저항할 방법이 없다. "뒤에서 덮치면 막을 길이 전혀 없기" 때문이다. 들판에서 일하는 사람들이 노예들이라는 걸 감안하면, 흑인 여성은 백인 남성들만이 아니라 흑인 남성들로부터도 성적 착취를 당했다는 말이 된다. 바로 이것이 롤스가 흑인 여성들이 "이중 삼중의 억압 상태"에 있었다고 말한 부분적인 이유일 것이다. 일은 일대로 하고, 흑인 남성과 백인 남성 양쪽으로부터 성적 착취까지 당하고, 또 거기에서 생긴 아이를 양육하는 일까지 도맡아야 했으니 이중 삼중이 아니라 사중 오중 육중의 억압 상태라고 해야 맞을지 모른다. 물론, 이 모든 것이 노예 제도의 산물이어서, 흑인 남성들을 가해자로 몰아세우는 것은 어폐가 있지만, 그들이 흑인 여성에 대한 백인들의 성적 착취에 가세했다는 것은 결과적으로 보면 백인들의 야만적인 행위에 동참한 것이나 마찬가지라고 할 수 있는 측면이 없지 않다.

여하튼, 롤스의 텍스트는 여자들의 성이 백인들의 재산 증식을 위한 주요 수단이었다는 걸 구체적으로 제시한다. 어떤 백인들은 아이를 낳기에 적합한 나이의 흑인 여자들만 사들여 튼튼한 흑인 남자와 동침시킨다. 세이디가 남부로 팔려간 후, 앤드류라는 흑인 남자와의 사이에 네 아이를 두는 것도 오직, '새끼'를 얻으려고 하는 백인 주인의 일념 탓이다. 사탕수수나 곡물을 수확하듯이 "매년 갓난애들을 수확하는 것"이다.

이런 실존적 상황에 있는 흑인 여성들이 아이를 갖는 걸 좋아할 리가 만무하다. 그들이 배 속에 있는 아이를 유산시키려고 몸부림 치는 장면이 롤스의 텍스트에 허다하게 등장하는데, 이는 짐처럼 달아나지도 못하고 백인 주인의 손에 놀아나야 했던 흑인 여성의 억압 상태가 흑인 남성의 것에 비할 바가 아니었음을 적나라하게 말해준다. 텍스트 속의 수많은 흑인 아이들이 그렇게 어머니가 원치 않는 상태로 이 세상에 태어난다. 가령, 세이디의 남편인 짐이 태어나는 정황을 보면, 아이와 관련하여 흑인 여성이 앓아야 했던 가슴앓이가 얼마나 큰 것이었는지 잘 드러난다. 짐의 어머니는 남편이 자유를 찾아 달아나다 오히려 죽임을 당하는 일이 벌어지자, 배 속의 아이를 유산시키려고 온갖 약초를 다 먹는다. 그래도 유산이 안 되자, 묘지에 있는 흰 떡갈나무 밑에 앉아 돌 사이에 아이를 낳는다. 그녀는 아이를 낳은 후, 칼로 자신의 목숨을 끊으려고까지 한다. 산파 노릇을 한 코라 때문에 그것마저도 뜻대로 되지 않자, 그녀는 아이가 죽기를 바라는 마음에서 이름도 지어주지 않는다. 그리고 차마 자기 손으로 목을 졸라 죽이지는 못하고, 집 안에 불을 피워 연기를 가득 채운 뒤 아이가 질식해 죽기를 기다린다.

아이가 태어나는 걸 원치 않는 것은 짐의 어머니만이 아니라 세이디도 마찬가지다. 그녀는 짐과의 사이에서 첫 번째 아이를 임신하자, 유산을 하는 데 도움이 되는 정향나무 기름을 아랫도리에 발라보기도 하고 사초를 달여 마시기도 한다. 그것이 여의치 않자, 이번에는 배 속에 있는 아이를 향해 이 세상에 나오면 겪어야 할 것들에 대해 얘기해준다. 그렇게 되면 배 속의 아이가 자라지도 않고 밖으로 나오려고도 하지 않을 것이라는 생각에서다. 물론 그녀의 뜻대로 되지 않고, 리즈베스는 태어난다. 그녀는 두 번째 아이를 임신했을 때는 아예, 밤중에 연못으로 가서 빠져 죽으려고 한다. 짐이 제때 발견하지 않았더라면 배 속의 아이와 함께 죽었을 것이다. 그녀가 목숨을 버리려고 한 건 "주인에게 또 다른 아이를 줄 수 없다"는 이유에서다. 짐을 만나기 이전에도 그녀는 세 명의 아이를 유산시킨 바 있다. 그녀는 다른 흑인 여자들이 아이를 낳는 걸 거들어줄 때도, "탯줄로 그들의 목을 졸라 죽이는 것에 대해 생각한다". 그렇게 되면 "더 이상의 노예들이 태어날 필요가 없기 때문이다". 사실, 세이디의 어머니도 그녀를 낳지 않으려고 정향나무 기름을 발라보기도 하고 사초를 달여 마시기도 했다.

　롤스의 소설에는 짐의 어머니와 세이디의 어머니, 그리고 세이디 자신처럼, 배 속에 든 아이를 유산시키려고 온갖 노력을 다하고, 그것이 실패해 아이가 태어나면 그 아이를 살해하려고까지 하는 흑인 여성들이 등장한다. 그들이 비정해서가 아니라 노예의 삶을 사는 것보다는 태어나지 않거나, 태어났다면 죽는 게 낫다는 생각에서 그렇게 하는 것이다. 그런 일이 빈번하게 발생하자 백인 주인들은 염탐꾼을 시켜 유산에 쓰일 약초가 집 안에 있는지 조사하게 하고 갓난애를 죽이다가 걸리면 손목을 잘라버리기도 한다. 모리슨의 소설 『빌러비드』[Beloved]는 딸이 노예로 팔려가는 걸 막으려고 어머니가 딸을 죽인 것을 주요 모티브로 삼고 있는데, 이는 롤스의 소설 도처에 산재해 있는 흑인 여성들의 유아 살해와 같은 맥락의 것이다. 여성으로서의 삶, 그것도 흑인 여성으로서의 삶이 얼마나 힘든 것인지 아는 그들은 자식들을 죽임으로써 죽음보다 못한 노예적 삶으로부터 그들을 해방시키고자 했던 것이다. 짐의 어머니가 그를 낳고 난후, 산파 역을 한 코라가 "이 아기가 당신에게 언젠가 자유를 사줄 거야"라고 말하자, "당신이 아이를 〔그냥 죽게〕 내버려두면지금 자유로워질 수 있어요"라고 말하는 대목은 소설의 도처에서 자신의 아이들을 죽이려고 하는 흑인 여성들의 처절한 마음을 대변하는 말이다.

이처럼 "이중 삼중의 억압 상태"에 있던 흑인 여성들이 의지할 것은 서로에 대한 사랑 외에는 없었다. 롤스의 텍스트에 흑인 여성들이 서로를 의지하고 돕는 장면이 자주 나오는 것은 그래서 우연이 아니다. 그들은 다른 사람이 아이를 낳으면 기꺼이산모 노릇을 해주기도 하고, 누군가가 얻어맞거나 죽으면 노래를 부르며 위로해주기도 한다. 가령, 그웬이라는 여성은 어머니를 잃고 망연자실해 있는 세이디를 다독거리며 "새로운 엄마라도 되는 것처럼 꼭 껴안아준다". 그리고 세이디는 후에 그웬이아이를 낳을 때, 탯줄을 잘라주기도 한다. 특히, 우리의 마음에와닿는 것은 세이디가 손녀딸 메리앤에게 자신의 경험담을 들려줄 때 느껴지는 끈끈한 애정과 사랑이다.

사실, 롤스의 텍스트는 메리앤이 차스라는 흑인 청년의 청혼을 받고 멀리 떠나야 하는 상황에 처해, 할아버지도 없고 앞도제대로 못 보는 할머니를 혼자 두고 떠날 수 없어서 울면서 애를 태우는 걸 보고, 세이디가 "네 삼촌들이 도와줄 테니 나에 대해서는 걱정하지 말라"라고 그녀를 다독거리며 자신의 파란만장하고 비참했던 과거를 들려주는 형식으로 된 소설이다. 혼자 남을 할머니를 위해 우는 손녀딸, 그리고 자신은 그러하지 못했지만, 아니 그럴 수 없었기에 더욱, 사랑하는 사람을 따라가라고 손녀딸을 다독거리는 할머니의 모습에서 서로에 대한 진한 사랑이 느껴진다. 할머니는 자신이 사랑했던 모든 사람들의 흔적이 담긴 누비 이불을, 이 세상에서 다시는 보지 못하게 될지도 모르는 손녀딸을 위해 떠주며 이렇게 말한다. "어디를 가든 저 누비 이불을 갖고 가렴. 나이가 들면 너를 사랑했던 나와 다른 모든 사람들을 생각하렴. 눈을 감으면 우리들의 사랑이 네 뒤에 다가오는 걸 느낄 수 있을 게다. 그것이 네가 이 세상에서 갖고 있는 전부다." 정말 그랬다. 짐처럼 떠나지도 못하고 "노예 상태로 남아 백인 주인들이 가하는 육체적, 정신적 폭력을 감내해야" 했던 흑인 여성들에게, 서로에 대한 애정과 배려는 그들이 "이 세상에서 갖고 있는 전부"였다.

4

트웨인의 텍스트는 처음부터 끝까지 짐을 비롯한 흑인들을 열등한 존재로 묘사한다. 아니, 열등한 정도가 아니라 아예 사물화한다. 소설의 후반부에서 헉이 톰에게 하는 말은 이러한 사물화의 방식을 잘 보여준다.

도덕적이든 아니든, 곡괭이가 최고야. 나는 도덕 어쩌고 하는 것은 조금도 개의치 않아. 내가 검둥이를 훔치든, 수박을 훔치든, 혹은 주일학교 책을 훔치든, 그것을 어떤 식으로 훔치는가는 특별히 중요할 게 없어. 내가 원하는 것은 내 검둥이요, 내가 원하는 것은 내 수박이요, 내가 원하는 것은 나의 주일학교 책이야. 만약 곡괭이가 가장 손쉬운 물건이라면, 나는 그걸 갖고 그 검둥이 혹은 그 수박 혹은 그 주일학교 책을 파낼 거야.

여기에서 짐은 수박이나 주일학교 책과 같은 물건의 수준으로 격하되어 있다. 물론 이것은 헉이 "톰을 설득하기 위한 수사적인 방식"일 수도 있지만, 설령 그렇다 하더라도 그의 말은 "그와 짐이 보냈던 좋은 시간들을 아무렇지도 않게 머리에서 지워버리는 것"이 된다. 헉은 "소설의 종반부에서 다시 한 번, 남부 사회의 본질적인 인종의 상투성을 통해서 짐을 바라보게 된다". 부버Martin Buber의 용어를 빌리면, 헉은 불완전하고 일시적이나마 존재했던 "나-너"I-Thou의 관계를 "나-그것"I-It의 관계로 바꾸고 있는 셈이다. 그가 톰을 비롯한 아무에게도 짐의 가족에 관해 일절 언급하지 않는 것은 "검둥이"를 수박이나 주일학교 책과 같은 "그것"으로 생각하기에 가능한 것이다.

롤스의 텍스트는 트웨인의 텍스트에 투영된, 흑인 남성에 대한 왜곡된 시각, 즉 연령에 관계 없이 흑인 남성을 어수룩하고 유치한 존재로 보는 시각을 바로잡고 있을 뿐만 아니라, 미시시피 강을 따라 이어지는 여행과 모험을 중심으로 내러티브가 전개되는 트웨인의 남성 중심적 텍스트에서는 관심 밖으로 밀려나 있는 흑인 여성들의 실존적 삶을 구체적으로 보여주고 있다. 트웨인의 텍스트에 투영된 흑인 남성들의 한결같은 유치함이나 미숙함은 "강요된" 것이어서 결국 그들의 "남성성 자체를 파괴하는" 것으로 이어졌다. 성숙한 어른이라 하더라도 어린애로 취급되니, 그들의 남성성이 구현될 여지가 없었던 것이다. 그들의 남성성이 그런 식으로 파괴되었다면, 흑인 여성들의 "여성성"은 백인들이 그들을 성적 노리개로 삼음으로써 "파괴되었다".

남성성과 여성성이 부재하다 보니, 그들이 정상적인 가족을 이뤄 살아간다는 것 자체가 불가능한 것이었다. 롤스의 텍스트에서 수없이 되풀이되는 가족의 와해는 그래서 불가피한 것이다. 세이디가 누비 이불을 만들면서 이야기해주는 대상인 그녀의 손녀딸이 짐과는 아무 혈연적인 관계가 없는 타인이라는 사실은 그들 가족의 와해가 얼마나 철저한 것이었는지를 *생생*하게 보여준다. 짐이 떠난 후, 세이디는 계속 아이들을 낳아야 하는 실존적 상황에 처해 있었던 것이다. 짐이 세이디로부터 다른 남자들과의 사이에서 난 자식들과 손녀를 데리고 또 다른 남자와 살고 있다는 얘기를 듣고도, 그녀를 비난할 수 없는 것은 그것이 노예 제도가 여성에게 강요한 실존적 상황에서 행해진 것이라는 걸 알기 때문이다.

롤스의 텍스트는 흑인 남성에 관한 한, 트웨인의 텍스트를 되받아 쓰고 있고, 흑인 여성에 관한 한, 작가 자신의 말처럼, "되받아 쓴다기보다는 확장하고" 있다고 할 수 있다. 그러나 롤스가 되받아 쓰거나 확장한다고 해서 트웨인의 소설을 "인종적인 소설"로 몰아붙이는 것은 결코 아니다. 그녀가 말한 바와 같이 "화자 헉과 작가 트웨인 사이에 아이러니컬한 거리가 있을 수도 있으니 헉의 인종적 태도를 트웨인의 것이라고 간주할 수만은 없는 것도 사실"이다. 그녀의 이러한 입장은 트웨인의 텍스트를 변호하는 백인 학자들이나 소수 흑인 학자들의 입장과 크게 다르지 않다. 다만, 그녀가 문제를 삼는 것은 "그 소설을 신성한 고전의 자리에 모셔놓고 떠받들면서, 〔어린 흑인 학생들에게〕 그냥 읽기만을 강요하고" 있는 미국의 교육 현실인 것이다. 교사들이 "아무런 비판적 입장 없이" 학생들에게 읽기를 강요하는 것은 "결국 그 소설 속에 스며 있는 인종주의를 외면하는 것"이고, "역사를 미화하고 신비화하는 것은 지극히 위험하다는 것"이다.

롤스의 소설이 발표된 후, "샌프란시스코의 한 학교에서는 『허클베리 핀의 모험』과 『나의 짐』을 동시에 읽힘으로써 상당한 교육적 효과를 보았다"라고 한다. 또한 많은 교사들과 대학교수들이 『나의 짐』을 학생들에게 읽히고 있으며 "심지어 역사 과목에서도 교재로 채택〔해〕 읽히고" 있다고 한다. "왜곡된 이미지가 책을 통해 젊은 학생들의 뇌리에 영속화되는 것만은 적어도 막아야" 한다는 작가의 신념이 교육 현장에서 부분적일망정 받아들여지고 있다는 건 고무적이다.

　이런 맥락에서 보면, 말도 많고 탈도 많은 『허클베리 핀의 모험』을 둘러싼 숱한 논의들보다 롤스가 집필한 소설 한 권이 더 교육적인 기능을 하고 있는 것처럼 보인다. 그렇다고 미국의 모든 학교들이 『허클베리 핀의 모험』을 중고등학교의 필독서 목록에서 전면적으로 제외시키는 건 현재로써는 쉽지 않은 일처럼 보인다. 신화의 영역에 올라 있는 소설 중의 소설을 백인들이 쉽게 배제할 리가 없고, 앞서 언급한 바처럼, 일부에 지나지 않지만 그들의 의견에 동조하는 흑인 학자들도 있기 때문이다. 트웨인의 텍스트를 전면적으로 배제하는 게 쉬운 일이 아니고 또 그걸 계속 가르쳐야 한다면, 『허클베리 핀의 모험』과 『나의 짐』을 동시에 읽히는 것도 좋은 대안일 수 있을 것이다. 이는 전자가 고의적으로 생략하거나 회피하고 또 왜곡했던 인종적인 문제들을 후자가 나름의 방식으로 바로잡고 있기 때문이다. 그렇다고 문제가 완전히 해결되는 것은 아닐 것이다. 가르치는 사람이 제아무리 비판적 시각으로 『허클베리 핀의 모험』을 가르친다 해도, "검둥이"라는 말이 수백 번 되풀이되는 소설을 읽으면서 흑인 학생들이 느낄 모욕감과 불쾌감은 여전할 것이기 때문이다. 레스터가 "내 아이들의 교육은 『허클베리 핀의 모험』을 읽지 않음으로써 향상될 것"이라고 말한 것은 이러한 맥락에서다.

　백인들이 "우상숭배"에 가깝게 떠받드는 트웨인의 텍스트가 흑인들에게 모욕감과 굴욕감을 느끼게 하고, 그 와중에서 흑인 학생들이 수업을 거부하는 사태가 과거에 벌어졌고 또 지금도 그러함에도 불구하고, 그것을 필독서에 집어넣는 현실은 미국이라는 나라가 아직도 백인 중심적인 이데올로기에 의해 좌지우지되고 있다는 증거다. 이데올로기에 대한 다양한 정의들이 있지만, 그것을 "왜곡과 은폐를 통해서 지배 계층이나 계급의 이익을 정당화하도록 돕는 생각들과 믿음들"이라고 정의한 이글턴의 말에 입각해보자면 그렇다. 만약 어떤 특정한 표현이나 단어가 미국의 백인들을 겨냥해, "검둥이"라는 말에 내포된 바와 엇비슷한 역사적, 문화적, 정치적 암시나 함의들을 갖고 있다면, 그것이 수백 번 되풀이되는 텍스트를 어린 백인 학생들에게 마냥 강요하지는 않았을 것이다. 아니, 그 텍스트는 이미 교실에서 자취를 감추고 없을 것이다. 한 학자가 "만약 독일에서 가장 애호하고 광범위하게 가르치는 책이 도망치는 유대인과 함께 아리아인 소년이 겪는 모험담을 바바리아 지방어로 서술한 이야기라면 어떻겠느냐?"라고 항변하는 것도 무리는 아니다. 이는 트웨인의 텍스트에 형상화된 짐이라는 인물이 유대인으로, 헉이 아리아족 독일 소년으로 대체되고 나머지 상황들이 20세기 전반부의 독일적인 상황으로 바뀐 소설을 생각해보라는 얘기다. 그리고 그걸 독일에서 감히 교과서로 쓸 수 있느냐는 얘기다. 이런 맥락에서 롤스가 『허클베리 핀의 모험』에 관해 했던 말은 음미해볼 가치가 있다.

저는 이 소설이 미국을 대표할 만한 소설인지 어쩐지 잘 모르겠습니다. 여하튼 미국인들은, 특히 백인들은, 자신들의 조상이 헉처럼 인간적이었다고 믿고 싶어 하는 것 같습니다. 우리는 모두, 과거의 잘못된 것에는 애써 눈을 감아버리고 좋은 것만을 보려고 하지 않습니까? 우리 미국인들은 우리의 제국 혹은 식민 정책에는 눈을 감고, 우리의 좋은 점만을 보려고 하지 않습니까? 우리의 역사가 얼마나 참담합니까. 그걸 도외시하고 역사를 바라본다는 것은 역사에서 아무것도 배우지 않고 그저 자신에게 편한 대로만 말하고 바라보겠다는 것이지요. 그렇다고 마크 트웨인의 소설을 폄하하고 싶은 생각은 없습니다. 꼼꼼하게 읽어보니 좋은 부분이 아주 많은 소설입니다. 다만 그 소설의 유머가 흑인들을 희생시키며 얻어진 것이라는 점을 우리가 직시할 필요가 있으며, 학생들에게 그렇게 가르칠 필요가 있다는 것입니다. 제가 알고 있는 많은 독자들처럼, 저 역시 이 소설을 쓰기 전에는 『허클베리 핀의 모험』을 끝까지 읽을 수가 없었습니다. 짐이라는 흑인 인물에 대한 형상화가 몹시 불편하게 다가왔기 때문입니다.

작가는 "교육적인 것을 최우선으로 삼고 이 소설을 썼다"라고 밝힌 바 있는데, 이는 그녀가 이 소설을 쓴 것이 "흑인과 백인 사이에 각을 세우려고 하는 것이 아니라" 트웨인의 소설에 투영돼 있는 "흑인들에 대한 상투성을 바로잡고" 과거와 현재를 직시하면서 학생들에게, 특히 어린 학생들에게, 제대로 된 교육을 하는 일에 일조하는 데 있었음을 잘 말해준다.『허클베리 핀의 모험』이 "미국을 대표할 만한 소설인지 어쩐지" 잘 모르겠다며 미국 백인들이 신성불가침의 정전으로 여기는 텍스트에 의문을 제기하고, 이 소설에 대한 백인들의 "우상숭배"에서 "자신들의 조상이 헉처럼 인간적이었다고 믿고 싶어 하는" 마음을 읽어내는 롤스의 모습에서, 의로운 분노와 교육에 대한 열정이 절로 느껴진다.

나타샤 트레서웨이
Natasha Trethewey

● **나타샤 트레서웨이** *Natasha Trethewey*
1966년 미시시피 주 걸프포트 출생. 백인 아버지와 흑인 어머니 사이에서 태어난 그는 조지아
대학에서 영문과 학사학위, 홀린스 대학 영문학 및 문예창작 석사학위, 매사추세츠 대학 문예
창작과에서 석사학위를 이수했다. 릴리언 스미스 문학상, 미시시피 주지사상, 푸시카트상, 미
시시피 예술원상, 에밀리 클라크 볼크 문학상, 줄리아 피터킨 문학상, 카베 커넘 문학상, 마가
렛 워커 문학상, 리처드 라이트 문학상 수상하였고, 2007년 퓰리처상을 받았다.

· **주요 작품목록**
『집안일Domestic Work』, 『벨로크의 오필리아Bellocq's Ophelia』, 『네이티브 가드Native
Guard』 등의 시집을 발표하였다.

"역사적 기억상실"에 맞서는
"서정적 기념비"로서의 시

• • •

풀리처상 수상 작가 **나타샤 트레서웨이**

나타샤 트레서웨이는 『집안일』, 『벨로크의 오필리아』에 이어 『네이티브 가드』를 발표하면서 릴리언 스미스 문학상, 미시시피 주지사상, 푸시카트상, 미시시피 예술원상, 에밀리 클라크 볼크 문학상, 줄리아 피터킨 문학상, 카베 커넘 문학상, 마가렛 워커 문학상, 리처드 라이트 문학상을 비롯한 각종 문학상을 휩쓸었다. 조지아 대학에서 영문과 학사학위를, 홀린스 대학 영문학 및 문예창작 석사학위를, 매사추세츠 대학 문예창작과에서 석사학위를 이수한 트레서웨이는 하버드 대학의 래드클리프 연구소 펠로, 오번 대학, 노스캐롤라이나 대학, 듀크 대학의 교수를 역임하였으며 2001년부터 미국의 명문사학 에머리 대학의 영문과 교수로 재직 중이다.

『네이티브 가드』로 2007년도 풀리처상을 수상한 나타샤 트레서웨이는 1966년, 인종차별이 어느 곳보다 심했던 미시시피 주 걸프포트Gulfport에서 백인 아버지와 흑인 어머니 사이에서 태어났다. 여섯 살 때는 부모가 이혼을 하는 아픔을 겪어야 했고, 열아홉 살 때는 어머니가 의붓 아버지한테 죽임을 당하는 끔찍한 일을 겪어야 했다. 이 모든 것이 그녀의 시에 고스란히 배어 있는데, 그녀는 개인적인 경험을 특정한 역사적 맥락에 위치시키면서 개인의 역사와 공적인 역사를 병치시키고 있다. 이런 점에서 트레서웨이는 그녀에게 심오한 영향력을 행사한 흑인 시인 리타 도브와 많은 걸 공유하고 있다. 다음의 인터뷰는 트레서웨이의 파란만장하고 고통스러운 삶과 그녀의 시학, 역사의식 등을 두루두루 살펴볼 수 있는 좋은 계기가 될 수 있을 듯하다. 인터뷰는 주한미국대사관의 주선으로 2009년 4월 30일 오전, 서울 하얏트 호텔 비즈니스 센터에서 행해졌다.

왕은철 반갑습니다. 바로 질문으로 들어가겠습니다. 당신의 시집을 읽으면서 많은 시들이 일종의 '이야기 시'narrative poem의 형태를 취하고 있는 듯한 느낌을 받았습니다. 이 점에 대해서 어떻게 생각하십니까?

트레서웨이 제 모든 시를 '이야기 시'라고 할 수는 없겠지만, 제 시에 이야기가 들어 있는 건 사실입니다. '이야기 서정시'narrative lyric라고 하는 편이 더 적절하지 않을까 싶습니다. 저는 미국

시에서 아주 흔하고 지배적인 장르인 '이야기 서정시'의 형식을 따르고 있습니다. 이야기가 들어 있지만, 그에 따르는 서정성에서 추진력을 끌어내는 시라고나 할까요. 또한 저는 '극적인 형식'을 따르는 시를 쓰기도 합니다. 제 세 번째 시집 『네이티브 가드』의 표제작인 「네이티브 가드」는 흑인 병사의 목소리를 차용하고 있고, 두 번째 시집 『벨로크의 오필리아』에 수록된 대부분의 시들은 1910년에 살았던 흑인 여성(윤락녀)의 목소리를 차용하고 있습니다. 그러니까 저는 당신이 말한 '이야기 시' 그리고 '이야기 서정시'와 '극적인 시'의 형태를 두루 사용하고 있습니다. 전반적으로 말해서 제 시는 '이야기 서정시'와 '극적인 시'라고 할 수 있지 않을까 싶습니다.

왕은철　어떤 점에서 당신의 시에 개인적인 경험들이 반영되어 있는지 알고 싶습니다.

트레서웨이　제 시는 개인적인 경험을 배경으로 하고 있습니다. 특히, 남부의 미시시피 주에서 태어나 성장하면서 체험한 것을 배경으로 하고 있습니다. 저는 그러한 개인적인 역사를 더 큰 틀과 맥락 속에서 보고자 했습니다. 저는 개인적 경험을 개인적 차원에 머물게 하지 않고 더 넓은 역사적, 인류적 차원의 것으로 만드는 데 관심이 있었습니다.

왕은철 그러니까 의도적으로 개인적인 경험을 "더 넓은 역사적, 인류적 차원의 것"으로 만드는 것이군요.

트레서웨이 그렇습니다. 저는 제가 개인적으로 겪어야 했던 것들이 공적인 역사와 불가분의 것이었다고 생각합니다. 저는 백인 아버지와 흑인 어머니 사이에서 태어났습니다. 그것도 1960년대의 미시시피에서 태어났습니다. 당시에는 흑백 간의 결혼이 불법이었습니다. 그래서 제가 살아야 했던 삶은 당대의 역사, 아니 그 당대의 역사와 밀접한 관련이 있는 노예제도와 인종차별의 역사와 불가분의 것이었습니다. 저는 개인적인 역사와 공적인 역사가 교차되는 지점에 관심이 있습니다.

왕은철 당신의 시는 쉽게 읽힙니다. 의도적인 것입니까? 당신은 어떠한 독자를 염두에 두고 시를 씁니까?

트레서웨이 저는 일부러 솔직하고 평범하고 단순한 문장을 사용합니다. 표면적으로 명확하게 하기 위한 것입니다. 표면적으로는 명확하면서도 삶의 복잡성과 다양성을 반영하는 데 관심이 있습니다. 저는 일차적으로는 평범한 독자들이 제 시에서 공감할 수 있는 것을 찾아낼 수 있으면 싶습니다. 물론 학자들과 시인들과 평론가들이 제 시에서 여타의 다른 면들을 찾아낼 수 있으면 싶지만, 엘리트 독자를 위하여 시를 쓰지는 않습니다. 제가 염두에 두는 독자는 배타적인 성격의 독자층이 아닙니다. 저는 가능한 한, 많은 사람들에게 읽힐 수 있는 시를 쓰고 싶습니다. 그런 점에서 월트 휘트먼Walt Whitman이 시를 썼던 방식과 흡사하다고 할 수 있습니다. 그는 평범한 독자들을 염두에 두고 시를 썼습니다. 그가 "민주적인" 시인이라고 불리는 것도 부분적으로는 그러한 연유에서일 것입니다.

왕은철 시의 소재를 선택할 때, 주요한 요인들이 뭔지 말씀해 주시겠습니까?

트레서웨이 저한테는 저를 떠나지 않는 주된 강박관념이 있는데, 그것이 저를 이끌어줍니다. 그것은 역사, 역사적 기억, 역사적 건망증에 관련된 것입니다. 역사는 가족의 역사든, 국가의 역사든, 부재不在로 가득 차 있습니다. 우리의 눈에 보이는 것은 많은 경우, 보이지 않는 것의 빈자리입니다. 저는 그 '보이지 않는 것' 즉 잃어버리고 묻혀버린 것들을 찾아내려고 합니다. 역사에 함몰된 침묵에 목소리를 부여하고자 하는 것입니다.

왕은철 당신은 '보이지 않는 것'이나 "잃어버리고 묻혀버린 것"을 정말로 찾아낼 수 있다고 생각하십니까?

트레서웨이 모든 것이 다 가능하지는 않겠지만, 그걸 찾아내려고 노력하고 또 노력하는 것이 중요하다고 생각합니다. 세 번째 시집 『네이티브 가드』는 좋은 예일 것입니다. 수십만에 달하는 흑인들이 남북전쟁에 참전해 중요한 역할을 했지만, 기념비를 비롯한 많은 역사적 유물과 역사서는 그들에 관해 침묵해왔습니다. 많은 독자들은 제 시를 읽고 저에게 편지와 이메일을 보내, 자신들이 전혀 모르고 있었던 역사적 사실을 제 시를 통해 알 수 있게 되었다고 말했습니다. 그런 점에서 보면, 잊혀지고 묻혀졌던 것들을 제가 조금이나마 찾아내고 드러내 보였다고 할 수 있을 것입니다. 시의 유용성에 대해 부정적이고 회의적인 시각을 갖고 있는 많은 사람들이 있습니다. 시가 가진 여러 가지 다른 기능도 있겠지만, 저는 시가 유용한 것이며 그 점도 다른 기능들과 마찬가지로 중요하게 다뤄져야 한다고 생각합니다.

왕은철 『네이티브 가드』로 2007년도 퓰리처상을 수상하셨는데, 그것이 잘못된 역사를 바로잡는 계기가 되었는지 궁금합니다.

트레서웨이 네, 퓰리처상 수상이 영향력을 행사한 것은 사실입니다. 전에는 관광객들에게 남북전쟁 당시의 흑인 병사들에 대해 일언반구도 하지 않던 '십 아일런드'―『네이티브 가드』의 모티브가 된, 남북전쟁 기념비가 있는 미시시피 주의 한 섬입니다―의 순찰경비대원들이 이제는 그들에 관한 얘기를 해주고 있습니다. 그 섬의 웹사이트는 제 시집 『네이티브 가드』에 링크가 되어 있습니다. 물론 모든 가이드들이 흑인 병사들을 언급하는 것은 아니지만, 문제가 부분적으로나마 해소된 것만은 분명합니다.

왕은철 앞서 강박관념이라고 말씀하셨는데, 강박관념이라면 궁극적으로 벗어나고 극복해야 하는 것이라는 의미는 아닌지 묻고 싶습니다.

트레서웨이 저에게 역사, 역사적 기억, 역사적 기억상실은 모멘텀(계기이자 추진력)이었습니다. 물론 그것이 개인적 경험과 연루된 것이긴 했지만, 저는 늘 제 경험에 특정한 역사적 콘텍스트를 부여하려 했습니다. 저는 제 경험만을 대상으로 시를 쓰고 싶지는 않습니다. 시인이 모멘텀을 잃어버리면, 결국 진정성과 깊이를 잃어버리게 된다고 생각합니다. 역사를 보면, 승자의 기록과 목소리는 남아 있지만, 평범한 사람들의 목소리와 그들이 쓴 기록은 남아 있지 않습니다. 역사는 승자의 기록입니다. 기록은 기록이되, 승자의 이익에 부합되지 않는 것들은 삭제된 일면적인 기록입니다. 저는 그것에 강박관념이 있다고 할 수 있습니다. 그만큼 제가 사회적 정의의 문제에 집착하고 있다는 말입니다. 결국 제 개인적인 문제는 사회적 정의의 문제와 무관한 것이 아닐 테니까요. 따라서 강박관념은 창조적인 것으로 이어질 수 있다고 생각합니다. 물론 어떻게 사용하느냐에 달려 있겠지만요.

왕은철 당신의 시는 늘 과거를 향하고 있는 것만 같습니다. 왜 과거입니까?

트레서웨이 과거로 돌아가는 것은 현재가 자꾸 과거를 삭제하려고 하기 때문입니다. 끊임없이 문화적 기념물(기념비)이 세워지고 만들어집니다. 그런데 거기에는 하나의 이야기만이 있습니다. 즉, 삭제 작업이 계속적으로 진행되고 있는 셈이지요. 삭제에 대한 욕망과 과거에 대한 기억상실증이 결합되어 생기는 현상입니다. 따라서 과거에 대한 제 강박관념은 달리 말하면 현재에 대한 강박관념이라고 할 수 있을 것입니다. 19세기 낭만주의 시인 셸리는 시인을 가리켜 "인정이 되지 않는, 세계의 입법자"unacknowledged legislators of the world라고 했습니다. 저는 시인으로서, 사람들의 문화적 기억이 잊히지 않게 기록으로 남기려고 합니다.

왕은철 당신은 앞에서 백인 아버지와 흑인 어머니 사이에서 태어나, 그것도 남부인 미시시피 주에서 태어나 힘겨운 삶을 살아야 했다고 했습니다. 「가자미」Flounder를 비롯한 일련의 시들은 혼종적인 정체성의 문제를 집요하게 파고들고 있습니다. 그렇다면 인종적 정체성의 문제가 당신의 또 다른 강박관념이 아닐까 싶은데 어떻습니까?

트레서웨이 당연한 말입니다. 그러나 그것은 개인적인 강박관념이기도 하지만 미국이라는 나라의 강박관념이라고 해야 맞을 것입니다. 순수와 비순수, 그리고 그 사이의 상태에 대해서 미국이라는 나라는 끊임없이 집착하고 있습니다. 「가자미」는 제 초기 시에 속하는데, 혼종적인 정체성의 문제를 은유를 통한 절제적 형식으로 표현하고 있는 시입니다. 제 시들은 『집안일』에서 시작하여 『벨로크의 오필리아』를 거쳐 『네이티브 가드』로 나아가는 과정에서, 초기의 절제적 형식을 지양하고 보다 솔직하고 거리낌 없는 형식으로 바뀌어갑니다.

왕은철 『집안일』, 『벨로크의 오필리아』, 『네이티브 가드』는 서로와 상호텍스트적인 관계에 있는 것처럼 보입니다. 이 말에 동의하신다면, 어떤 면에서 상호텍스트적인지 말씀해주시겠습니까?

트레서웨이 저는 당신이 제 시들을 그렇게 보아주는 것이 참 좋습니다. 그 시집들은 여러 가지 점에서 상호텍스트적이지만, 두 가지만 말씀드리겠습니다. 첫째, 세 권의 시집들은 역사적 기억상실과 부재의 문제, 그리고 개인적 삶과 경험에 대해 강박관념을 드러내는 동시에 추진력으로 삼고 있다는 점에서 서로 연결이 됩니다. 둘째, 저는 시집들이 개별적인 시들을 모은 것들이라기보다는 서로 유기적인 관계에 있는 온전한 형태의 통일체가 되게 하고 싶었습니다. 모든 것을 묶어주는 "하나의 온전한 책"이 되게 하고 싶었던 것입니다. 제 시들이 끊임없이 어떤 것을 향해 돌아가려고 하는 속성을 지니고 있는 것은 그러한 이유 때문입니다. 가령, 『네이티브 가드』에 수록된 시들은 『집안일』과 『벨로크의 오필리아』에 수록된 시들을 향해 끊임없이 말을 걸고 있다고 할 수 있을 것입니다.

왕은철 당신은 앞에서 시적 변화에 대해 언급했습니다. 좀 더 구체적으로 말씀해주시겠습니까?

트레서웨이 제가 어떠한 방향을 잡아놓고 그쪽으로 변화를 시도한 것은 아니지만, 돌아보면 많은 변화들이 있었던 것 같습니다. 초기 시들을 모아놓은 『집안일』을 현재의 입장에서 돌아보면, 대상으로부터 감정적 거리와 객관성을 지키려고 노력했던 시기의 시들이 아니었던가 싶습니다. 그 시들은 인종적, 혼종적 경험 및 어머니의 죽음으로부터 감정적인 거리를 지키면서 절제하지 못했다면 쓰어지지 못했을 것입니다. 그러나 저는 점차, 그 경험을 좀 더 직접적으로 표현할 수 있는 방법을 찾아냈습니다.

저는 『벨로크의 오필리아』에서 혼종적인 정체성과 결부된 것들을 보다 선명하게 표현할 수 있었습니다. 오필리아는 1910년대에 뉴올리언스에서 몸을 팔며 살아야 했던 기구한 팔자의 혼혈 여성입니다. 그녀의 삶은 제 삶과는 천리만리 떨어져 있지만, 인종적 정체성의 면에서 보면 그녀와 저는 크게 다르지 않습니다. 아니, 그 시를 쓸 때, 저는 오필리아였습니다. 저는 뒤로 갈수록 인종적인 문제에 결부된 분노를 보다 더 직접적으로 표현할 수 있게 됐습니다.

미국인들은 한편으로는 남아프리카공화국의 아파르트헤이트에 관해서는 신랄하게 비판하면서, 다른 한편으로는 자신들이 조직화한 인종차별에 대해서는 침묵을 지키는 모순을 범했습니다. 아파르트헤이트가 자기들의 문제임에도 불구하고, 남의 나라에 관해서만 문제를 삼았던 것입니다. 자기들의 원죄와 대들보는 도외시하고, 남의 죄악과 티끌만 문제를 삼았으니 모순이라는 겁니다. 저는 시를 통해 분노를 표출할 수 있게 되었습니다. 더불어 어머니의 죽음과 관련해서 느꼈던 슬픔도 밖으로 표현할 수 있게 되었습니다. 비평가들의 눈에는 그것이 초기 시에 나타나는 "감정적 거리"와는 사뭇 대조적인 "감정적 강렬함"으로 보이는가 봅니다. 여하튼 저는 제 목소리와 비전을 찾아낸 것 같습니다. 그러한 쪽으로 제 시가 옮아가면서, 저는 독자들이 어떻게 반응할지 내심 궁금했었습니다. 그러나 제가 발표한 시들에 대한 독자들의 반응은 아주 긍정적이었습니다. 마치, 그들이 제 그러한 모습을 기다리기라도 했던 것 같았습니다. 독자들도 불의라는 것이 숨길 필요가 없는 것으로 느꼈던 모양입니다.

왕은철 당신의 시집을 구해 읽으면서 시들이 뒤로 갈수록 더 당당하고, 더 안정감이 있다는 느낌을 받았는데, 그게 틀린 것이 아니었군요. 이번에는 당신에게 퓰리처상을 안겨준 『네이티브 가드』에 관해 묻겠습니다. 표제작인 「네이티브 가드」는 남북전쟁에 백인들과 함께 참전했지만, 전쟁이 끝난 후에는 역사의 기록에서 배제되는 운명에 처한 흑인 병사들의 목소리를 차용하고 있습니다. 그런데 이 시집의 묘하고도 흥미로운 점은 당신의 어머니와 관련된 시들이 「네이티브 가드」와 관련된 다소간에 공적인 시들과 섞여 있다는 사실입니다. 달리 말하면, "네이티브 가드" 관련 시들을 개인적 경험과 연루된 시들이 앞뒤로 둘러싸고 있는 형국입니다. 당신의 어머니에 대한 헌사가 서두에 나오는 것도 예사롭지 않아 보입니다. 어머니에 대한 기억과 역사의 뒤안길에서 실종돼버린 흑인 병사들의 문제가 한곳에 묶여 있는 있는 이유가 뭔지 들어보고 싶습니다.

트레서웨이 표제작인 「네이티브 가드」는 남북전쟁에 수십만씩 참여했지만, 역사의 내러티브에서는 잊혀지고 삭제된 흑인 병사들의 목소리를 살려내 그들의 부재를 현재화하기 위한 것입니다. 저는 잊혀진 흑인 병사들을 위한 서정적인 기념비를 세우고 싶었습니다. '네이티브 가드'들을 위한 가디언(보호자)이 되고 싶었던 겁니다. 동시에, 저는 제 어머니에 대한 서정적 기념비를 세우고 싶었습니다. 그렇게 해서 이 시집에 개인적인 역사와 집단적인 역사가 교차되고 있는 것입니다.

왕은철 당신은 목소리가 없는 사람들에게 목소리를 부여하려고 애쓰는 것처럼 보입니다. 목소리가 없는 사람이란 당신도 잘 알다시피 서발턴(subaltern, 하위주체)을 가리키는 것입니다. 당신은 서발턴이 말할 수 있도록 해주려는 것입니까? 탈식민 논의에서 자주 거론되는 스피박의 질문을 당신에게 해보고 싶습니다. 당신 생각에 "서발턴은 말할 수 있습니까?" 당신은 오필리아가 말할 수 있다고 생각하십니까?

트레서웨이 목소리를 갖지 못한 사람들에게, 특히 역사의 내러티브에서 배제된 서발턴들에게 목소리를 찾아주는 것은 어렵고도 어려운 일입니다. 자신이 아닌 타인을 반영하는 것은 늘 어려운 일입니다. 그러나 그것이 어렵다고 단념해서는 안 될 일입니다. 적당한 정도의 감정이입empathy과 상상력만 있다면, 타인을 대변하려는 노력이 무익하지는 않을 것 같습니다. 제 첫 시집 『집안일』에는 외할머니와 관련된 시들이 상당수 있는데, 저는 외할머니를 이해하려는 노력과 제 상상력만으로 그 시들을 썼습니다. 어느 날, 그 시들을 외할머니에게 읽어드렸더니, "맞아, 그랬다. 바로 그런 식으로 그런 일이 있었다"라고 말씀하셨습니다. 1910년대에 뉴올리언스에 살았던 윤락 여성들이 지금 살아 있다면, 『벨로크의 오필리아』에 나오는 제 시들을 못마땅하게 생각하지는 않았을 것입니다. 제 말은 어려운 일이긴 하지만, 타자에게 목소리를 부여하려는 노력이 필요하다는 것입니다.

왕은철 좋습니다. 하지만 당신과 1910년대에 윤락녀였던 흑백 혼혈 여성과는 엄청난 차이가 있을 텐데, 감정이입과 상상력만으로 그들을 대변하는 것이 가능할지 모르겠습니다.

트레서웨이 그들과 저 사이의 거리가 갈수록 벌어지고 있는 것도 사실입니다. 그러나 저는 1960년대에 혼혈로 태어나 어머니를 '가슴에 묻어야 했고' 인종적 불의를 몸소 체험했던 사람입니다.[20] 제 자신이 서발턴이었습니다. 이제는 더 이상 서발턴이라고 제 자신을 분류할 수는 없게 되었지만, 저는 혼혈인으로서의 인종적 정체성과 그에 관련된 경험을 잊은 적이 없습니다. 제가 서발턴을 제대로 대변할 수 있을지 없을지는 모르겠지만,

---

20) 여기에서 '가슴에 묻는다'라는 우리식 표현이다. 트레서웨이는 한국에 와서 '가슴에 묻는다'라는 표현을 배웠다고 했다. 또한 그녀는 '한恨'이라는 말이 함의하는 바에 대해 들었다며, 그것이야말로 자신의 가슴에 맺힌 응어리를 제대로 표현해주는 적절한 말이라고 생각한다고 말했다. 이후에 그녀가 토로하는 가족사를 귀담아 들으면, 독자는 왜 그것이 '한'에 해당하는지 자연스럽게 알게 될 것이다.

적어도 노력은 해야 한다고 생각합니다. 『벨로크의 오필리아』에 수록된 시들을 쓰면서, 저는 제가 뉴올리언스의 오필리아처럼 몸을 팔면서 사는 혼혈 여성이라고 생각했습니다.

왕은철 당신의 시를 보면 남자들이 별로 등장하지 않는 것 같습니다. 당신이 여성이라는 이유 말고 다른 특별한 이유라도 있습니까?

트레서웨이 저에게 남성은 부재不在로 다가옵니다. 제가 여섯 살 때, 아버지는 어머니와 이혼하셨습니다. 그래서 여름방학 때만 아버지를 볼 수 있었습니다. 외할아버지는 본 적도 없습니다. 어머니가 재혼을 하는 바람에 제가 어쩔 수 없이 같이 살아야 했던 의붓아버지는 대단히 폭력적인 남자였습니다. 제가 열아홉 살이었을 때, 그는 제 어머니를 죽였습니다. 남자들의 부재는 그래서 제 경험이 반영된 것입니다. 그런데 그 부재는 중립적인 형태의 것이 아니라, 부재하기에 더욱 그 자리가 느껴지는 형태의 부재입니다. 제 외할머니가 오려낸 사진들처럼 말입니다.

왕은철 사진이라고요?

트레서웨이 어머니가 돌아가신 후였습니다. 어느 날, 집에 들어가니 외할머니가 지난 10여 년에 걸쳐 찍은 사진들을 모아놓고 의붓아버지의 자리를 가위로 오려내고 계셨습니다. 그래서 사진에는 구멍이 나게 되었습니다. 구멍은 부재의 자리입니다. 외할머니는 사진 속의 인물을 잘라냄으로써 그를 실제로 제거할 수 있다고 믿을 만큼 절박한 마음이셨을지 모릅니다. 그런데 그 구멍은 그를 더욱 강력한 것으로 만들어놓고 있었습니다. 그것은 사진들을 모두 없앴어도 마찬가지였을 것입니다. 제가 그 부재로부터 감정적 거리를 시킬 수 있게 되기까지는 20년이 걸렸습니다. 글을 쓴다는 것은 자신의 슬픔을 다른 사람들과 나누는 것이기도 합니다. 부재의 기념비를 세우는 것이기도 하고요. 좋은 시인이 되려면 고통과 슬픔과 부재를 꼭 경험해야 하느냐는 원론적인 질문을 받은 적이 있습니다. 그게 아니기를 저는 바랍니다. 그리고 누구도 제가 했던 것과 같은 경험을 하지 않기를 바랍니다. 언어와 아름다움에 대한 사랑, 감정이입을 통해 타인을 이해할 수 있는 능력, 그리고 인간적인 지성을 갖추면 좋은 시를 쓸 수 있지 않을까 싶습니다.

왕은철 감정이입이 중요하다는 점을 여러 번 말씀하시는데, 남성/여성의 범주를 넘어서는 것도 감정이입을 통해 가능합니까? 「네이티브 가드」에서 당신은 흑인 남성의 목소리를 차용하고 있는데, 성의 테두리를 넘는 문제에 대해서는 어떻게 생각하십니까?

트레서웨이 저는 그 시를 쓸 때, 제가 성의 범주를 넘어서고 있다는 사실은 의식하지 못했습니다. 저는 국회도서관에 가서 흑인 병사들이 남긴 일기와 기록을 읽고 그에 관련된 광범위한 자료조사를 했습니다. 그러는 과정에서 자연스럽게 흑인 남성을 페르소나로 설정하여 「네이티브 가드」를 비롯한 일련의 시들을 쓰게 됐습니다. 저는 감정이입을 통해 그들의 입장이 되어봤습니다. 그것이 완전할 수는 없겠지만, 중요한 것은 성의 차이가 아니라 저를 그들과 연결시켜주는 인간성입니다. 성의 차원을 넘어 우리 모두를 인간성의 차원에서 서로 연결시키는 지점이 있는 게 아닐까 싶습니다.

왕은철 그런 맥락에서 보면, 당신은 온건한 형태의 페미니스트이겠군요.

트레서웨이 당신도 알다시피, 페미니스트에는 여러 부류가 있습니다. 제가 페미니스트라면, 그것은 휴머니즘과 관련된 의미에서일 것입니다. 저는 대결의 장으로서가 아니라 평등의 차원에서 남녀의 문제도 접근하고 싶습니다. 인종의 문제도 마찬가지입니다.

왕은철 20세기 초, 두 보이스는 피부색의 문제가 20세기의 문제라고 말한 적이 있습니다. 피부색의 문제는 21세기의 문제이기도 합니까?

트레서웨이   두 보이스가 말했던 피부색의 문제는 지금도 존재합니다. 물론 피부색을 초월할 수 있을 정도로 성공적인 사람들이 있습니다. 운동선수, 음악가, 오바마 대통령에 이르기까지 성공한 사람들은 그럴 수가 있습니다. 그러나 피부색을 초월할 수 없는 가난한 사람들이 많이 있습니다. 그들은 제도화된 차별에 속수무책으로 당하고 있습니다. 차별 철폐 조처나 소수인종 보호정책이 더 이상 필요없다고 말하는 사람들이 있습니다. 오바마 대통령의 딸에게는 그러한 것이 필요 없을 것입니다. 하지만 가난한 사람들은 건강 관리, 주택, 교육 등의 문제에서 여전히 차별을 받고 있습니다. 인종의 문제가 지배적인 문제인지는 모르겠지만, 그것이 여전히 미국의 강박관념으로 남아 있는 건 사실입니다.

왕은철   당신은 문학과 윤리를 불가분의 것이라고 보는 것 같습니다.

트레서웨이   당연합니다. 저는 양자가 불가분의 것이라고 생각합니다. 문학을 통해서 우리는 윤리성을 발견합니다. 문학은 우리에게 인간이 무엇인지를 말해줍니다. 문학에서 중요시되는 감정이입은 기본적인 인간 가치입니다. 문학은 타자를 향한 윤리적 행동이 무엇인지를 우리에게 일깨워줍니다. 적어도 저는 제가 하는 문학이 그러한 것을 지향하는 문학이 되었으면 싶습니다.

왕은철 당신의 시 중 적지 않은 수가 불행하게 숨을 거둔 어머니와 관련된 것들입니다. 저는 그러한 시들을 읽으면서 어딘가에 당신의 죄의식이 묻어 있는 것만 같았습니다. 그 점에 대해서 어떻게 생각하십니까?

트레서웨이 이런 질문은 처음 받아봅니다. 누구도 저한테 죄의식과 관련된 질문을 한 적이 없지만, 당신의 느낌은 사실과 부합되는 것 같습니다. 제가 죄의식을 느끼면서 시를 쓴 건 아니었습니다. 죄의식은 시를 쓰는 과정에서 저도 모르게 무의식적으로 드러났던 것 같습니다. 제가 발표한 「신화」Myth를 보면 "저버리다"forsaking는 표현이 여러 번 나옵니다. 그 말은 아주 양가적인 의미를 지니고 있습니다. 일차적으로는 시의 화자인 '나'(그 화자는 저입니다)를 두고 죽음으로써 어머니가 '나'를 저버리는 것이지만, 이차적으로는 어머니를 죽게 놔둠으로써 '내'가 그녀를 저버리는 것입니다. 저는 이 시를 쓰면서 오르페우스와 에우리디케의 신화를 떠올리며, 누가 누구를 저버린 것일까 하고 생각해보았습니다. 여하튼 이 시에 배어 있는 죄의식은 의도적인 것이 아니었습니다. 그저 저도 모르게 나와버린 것입니다.

그 죄의식은 어디에서 온 것일까요? 어쩌면 이런 것일지도 모르겠습니다. 저는 어머니가 돌아가신지 얼마 후, 이런 꿈을 꿨습니다. 어머니와 저는 쇼핑몰을 걷고 있었습니다. 꿈속에서 저는 어머니가 이미 돌아가셨다는 걸 알고 있었습니다. 꿈속에서나 가능한 일이지만, 저는 죽은 어머니와 같이 있었습니다. 그런데 의붓아버지가 우리를 향해 오고 있었습니다. 저는 그가 폭력적인 의도를 품고 있다는 걸 알고 있었지만, 그에게 친절하게 말했습니다. 그랬더니 그가 우리를 지나쳤습니다. 그런데 돌아보니까, 어머니의 이마에 구멍이 나 바람이 통하고 있었습니다. 어머니가 저를 보고 이렇게 말했습니다. "너, 아물지 않는 상처를 갖는다는 게 어떤 느낌인지 아니?" 저는 그러다가 잠에서 깼습니다. 지난 20여 년 동안, 그 꿈이 제 뇌리를 떠나지 않았습니다.

어머니가 돌아가실 때, 저는 고등학교 졸업반이었습니다. 그날은 금요일이었습니다. 당시, 저는 치어리더였기 때문에 풋볼 경기가 열리는 경기장에 가 있었습니다. 의붓아버지가 후에 정신과 의사에게 한 말에 따르면, 그는 저를 죽임으로써 제 어머니를 벌하려고 경기장에 찾아갔었는데 제가 자신을 향해 웃으면서 손을 흔드는 걸 보고 제 어머니를 대신 죽였다고 합니다—제 어머니는 당시, '여성의 집'에 가 있었습니다—그러니까 저는 '내가 그때 죽었더라면 엄마는 살았을 텐데'라는 생각을 부지불식간에 갖게 되었던 것 같습니다. 죄의식은 거기에서 연유

된 것일 수 있습니다.

다른 편에서 보면, 어머니의 묘에 기념비를 세우지 못한 것에 대한 죄의식도 있을 수 있습니다. 저는 의붓아버지의 성을 가진 어머니의 이름을 비석에 새겨넣을 수 없었습니다. 그렇다고 제 친아버지의 이름을 새겨넣을 수도 없었습니다. 저에게는 어머니와 의붓아버지 사이에서 태어난 남동생이 있었으니까요. 그는 어머니가 돌아가실 당시, 열 살이었습니다. 그는 의붓아버지와 이름이 정확하게 똑같았습니다. 그는 살인자인 아버지의 이름을 갖고 평생을 살아야 하는 짐을 지게 되었습니다. 그게 동생한테 얼마나 힘든 것일지 생각하면 너무 가슴이 아픕니다. 제가 『네이티브 가드』로 퓰리처상을 타면서 가족사가 알려지고 그 때문에 힘들어 했을 동생을 생각하면 가슴이 미어집니다.

왕은철 친아버지와의 관계는 어떠했습니까?[21]

트레서웨이 아주 좋습니다. 제 아버지도 교수이며 시인이십니다. 아버지는 어렸을 때부터, 제가 시인이 될 수 있는 자질을 타고 났으며 세상을 향해 뭔가 중요한 걸 말할 수 있는 위치에 있다며 저를 격려해주셨습니다. 제가 차를 타고 아버지와 같이

---

21) 어머니의 죽음에 관해 더 상세히 묻고 싶었지만, 예정에 없던 질문에 답변하는 과정에서 눈가가 촉촉해진 시인을 바라보며 더 이상 채근할 수 없어 이 정도로 만족해야 했다. 더 이상 묻는다는 것이 품위 없고 경망스러운 짓일지 모른다는 생각이 들어서였다.

여행을 하면서 지루해하면 그 자리에서 시를 써보라고 하시곤 했습니다. 대학원에 들어가서 저는 아버지한테서 시 창작을 배웠습니다. 교수와 학생의 신분으로 말입니다. 아버지로부터 많은 것을 배웠고, 그 배움을 저는 학생들에게 전수하고 있습니다. 우리는 학회에도 같이 가고, 낭독회에도 같이 참여합니다. 아버지도 어머니에 대해 쓴 시가 있습니다. 그래서 아버지의 시와 제 시는 대화적 관계에 있는 셈입니다. 아버지는 당신의 글에서 제 시를 인용하기도 합니다. 저는 아버지를 사랑합니다. 1943년생이니까, 지금 예순여섯이 되셨네요.

왕은철 당신은 롤랑 바르트가 말한 "풍툼"punctum을 언급하며, 사진과 관련된 당신의 시들을 그 시각에서 볼 수 있다고 말한 적이 있습니다. "풍툼"이 무엇인지, 당신의 시와 관련하여 말씀해주시겠습니까?

트레서웨이 풍툼은 사진 속에서, 보는 이의 시선과 주의를 끌게 하는 '작은 점'입니다. 보는 사람으로 하여금 사진이라는 프레임을 벗어나 그것의 이면이나 그 너머로 가게 해주는 '작은 점'이라고 할 수 있습니다. 그 이면에 있는 발광체를 보게 해준다고나 할까요. 그것은 그 사진이 있게 한 상황이나 조건을 가리키는 것일 수 있습니다. 그러니까 눈에 보이는 사실적인 것을 초월하여 본질적인 것에 다가서게 해주는 것이 풍툼이라고 할 수 있습니다. 사진에 대한 제 관심은 거기에 있습니다. 대학원 박사과정에 다닐 때, 미국학과 관련하여 사진을 공부한 적이 있습니다. 담당 교수가 벨로크E J. Bellocq라는 사진작가가 1910년대의 뉴올리언스의 사창가를 찍은 사진들을 가져왔습니다. 저는 흑백 혼혈의 윤락녀들을 사진으로 보면서 많은 생각을 했습니다. 그래서 도서관에서 가서 그와 관련된 자료조사를 해봤습니다. 제가 창작을 가르치는 일로 들어서지 않았다면 그에 관련된 박사학위를 받고 학문의 길로 들어섰을지 모릅니다.

여하튼, 그 과정에서 라캉, 바르트 등의 이론을 접하게 되었고, 특히 바르트의 풍텀 이론은 유용한 것이었습니다. "드러내는 것보다는 감추는 것이 더 많은 게 사진"이며 "사진을 찍는 행위 자체가 다소 잔인하고 비열한 것일 수도 있다"는 수잔 손탁Susan Sontag의 말도 유용했습니다. 저는 뉴올리언스에 살았던 윤락녀들에 대해 많은 것을 생각했습니다. 그러면서 남성 사진 작가와 그가 들고 있는 카메라에 보여지는 그들과 제 자신을 동일시하게 되었습니다. 사진은 늘 한계를 드러냅니다. 한 인간의 온전한 모습을 드러내기보다는 너무나 많은 것을 빠뜨릴 수밖에 없는 게 사진입니다. 그래서 풍텀이 중요하게 됩니다. 콘텍스트를 부여할 수 있는 계기가 되어주니까요. 저는 사진 속의 여성들이 프레임을 벗어나 탈출할 수 있게 되기를 바라면서 시를 썼습니다.

왕은철　당신의 말을 들으니, 남아프리카공화국 출신의 쿳시가 최근에 발표한 소설의 화자가 "우리는 사진사가 대상을 잘 표현하려고 하면 할수록 그럴 가능성이 더 적어진다는 모순에 다다른다"라는 말을 했던 게 떠오릅니다.[22] 손탁이 했던 말과 거의 똑같은 맥락의 말이 아닐까 싶습니다. 여하튼, 이 얘기를 조금 더 밀고 나가 질문을 해보겠습니다. 시라는 것도 결국 일종의 사진으로 볼 수 있지 않을까요? 사진 작가가 프레임 속에 대상을 넣는 것처럼, 당신도 그 대상을 당신의 프레임 속에 넣는 거 아닙니까? 그렇다면 당신이 얘기했던 사진 작가의 문제는 시인의 문제도 되는 게 아닐까요?

트레서웨이 맞습니다. 저도 일종의 사진사입니다. 제 자신의 상자에 대상을 집어넣는 사진사입니다. 그래서 사진 속의 대상은 작가인 저로부터도 자유로워져야 합니다. 제가 시를 쓰면서 때로 죄의식을 느끼는 건 그러한 이유에서입니다. 『벨로크의 오 필리아』에 관련된 질문을 많이 받는데, 그 중 하나는 제 시에 나오는 여자들이 이후에 어떠한 삶을 사느냐 하는 것입니다. 저는

---

22) 쿳시의 최근 소설 『어느 운 나쁜 해의 일기』에 나오는 대목이다. 인용된 문장이 나오는 단락의 전문은 다음과 같다. "사실, 사진사들은 그 사람이 어떤 사람인가에 대한 선입관을 갖고, 종종 상투적인 성격의 선입관을 갖고, 사진을 찍으러 온다. 그리고 그들이 찍는 사진(혹은 다른 언어의 관용구에 따르면, 그들이 만드는 사진)에서 그 상투성을 살리려고 한다. 그들은 상투성이 지시하는 대로 사람을 앉힐 뿐만 아니라, 그들의 스튜디오에 돌아가서도 그 상투성에 가장 근접하는 사진들을 고른다. 이렇게 해서 우리는 사진사가 대상을 잘 표현하려고 하면 할수록 그럴 가능성이 더 적어진다는 모순에 다다른다."

그 부분에 대해 알지 못합니다. 그 여자들은 당신이 앞에서 얘기한 서발턴에 해당합니다. 그들의 완전한 자아에 대해서는 저도 알지 못합니다. 그들이 탈출해야 하는 대상은 사진작가만이 아니라 저이기도 합니다. 다만 저는 제가 시인으로서 갖고 있는 한계성에도 불구하고, 감정이입과 상상력을 통해 대상(서발턴)에게 다가가서 인간적인 면모를 부여하고 목소리를 주려고 노력할 뿐입니다. 어쩌면 제가 오필리아에 대해 쓸 수 있었던 것은 그녀가 느끼는 고통을 제가 잘 알고 있었기에 가능한 일이었을 것입니다.

저는 사진 작가처럼 다른 사람의 고통을 찾아내서 포착하려고 한 것은 아니었습니다. 그것은 아직도 제 고통입니다. 하지만 제가 아무리 감정이입을 통해서 1910년대의 흑백 혼혈의 윤락녀와 동일시를 했다고 해도, 제가 그러한 삶을 직접 체험하고 살았던 게 아니므로, 그러한 인물을 제 시의 소재로 삼은 것이 어느 정도는 잔인한 행위라고 할 수도 있겠습니다. 당신의 지적대로, 사진 작가의 문제가 어느 정도는 제 문제일 수도 있을 것 같습니다. 여하튼 제가 사진에 관심을 갖게 된 것은 제 어머니가 돌아가시고 난 후였습니다. 저는 어머니가 남기고 간 사진들을 보면서, 어머니와 우리와 우리의 삶에 앞으로 일어나려고 하는 것이 그 속에 들어 있었는지 열심히 찾아보려고 했었습니다. 벨로크의 사진들도 그러한 시각에서 접근하려고 했습니다. 사진과 관련된 일련의 시들은 그것에 관한 일종의 명상이라고 할 수 있습니다.

왕은철 1960년대에 남부 미시시피에서 사는 건 어땠습니까?

트레서웨이 저는 어렸을 때부터 인종차별에 익숙해 있었습니다. 어머니, 아버지와 함께 백화점에 가면 사람들이 뚫어져라 저를 쳐다보았습니다. 어떤 백인 여자는 이렇게 말했습니다. "너무 예쁘구나, 불쌍한 것." 사람들은 종족 간의 결혼을 일종의 오염이자 타락이며 불법적인 것으로 간주했습니다. 미시시피 주에서는 종족 간의 결혼이 불법이었기 때문에 제 부모님은 그러한 결혼이 합법적인 다른 주에 가서 결혼을 하고 돌아와 살아야 했습니다. 불행하게도 그것이 오래 가지는 못했습니다. 그러한 불행은 우리 가족한테만 해당되는 게 아니었습니다. 남부에서 행해진 노예제도, 인종차별, 불의, 수많은 린치, 가난은 흑인들에게는 일상이었습니다. 아니, 운명이었습니다. 지역적인 특성이 운명이었던 것입니다.

제가 태어난 곳에 있는 미시시피 강은 미국 인디언의 말로 '큰 강'이라는 의미입니다. 제 시에서 미시시피 강은 은유입니다. 그 강물의 속은 보이지 않습니다. 모든 것이 그 속에 숨겨져 있습니다. 역사적으로, 그리고 조직적으로 행해진 불의가 그 속에 숨겨져 있습니다. 그러나 그 강은 가장 비옥한 삼각주를 만든 강이기도 합니다. 블루스의 고장이기도 하고 윌리엄 포크너,

리처드 라이트, 테네시 윌리엄스, 유도라 웰티Eudora Welty를 태어나게 한 비옥한 곳이기도 합니다. 저는 이래저래 그곳에 매어 있는 셈입니다.

왕은철 당신에게 영향을 미친 작가를 두 사람만 꼽는다면 누구를 들 수 있을까요?

트레서웨이 토니 모리슨과 리타 도브를 꼽고 싶습니다. 저는 모리슨의 『빌러비드』를 비롯한 다른 작품들을 읽으면서, 역사와 역사적 기억과 역사적 기억상실을 천착하는 심오한 작가정신에 깊은 감명을 받았습니다. 리타 도브의 『토머스와 뷸라』Thomas and Beulah는 제게 일종의 성경이었습니다. 대학원에 다닐 때, 저는 아버지가 제게 주신 그 시집을 늘 끼고 다녔습니다. 그 시집은 리타 도브의 조부모에 관련된 것입니다. 도브는 그런 것도 시의 대상이 될 수 있다는 걸 저한테 가르쳐줬습니다. 아니, 그것만이 아니라 도브는 어떻게 내러티브와 틀과 언어를 구성해야 하는지를 저에게 가르쳐준 존경스러운 시인이었습니다. 제가 제 외할머니에 대해 쓸 수 있었던 건 도브의 시를 통해서였습니다.

왕은철 앞으로의 계획은 어떻습니까? 또 다른 시집을 조만간 기대해도 될까요?

트레서웨이 「네이티브 가드」를 쓰다가 저는 옥스퍼드 영어사전에서 '네이티브'native의 의미가 뭔지 찾아보았습니다. 제 예상과는 너무 다르게, 첫 번째 항목에는 "노예slavery나 속박thrall의 상태로 태어난 사람들"이라고 돼 있었습니다. 저는 토착적인 식물 같은 것이 첫 항목에 나와 있겠지 하고 생각했었는데, 놀랍게도 그게 아니었습니다. 사전적 정의와 분류가 인류의 역사를 말해주는 것 같았습니다. 저는 다음 시집의 제목을 『속박』Thrall이라고 할까 생각 중입니다. 제국의 언어, 법의 언어, 분류에 따른 사회적 통치, (비)순수혈통 등등의 문제를 멕시코를 배경으로 다루게 될 것입니다. 가능하면 내년 중반쯤 내놓고 싶은데, 시간이 허락할지 모르겠습니다.

왕은철 또 하나의 감동적인 시집 기대하겠습니다. 정해진 시간이 다 된 것 같습니다. 오랜 시간에 걸쳐, 그것도 아침부터, 인터뷰에 응해주셔서 감사합니다. 솔직하고 성실하게 답변해주신 데 대해 《현대문학》을 대신하여 감사드립니다. 개인적으로 당신과 얘기를 하면서 많은 것을 배우고 느꼈습니다.

트레서웨이 즐거운 시간이었습니다. 제 시에 대한 당신의 말에서 많은 걸 얻어갑니다. 멀리서 저를 인터뷰하러 와주신 것에 대해 진심으로 감사드립니다.

가자미[23]

"이걸 머리에 쓰렴."
그녀가 내게 모자를 건네며 말했다.
"너는 거의 네 아빠만큼 피부가 하얗겠구나.
늘 그렇겠다."

슈가 이모는 앙상한 발목 아래로
스타킹을 내렸다.
나는 무릎까지 올라오는 흰 양말을 내리고
수면 바로 위에서,
그리고 햇볕과 그늘 사이를 돌아다니는
피라미들의 은빛 등 바로 위에서,
다리가 빙글빙글 맴을 돌며
흔들거리도록 놔뒀다.

---

23) 「Flounder」라는 제목의 시로 트레서웨이의 첫 시집 『집안일』에 수록되어 있다. 많은
앤솔로지에 수록된 그녀의 초기 대표작에 속한다.

"이렇게 낚싯대를 잡고
똑바로 던지는 거란다.
이제 지렁이를 네 낚시에 끼워
던져놓고 기다리렴."

그녀는 담뱃진이 묻은 갈색 침을
커피 잔에 뱉으며 앉아 있었다.
그녀는 고기가 입질을 하자
몸을 구부려 낚싯대를 걷어채고

몸부림을 치며 버티는 물고기를
세게 잡아당기며 감아 올렸다.
"가자미다. 한쪽 면이
검으니까 알 수 있는 거란다."

"다른 쪽은 하얗지."
고기가 쿵— 하고 떨어졌다.
나는 고기가 펄쩍펄쩍 뛸 때마다
양면이 바뀌는 것을 바라보며 서 있었다.

경계[24]

나는 온종일, 딱따구리 한 마리가
나의 창문 바로 밖에 있는 개오동나무에
달려들어 부지런히 쪼아대는 소리를 들었다.

열심히 나무를 쪼는 그의 몸은 경첩이요,
내가 그 속에서 어머니의 얼굴을 거의 볼 수 있는
기억의 집 문에 달린 고리쇠다.

가느다란 열매와 하트 무늬의 잎들을 단 나무 너머에
그녀는 다시 돌아와
젖은 홑이불을 빨랫줄에 널고 있다, 하나씩

널 때마다 얇은 백색의 장막이 우리 사이에 드리워진다.

---

24) 「Limen」이라는 제목의 시로 트레서웨이의 첫 시집 『집안일』에 수록되어 있다. 2000
년도의 가장 좋은 미국시 중 하나로 선정되어 『최고의 시 선집』에 수록되었으며, 2008년
도에는 푸시카트(Push cart)상의 30년 역사상, 최고의 시 중 하나로 선정되었다. 'limen'
은 의식작용의 발생과 소멸의 경계(식역識閾)를 일컫는 말로 'threshold'와 동의어이다.

이 딱따구리는 정말로 끈질기다. 그는 뭔가 다른 것을
찾고 있음이 분명하다. 단순히 딱정벌레와 유충만을

찾는 게 아니라 나무가 갖고 있을지 모르는
다른 선물을 찾고 있음이 분명하다. 그는 녹색 하트 잎들이
팔랑거리게 하면서 온종일 지칠 줄 모르고 일한다.

아버지[25)]

— 1911년 2월

그에 대해 생각나는 건 조금밖에 없다.

나는 그가 오면 무서웠다

사과와 사탕, 치약과 분*)을 선물로 가져왔지만.

대신, 나는 손톱과 귀를 내밀어 보이고

입을 벌려 이를 보여줘야 했다.

그리고 작은 소리로 배운 것을 암송했다.

나는 lie 대신에 lay라고 하는 등,

단순한 말도 더듬거렸다. 그러면 그가

나를 제지했다. 나는 그가 나를 좋아해주고

맨발로 들판을 쏘다니는 거친 흑인 아이가 아니라

---

25) 「Father」라는 제목의 시로 트레서웨이의 두 번째 시집 『벨로크의 오필리아』에 수록되어 있다. 백인 아버지와 흑인 어머니 사이에 태어났지만, 아버지로부터 합법적으로 인정받지 못하고 윤락가로 흘러들어 살아가는 혼혈 여성이 화자로 설정되어 있는 시다. 화자는 자신의 아버지를 손님으로 맞는 상황이 벌어지지나 않을까 두려워하고 있다. 트레서웨이의 시에 나오는 화자는 시인 자신인 경우가 대부분인데, 여기에서는 작가가 자신과는 다르지만 흑백 혼혈 여성이라는 점에서는 공유하는 바가 없지 않은 페르소나를 설정하고 있다. 이것이 작가가 인터뷰에서 말한 감정이입일 것이다.

영리하고 고운 유색인 계집아이로 생각해주기를
얼마나 바랐는지 모른다. 이제 나는 거리에서 지나치는
남자들 속에서 그의 얼굴을 찾아본다,
어느 날, 내 방에 들어오는 남자가 손님이자 아버지가
아닐지 두려워서다.

신화[26)

당신이 죽어가는 동안, 나는 자고 있었습니다.
내가 잠과 깨어남 사이에 만드는 어떤 틈, 어떤 구멍 속으로
당신이 빠져버린 것만 같습니다.

내가 당신을 에레부스[27)에 잡아두고 아직도
놓아주지 않으려 하는 것만 같습니다. 당신은 내일 다시
죽겠지만 꿈속에서는 살아 있습니다. 그래서 나는 다시

당신을 아침 속으로 데리고 가려 합니다. 잠에 취해 몸을 뒤척이며
눈을 뜨면서, 나는 당신이 따라 오지 않는다는 걸 압니다.
거듭되는 이 계속적인 저버림.

---

26) 「Myth」라는 제목의 시로 트레서웨이의 세 번째 시집 『네이티브 가드』에 수록되어 있다. 푸시카트상을 수상한 작품으로 그녀의 대표작 중 하나이다. 오르페우스 신화와 상호 텍스트적인 관계를 형성하는 시로서, 의붓아버지의 총에 맞아서 죽은 어머니에 대한 그리움과 회한을 그리고 있다.
27) Erebus. 이승과 저승과의 사이에 있는 암흑계.

*

거듭되는 이 계속적인 저버림.
눈을 뜨면서 나는 당신이 따라오지 않는다는 걸 압니다.
당신은 아침 속으로 물러납니다, 잠에 취해 몸을 뒤척이며.

하지만 당신은 꿈속에서는 살아 있습니다. 그래서 나는 놓아
주지 않으려고
당신을 잡으려 합니다. 내일 다시 당신은 죽을 것입니다.
나는 꿈과 깨어남 사이에 만드는

에레부스에 당신을 잡아두려고 아직도 애를 씁니다.
어떤 틈, 어떤 구멍 속으로 당신이 빠져버린 것만 같습니다.
당신이 죽어가는 동안, 나는 자고 있었습니다.

사건[28)

우리는 해마다 그 이야기를 합니다
우리가 어떻게 커튼을 치고 창문 틈으로 보고 있었던지를.
하지만 실제로는 아무 일도 없었습니다.
새까맣게 탔던 잔디는 이제 다시 푸르러져 있습니다.

우리는 커튼을 내리고 창문 틈으로
크리스마스트리처럼 묶인 십자가를 바라보았습니다.
새까맣게 탔던 잔디는 아직 푸르렀습니다. 그리고
우리는 불을 끄고 램프에 불을 붙였습니다.

크리스마스트리처럼 묶인 십자가 옆에
천사처럼 새하얀 가운을 입은 몇몇 남자들이 모여 있었습니다.

---

28) 「Incident」라는 제목의 시로 트레서웨이의 세 번째 시집 『네이티브 가드』에 수록되어
있다. 인종차별이 극심했던 1960년대에 남부 미시시피에서 태어나서 성장하면서 작가가
경험했던 것을 형상화한 시이다. KKK 단원들이 흰 가운을 머리끝까지 뒤집어쓰고 나타
나 십자가를 세우고 거기에 기름을 부어 불을 붙이고 있는 모습이 생생하게 전해져오는
시다.

우리는 불을 끄고 램프에 불을 붙였습니다.
램프의 심지가 석유통 속에서 떨고 있었습니다.

가운을 입은 백인 남자들은 마치 천사들이 모여 있는 듯했습니다.
그들은 끝나자 조용히 떠났습니다. 아무도 오지 않았습니다.
램프의 심지는 석유통 속에서 밤새 떨고 있었습니다.
아침이 되자 모든 불길이 희미해졌습니다.

그들은 끝나자 조용히 떠났습니다. 아무도 오지 않았습니다.
실제로는 아무 일도 없었습니다.
아침이 되자 모든 불길이 희미해졌습니다.
우리는 해마다 그 이야기를 합니다.

문학의 거장들
― 세계의 작가 9인을 만나다

지은이 ∣ 왕은철
펴낸이 ∣ 양숙진

초판 1쇄 펴낸날 ∣ 2010년 1월 25일

펴낸곳 ∣ ㈜ 현대문학
등록번호 ∣ 제1-452호
주소 ∣ 137-905 서울시 서초구 잠원동 41-10
전화 ∣ 516-3770
팩스 ∣ 516-5433
홈페이지 ∣ www.hdmh.co.kr

값 18,000원

ISBN 978-89-7275-453-4 03800